LA FORTUNE
DE RICHARD WALLACE

www.editions-jclattes.fr

Lydie Perreau

LA FORTUNE
DE RICHARD WALLACE

Roman

JC Lattès

17, rue Jacob 75006 Paris

ISBN : 978-2-7096-3073-3

© 2009, éditions Jean-Claude Lattès.
Première édition avril 2009.

J'aimerais, en premier lieu, dire toute ma reconnaissance à Christiane Noetzlin ma cousine, ma complice. Ensemble, nous avons entrepris des recherches, consulté ouvrages et journaux de l'époque, commencé à rédiger. À mon grand regret, son éloignement géographique et ses activités l'ont contrainte à renoncer à notre projet commun. J'espère bientôt lire, écrite de sa main, l'histoire de notre aïeule, Seymourina.

Note préliminaire

Bien qu'il soit mort depuis plus de cent ans, Richard Wallace, l'héritier de l'immense fortune et de la collection d'art du marquis de Hertford, continue de susciter bien des interrogations. Deux biographes anglais ont tenté, au siècle dernier, de percer à jour cette énigme sans parvenir à effacer tous les doutes engendrés par cette histoire.

L'objectif initial de l'auteur était de raconter la vie de sa trisaïeule, Seymourina, filleule et pupille de Lord Hertford. Les biographies, confrontées aux éléments d'information dont disposait sa propre famille, l'ont amenée à entreprendre des recherches en France, où Lord Hertford et Richard Wallace ont vécu la majeure partie de leur vie.

La découverte d'archives inédites permet d'envisager une nouvelle approche. Pour étayer ses arguments, l'auteur a choisi de faire revivre cette étrange affaire à travers un roman. La personnalité des protagonistes s'appuie sur des lettres, des articles de journaux, des témoignages de contemporains. Les textes reproduits en italique sont authentiques. La part de la fiction repose sur des hypothèses, fondées sur un faisceau de probabilités. Elles sont analysées dans trois annexes qui précisent et justifient les interprétations de l'auteur.

Le mystère de Richard Wallace ne sera probablement jamais élucidé. L'objectif de ce roman est de proposer une nouvelle version. Et de réhabiliter la mémoire de Lord Hertford dépossédé pour la postérité de sa collection, qui porte à jamais le nom d'un autre.

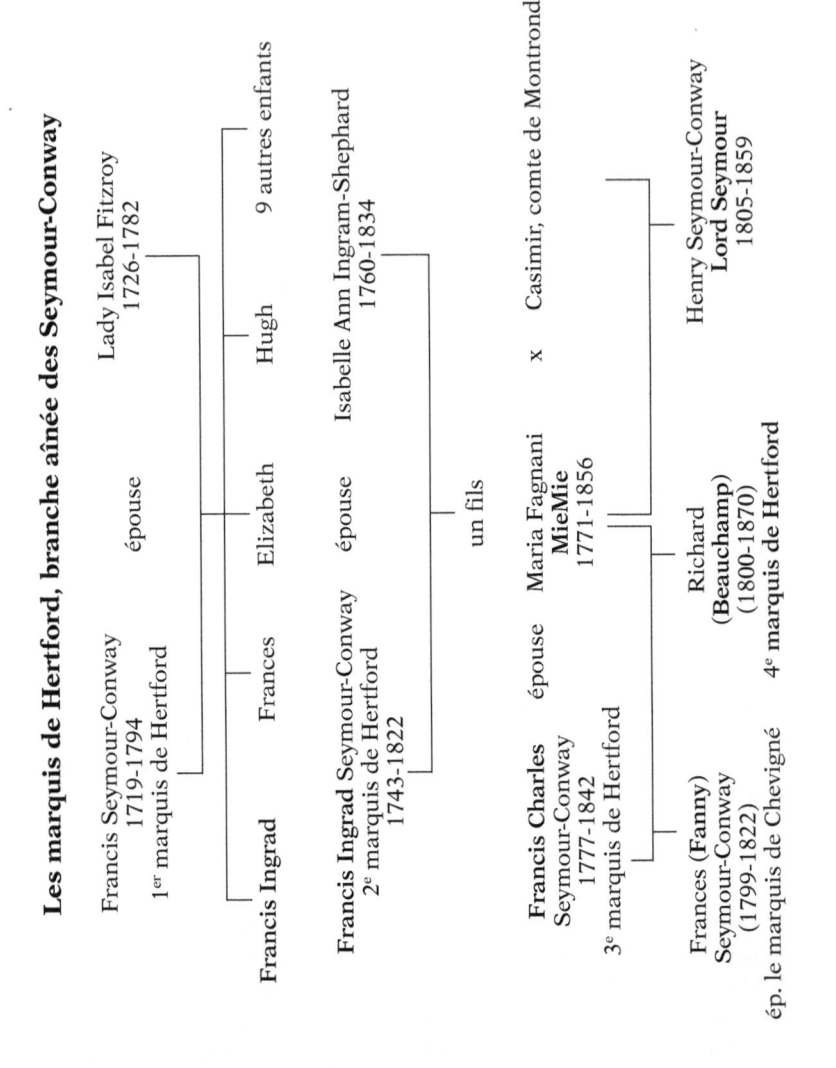

Les marquis de Hertford, branche aînée des Seymour-Conway

```
Francis Seymour-Conway      épouse      Lady Isabel Fitzroy
      1719-1794                              1726-1782
  1ᵉʳ marquis de Hertford
        │
        ├─────────────────┬──────────────┬──────────────────┐
        │                 │              │                  │
   Francis Ingrad      Frances      Elizabeth    Hugh    9 autres enfants

Francis Ingrad Seymour-Conway    épouse    Isabelle Ann Ingram-Shephard
       1743-1822                                      1760-1834
   2ᵉ marquis de Hertford
        │
        │  un fils
        │
Francis Charles              épouse    Maria Fagnani    x   Casimir, comte de Montrond
Seymour-Conway                          MieMie
   1777-1842                           1771-1856
3ᵉ marquis de Hertford
        │
        ├─────────────────────────────┬──────────────────────────┐
        │                             │                          │
Frances (Fanny)              Richard                    Henry Seymour-Conway
Seymour-Conway              (Beauchamp)                    Lord Seymour
  (1799-1822)                (1800-1870)                    1805-1859
ép. le marquis de Chevigné  4ᵉ marquis de Hertford
```

N.B. : Dans la branche aînée des Seymour-Conway, le fils aîné du marquis de Hertford porte le titre de comte de Yarmouth. Son petit-fils le titre de vicomte de Beauchamp. À la mort du marquis, son fils hérite du marquisat et son petit-fils devient comte de Yarmouth.

Ainsi Richard Seymour-Conway (que nous appellerons Beauchamp, dans le roman, comme le fit sa mère tout au long de sa vie) fut vicomte de Beauchamp dès sa naissance en 1800 ; il prit le titre de comte de Yarmouth à la mort de son grand-père en 1822 ; puis celui de marquis de Hertford à la mort de son père, en 1842.

Lorsqu'il mourut sans postérité, en 1870, l'aîné de la branche cadette, Francis George Hugh (descendant de Hugh, le second fils du premier marquis) devint le cinquième marquis de Hertford.

Prologue

La loge de Clichy

Paris, novembre 1824

Juché sur le siège extérieur du coupé, l'enfant observait les crinières des quatre chevaux onduler en cadence. À six ans, c'était la première fois qu'il roulait dans une voiture. Ses hardes tranchaient avec le luxe de l'équipage, le cocher en livrée galonnée d'argent et la femme de chambre au bonnet blanc qui l'encadraient. Le landau jaune aux portières armoriées se faufilait parmi les cabriolets, fiacres, berlines et cavaliers qui se croisaient sur le boulevard des Italiens. La pluie s'était arrêtée. Une foule de promeneurs élégants se pressait sur les trottoirs, séparés de la chaussée par des bornes de pierre. Richard repoussa d'une main ses boucles que le vent rabattait sur ses yeux, se cramponna au garde-fou et laissa échapper un soupir de ravissement. « J'aimerais que le carrosse ne s'arrête jamais », pensa-t-il.

Il entendait la dame s'exprimer derrière lui, dans l'habitacle, en une langue qu'il ne comprenait pas. Il ne la connaissait pas. Il ignorait la raison qui l'avait conduite dans la loge de la concierge où il demeurait. Mais il l'avait suivie sans hésiter lorsqu'elle en avait manifesté le désir.

— Pourvu que la dame me garde, pria-t-il à voix basse.

Dès son réveil ce matin-là, dans la souillarde aux murs humides qui lui tenait lieu de chambre, Richard avait pressenti que cette journée ne serait pas comme les autres. Lorsque l'horloge de l'église sonna six heures, il repoussa le drap de toile qui couvrait sa paillasse et se leva. L'enfant attrapa ses vêtements qui pendaient à des clous fichés dans la poutre au-dessus de sa tête et s'habilla à tâtons. Il noua autour de sa taille la cordelette de chanvre qui retenait un pantalon trop vaste et enfila son paletot bleu marine dont les manches couvraient à peine ses coudes. Comme chaque matin, il traversa la loge sur la pointe des pieds pour ne pas « la » réveiller. La lueur du réverbère projetait des ombres mouvantes dans la pièce. L'ameublement consistait en une table, un fauteuil recouvert de velours cramoisi, deux escabeaux et un sommier de crin, surmonté de deux matelas, sur lesquels la concierge, Mme Garnier, dormait, enfouie sous un couvre-pied rouge.

Richard se glissa sous le manteau de la cheminée et entreprit de transvaser, avec deux planchettes de bois, la cendre encore tiède dans un pot de grès. Puis il entassa un fagot, des bûches et battit le briquet pour allumer le feu. Il ménageait ses gestes, attentif à éviter le moindre bruit. Lorsque les flammes léchèrent l'âtre, il commença à nettoyer la pièce. « Tout doit être impeccable, pour donner satisfaction aux locataires », lui répétait la concierge. Elle était fière de servir dans cette maison. L'immeuble, situé rue de Clichy, datait du siècle précédent. Composé de deux bâtiments en pierres de taille, l'un donnant sur la rue, l'autre élevé entre la cour et le jardin, il comprenait seize appartements, sans compter les chambres de service au dernier étage, les remises et les écuries du rez-de-chaussée.

Richard était chargé de nettoyer la loge, laver la vaisselle, rapporter le bois du bûcher, entretenir les escaliers de l'immeuble, astiquer les cuivres des poignées de porte et des espagnolettes. Les tâches ménagères pouvaient l'occuper toute la journée.

En frottant les tomettes, l'enfant heurta un escabeau. Le raclement du bois sur le sol explosa dans ses oreilles. Il se figea, les mains crispées sur le chiffon mouillé, les yeux fixés sur le lit. La couverture ondula et la voix redoutée s'éleva :

— Maudit garnement ! Tu pourras donc jamais travailler sans faire de boucan ! Les locataires ont tiré le cordon jusqu'à quatre heures, ce matin. Toi, tu dormais pendant que je leur ouvrais la porte ! Allez, reste pas là, planté comme une carotte. Reprends ta besogne si tu veux manger ce soir.

Le déjeuner de Richard se composait d'un bol de lait – coupé d'eau – et d'une tranche de pain. Il n'avait droit au brouet du soir que s'il travaillait suffisamment. L'enfant souffrait souvent de la faim, depuis que sa mère était partie en voyage, deux ans auparavant, en le confiant à Mme Garnier.

— Je dois m'absenter quelques semaines, lui avait-elle dit. Je vous paie pour votre peine six mois d'avance, au cas où mes occupations me retiendraient. Je souhaite que le petit ne manque de rien, avait-elle ajouté.

— Ne vous en faites pas, madame Jackson. Il sera servi comme un prince, avait répondu la concierge en enfouissant les pièces dans la poche de son jupon.

Elles avaient descendu du cinquième étage le lit en fer de Richard et l'avaient dressé dans un coin de la loge. Au moment du départ, Richard s'était cramponné à la robe fuchsia garnie de rubans que sa mère portait dans les grandes occasions. Elle avait repoussé sa main, vérifié dans son miroir l'ordonnance de ses boucles cuivrées et lissé, d'un doigt mouillé de salive, l'arc de ses sourcils. Souriant à son reflet, elle avait relevé le capuchon de sa capeline et empoigné le sac de cuir noir blanchi aux angles, dans lequel elle avait entassé ses effets :

— Allons, il est temps que je parte, avait-elle dit à Richard en caressant ses cheveux. Tu ne vas pas pleurer, j'espère ?

Richard l'avait accompagnée dans la rue. Sa mère l'avait serré dans ses bras avant de s'engouffrer dans un fiacre. Elle avait baissé la glace et promis qu'elle reviendrait vite. Le petit garçon avait regardé la voiture disparaître, puis était rentré à pas lents vers son nouveau logis. Il s'était allongé sur son lit, le nez contre le mur, serrant sur son visage un mouchoir blanc, imprégné de l'odeur de musc de sa mère. Il n'avait pas quatre ans.

Au début, l'enfant et la concierge partageaient le même repas. Elle le laissait jouer avec sa toupie et son soldat de bois, un hussard en dolman vert et culotte garance. Quand il faisait beau, l'enfant se glissait dans un coin de la cour et construisait des jardins miniatures avec de la terre, des cailloux et des bouts de branches.

Les semaines s'écoulèrent, puis les mois. Richard ne jouait plus. Assis sur une marche, il guettait la porte cochère des heures entières. Chaque fois qu'elle s'ouvrait, il tressaillait. Sa mère ne revenait pas. Le comportement de Mme Garnier se modifia. Elle bougonnait à longueur de journée. Les rations de nourriture diminuèrent. Elle se mit à le réprimander, à le rabrouer. Un jour, le voyant pleurer, elle laissa éclater sa colère :

— Elle ne reviendra pas, ta mère ! Elle t'a abandonné ! Et moi qui faisais la généreuse ! Ta mère, c'est une moins que rien ! J'aurais jamais dû la croire.

La concierge vendit le lit, les draps, la courtepointe, les vêtements, les jouets, tout ce qui appartenait à l'enfant.

— Avec quoi crois-tu que je vais te nourrir ? demanda-t-elle.

— Je ne sais pas, répondit le petit en baissant la tête.

— Si ta mère revient, elle verra ce qu'il en coûte de laisser son mioche à la charité des pauvres gens.

Deux années s'étaient écoulées. Richard gardait peu de souvenirs de sa mère. Les traits de son visage s'étaient estompés. Il se rappelait son rire cascadant, les froufrous de ses jupons sur le sol de leur chambre, lorsqu'elle rentrait au petit matin. Et l'odeur de son parfum. Il continuait à attendre son retour. Ce matin-là, elle ne quittait pas ses pensées. Peut-être était-ce un signe ? Peut-être, aujourd'hui, reviendrait-elle le chercher ?

La voix de la concierge le rappela à la réalité :

— Qu'est-ce que tu fais là, à traîner le nez en l'air ! Allez ouste, va donc déposer cette jupe chez la ravaudeuse. Et perds pas de temps à lambiner !

Le garçon prit le vêtement et fila sans demander son reste. Il se coula dans le flot des passants qui descendaient des hauteurs de Clichy vers la capitale. Il n'y avait pas de trottoir dans cette voie étroite. Les piétons se mêlaient aux charrettes tirées par des bœufs, aux voitures attelées à des chevaux qui encombraient la chaussée. Deux garçons de bain, portant une baignoire de zinc et des tonnelets d'eau chaude, tentaient de se frayer un chemin parmi le flux des maraîchers, ouvriers, commis et grisettes qui déambulaient sur les côtés. Les cochers hurlaient pour dominer le grincement des roues cerclées de fer sur les pavés et le crissement des ressorts.

Richard longea le mur d'enceinte des jardins Tivoli, s'arrêta devant la porte d'entrée. Le temps avait découragé les promeneurs. Les balançoires, les montagnes russes, les gondoles aériennes, qui attiraient d'ordinaire une foule de gens, étaient vides. Seuls quelques cavaliers galopaient dans les allées sablées, bordées de plantes exotiques.

Il reprit sa route, dépassa le marchand d'épices, la mercerie et s'immobilisa face à la devanture de la boulangerie. Une exquise odeur de pâtisseries cuites et d'essences distillées flottait dans l'air. Il se sentit défaillir. Il n'avait rien avalé depuis le matin. Il colla son nez et les paumes de ses mains contre la vitre. Au fond de l'échoppe, un mitron enfournait une pelle couverte de miches dans le four rougeoyant. L'enfant lorgna avec convoitise les brioches, tartelettes et gâteaux qui s'alignaient sur le comptoir. Dans des boîtes cylindriques, des sucres d'orge striés de rouge et de jaune côtoyaient des bâtons de menthe. Sur des coupelles, des piles de bonbons multicolores formaient des pyramides surveillées par la boulangère, une forte femme aux joues rouges qui tricotait un cache-nez violet, sans quitter des yeux sa marchandise.

Une dame et sa fille sortirent. La petite jeta sur le sol un gâteau enveloppé dans du papier.

— J'en veux plus de cette gaufre, dit-elle à sa mère. Elle est trop sucrée.

Dès qu'elles eurent tourné le dos, Richard ramassa la pâtisserie et se réfugia dans une encoignure de porte. Adossé au mur, il mordit avec délices dans la pâte encore tiède et lécha les grains de sucre accrochés au papier. Rasséréné, il poursuivit son chemin. Il confia la jupe de

Mme Garnier à la ravaudeuse, puis courut jusqu'à l'intersection de la rue de Clichy et de la rue Saint-Lazare. Face à la caserne, le restaurant des Percherons attirait une clientèle aisée. Assis sur une borne de pierre, Richard contempla les robes chatoyantes des élégantes qui descendaient de calèche, les uniformes des militaires qui les accompagnaient.

Quatre heures sonnèrent au clocher de l'église Saint-François-de-Salle. Richard sursauta. Il était tard. La concierge ne serait pas contente.

— Te voilà ! dit Mme Garnier dès qu'elle l'aperçut. Tu as encore lambiné !

— Non, répliqua Richard, essoufflé.

— Tu t'es amusé au lieu de travailler !

— Non ! répéta l'enfant en détournant le regard.

Mme Garnier l'attrapa par les cheveux et scruta son visage.

— Et ça, mauvais drôle, qu'est-ce que c'est, dit-elle en passant son doigt sur la commissure des lèvres de Richard et en regardant d'un air incrédule quelques cristaux blancs au bout de son index. Du sucre ? Tu t'offres du sucre, maintenant ? Tu veux nous mettre sur la paille ! D'où sors-tu ce sucre ?

— On me l'a donné.

— Tu mens, dit Mme Garnier. Je vais t'apprendre à rouler le monde !

Et elle le gifla à toute volée. Richard protégea son visage de son coude et hurla.

— Vous me faites mal !

— C'est tout ce que tu mérites, sale petit voleur, fainéant, gredin, glapit-elle en lui cognant la tête contre le mur.

L'enfant poussa un cri de douleur. Elle le repoussa brutalement.

— Tu vas rester dehors, dit-elle. Ce soir, t'auras pas de soupe !

Elle s'engouffra dans sa loge en claquant la porte.

Richard se réfugia sous la voûte de l'immeuble et se recroquevilla sur le sol. Il remonta ses cuisses contre son corps, enfouit sa tête dans ses bras. Il grelottait de froid et de chagrin. Pourquoi sa mère l'avait-elle abandonné ? Pourquoi ne venait-elle pas le chercher ? Elle était sûrement morte. Ses larmes redoublèrent.

Il entendit des pas, un homme descendait les dernières marches de l'escalier, venant des étages. Richard n'eut pas le temps de se redresser. L'homme en pelisse garnie de fourrure, son chapeau en tuyau de poêle enfoncé sur les oreilles, déboucha dans le passage voûté et manqua le bousculer.

— Excuse-moi, petit ! C'est toi qui criais ? Que fais-tu là ?

Richard essuya ses yeux d'un revers de manche et baissa la tête sans répondre.

— Pourquoi es-tu dehors par ce froid ? insista l'homme.

— Je suis puni, répondit Richard.

L'homme le regarda, étonné. Sous sa tignasse hirsute, l'enfant était ravissant. La finesse de ses traits, la gracilité de ses poignets détonnaient avec la saleté des oripeaux qui le couvraient. Il avait pleuré. Une traînée noire maculait sa joue. Il ne ressemblait pas aux gamins des rues du quartier. Il était frêle et si petit. Le visiteur se sentit plein de compassion pour l'enfant maltraité.

— Où est ta mère ?

— Je ne sais pas, répondit Richard en baissant la tête.

Il claquait des dents.

— Comment, tu ne sais pas ? Elle est sortie en te laissant dehors par ce temps ?

— Non, répondit Richard en relevant la tête d'un air indigné, c'est Mme Garnier qui me laisse dehors. Elle n'est pas ma mère ! ajouta-t-il avec énergie, choqué que cette supposition puisse traverser l'esprit de l'étranger.

La voix mélodieuse de l'enfant tranchait avec son aspect déguenillé.

— Mais alors, où est ta mère ?

— Je ne sais pas, répéta Richard d'un air buté.

Il commença à ratisser, avec un bout de bois, les interstices qui séparaient les pavés du sol. Il s'absorba dans son ouvrage, pour montrer qu'il ne souhaitait pas prolonger l'interrogatoire. Cela ne découragea pas son interlocuteur.

— Cette Mme Garnier, c'est elle qui vient de te gifler ?

Richard opina de la tête.

— Elle ne peut pas te laisser dehors. Tu vas attraper froid. Où est-elle ? interrogea l'inconnu.

L'enfant lui jeta un coup d'œil inquiet. Son intervention risquait d'aggraver les choses. L'homme semblait déterminé.

— Là, indiqua Richard d'un geste vague, en montrant la loge.

L'étranger se dirigea vers la porte vitrée, voilée d'un tissu à carreaux et frappa. Mme Garnier, le regard suspicieux sous ses paupières affaissées, apparut sur le seuil. Une odeur de choux filtrait à travers la porte qu'elle tenait à moitié fermée.

— Monsieur ? dit-elle en s'essuyant les mains sur son tablier.

— Bonjour, madame, dit le visiteur. Je me présente : colonel Gurwood. Je sors de chez ma tante, Lady Warrender et j'ai manqué bousculer ce pauvre enfant. Il grelotte de froid.

— Richard, monsieur l'officier ? Il fait le délicat. C'est un méchant garçon. Il a fait ses mauvais coups, comme d'habitude ! Regardez-le, il essaye de se dissimuler, comme chaque fois qu'il lance ses friponneries. Ah ! mon bon monsieur, j'ai bien du mal avec lui.

Sous le regard de la concierge, Richard se recroquevillait davantage. Il s'absorba dans la contemplation des pavés dont il caressait les contours de la pointe de son bâton. Il ne perdait pourtant rien de la conversation. À travers les explications embrouillées de la concierge, le colonel Gurwood apprit que quelques années auparavant, une femme « *qui ne valait pas grand-chose* » avait loué une chambre sous les combles et s'y était installée avec son fils. Elle sortait souvent le soir, laissant l'enfant seul jusqu'au matin. Un jour, poursuivit la concierge, elle lui avait annoncé qu'elle devait s'absenter et lui avait demandé de garder son fils le temps d'un voyage. Elle avait payé une pension pour six mois et affirmé qu'elle reviendrait vite.

— Je suis connue dans le quartier pour rendre des services, reprit la concierge. Personne n'a jamais eu à se plaindre de moi. Mais, reprit-elle, il y a plus de deux ans que Mme Jackson est partie et depuis, rien ! Pas un sou pour nourrir le garçon ! Il est bigrement affamé, le drôle. Je m'ôte la nourriture de la bouche...

— Comment m'avez-vous dit que cette femme s'appelait ? interrompit le colonel

— Mme Jackson.

— Jackson ? Agnès Jackson ? interrogea Gurwood.

— Mme Jackson. C'est tout ce que je sais.

— Une Anglaise ?

— Elle avait un accent. Elle causait pas le français comme chez nous...

— Avait-elle un accent comme le mien ?

— Ah ptet'bien, mon bon monsieur. Est-ce qu'on peut savoir ? C'était pas l'accent d'ici, mais pour le reste, je n'y entends rien !

Son interlocuteur ne perdait pas Richard des yeux. Il se rapprocha de lui, se pencha et, lui saisissant le menton, scruta ses traits.

— Serait-ce possible ? murmura-t-il.

Richard se dégagea d'un mouvement vif.

— *What's your name* ? demanda le colonel.

Richard lui jeta un regard curieux, mais ne réagit pas. Il continuait à caresser les pavés.

Mme Garnier décida de se montrer magnanime.

— Allez, rentre, Richard, la soupe va refroidir.

Le colonel hocha la tête. Au moins avait-il obtenu ce résultat. Il dit à l'enfant qui se levait avec empressement :

— Au revoir, Richard. Je vais revenir, je suppose.

Et il se dirigea vers la porte cochère, absorbé dans ses pensées. Mme Garnier sentait que l'affaire n'allait pas en rester là. Cet homme était riche. Elle saurait tirer profit de son intérêt pour le gamin. On lui devait des dédommagements.

Moins d'une heure plus tard, un somptueux landau jaune à huit ressorts s'arrêtait devant le 57 rue de Clichy. Le groom bondit pour descendre le marchepied et ouvrir la porte devant une dame d'une cinquantaine d'années, vêtue d'une robe de mousseline de laine mauve recouverte d'une capeline prune et coiffée d'un grand chapeau doublé de soie du même ton. Le colonel Gurwood sortit par l'autre porte, contourna la voiture et lui tendit la main pour l'aider à descendre.

— Allons ! dit-elle d'un ton résolu en relevant le bas de sa robe.

La concierge avait entendu la voiture s'arrêter. Elle reconnut le colonel, sortit de sa loge et s'approcha en grimaçant un sourire. Ses yeux inquisiteurs avaient enregistré la voiture, les quatre chevaux, le groom à l'arrière et, sur le siège extérieur avant, un cocher en livrée et une femme de chambre en long tablier et bonnet blanc. En un coup d'œil, elle avait évalué le statut de la visiteuse.

— Qu'est-ce que j'peux faire pour votre service, madame ?

— Madame est la marquise de Hertford, précisa Gurwood.

— Je viens voir l'enfant, dit celle-ci.

— Richard, madame la marquise ? Il est en train de jouer, répondit la gardienne. Richard, Richard ! Viens, mon petit, on te demande.

Sur le pas de la porte, la frêle silhouette de l'enfant se profila. Il sortit et s'approcha à pas lents du groupe, inquiet de l'attention qui lui était portée. Il ne remarqua d'abord que l'immense chapeau, orné de plumes panachées et d'une guirlande de feuillage, qui coiffait la dame. Il n'avait jamais rien vu d'aussi beau. Elle se penchait vers lui. Il perçut un parfum léger, une odeur qui évoquait l'été, les buis et les herbes chauffés au soleil.

— Bonjour, Richard, dit-elle.

Elle avait un air triste mais un sourire plein de bonté éclaira son visage.

— Bonjour, répondit l'enfant à voix basse.

— Quel âge avez-vous ?

— Six ans, bredouilla-t-il en baissant les yeux.

La dame posa sa main sur l'épaule du garçon et releva son menton. Elle mit tant de douceur dans son geste que Richard se laissa faire avec plaisir. Elle le contempla un long moment, relâcha son emprise et lui caressa la joue de son doigt ganté de suède.
— Ce garçon n'a plus sa mère, n'est-ce pas ? demanda-t-elle en se retournant vers la concierge.
— Dame non ! soupira celle-ci en levant les deux bras. En tout cas, elle a bel et bien disparu.
— Je vais vous libérer de la charge de l'enfant, dit la dame. Je l'emmène.
— Oh, mais non, gémit Mme Garnier. J'ai promis à sa mère que je m'en occuperais jusqu'à son retour ! Je ne peux pas laisser le petit partir comme ça, malgré tout le respect que je vous dois. C'est à moi qu'elle l'a confié.
— Je vais lui donner de l'argent, dit en anglais la marquise de Hertford à Gurwood. Cela apaisera ses scrupules.
Elle ouvrit son aumônière et sortit quelques pièces.
— Ma foi, je l'ai bien gâté, précisa la gardienne en jetant à Richard un regard qui se voulait affectueux.
— Voici pour vous récompenser de vos bons soins, dit Lady Hertford.
Elle se retourna vers l'enfant.
— Richard, voulez-vous venir chez moi ?
Paralysé par l'émotion, le garçon ne répondit pas.
— Vous ne voulez pas ? demanda Lady Hertford. Ma voiture nous attend, là, dehors. Si vous préférez revenir, le cocher vous reconduira.
— Non, non, dit l'enfant affolé, non, je veux rester avec vous...
— À la bonne heure ! Marietta, dit-elle en italien en se retournant vers la femme de chambre qui se tenait en retrait derrière elle, nous ramenons ce garçon rue d'Artois. Installez-le devant, entre vous. Le cocher va vous donner mon adresse, dit-elle à la concierge. Si la mère de l'enfant revient, elle saura où le trouver.
La marquise de Hertford s'engouffra dans sa voiture avec le colonel Gurwood. Richard fut hissé sur la banquette extérieure entre Marietta et le cocher. Il ne jeta

pas un regard à Mme Garnier qui les avait accompagnés jusqu'à la porte. Le cocher leva son fouet et les chevaux prirent le pas. L'attelage descendit la rue de Clichy, puis la rue de la Chaussée-d'Antin et déboucha au trot sur une large voie bordée de jardins et d'hôtels particuliers dont les trottoirs étaient plantés de deux rangées d'arbres.

— Nous voilà sur le boulevard, annonça Marietta au petit garçon. Le boulevard des Italiens.

Derrière eux, dans la voiture, Lady Hertford, les pieds sur sa chaufferette de cuivre emplie de braises, reposa sa tête sur le dossier et ferma les yeux. Le colonel avait raison. Malgré sa saleté et ses oripeaux, l'enfant était exceptionnellement beau. Et si touchant ! Elle avait été bouleversée par son regard. Il l'avait observée avec la gravité propre aux enfants marqués par les épreuves. Ses yeux inquiets s'étaient emplis d'espoir. Il paraissait si vulnérable ! Elle ne pouvait le laisser chez cette mégère qui le maltraitait. Elle s'était décidée en un instant : oui, il présentait quelque ressemblance avec son fils. Les mêmes boucles blondes, le nez fin et droit. Après tout, son origine importait peu, elle s'occuperait de ce petit. Elle veillerait sur lui comme un étranger l'avait fait autrefois pour elle, lorsqu'elle était enfant.

Lady Hertford, le sourire aux lèvres, se laissa emporter par ses souvenirs. Elle revoyait son enfance, entre Londres et Milan, les trois hommes qui se disputaient la responsabilité de son éducation. Ses trois pères ! Ils avaient remplacé sa mère, qui ne péchait pas par excès de tendresse et s'était débarrassée de sa fille sans états d'âme. MieMie ne lui en gardait pas rancune. Elle avait eu une enfance privilégiée. Aujourd'hui, quelque cinquante ans plus tard, elle rendrait à ce bel enfant l'affection qu'elle avait reçue de George Selwyn. Et que sa mère, Costanza, marquise Fagnani, n'avait su lui donner.

1

L'enfance de MieMie Fagnani

Londres, 1770

La mère de MieMie descendait d'une ancienne lignée milanaise. Dotée d'une beauté provocante et d'une voix de soprano, elle avait jeté son dévolu sur le marquis Fagnani, dilettante aux mœurs dissipées qui ne s'encombrait guère de principes. Le mariage fut conclu comme un pacte : décidé à profiter de la vie en toute liberté, Giacomo Fagnani ne voyait pas d'inconvénients à ce que Costanza goûte les mêmes plaisirs. À peine unis par les liens du mariage, ils partirent visiter les capitales européennes au gré de leur fantaisie, en prenant soin d'enrichir leur voyage d'aimables aventures.

Lorsqu'ils arrivèrent à Londres en juillet 1770, ils firent la connaissance de William Douglas, comte de March. Ce célibataire quinquagénaire disposait d'une immense fortune. Petit, sec, toujours vêtu d'un frac, de bottes et d'une culotte de peau, Lord March dépensait son énergie sur les champs de courses et aux chasses à courre. Il jouissait d'une réputation sulfureuse. Sybarite impénitent, il jurait comme mille troupiers, se complaisait dans la compagnie de femmes-cochers dont le tempérament correspondait plus à ses goûts que celui des aristocrates de son milieu. Sa passion pour l'opéra lui avait valu de charmantes aventures avec de très jeunes cantatrices italiennes.

La troublante sensualité, la voix de Costanza l'enchantèrent. Leur liaison dura le temps d'un feu de paille mais, quelques mois plus tard, naissait au domicile des Fagnani, à Doven Street, une petite fille : Maria-Emily. Le marquis Fagnani lui donna son nom, mais nul n'ignorait à Londres qu'elle était la fille du comte de March. Lorsque, au lendemain de ses relevailles, Costanza souhaita reprendre sa vie nomade, le nouveau-né lui parut encombrant.

— Qu'allez-vous faire de l'enfant ? demanda William à Costanza, encore alitée parmi ses taies de dentelles et ses draps brodés.

— La confier à quelque nourrice bien-portante, je suppose.

— Feu et tonnerres, madame ! s'exclama le petit homme en se redressant, vous n'y songez pas ! Vous n'allez pas placer ce poupon entre les mains de paysannes ignares. Elles ne sont bonnes qu'à gaver. Des grosses vaches à lait, rien de plus. Des humeurs altéreront leur lait. Elles l'emmailloteront et la laisseront suspendue toute la journée à un clou pour être tranquilles. Il faut à cette princesse autre chose qu'une chaumière !

William découvrait les charmes de la paternité. L'enfant était attendrissante. Célibataire, ayant dépassé la cinquantaine, il se sentait heureux de voir son sang se perpétuer en ce petit être. Et curieux de découvrir ce que deux lignées aussi différentes, celle de sa vieille famille écossaise et celle de la bouillante marquise italienne, pourraient donner. Il proposa à la mère de prendre l'enfant en charge et installa Maria-Emily, avec une nourrice et une armada de jeunes servantes, dans les communs de l'hôtel March, à Piccadilly, accoutumé à recevoir des invités d'un autre genre.

William voulut sans tarder présenter sa fille à son ami George Selwyn. Liés depuis l'enfance, les deux gentlemen se quittaient rarement. Lorsqu'ils partaient en voyage, ils s'écrivaient de longues lettres. Selwyn représentait le type même du dandy. L'œil mélancolique, le visage taciturne sous sa perruque poudrée, il habillait sa haute silhouette avec élégance. Il mettait un point d'honneur à garder une démarche nonchalante en toutes circonstances. George vivait seul, organisait son emploi du temps avec méthode. Rien ne semblait en mesure de troubler ses habitudes.

William savait qu'il trouverait son ami à leur club, le White's. Il commanda sa voiture verte, aux portières armoriées, attelée de deux chevaux noirs, et partit pour Saint-James Street. Arrivé, il jeta les rênes à son groom et s'engouffra sous la véranda. Dans le salon silencieux, George Selwyn sommeillait sur les coussins d'un divan. Malgré l'épaisseur des tapis, il reconnut la démarche de William et souleva une paupière :

— Ah, William, vous voilà ! On s'ennuyait de vous. Votre nom a retenti plus de cent fois dans ces salons ces derniers jours, laissa-t-il tomber de sa voix traînante et nasillarde.

— Ils n'ont que cela à faire, caqueter. George, c'est surprenant. Je n'aurais jamais imaginé. Cette enfant...

William marqua une pause.

— Eh bien ? l'interrogea George Selwyn.

— Venez. Ma voiture nous attend.

— Diable, vous semblez bien pris, mon pauvre ami !

À l'hôtel March, George suivit de ses longues enjambées le pas de William qui trottait vers la nursery. Ils pénétrèrent dans la pièce plongée dans la pénombre, attentifs à ne pas éveiller le bébé. La nourrice, tablier immaculé, cheveux serrés sous son bonnet, quitta son fauteuil et se retira en esquissant une révérence. Les deux amis s'approchèrent. William écarta les rideaux de mousseline bordée d'organdi qui enveloppaient la nacelle du berceau. Les deux torses, le long et le court, se penchèrent d'un même mouvement. Leurs regards convergèrent vers l'oreiller de dentelle : l'enfant dormait, sereine.

Et la vie de George Selwyn bascula.

Dès qu'il aperçut Maria-Emily, un afflux d'émotions monta du plus profond de son être. Elle reposait avec la grâce du nouveau-né, les deux poings serrés sur l'oreiller encadrant son minuscule visage, avec un abandon confiant, propre aux premières semaines de la vie. Le cœur de George s'emplissait de cette vision. Il voulait cette enfant. Il désirait la chérir, la protéger, la défendre, comme si elle était sienne. Il savait qu'elle lui appartenait déjà. Dès ce premier coup d'œil, il éprouva pour elle « *la tendresse du père et les entrailles de la mère* ».

— Eh bien, George, *old boy*, que se passe-t-il ? s'enquit William. Vous voilà transformé en statue. Elle ne vous plaît pas ?

Selwyn mit un moment à se ressaisir.

— Ah, William !... hum... tout au contraire, dit-il se redressant et retrouvant ses esprits. Comment, diantre, êtes-vous parvenu à faire pareille merveille ?

La vie de George Selwyn fut transformée. Les semaines suivantes, il n'y eut de jour sans qu'il ne rendît visite à son ami. À la nursery, il passait de longs moments à contempler l'enfant endormie. Un membre du White's le surprit en train de bercer le bébé sur le pas de l'hôtel March. L'affaire fit grand bruit. La fascination de George pour un nourrisson semblait inconcevable. Célibataire impénitent, ses amis ne lui connaissaient pas la moindre liaison, pas la plus petite aventure. Élu à la Chambre des communes, il exerçait son métier de parlementaire en somnolant paisiblement sur les bancs de bois du palais de Westminster. Très recherché dans les salons, il parlait peu et, d'un air grave, laissait tomber quelques traits qui passaient pour des mots d'esprit. Il occupait le plus clair de son temps à dormir ou à jouer aux cartes. Il savait gagner ou perdre avec insouciance, sans exprimer le moindre sentiment quelles que soient les sommes en jeu.

Ses proches lui connaissaient des goûts plus ambigus. Il affichait une attirance pour les scènes macabres, se proposait pour veiller les morts. Il manquait rarement les pendaisons de Tyburn, la potence proche de Londres, qui attiraient un public passionné. Certains adeptes emportaient des chaises, des échelles ou des miroirs inclinés à quarante-cinq degrés, fixés à l'extrémité d'un bâton, pour être sûrs de ne rien manquer du spectacle. En 1757, Selwyn avait même traversé la Manche pour assister au supplice par la roue de Robert

François Damien[1]. Comme il était familier de ces spectacles, le bourreau lui avait ouvert la voie en disant : « *Faites place à Monsieur. C'est un Anglais et un amateur.* »
Ce penchant faisait sourire ses amis. Ils s'inquiétèrent davantage de l'étrange passion qui accaparait désormais son temps. Ne disait-on pas que le cher George, qui aimait observer le sang couler, ne supportait pas de voir MieMie ou la Signorina – comme il la surnommait – verser une larme ? Si, au début, il avait suscité dans son entourage un certain amusement, sa persévérance auprès de l'enfant finit par étonner. Les uns s'en attendrissaient, les autres l'estimaient ridicule. Il n'en avait cure.

William March constata cette soudaine affection. Passion un peu sénile, pensa-t-il avec indulgence. Fervent adepte du turf, propriétaire de plusieurs chevaux de course, il s'intéressait plus à Ascot ou à Newmarket qu'à sa fille.

Selwyn n'eut pas grande difficulté pour arriver à ses fins. Devant ses demandes pressantes et répétées, William finit par lui confier l'enfant. George ne prit pas de risque inutile : il emporta son trésor dans sa maison du Gloucester et put se consacrer à l'objet de sa passion, loin des commentaires.

MieMie grandissait. Pâle et chétive, elle possédait un charme irrésistible. Ses yeux gris bleuté constamment mobiles, ses boucles noires et son menton fin faisaient oublier le nez un peu long pour un visage étroit. Il émanait de sa personne un goût passionné de la vie qui ne la tenait jamais en repos. Son intelligence et sa rapidité d'esprit étaient exceptionnelles. George veillait sur son éducation. Tuteur consciencieux, il choisit, après une enquête minutieuse, une pension à Kensington. Il accompagna lui-même sa pupille jusqu'aux portes de Campton House et la confia à la directrice, qu'il étourdit de recommandations. Le samedi suivant, Selwyn guetta l'arrivée de sa

---

1. Il tenta d'assassiner Louis XV.

pupille pendant de longues minutes, avant que la voiture qui la ramenait ne s'arrête devant sa porte. Il laissa précipitamment retomber le rideau de la fenêtre et, en dépit de ses articulations douloureuses, dévala rapidement les marches de l'escalier. Il reprit une allure posée une fois arrivé dans le vestibule. Il avait été devancé par la gouvernante. La petite fille, la taille bien serrée dans sa redingote en taffetas bleu nuit, détachait les rubans de soie de sa capeline et secouait ses boucles brunes tout en racontant avec animation ses débuts de pensionnaire. « Elle est délicieuse », pensa le vieux dandy, et son cœur se gonfla de tendresse.

— Ma petite MieMie, dit-il en s'accroupissant pour se mettre à sa hauteur, posant sans y prendre garde un genou en terre.

L'enfant vint se blottir dans ses bras :

— Yanyan, cher Yanyan[1], je suis si heureuse de vous retrouver. J'ai tant de choses à vous raconter.

— Chère enfant ! Comment s'est passée votre première semaine loin de moi ? Miss Terry est-elle gentille avec vous ? Et vos compagnes, sont-elles aimables ?

— Oh, oui, dit avec enthousiasme la petite fille. Tout me plaît.

— Vraiment ? répondit Selwyn d'une voix faible.

— Oui, j'ai déjà une amie. Elle s'appelle Charlotte.

— Et ma compagnie ne vous manque-t-elle pas ? demanda George, incapable de dissimuler sa déception. Nos discussions, nos promenades, nos lectures du soir, nos parties de loto... ?

D'un coup d'œil, l'enfant saisit la réserve de son tuteur. Son visage s'éclaira de ce sourire qui le faisait fondre et, posant sa petite main sur son genou anguleux, elle lui dit en le fixant de ses yeux clairs :

— Mais, Yanyan, je n'aime cette pension que parce que je sais que je vais vous revoir en fin de semaine. Vous me manquez tant. Je serais bien malheureuse, si je ne pouvais vous retrouver le samedi.

---

1. Surnom que MieMie donnait à Selwyn, selon les lettres de Mme du Deffand.

Rasséréné, Selwyn redressa sa grande taille, prit la menotte de l'enfant entre ses longs doigts et le couple, le Mentor et sa Télémaque, se dirigea en devisant vers la grande allée bordée d'ormes, leur lieu favori de promenade.
Bien que convaincu de la nécessité du sacrifice, Selwyn souffrit grandement de cette séparation. Il s'entretenait interminablement avec Mrs. Terry des progrès et des difficultés rencontrées par sa pupille. Ses valets de pied firent maints trajets, porteurs de petits billets à l'intention de l'institutrice, avec l'ordre d'attendre la réponse. Celle-ci le rassurait de son mieux : « *Mrs. Terry, écrivait-elle, présente ses meilleurs compliments à Mr. Selwyn. Elle est désolée de le savoir si inquiet. La chère enfant n'est nullement abattue. Elle est au contraire pleine de vie, a fort bien dîné et se comporte exactement comme ses camarades.* »
En dépit de ces paroles rassurantes, George continua à abreuver Mrs. Terry de ses recommandations. Chaque fin de semaine, il envoyait sa voiture chercher l'enfant. Pendant les vacances, il l'emmenait à Brighton, pour qu'elle respire l'air marin. Mais tout au long de cette période, il vécut dans la crainte que sa mère ne se manifestât. Et c'est ce qui arriva, lorsque la petite eut sept ans.

La marquise Fagnani, se rappelant soudain qu'elle était mère, réclama sa fille. Les grands-parents de l'enfant s'étonnaient de ne pas la connaître et exprimaient leur désapprobation de la savoir abandonnée sur un sol étranger.
George se déchaîna. Son flegme, sa nonchalance s'évanouirent. Il chercha mille moyens pour éviter cette issue, écrivit des dizaines de lettres de supplications : rien n'y fit. Il ne lui restait d'autre choix que de laisser sa pupille partir pour Milan. Il n'avait aucun droit sur elle. Son père, Lord March, auquel il demanda assistance, ne put rien faire, n'ayant jamais reconnu officiellement sa paternité. La mort dans l'âme, George dut s'incliner.

Il fit peindre MieMie par Reynolds. Il trouvait déjà dépassé le portrait de Gainsborough qui datait de l'année précédente. Les deux tableaux furent suspendus dans la bibliothèque, face à son fauteuil favori. La veille du départ, il aida lui-même Mrs. Webb, la gouvernante, à empaqueter les effets de MieMie dans ses malles. Il plia avec soin ses chemises en fine batiste, ses jupons et ses châles, ses jupes aux étoffes chatoyantes garnies de rubans, ses bonnets, tabliers, toques et bas de soie. Et ses chaussures en satin et brocart. Chaque vêture lui arracha des soupirs misérables.

Le lendemain matin, sous un ciel gris ardoise, il installa MieMie accompagnée de Mrs. Webb et d'Alice, sa femme de chambre, dans la berline qui devait l'emmener loin de lui. Il avait organisé le voyage dans les moindres détails, avec le soin qu'il portait à tout ce qui touchait à l'enfant. Chaque étape était retenue, l'auberge – chez Buchon – à Douvres, la traversée de la Manche sur une corvette sûre, sous les ordres d'un « *capitaine d'une prudence hors ligne* », l'escale à Calais... Il avait commandé une berline spéciale, pour traverser la France et les États italiens, qu'il avait fait capitonner et équiper de plaids et de bouillottes. Jusqu'à la dernière minute, il abreuva Mrs. Webb de recommandations :

— Vous n'oublierez pas de donner à Mlle MieMie, ses gouttes de pimprenelle avant son déjeuner. Avez-vous pris des tiges de rhubarbe, qui calment ses maux d'estomac ? Et son châle, gardez-le près de vous, qu'elle l'étende sur ses genoux dès six heures du soir. Il fait frais en septembre.

Le cocher reçut son lot de consignes. Les routes, les brigands, tant de dangers menaçaient. La petite, ravie à la perspective de ce voyage, ne prit pas conscience de la détresse de son tuteur.

Cette séparation fut pour lui un déchirement. Après quelques mois, son désespoir se mua en mélancolie. « Il faudra donc aller jusqu'à elle ! » se résigna-t-il. Et le vieil égoïste blasé, qui avait en horreur les voyages, entreprit d'aller jusqu'à Milan. Il s'offrit la compagnie du Révérend Warner, son vieil ami chapelain, ravi de profiter de

l'occasion. Il organisa une expédition, avec quatre berlines, cinq domestiques, son cuisinier, des lits, du linge, son service de table, des boîtes contenant son thé favori et une malle remplie de poupées françaises.
George était pressé d'arriver et le convoi brûla les étapes. Il accepta par égard pour le révérend de faire l'ascension du Mont-Cenis. Ils furent transportés sur d'étroits sentiers de montagne entre rochers et précipices par des guides suisses aux pieds agiles. De retour sur un sol plus sûr, George estima qu'« *il eût mieux aimé y envoyer un paysagiste que d'y aller lui-même* ». Lorsqu'un matin de mai ils atteignirent Milan, le soleil à son zénith traversait les nuages. Une chaleur moite enveloppait la ville. Il baissa sa vitre et observa avec curiosité les ruelles en enfilade, encombrées de chariots, de cavaliers et de passants pressés. Les Milanais parlaient vite en un dialecte qu'il ignorait. Des deux côtés de la chaussée, d'innombrables boutiques bordaient les trottoirs. Du linge séchait aux fenêtres. Des femmes à la peau brune proposaient des fruits dans leur panier de jonc tressé. D'autres revenaient de la fontaine, la cruche sur l'épaule, causant et riant fort, contournant des hommes endormis à même le trottoir. Au cœur de cette agitation, la berline avançait lentement. Un mendiant introduisit sa sébile en la secouant sous le nez des deux gentlemen. George houspilla ses hommes pour qu'ils se frayent un chemin plus rapide et releva sa vitre. Armés de bâtons, deux valets coururent devant les chevaux, criant et distribuant des coups afin d'ouvrir la voie.

— Mon Dieu, c'est au milieu de cette agitation que demeure cette pauvre enfant ! soupira Selwyn en agitant son mouchoir de dentelle devant son visage pour chasser les mouches.

— Nous arrivons, cher Mr Selwyn, nous arrivons, le réconforta le révérend.

Ils traversaient maintenant de larges avenues bordées de platanes, des places entourées de palais surmontés de corniches saillantes. La vue du Dôme rasséréna les voyageurs, qui retrouvaient le Milan des livres de voyage qu'ils avaient consultés avant leur départ.

Lorsque les quatre berlines poussiéreuses s'arrêtèrent devant la grille du palais Fagnani, Selwyn se pencha par la fenêtre. Il aperçut MieMie qui arrivait en soulevant ses jupes à deux mains pour aller plus vite.

En un instant, au grand émoi du Révérend Warner, George était descendu de voiture.

Moment d'intense bonheur. MieMie avait grandi. Le voyageur nota que ses chaussures de couleur orange étaient mal assorties à sa robe grenat. « À quoi songe sa gouvernante ? se demanda-t-il. Ce doit être le goût milanais. Dieu merci, la chère enfant paraît se porter à merveille. »

Apaisé, il se demanda pourquoi il n'était pas venu plus tôt. L'absence avait renforcé sa passion. Déterminé à ramener MieMie à Londres, il s'efforça de gagner à sa cause la mère et les grands-parents de l'enfant. Il entreprit de les convaincre des mérites de son éducation et se résigna à prolonger son séjour en Lombardie. Il dormait mal, trouvait la cuisine « *d'un style infernal* ». Il ne se nourrissait plus que de poulet bouilli et de cerises. Pendant les mois d'été, il crut mourir de chaleur.

La marquise Fagnani finit par se laisser fléchir. Sa fortune s'amenuisait, ses ardeurs se tempéraient. Une autre fille lui était née dont le père était son époux. Elle accepta de se séparer de l'aînée, après s'être assurée que George Selwyn prendrait à sa charge son éducation, qu'il la doterait et qu'elle hériterait de tous ses biens. Le marquis Fagnani, père légal, donna par écrit au tuteur « puissance plénière » sur l'enfant.

Dès son retour à Londres, George installa sa pupille dans sa demeure de Cleveland Row, à Saint James. Il débordait d'allégresse et de projets. Il considérait que les capacités intellectuelles de MieMie méritaient mieux que l'éducation réservée aux filles de bonne famille, auxquelles on se contentait de donner « des clartés de tout » pour « orner leur esprit ». Selwyn avait d'autres ambitions pour sa protégée. Elle apprit les classiques grecs et latins dans le texte, suivit des enseignements d'histoire, de géographie et de mathématiques. Elle peignait joliment, jouait du piano et devint bonne cavalière.

MieMie grandissait, couvée par ses deux « oncles ». Héritier du titre de duc de Queensberry à la mort de son oncle Charles Douglas, William ne dissimulait à personne qu'il était le père de la pétulante enfant, affirmation d'autant plus convaincante qu'elle lui ressemblait, bien qu'elle le dépassât d'une tête. On remarquait d'abord son regard intense. Sa voix au timbre mélodieux charmait. Son allure aristocratique ne parvenait pas à dissimuler une sensualité qu'elle entretenait avec coquetterie. Comme, depuis son plus jeune âge, les hommes s'entichaient d'elle, elle jouait de ce pouvoir qu'elle n'avait pas mis longtemps à découvrir. Selwyn fit en sorte qu'elle fût reçue dans les milieux élégants de la capitale. Lorsqu'elle eut dix-sept ans, il l'introduisit à la Cour.

Malgré ses efforts, George ne parvenait pas à juguler l'indépendance de caractère de sa pupille qui s'affirmait avec les années. William, duc de Queensberry, favorisait ce penchant. Il aimait retrouver chez MieMie les traits de son propre caractère. Le père et la fille se comprenaient à merveille. Prétextant de ses droits de père, William faisait de fréquentes irruptions chez Selwyn pour la libérer de sa studieuse retraite. MieMie prit l'habitude d'échapper à la tutelle de George, pour se rendre à Queensberry House. Elle rencontra, sous l'œil indulgent de son père, nombre d'admirateurs. Selwyn, qui n'appréciait pas ses escapades, accourait pour la ramener et la mettre à l'abri de cette société qu'il estimait dissolue. Mais il se trouvait dans une délicate position pour lui interdire la maison de son père. Les fugues de MieMie se renouvelèrent et George jugea plus prudent de l'éloigner de la capitale. Il affirma que sa santé nécessitait l'air de la campagne et s'installa avec elle dans sa propriété de Richmond, à l'abri des tentations. Queensberry possédait également une maison dans cette agréable bourgade au bord de la Tamise, proche de Londres. Il donna son accord.

Les années passèrent. À Richmond, la prise de la Bastille suscita force commentaires. L'émotion fut grande lorsque arriva la première vague d'émigrés français venue chercher refuge de l'autre côté du détroit. George ouvrit grandes les portes de sa maison pour les recevoir. Sa santé n'allait pas lui permettre de développer cette hospitalité. Lorsqu'il dut s'aliter, MieMie ne quitta plus son chevet. Elle avait alors dix-neuf ans, et l'idée de la mort de George lui était intolérable. Il lui avait consacré son temps, son énergie, il avait été son interlocuteur unique et permanent. Elle n'imaginait pas la vie sans lui. George, lui, ne se préoccupait pas tant de sa mort que de l'idée d'abandonner la jeune fille. Il n'avait pas achevé son éducation : elle était jeune, vulnérable. Jusqu'à son dernier souffle, il lui prodigua des conseils.

— Efforcez-vous de refréner votre impétuosité et vos engouements, mon enfant. Votre ardeur naturelle, votre charmante spontanéité peuvent être source de bien des désagréments.

— Oui, oncle George.

— Et sachez vous garder de ces jeunes gens qui vous promettent monts et merveilles...

— Oui, oncle George.

— J'espère vous avoir mise à l'abri des dangers qui vous entourent, ma chère enfant. Vous m'avez apporté bien des joies. Et je vous ai tendrement aimée...

George Selwyn rendit son âme à Dieu le 25 janvier 1791, veillé par celle qui avait été l'unique passion de sa vie. Couvée depuis son enfance par ce tuteur qui lui tenait lieu de père et de mère, MieMie se retrouva seule. Elle ne pouvait s'installer chez ce père qui ne l'avait pas reconnue et elle n'avait nulle envie de retourner dans sa famille milanaise. Il restait moins de deux ans à attendre jusqu'à sa majorité. La jeune fille respecta les dernières volontés de son tuteur en vivant sous le toit de Lord Carlisle, grand ami et exécuteur testamentaire de Selwyn.

Entrée en possession de son héritage, elle rejoignit à Richmond son père, le duc de Queensberry, pour l'aider à recevoir les émigrés français qui arrivaient en masse.

2

Le mariage secret

Richmond, 1792

La proximité de l'Angleterre et d'anciennes relations d'amitié nouées entre aristocrates des deux pays avaient poussé nombre de Français à traverser la Manche pour se mettre à l'abri des révolutionnaires. Débarquant après une traversée sur des bateaux de fortune, dépossédés et proscrits dans leur pays, ils trouvèrent en Angleterre un accueil généreux.

Richmond devint l'un des hauts lieux de l'émigration. Trois aristocrates ouvrirent grandes les portes de leur maison : le duc de Richmond, Horace Walpole et le duc de Queensberry. La première arrivée fut Mme de Cambis, une ancienne maîtresse du roi Louis XV. La duchesse de Lauzun, dame d'une grande distinction de manières, la rejoignit, puis la comtesse de Boufflers, une vieille amie de Queensberry, la princesse de Hénin, Mme de Gand. En quelques semaines, le paisible bourg de Richmond se transforma en pôle de la « Haute Émigration », attirant sans cesse de nouveaux réfugiés.

Mme du Barry, l'ancienne favorite de Louis XV, venait souvent à Richmond. Elle était « ... *âgée de quarante-cinq ans, toujours très belle, la grâce même, relevée par quelque chose de royal...* ». Les émigrés lui témoignaient un profond respect, comme au temps de sa faveur. Personne ne se fût permis de rester assis dans un salon où elle se trouvait. Les Anglais furent moins respectueux. Queensberry tenta de l'introduire à la Cour et la présenta à George III, sur la terrasse du château de Windsor. Le roi se voulait un pilier de rectitude morale. Il ne tourna pas « *vers cette dame le même côté que celui que feu le roi de France avait l'habitude de lui présenter* ». Il lui tourna carrément le dos.

Lorsque MieMie arriva à Richmond, elle s'installa dans la maison que George Selwyn lui avait laissée, à côté de celle de son père. Comme elle ne pouvait songer à vivre seule, William la présenta à une émigrée, Louise, princesse de Tarente, duchesse de La Trémoille, qu'il avait rencontrée à Fontainebleau, lorsqu'elle était dame d'honneur de Marie-Antoinette. Une tendre amitié lia bientôt les deux femmes.

Les nouvelles de France devinrent catastrophiques. La mort du roi en janvier 1793, celle de la reine en octobre, les églises profanées, les prêtres persécutés, des fournées de suspects « ennemis du peuple » exécutés, intensifièrent le flux des immigrés. Mme du Barry commit l'erreur de repartir trop tôt pour Paris, ainsi que Mme de Lauzun. Elles furent arrêtées et guillotinées. Toute la communauté de Richmond porta le deuil.

Si MieMie secondait son père à Richmond, elle ne pouvait passer sa vie dans les campagnes avec des vestiges décatis de l'Ancien Régime français. Elle avait besoin de jeunesse, de soupirants. Elle commençait à se préoccuper de son âge. Au mois de mai, la bonne société refluait vers la capitale pour l'ouverture de la saison mondaine, celle des bals, des raouts et des dîners. William regagnait l'hôtel Queensberry, au 138 Piccadilly. Il acheta le 105 de la même avenue qu'il fit aménager pour sa fille et son chaperon Mme de La Trémoille.

À Londres, plus de vingt-cinq mille émigrés tentaient de survivre. Malgré la générosité des Anglais, les subsides étaient limités. Chacun s'ingéniait à trouver une occupation rémunérée. Des descendants des croisés troquaient leur perruque poudrée contre la toque de cuisinier. Des maîtres d'hôtel titrés servaient dans les restaurants. Des jouvencelles aux noms historiques devenaient professeur de piano ou de dessin, couturière ou lingère. Dans des ateliers de « chiffonnades à la française », les dames de l'émigration créaient de leurs doigts toutes sortes de ravissants objets inutiles. Leurs fils, des enfants, portant des boîtes suspendues par une courroie à leur cou, allaient sur les trottoirs les vendre aux passants. On vit dans les rues de Londres « *un chameau conduit par un vieillard, un singe mené par un jeune garçon, et, avec eux, une jeune fille qui faisait des sauts périlleux sur un tapis* ». Ces trois saltimbanques étaient les rescapés d'une des meilleures maisons de Bretagne. Chacun s'ingéniait à garder sa dignité, à appliquer le conseil de la vicomtesse de Noailles selon laquelle : « *C'est un signe de basse extraction et de sentiments communs de regretter des privations matérielles autrement que de façon passagère.* »

Le soir, les Anglais recevaient les émigrés. De jeunes aristocrates britanniques étaient présentés aux demoiselles françaises qui, après de pénibles journées de travail, retrouvaient, le temps d'un bal, un peu des fastes d'antan. Introduite dans cette société par Mme de La Trémoille, MieMie devint une habituée de ces réceptions. Elle ne manquait pas de chevaliers servants. Les jeunes gens appréciaient sa beauté provocante, son regard sensible et impérieux, la vivacité de ses reparties. Ils étaient loin de rester indifférents à sa fortune, celle léguée par George Selwyn et celle qu'elle était en droit d'attendre de son père, le duc de Queensberry. Sans compter des espérances du côté Fagnani. Avoir trois pères pouvait se révéler lucratif.

Mais dans l'aristocratie géorgienne, l'esprit de caste était tel que jamais une mésalliance n'obtenait le consentement des parents. Bien que riche héritière, il était de notoriété publique que MieMie était de lignage douteux. Le temps passait. À vingt-six ans, aucun prétendant sérieux ne s'était déclaré. Les invitations se firent rares.

William décida de prendre l'affaire en main. Il adorait sa fille et se sentait responsable des déboires qu'elle rencontrait dans une société dans laquelle elle était tolérée plutôt qu'admise. Il disposait d'une fortune suffisante pour lui trouver un mari à son goût.

— Tout, vous m'entendez bien, mon enfant, tout peut s'acheter, lui répétait-il.

Il était décidé à aider le sort. C'est alors qu'arriva à Londres, sortant d'Oxford, Francis Charles Seymour-Conway, comte de Yarmouth, fils unique du marquis de Hertford, âgé de dix-neuf ans.

Ce soir-là, chez Mme de Cornulier, pilier de « l'émigration élégante », on dansait. MieMie, aux côtés de Mme de La Trémoille, agitait mollement son éventail. Elle s'ennuyait. De très jeunes Français et quelques quinquagénaires l'avaient invitée à danser. Ses anciens admirateurs ne venaient plus. Ils étaient tous mariés. Elle soupira.

Adossé à une colonne, un homme l'observait. Sous une foison de boucles rousses, ses joues rondes, encore enfantines, contrastaient avec un nez busqué et des favoris en côtelette de mouton. Bel homme, mais bien jeune, se dit MieMie. Leurs regards se croisèrent. Il sourit, l'air engageant. Elle en fut irritée, tapota sa coiffure d'un geste machinal et se tourna vers Mme de La Trémoille :

— Il se fait tard, chère amie. Peut-être pourrions-nous songer à nous retirer ?

Soudain, le garçon fut devant elle. Il s'inclina :

— Francis-Charles Seymour-Conway, comte de Yarmouth, mademoiselle. Me ferez-vous l'honneur de m'accorder cette danse ?

MieMie marqua un temps d'hésitation.

— Nous étions sur le point de partir. Mais... volontiers, Lord Yarmouth. Ce sera la dernière.

Il dansait la contredanse avec élégance, connaissait les figures récentes. Lorsqu'ils se mirent en ligne, il ne la quitta pas des yeux. Chaque fois qu'ils se croisèrent, sa main effleura la sienne. Quand l'orchestre s'arrêta, il lui proposa une nouvelle danse. MieMie accepta. La pression des doigts de son cavalier se fit plus insistante, son regard enveloppant. En la raccompagnant auprès de la duchesse de La Trémoille, il demanda s'il pourrait la revoir.

— Demain, je serai à la soirée de Mme de Buckingham, répondit-elle.
Une invite à s'y rendre.
Le lendemain matin, lorsque William pénétra dans le boudoir de sa fille, elle rêvait, étendue sur un sofa, un recueil de poésie à la main.
— Ma chère enfant, comment vous portez-vous ? demanda-t-il en se laissant tomber sur un fauteuil. Votre soirée d'hier était-elle réussie ? Racontez-moi vos nouvelles conquêtes.
— Elles se font rares !
— Par Dieu, je n'en crois rien. Tous les hommes sont charmés par votre beauté et votre vivacité.
— Peut-être, mais aucun ne souhaite m'épouser. Seuls une poignée de vieillards ou quelques jouvenceaux tout juste sortis de l'enfance ont encore du goût pour moi. Comme celui d'hier soir !
— Celui d'hier ? Ma chère enfant. Vous savez combien votre destin m'importe. Dites-moi tout !
— Un très jeune homme. Le comte de Yarmouth.
— Le jeune Yarmouth ? Diable ! Je connais son père, le marquis de Hertford. Une des plus grosses fortunes d'Angleterre. Sa femme est née Ingram-Shephard. Elle est fort imbue de son rang, de sa personne. Et dévorée d'ambition. Ma pauvre enfant ! Le jour même de la naissance de son fils, Lady Hertford a dû choisir la princesse de sang qui aura l'honneur de l'épouser et de perpétuer sa lignée.
MieMie ne répondit pas. Ces alliances n'étaient pas pour elle.
— J'aimerais vous voir heureuse, mon enfant, reprit son père. Dans notre société, il vous faut un établissement, des enfants. Vous n'allez pas passer votre vie avec de vieilles perruques de mon âge. Vous avez vingt-six ans. Il serait bon que vous soyez plus... offensive ! Ce jeune Yarmouth, vous plaît-il ?
MieMie se leva et s'approcha de la fenêtre en faisant glisser entre ses doigts les perles de son collier. Tout en regardant la pluie tomber sur la charmille du jardin, elle éluda la réponse :

— Vous savez bien, mon cher « oncle », que je n'ai guère le choix. Il ne m'est pas permis d'épouser qui me plaît.

— Vous oubliez un élément d'importance. Ma fortune est à votre service. Faites-moi connaître vos inclinations. Je ferai tout pour contribuer à votre bonheur.

Francis-Charles arriva tôt au raout de Mme de Buckingham. Il se posta en haut de l'escalier et guetta l'arrivée de MieMie. Il ne la quitta pas de la soirée. Il était fasciné par cette femme de sept ans son aînée, à la personnalité affirmée. Il aimait son rire, sa voix, son assurance. Ils rivalisaient de mots d'esprit, de reparties brillantes. Les jours suivants, ils galopèrent dans les allées cavalières de Hyde Park, parcoururent en phaéton les rues de la capitale. Ils se retrouvèrent chaque soir. Puis chaque nuit. Le jeune couple menait grand train. Francis-Charles couvrait MieMie de cadeaux. Les salons de la capitale bruissaient de mille rumeurs à leur sujet.

Le marquis de Hertford convoqua son fils pour le sermonner. Unique descendant de la branche aînée, il devait apprendre à gérer ses domaines et sa fortune. Et respecter les devoirs, assumer les responsabilités d'un futur marquis qui hériterait des titres et des honneurs liés à son nom.

— J'exige que vous mettiez un terme à la vie dissolue et dispendieuse que vous menez en si fâcheuse compagnie, conclut son père. Vos dettes sont démesurées. Désormais, je ne les couvrirai plus.

Francis joua pour se renflouer au White's, au Brook's, puis dans les tavernes mal famées de Bow Street. Sans succès. Ses créanciers se firent pressants. Acculé, ne sachant comment sortir de ce mauvais pas, il commença à songer au mariage et regarda d'un œil nouveau les charmes de Mlle Fagnani et l'étendue de sa fortune. Le duc de Queensberry suivait l'affaire. Il savait le jeune homme couvert de dettes et prêt à tout pour obtenir des fonds.

Un matin de mai 1798, il trouva MieMie en larmes. Elle était enceinte.

William ne perdit pas de temps. Il rencontra le jeune Yarmouth et lui proposa un marché. Sa fille était enceinte de ses œuvres. Il devait se conduire en gentleman et l'épouser. En contrepartie, il réglerait ses dettes, doterait sa fille et leur léguerait sa fortune. Les sommes évoquées firent briller les yeux de Francis-Charles. Il trouvait MieMie plus amusante que les autres femmes qui se pressaient autour de lui. L'épouser lui permettrait de vivre dans le luxe. Francis-Charles donna son accord avec empressement.

MieMie trouvait en ce mariage la respectabilité qu'elle recherchait. Les portes des salons qui lui étaient fermées s'ouvriraient devant la comtesse de Yarmouth, future marquise de Hertford. Le marché était honorable pour les deux parties. Restait un obstacle de taille. Depuis des siècles, les Seymour épousaient des Anglaises de noble naissance et de réputation sans tache. MieMie, bâtarde, italienne et enceinte, ne représentait pas la bru idéale. Francis redoutait les réactions de son père. Mieux valait se passer de son autorisation.

Queensberry organisa l'opération. Il expédia sa fille dans une propriété isolée, où elle put s'arrondir à l'abri des regards. Le moment venu, elle se rendit en chaise à porteur au domicile d'une sage-femme. Elle suivit les usages en gardant, au long de l'accouchement, un voile épais sur le visage pour que la sage-femme ne puisse la reconnaître et ne soit pas tentée de la faire chanter. Frances-Maria naquit en janvier 1799. La nourrice, une robuste fille des campagnes, fut choisie par MieMie qui goûta au sein le lait de chaque candidate. L'enfant fut expédiée avec sa nourrice à Richmond, tandis que la mère demeurait confinée dans ses appartements. Les jeunes parents attendirent que le marquis de Hertford quitte Londres pour ses terres d'Irlande et, le 18 mai 1799, en l'église Saint-Lawrence de Southampton, le Révérend Thomas Mears les unit devant Dieu. Les deux témoins furent des habitants du lieu, qui travaillaient ce jour-là dans le jardin du cimetière.

La lune de miel fut un enchantement, le retour à Londres, glacial.

Dès que Lord Hertford fut revenu d'Irlande, Francis-Charles entraîna MieMie à Manchester House, la demeure londonienne de ses parents. Il avait décidé de mettre son père devant le fait accompli en lui présentant sa femme.
— Bonjour, John, dit-il au valet de pied qui ouvrait la porte. Lord Hertford est-il là ?
— Bonjour, My Lord. His Lordship est dans la bibliothèque, My Lord.
Hertford écrivait sur son bureau-cylindre. La pièce était tiède et silencieuse. Le feu projetait des ombres mouvantes sur les rayons en citronnier, couverts de livres reliés. On frappa à la porte. Hertford leva la tête. Ses yeux s'arrondirent lorsqu'il vit entrer son fils, accompagné d'une jeune femme vêtue au goût du jour. MieMie avait apporté un soin particulier à sa toilette.
Lorsque Hertford l'eut reconnue, il retira lentement son binocle et le posa sur ses papiers. Sans se lever, il attendit. Francis-Charles attaqua d'emblée le vif du sujet.
— Père, dit-il. Voilà. Permettez-moi de vous présenter ma femme. J'ai épousé Mlle Fagnani.
Il y eut un temps de stupeur. Incrédule, Hertford regardait son fils. Il articula d'une voix enrouée par l'indignation :
— Comment ? Vous avez...
— Je l'aime, Sir, s'empressa d'ajouter Francis-Charles en voyant les maxillaires de son père se contracter.
— C'est une plaisanterie ! Ne me dites pas que vous avez épousé cette bâtarde ?
MieMie, blême, tira la manche de son mari.
— Francis-Charles... Partons ! implora-t-elle.
Ce qui eut pour effet de galvaniser son époux. Il fit un pas en avant :
— Sir ! Mlle Fagnani est désormais ma femme. Vous offensez la comtesse de Yarmouth.
Lord Hertford frappa violemment la table de la paume de la main, se leva et marcha vers son fils qui plaça sa femme derrière lui.

— Par Jupiter, Francis-Charles ! Vous avez donné votre nom à la bâtarde du vieux Q. ? Ce n'est pas Dieu possible ! Vous déshonorez notre famille ! Votre liaison était déjà lamentable, mais quant à l'épouser ! Jamais je n'aurais imaginé que vous puissiez envisager pareille sottise !
— Père...
— Taisez-vous ! Votre mère a cent fois raison. Cette gourgandine exerce une influence déplorable sur vous depuis que vous avez eu le malheur de tomber dans ses rets.

Furieux, Lord Hertford déclara qu'il allait demander au Parlement d'annuler le mariage. Il enverrait son fils à l'armée. Francis retenait par le poignet MieMie qui cherchait à s'enfuir. Hors de lui devant tant de défis et si peu de contrition, son père lui intima l'ordre de sortir :
— Quant à vous, jeune personne, fulmina-t-il en se tournant vers MieMie, je ne veux pas vous revoir dans cette maison ! Vous n'avez pas votre place dans notre société. Vous êtes bien la fille de Queensberry, aussi dissimulée et rouée que ce vieux débauché. Mauvais sang ne saurait mentir.

MieMie ne devait jamais lui pardonner ces paroles.

Avant de fermer la porte, le jeune mari se retourna et dit à son père d'une voix suave :
— À propos, Sir, permettez-moi de vous informer que vous êtes grand-père. Une petite Frances. Elle a cinq mois.

Et Francis-Charles, redressant le torse, prit son épouse par le bras et sortit, laissant son père pétrifié.

Quelques jours plus tard, Lord Hertford, voyant la détermination de son fils, la fierté avec laquelle il assumait son choix et lui tenait tête, se décida à rencontrer le duc de Queensberry. Celui-ci l'assura qu'il laisserait sa fortune, après sa mort, à sa fille et à son époux. Le ménage, installé à Piccadilly, menait grand train grâce à ses subsides et à la fortune personnelle de MieMie. Hertford se résigna. Il s'agissait d'une mésalliance inadmissible pour l'héritier du titre. Une honte pour la famille. Mais MieMie était la fille d'un duc anglais et d'une marquise italienne de noble souche. Si la pureté britannique des Seymour n'était pas préservée, le sang qui coulerait dans les veines de ses petits-enfants serait d'un bleu aristocratique. Et ces jeunes gens ne vivraient pas à ses crochets.

Lady Hertford possédait un sens aigu de sa lignée. Elle resta inflexible. Francis était son fils unique. MieMie, une intrigante, avait profité du jeune âge et de l'inexpérience de Francis-Charles pour le séduire. Elle ignora sa petite-fille et se détournait de sa bru lorsqu'elles se croisaient.

Les membres de la famille Seymour suivirent cet exemple et refusèrent de la recevoir. La nouvelle du mariage s'était répandue comme une traînée de poudre dans les salons de Kensington. Les deux jeunes gens furent isolés comme des conjurés. Ragots et calomnies allèrent bon train. MieMie avait choisi ce mari pour s'intégrer à cette société qu'elle estimait sienne. Elle en conçut une profonde amertume. Sa rancœur envers les Seymour de la branche cadette, qu'elle sut faire partager à son mari et plus tard à ses enfants, demeura sans concession. Elle allait peser sur la suite des événements.

Le couple se rapprocha de la colonie française de Londres et de Richmond. Un autre enfant s'annonça. La marquise de Hertford avait espéré une rupture. Elle fut ulcérée. Pourvu que ce soit une fille ! Un garçon deviendrait l'héritier du titre, de la fortune et soutiendrait sa mère qui ne méritait pas cet honneur. Ce fut un fils, Richard. La marquise en était blême de rage. Le nouveau-né, qui portait le titre de vicomte de Beauchamp, rejoignit la petite Fanny à Richmond.

La cabale orchestrée par Lady Hertford, dont l'objectif était d'ébranler les liens du mariage, commençait à porter ses fruits. Francis-Charles retrouva sa place dans la société, dès l'instant où il venait sans MieMie. Il renoua avec ses amis, sa vie de club, ses conquêtes antérieures. Il afficha ses liaisons, sans chercher à protéger sa femme d'une réalité que chacun se plaisait à commenter.

Méprisée par cette famille, trompée par son époux, MieMie se détacha de lui. Elle décida de prendre ses distances avec ce milieu londonien qui lui était hostile et s'installa à Richmond avec ses enfants qu'elle chérissait, son père et ses amis français. Elle saisirait la première opportunité pour quitter l'Angleterre.

3

MieMie à Paris

Paris, mai 1802

Avec le changement de siècle, le régime en France se modifiait. Le Consulat avait succédé au Directoire, le général Bonaparte était devenu Premier Consul. Les ardeurs révolutionnaires s'estompaient, l'ordre revenait. On rédigeait le Code civil. Dès avril 1802, un arrêté des Consuls proclama l'amnistie et permit aux émigrés de revenir en France, à condition de prêter serment à la Constitution. Beaucoup rentrèrent, laissant quelques irréductibles derrière eux. MieMie n'attendait que cela : ses amis de Richmond repartaient pour la France, elle s'y rendrait aussi.

En mai 1802, profitant de la paix d'Amiens qui rendait de nouveau possibles les échanges entre l'Angleterre et la France, elle entraîna son mari sur le continent. Francis-Charles se réjouissait de retourner dans ce pays, qu'il n'avait pu visiter depuis douze ans. Accompagnés de leurs deux enfants et de huit domestiques, ils s'installèrent à l'hôtel de Courlande, place de la Concorde. Paris regorgeait d'Anglais. L'élite européenne parlait le français. Il n'y avait pas un Anglais éduqué qui ne s'exprimât dans cette langue. Les théâtres, bals, maisons de jeux attiraient des flots d'insulaires, curieux de découvrir le musée du Louvre, enrichi par les confiscations révolutionnaires. Fascinés par Bonaparte, les visiteurs espéraient croiser dans les jardins des Tuileries ce général, devenu en août Premier Consul à vie.

À Paris, la société, ébranlée par les séismes de la Révolution, s'était transformée. Beaucoup avaient frôlé la mort, d'autres avaient tout perdu. Si décembre s'appelait encore frimaire, le clergé ouvrait ses églises, le faubourg Saint-Germain se repeuplait. Une nouvelle classe émergeait, enrichie par le pouvoir, la guerre et les places vacantes laissées par les privilégiés de l'Ancien Régime. Une société composite évoluait dans les lieux à la mode, où les émigrés commençaient à se mêler aux financiers, agioteurs, officiers, commerçants, comédiens et entremetteuses. Certains aristocrates réclamèrent des postes, n'éprouvant aucun scrupule à servir cette « chienne de République ». Deux ans plus tard, lorsque l'Empire allait succéder au Consulat et qu'on eut rendu aux émigrés ce qui restait de leurs biens, la majorité de la noblesse se rallierait au nouveau régime.

En arrivant à Paris, les Yarmouth retrouvèrent leurs amis français de Londres et de Richmond. Reçus faubourg Saint-Germain, le siège des familles aristocratiques, ils furent aussi accueillis par les gens en vue de la société triomphante, ces parvenus que la noblesse appelait les nouveaux riches.

Catherine Grand, une émigrée rencontrée à Londres, introduisit les Yarmouth. Depuis son retour en France quatre ans auparavant, elle était la maîtresse de Talleyrand, nommé par Bonaparte, en 1799, ministre des Relations extérieures. La belle Indienne convia les Yarmouth dans le luxueux hôtel de Créquy que Talleyrand louait pour elle, rue d'Anjou. Elle les reçut chaleureusement dans sa bibliothèque en rotonde, aux murs garnis d'ottomanes de velours vert à crépine d'or. Née en Inde, de parents français, Catherine avait épousé à seize ans un Anglais, M. Grand, dont elle avait rapidement divorcé. Elle allait parvenir à se faire épouser par Talleyrand, quelques mois après l'arrivée des Yarmouth à Paris.

La personnalité de Francis-Charles séduisit Talleyrand qui « *aimait la noblesse anglaise, surtout celle qui a de l'esprit, de l'élégance et du* désordre ». Les Yarmouth furent conviés aux dîners du ministre des Relations extérieures, rue du Bac, reçus au château de Clichy chez Mme Récamier, invités aux fêtes données par le financier Ouvrard dans sa propriété du Raincy. Un mois après leur arrivée, ils participaient à tous les bals, dîners et concerts qui se succédaient dans cette société à laquelle les anciens émigrés commençaient à se mêler.

Pendant la journée, fidèle à la tradition de sa famille, Francis-Charles visitait les marchands de curiosités qui proposaient à bas prix des trésors dispersés par la Révolution. On vendait encore à l'encan sur la place publique, devant le château de Versailles, des meubles, des tableaux et jusqu'aux corniches ayant appartenu aux rois de France. L'achat d'une commode Boulle ou d'une peinture à bas prix lui procurait de vives satisfactions. Afin d'établir la provenance des œuvres proposées, Francis-Charles s'était procuré les catalogues des principales ventes du siècle précédent et ne manquait pas de savourer la chute des prix. Il s'assura que ses pouvoirs de séduction fonctionnaient sur le continent. Une beauté italienne, Mme Visconti, fut la première à succomber au charme de ses favoris roux.

L'hiver fut glacial et la Seine demeura gelée pendant quinze jours. Confiné en son hôtel, Francis-Charles s'ennuyait. Les attraits de la Visconti perdaient de leur troublante nouveauté. Il décida qu'il était temps de repartir pour Londres.

Lorsqu'il entra dans les appartements de sa femme ce matin-là, MieMie, un sourire aux lèvres, son ouvrage sur les genoux, regardait ses enfants jouer. À plat ventre devant la cheminée, Fanny et Beauchamp[1] construi-

---

1. Richard est le prénom du vicomte de Beauchamp. Il deviendra comte de Yarmouth à la mort de son grand-père, puis héritera du titre de marquis de Hertford à la mort de son père. Pour ne pas créer de confusion avec l'autre Richard qui va jouer un rôle prépondérant dans cette histoire, nous continuerons à l'appeler Beauchamp, comme le fit sa mère, sa vie durant.

saient des châteaux avec des cubes en bois. Soldats de plomb, totons et poupées jonchaient le sol. Le petit garçon, dans sa robe de dentelles, le front ceint d'un bourrelet en étoffe destiné à protéger sa tête en cas de chute, se concentrait sur le jeu. Sa sœur l'encourageait mais, à la grande contrariété de l'enfant, ses gestes provoquaient immanquablement l'effondrement de l'édifice. MieMie observait l'entêtement que mettait son fils de trois ans à recommencer son ouvrage. « Il ne manquera pas de pugnacité », songeait-elle, amusée.

Lorsque leur père entra, les enfants se levèrent pour le saluer, puis reprirent leur jeu. Francis-Charles s'assit dans une bergère à côté de la cheminée, croisa ses jambes gainées de bas blancs, tisonna un instant les bûches et dit :

— Ma chère, j'ai fait le tour des richesses locales. L'intolérable vanité de ces Français m'insupporte. De surcroît, j'ai en abomination le thé que l'on nous sert. Nous rentrons.

MieMie puisa un fil de soie ocre de la table à ouvrage posée à côté de son fauteuil, enfila son aiguille et la planta délicatement dans la trame du tissu.

— Vous souhaitez regagner Londres ? l'interrogea-t-elle, les yeux sur sa broderie.

— Comme je viens d'avoir l'honneur de vous le dire.

— Eh bien, vous partirez seul, annonça MieMie.

Francis Charles leva un sourcil et reprit :

— Chère, je crains que vous ne m'ayez mal entendu. Je retourne à Londres et j'exige que vous m'accompagniez !

— Cher, vous pouvez toujours exiger, je reste à Paris.

Le ton de MieMie était déterminé. Francis-Charles se mordit la lèvre et contempla ses ongles.

Il haussa les épaules et se leva.

— Libre à vous ! Si la compagnie de ces parvenus vous retient à Paris, nous partirons sans vous. Prévenez John et Mary qu'ils préparent le bagage des enfants.

Il se dirigea vers la porte.

— Francis-Charles, les enfants restent avec moi, reprit MieMie d'une voix unie.
— Plaît-il ? dit Francis-Charles en s'arrêtant net.
— Vous m'avez fort bien entendue.
— Et pourquoi donc, s'il vous plaît ?
— Puisque vous me le demandez, poursuivit Mie-Mie en italien, je souhaite éviter à nos enfants l'image de votre vie dissolue.
— De ma...
— De votre vie dissolue. Vous vous affichez avec la Visconti et j'ai appris qu'elle partait pour Londres. J'attendais que vous m'annonciez votre départ. Je n'attache plus grande importance à vos conquêtes. Mais je n'admets pas que nos enfants aient à souffrir la compagnie de ces créatures vulgaires. Fanny et Beauchamp resteront avec moi à Paris.

MieMie joua sur le registre des femmes bafouées et le culpabilisa si bien qu'il dut s'incliner. Pour ne pas perdre la face, Francis-Charles conclut qu'il n'entendait faire qu'un bref séjour à Londres et qu'il reviendrait les chercher tous les trois quelques semaines plus tard.

La paix d'Amiens, signée entre la France et l'Angleterre en mars 1802, laissait en suspens des points cruciaux. Les deux pays n'attendaient qu'un prétexte pour entrer en campagne. Londres s'était engagée à restituer à Paris les colonies qu'elle lui avait enlevées, y compris l'île de Malte, dès que la France aurait quitté le royaume de Naples. Si Tarente fut évacuée dans les premières semaines qui suivirent la paix d'Amiens, la France annexa l'île d'Elbe, le Piémont et maintint ses troupes en Hollande. L'Angleterre prit prétexte de ces nouvelles occupations, pour garder Malte.

Le 13 mars 1803, la tension monta d'un cran. Le Premier Consul fit une scène violente à l'ambassadeur anglais, Lord Whitworth, au palais des Tuileries devant le corps diplomatique, muet d'étonnement et de crainte :

— « *Les Anglais veulent la guerre ; mais s'ils sont les premiers à tirer l'épée, je serai le dernier à la remettre dans le fourreau !* » menaça-t-il.

Début mai, une offre d'accord proposée par Londres

fut refusée par Paris. Le 16 mai, le Premier Ministre, William Pitt, fit à la Chambre un discours belliqueux salué, chose rarissime dans cette enceinte, par un triple ban. Cela revenait à encourager la reprise des hostilités. Sans avertissement ni déclaration d'usage, des frégates anglaises s'emparèrent de deux bâtiments marchands français qui, ne pouvant regagner Brest un soir de tempête, s'étaient réfugiés dans la baie d'Audierne. L'acte d'agression constitué, la paix d'Amiens était rompue. En représailles, Bonaparte fit arrêter un transporteur et les Anglais qui voyageaient sur ce bateau. Francis-Charles était du voyage. Inquiet de la tension entre les deux pays, il venait chercher femme et enfants.

En débarquant à Calais, Francis-Charles fut conduit à la gendarmerie du port avec ses compatriotes, fils de famille commençant leur grand tour, marins, officiers, voyageurs de passage, savants, médecins... souvent accompagnés de leur femme et de leurs enfants. Les ordres de Paris étaient confus et discriminatoires. Lord Yarmouth fut entendu par le commissaire général des Ports de la Manche et autorisé à regagner la capitale, après avoir donné sa parole d'honneur qu'il ne quitterait pas la ville.

À Paris, Francis-Charles retrouva sa famille et ses habitudes. Il se fit remarquer par la police secrète en gagnant cent mille francs en une soirée tout en critiquant le Premier Consul. Lorsque Bonaparte donna l'ordre de faire interner les Anglais qui se trouvaient sur le territoire français, Lord Yarmouth, malgré ses relations, fut prié de rejoindre ses compatriotes à Fontainebleau. Sa femme, grâce à l'intervention de Talleyrand, fut autorisée à rester à Paris avec ses enfants.

Les prisonniers de guerre, réunis en convoi, furent conduits sous escorte dans une ville de garnison du Nord-Est de la France, Verdun. Les lieux étaient sinistres. Perché sur une colline, le bourg était cerné de remparts, battu par les vents. Les églises, les cloîtres et de vieilles demeures, abandonnés depuis la Révolution, tombaient en ruine. Au pied de la citadelle, sur les deux rives de la Meuse, les champs succédaient aux forêts. Certains prisonniers allaient demeurer plus de dix ans dans cette bourgade. Francis-Charles n'était pas disposé à se résigner à ce sort.

Les Verdunois, d'abord effarés par l'arrivée massive de ces résidents forcés, saisirent vite les avantages de la situation. Des usuriers accommodants proposèrent des prêts sur simples billets, à cent pour cent d'intérêt. L'argent circula, générant des produits inconnus à Verdun. « *Des comestibles rares, pâtés de foie gras de Strasbourg, poulardes truffées de Paris, le turbot et le cabillaud de l'Océan, le thon de la Méditerranée...* » firent leur apparition dans les échoppes de la ville. Des boutiques d'orfèvrerie, de bijouterie, de lingerie ouvrirent leurs portes. Livres et gazettes arrivèrent de Paris et de Bruxelles. Les rues furent envahies par de somptueux phaétons, des mail-coaches aristocratiques, des promeneurs à cheval suivis de leur groom. Francis-Charles acheta deux chevaux de selle, six de trait, deux briskas et deux phaétons. Il s'installa dans un appartement meublé et engagea cinq domestiques, en plus du valet qui l'avait suivi depuis Paris.

L'intendance assurée, Francis-Charles entreprit de se ménager la bienveillance des autorités. Le commandant du fort, le général Wirion, était un vrai rapace. Les conditions de détention des prisonniers les plus nantis s'améliorèrent, tandis que les coffres du commandant se remplissaient. L'appel quotidien devint hebdomadaire. Francis et ses amis obtinrent l'autorisation de sortir de la ville et purent chasser à tir et à courre, avec les hobereaux locaux.

La ville respirait un air de prospérité. Les fêtes succédaient aux bals. Des femmes se proposèrent pour améliorer l'ordinaire des prisonniers. Les dames comme il faut, qui avaient suivi ou rejoint leur mari, se résignèrent à côtoyer des dames « comme il en faut », créatures du demi-monde et femmes galantes. Francis-Charles installa dans son appartement une sémillante veuve, Victorine Saint-Amand. Cette prison prenait des allures de villégiature.

Dans la capitale, MieMie se consolait de sa solitude. Si à trente-deux ans l'éclat de sa peau avait pâli, elle n'avait rien perdu de son charme. Le regard des hommes s'attardait sur ses formes, qu'accentuait un léger embonpoint. Ses reparties et sa culture lui valaient des succès. Elle était en butte aux adorations de beaucoup de gens.

À Paris, la condition de femme sans mari n'était pas un obstacle à la vie sociale. Les femmes pouvaient sortir non accompagnées. Certaines tenaient salon, recevaient le soir dans leur appartement sans que l'on songe à s'en offusquer. La comtesse de Yarmouth, attentive à bien porter son nom, s'amusait dans cette société de parvenus que le quartier Saint-Germain qualifiait de « mêlée ». Cette atmosphère légère s'accordait mieux à son tempérament latin que le mélange de retenue et d'esprit d'intrigue, caractéristique de la société britannique. Elle était liée avec les personnalités en vue du nouveau régime, les Talleyrand, Mme Tallien, le général Berthier, Mme Récamier. Elle était abonnée aux Italiens et au Théâtre-Français.

Lassée des incartades de son mari dont elle était tenue informée, elle décida de tirer profit de ces infidélités pour s'autoriser quelques libertés. L'occasion se présenta un soir de septembre, lors d'une soirée chez le ministre des Relations extérieures qui réunissait chaque semaine, rue du Bac, l'élite de la société parisienne, les diplomates et les étrangers de marque.

Ce soir-là, au moment où la voiture de MieMie franchissait le portail de l'hôtel Galliffet, trois officiers en grande tenue descendaient de cheval. Ils jetèrent leurs rênes aux valets qui s'empressaient, des flambeaux à la main. Les jeunes gens plaisantaient et parlaient haut comme gens d'importance. Le plus grand reconnut la comtesse anglaise. Devançant le valet de pied, il ouvrit sa portière et s'inclina, la main sur le cœur.

— Madame, si vous voulez bien prendre la peine de descendre...

Ramassant la traîne de sa robe d'une main experte, MieMie posa un pied chaussé d'un brodequin prunelle mordorée sur le marchepied et descendit les marches

avec la dignité sereine de la femme sûre de sa beauté. La simplicité de sa robe à la Minerve, brodée d'une frise grecque, mettait en valeur sa silhouette. Ses cheveux étaient attachés en une cascade de boucles retenues par une lanière sertie de diamants.
— Mille grâces, monsieur. Pardon... général. Je vous reconnais, vous êtes l'aide de camp du général Bonaparte, le commandant de Paris, le général Junot !
Andoche Junot s'inclina.
— Pour vous servir, madame. Oserais-je vous offrir mon bras ?
MieMie posa le bout de ses doigts sur la manche de Junot. Ils traversèrent le vestibule et montèrent l'escalier encadré de buissons de fleurs qui menait aux pièces de réception.
Les deux amis de Junot leur emboîtèrent le pas en ironisant :
— Te voilà galant homme, ce soir, La Tempête...
— La Tempête ? Général, d'où tenez-vous ce nom flamboyant ? minauda MieMie.
— De mon tempérament, madame. Le général Bonaparte m'a surnommé ainsi. Je suis un homme de feu et de fureur. Mais aussi, chuchote-t-il, j'ai mon prénom en horreur. Andoche ! Peut-on imaginer pareille niaiserie ?
— Mais pas du tout. Je trouve ce prénom charmant.
— Vous êtes trop indulgente, madame !
Ils arrivèrent dans le premier salon, où le ministre et maître de maison, en habit bleu chamarré de feuilles de chêne en argent, accueillait ses invités.
— Milady, mon général, dit Talleyrand en s'inclinant légèrement. Je vois que vous avez fait connaissance.
Ses yeux ironiques brillaient dans son visage impassible.
— Quel beau couple vous formez ! Votre époux s'accommode-t-il de nos forteresses, My Lady Yarmouth ? ajouta-t-il, tandis que son regard se portait vers les invités suivants, annoncés par le chef des huissiers.
Un peu plus loin, Mme de Talleyrand, dans une robe de satin de Leroy resserrée sous la poitrine, les manches

courtes ballonnées mettant en valeur ses longs bras, recevait les hommages des invités. Les pièces de réception étaient éclairées par les centaines de bougies qui garnissaient les lustres, les candélabres et les girandoles. Leurs lumières se reflétaient sur les cristaux et se multipliaient à l'infini dans les miroirs. Les diplomates, les grands noms du faubourg Saint-Germain, les célébrités et les ambitieux de la nouvelle société se pressaient devant les buffets. Des valets présentaient sur des plateaux d'argent du champagne, du bordeaux et du porto, immédiatement resservis. L'odeur de la cire chaude se mêlait dans l'air au musc et à l'ambre qui s'exhalaient des robes des femmes. Les rires fusaient de toutes parts.

Andoche et MieMie, un verre à la main, se dirigèrent vers le plus grand salon où Mme Walbonne, la cantatrice en vogue, chantait un air d'opéra d'une voix qui dominait la rumeur de la fête. MieMie était flattée d'être vue aux côtés du séduisant militaire à la crinière blonde, un proche du Premier Consul, que chacun aspirait à rencontrer. Il fut sollicité, elle fut admirée. Ils furent parmi les derniers à quitter l'hôtel Galliffet.

Ainsi débuta leur idylle. Il lui fit une cour colorée dont elle ne s'offusqua pas. Il sut pousser son avantage. Elle accepta un flirt léger. La prestance du général, sa gaieté vinrent à bout de sa réserve. Elle s'émouvait de sa ferveur pour Bonaparte. Il lui racontait la bataille des Pyramides, la prise de Malte. Elle était conquise par sa fougue. Ils devinrent amants.

Leur liaison fut brève. Junot témoignait d'une certaine culture mais elle se lassa de sa conversation. Elle trouvait singulier qu'il ne puisse la comprendre lorsqu'elle jonglait avec les langues. Son irascibilité latente entraîna MieMie à rechercher des joies plus en accord avec sa sensibilité. Le départ de Junot, envoyé à Arras pour rassembler une armée, servit une rupture qui s'avérait inévitable. Un autre séducteur en profita pour proposer ses services à la belle lady esseulée.

Le nouveau bénéficiaire des faveurs de la comtesse de Yarmouth, Casimir Montholon, comte de Montrond, était appelé par la fleur de la société parisienne le « beau

Montrond ». *Il avait la queue du diable sur les lèvres et une ironie de singe dans ses yeux bleus.* Railleur impénitent, jouteur célèbre, c'était un séducteur. *Comme il ne péchait pas par excès de timidité, les bonnes fortunes ne lui avaient jamais fait défaut.* Homme sans préjugés ni scrupules, Montrond était l'ami, le confident et l'âme damnée de Talleyrand. MieMie et Casimir de Montrond dînaient souvent à la table du ministre. Lorsque Junot partit pour Arras, Montrond *proposa à l'esseulée, dont le mari croupissait dans les prisons de Verdun, de partager avec elle le fardeau de ses inquiétudes.* La verve et les reparties de ce nouveau prétendant enchantaient MieMie qui n'opposa qu'une réserve de principe à ses propositions. Pour la première fois de sa vie, à trente-trois ans, elle vivait une passion amoureuse.

Le mois où Napoléon devenait Empereur des Français, MieMie découvrit qu'elle était enceinte. L'affaire était grave. Il y avait plus d'un an que son mari était retenu prisonnier à Verdun. Ce n'était pas tant le scandale qu'elle redoutait, pas plus qu'elle ne craignait la colère d'un époux trompé. Elle savait qu'il ne prendrait pas le risque de se séparer d'elle et de se priver de l'héritage de Queensberry qui approchait du terme de sa vie. Mais elle tenait à sauver les apparences pour l'enfant, à le préserver du handicap de l'illégitimité. Elle avait trop souffert elle-même de l'ambiguïté de sa naissance. Casimir de Montrond trouva le remède, avec l'aide d'un complice inventif : Talleyrand.

Un matin Talleyrand vit entrer chez lui Montrond, l'air soucieux. Il l'interrogea.

— *Je suis contrarié, Lady Yarmouth est dans une situation intéressante*

— Le mari est toujours à Verdun ? demanda Talleyrand.

— *Oui, c'est ce qui rend la position embarrassante.*

Talleyrand haussa les épaules et sonna *son secrétaire.*

— *Préparez un passeport, avec autorisation de prendre les chevaux de poste, pour M. de Montrond qui se rend à Verdun accompagné d'un domestique.*

Montrond se mit à rire.

— *Parbleu, vous êtes un grand imaginier. Cette idée ne me serait pas venue.*
Deux jours plus tard, Montrond arrivait à Verdun. Il raconta à Francis-Charles que sa femme se mourait et désirait lui dire adieu. Il lui proposa un plan :
— *S'il ne vous répugne pas de prendre le carrick et le chapeau de mon domestique, montez sur le siège de ma voiture pour sortir d'ici. Nous brûlerons le pavé. Vous dites adieu à la comtesse et vous êtes rentré à Verdun avant que l'on ne se soit aperçu de votre absence. C'est un cas de force majeure et vous ne manquez point à votre parole. Je laisse mon domestique ici. Au besoin il prendra votre place, se couche et fait le malade. Votre valet de chambre doit être fidèle et ne nous trahira pas.*
Francis-Charles connaissait Montrond, le grand ami de Talleyrand. Il accepta. Arrivés aux barrières de Paris, Montrond lui dit :
— *Faites-vous conduire directement chez votre épouse. Moi je saute dans un cabriolet et je cours chez Talleyrand, afin que l'on ne vous inquiète pas pendant votre séjour à Paris. Arrangez-vous de façon à partir ce soir.*
Lord Yarmouth se confondit en remerciements :
— *Ah, comment vous remercier d'un tel service !*
À dix heures du matin, il entrait chez sa femme. Elle n'était pas levée. Agenouillé devant elle et lui baisant les mains, il fut surpris de lui trouver bon visage, pendant qu'elle-même s'étonnait de cette arrivée inattendue. C'est dans cette chambre à coucher qu'un lieutenant de police accompagné de quatre esbattiers le trouva. Francis-Charles fut ramené à Verdun entre deux gendarmes. Quelques mois plus tard, le 16 janvier 1805, MieMie mettait au monde son second fils, Henry Seymour-Conway. Le père putatif était en droit de s'interroger sur ces furtives retrouvailles avec son épouse. Mais le rapport du ministère de la Police attestant de la présence du comte de Yarmouth à Paris mit MieMie à l'abri de toute action. Les doutes du père allaient jouer un rôle déterminant dans la vie du nouveau-né et expliquer bien des traits de la personnalité du futur Lord Seymour, connu des Parisiens sous le nom de Milord l'Arsouille.

En janvier 1806, la direction du ministère anglais passa aux whigs, favorables à l'ouverture de négociations avec la France. Talleyrand pensa à utiliser les services de Lord Yarmouth, dont il appréciait l'intelligence. Il le fit libérer et le chargea de convaincre le cabinet anglais de la sincérité du désir de Napoléon de signer la paix avec l'Angleterre. Francis-Charles fut, pendant quelques mois, le plénipotentiaire de Sa Majesté britannique, *chargé de rechercher une paix honorable pour les deux nations et en même temps de nature à assurer le repos futur de l'Europe.*

En remerciement de ses services, Lord Yarmouth obtint sa libération définitive. Il fit partie du premier échange de prisonniers. Décidé à ramener sa famille en Angleterre, il se heurta à la résistance opiniâtre de sa femme qui n'avait pas la plus petite intention de reprendre une vie commune avec ce mari qui avait installé à Paris la veuve Saint-Amand. MieMie n'avait aucune envie de retrouver à Londres la fausse commisération de ses amies, la compassion singée de sa belle-mère, ravie de la voir humiliée et la subtile perfidie de ce milieu social qu'elle haïssait. Il n'était pas question qu'elle renonce à sa vie excitante ni à la compagnie de Montrond.

Après quatre ans sur le territoire français, MieMie vénérait Paris, capitale sans préjugés, où, débarrassée de l'autorité de son époux, elle s'était épanouie. Dans cette ville, il était facile de se distraire. La médisance était affaire d'esprit, les conventions aisément contournables. On ne se détournait pas d'elle lorsqu'on apprenait son origine controversée. Elle était comtesse de Yarmouth. Cela lui ouvrait les portes de l'aristocratique quartier Saint-Germain comme celles des milieux proches de l'Empereur. On connaissait ses aventures, mais elles étaient restées discrètes, dans les limites du bon goût.

Le prétexte avancé pour rester à Paris fut la santé délicate de Beauchamp. L'enfant souffrait de crises d'asthme : le climat humide et les brouillards de Londres seraient contre-indiqués. Pour affirmer sa détermination, MieMie loua un appartement, l'entresol du 2 rue Cerutti. Plusieurs fenêtres donnaient sur le boulevard des Italiens, ombragé d'arbres séculaires et bordé de maisons basses et de petits hôtels à jardins fleuris. La nouvelle élite du régime s'installait dans ce quartier. Des cafés, des restaurants s'ouvraient. Sur les huit théâtres autorisés par Napoléon, sept avaient leur entrée sur les boulevards. Lieu de rencontres, de distractions, de manifestations, le boulevard allait servir de toile de fond aux événements importants du nouveau siècle. Et demeurer le lieu de prédilection de la famille Seymour.

Casimir de Montrond, installé en face de MieMie au 1 rue Cerutti, connut quelques déboires. L'Empereur lui reprochait d'être lié avec les frondeurs du régime, Mme de Staël, Benjamin Constant, Mme Récamier, Mathieu de Montmorency. Il fut fermement engagé à quitter Paris, partit pour Anvers où il fut arrêté.

— *Excusez-moi de ne pas venir vous demander une tasse de thé, à cause de deux gendarmes qui veulent bien me conduire au château de Ham*, annonça Montrond à son amie, madame de La Tour du Pin, le jour où il dut quitter Anvers.

D'abord emprisonné dans la forteresse de Ham, il fut assigné à résidence à Châtillon-sur-Seine d'où il s'éclipsa en emportant ses biens ses plus précieux : ses perruques et postiches, son parfum et son bidet d'argent. Il rejoignit en Angleterre le chef de la branche cadette des Bourbons, le duc d'Orléans.

À Londres, William, duc de Queensberry, déclinait. Il ne quittait plus sa maison de Piccadilly mais se tenait informé de ce qui concernait sa fille. Le vieil homme finit par trépasser, en 1810, âgé de quatre-vingt-quatre ans. Celui que l'on surnommait *old Q.* ou *le roué de Piccadilly*, se fit enterrer dans l'église de sa paroisse Saint-James, à Piccadilly. Sous la table de communion.

Grâce à Talleyrand, qui, malgré sa disgrâce, gardait des relations dans tous les ministères, MieMie obtint un passeport et traversa la Manche pour assister à l'enterrement. Avec William disparaissait son troisième et dernier père. Francis-Charles tenta une fois encore de convaincre sa femme de revenir vivre à Londres avec leurs enfants.

Peine perdue. La fille unique du duc de Queensberry repartit pour Paris.

Dans la capitale, le temps s'écoulait agréablement pour la société de cet empire finissant, tandis que la politique de force et de prestige menée par Napoléon rencontrait ses limites. Les défaites s'additionnaient sur les fronts russe et allemand. Après de vaines négociations, la France perdit ses pays vassaux. L'empire s'effondrait. Le pacte de Chaumont consacra la coalition des puissances alliées. L'Angleterre, la Russie, l'Autriche, la Prusse et la Suède entrèrent sur le territoire, marchèrent sur Paris.

Revenu en hâte de Lorraine, Napoléon, arrivé trop tard, se réfugia à Fontainebleau. Le 28 mars 1814, sous un ciel pluvieux, encadré par des lanciers et grenadiers de la Garde, un cortège de douze berlines vertes aux armes impériales quittait Paris. L'impératrice, le roi de Rome, Mme Laetitia, les dames d'honneur, le ministre Cambacérès, la reine de Westphalie et d'autres s'y entassaient. Deux jours plus tard, les troupes françaises évacuaient de nuit la capitale. Le lendemain, les alliés faisaient leur entrée dans la ville. Talleyrand – du côté des vainqueurs – obtint la signature de sénateurs présents, moins de la moitié, qui désignèrent un gouvernement provisoire. Le 2 avril, le Sénat proclamait la déchéance de Napoléon et, le 6 avril, l'article 2 de la Constitution appelait Louis XVIII au trône de France, au nom du peuple français.

4

Les mésaventures de Beauchamp

Paris, mai 1814

Un après-midi de mai 1814, les enfants Seymour, accoudés à la fenêtre du premier étage en rotonde, scrutaient l'extrémité du boulevard. Aussi loin que portât leur regard, la chaussée, jonchée de feuillages, était déserte. Les trottoirs grouillaient de monde. Aux terrasses des cafés, sous la double rangée d'arbres, on servait des limonades, des eaux de coing, d'angélique ou de jasmin. Les immeubles étaient pavoisés : rideaux et tapis pendaient des fenêtres, des drapeaux à fleur de lys, des mousselines blanches garnissaient les balcons. Les badauds portaient une cocarde blanche.

Soudain, la rumeur s'amplifia. La foule se resserra derrière les deux rangées de gardes nationaux qui bordaient la chaussée. Les trois enfants se penchèrent d'un même mouvement. Dans les lointains, la ligne d'un cortège avançait.

— *Here he comes* ! s'écria Beauchamp.

— Non, c'est moi, c'est moi qui l'ai vu le premier ! protesta le plus jeune, tandis que leur sœur aînée, Fanny, répétait en italien :

— *Via, calmatevi, calmatevi*[1].

---

1. « Allons, calmez-vous, calmez-vous. »

Depuis un mois, le boulevard était devenu le siège d'un spectacle permanent qui enchantait Fanny, Beauchamp et Henry, les enfants de MieMie, âgés de quinze, quatorze et neuf ans. Des fenêtres qui donnaient sur le boulevard, ils suivaient les épisodes qui se succédaient depuis la chute de Napoléon. Un mois plus tôt, ils avaient vu défiler le flot des troupes alliées venues occuper Paris. Ils avaient appris à reconnaître les tuniques rouges des cosaques de la garde du tsar, les capotes bleues, brunes ou vertes des Prussiens, blanches des Autrichiens, le kilt des Écossais des Highlands, la tenue vert bouteille avec des revers orange des soldats de Nassau.

Ce jour-là, le 3 mai, Louis XVIII allait faire son entrée dans Paris, après plus de vingt ans d'exil. Les spectateurs observaient avec curiosité le visage des quatre personnages, assis face à face dans une calèche découverte, attelée à huit chevaux blancs tenus par des piqueurs. Les manifestations d'enthousiasme restaient limitées. Certains agitaient leur mouchoir, des jeunes filles en blanc jetaient des fleurs de lys devant la voiture. Lorsque la tête du cortège arriva à leur hauteur, Beauchamp saisit son jeune frère sous les aisselles et le souleva pour qu'il puisse mieux voir.

— C'est lequel, le nouveau roi ? interrogea Henry.

— Celui en habit bleu à épaulettes dorées et à perruque poudrée.

— Le gros monsieur ?

— Oui.

— Il ne porte même pas de couronne ! constata l'enfant, déçu. Et la dame maigre avec un bonnet, assise à côté de lui, c'est sa fille ?

— Non, sa nièce, répondit Fanny. La duchesse d'Angoulême, l'orpheline du Temple. La fille du roi Louis XVI et de Marie-Antoinette est la seule survivante de sa famille.

— Et les deux vieux messieurs ?

— Des cousins du roi, le prince de Condé et le duc de Bourbon.

Louis XVIII dissimulait ses rondeurs derrière les portières fraîchement repeintes aux couleurs des Bourbons et ne ménageait pas ses efforts pour séduire la foule. Digne, souriant, il s'inclinait en portant la main à son cœur chaque fois que des « Vive le Roi ! » s'élevaient. Pour son premier contact avec le peuple parisien, il avait préféré maintenir dans son escorte les soldats en uniforme de la garde impériale, pour rassurer les Français, leur montrer qu'il n'y aurait pas de rupture radicale avec le régime précédent. Plusieurs maréchaux d'Empire, opportunément ralliés, suivaient le cortège. Dans les palais officiels, la tenue des laquais avait viré du vert au bleu. Des bouquets de fleurs de lys dissimulaient des essaims d'abeilles sur les tentures et les tapis. Des aigles planaient encore à tous les plafonds.

    Beauchamp observait avec intérêt les épisodes de la Restauration de la monarchie. Fervent partisan de Napoléon, il allait se passionner pour le retour de l'Aigle et les Cent-Jours. C'était un bel adolescent, de tournure élégante, de physionomie avenante. L'arc du menton, la courbe fine du nez révélaient ses origines aristocratiques. Élève appliqué, son esprit vif et ses reparties satisfaisaient l'abbé McNulty, son précepteur, qui organisait son travail, veillait à son exécution et l'accompagnait partout. Beauchamp étudiait les langues classiques au collège d'Harcourt et s'initiait aux enseignements scientifiques du Muséum d'histoire naturelle. Son maître de musique était allemand, son maître de dessin italien. De santé délicate, le jeune homme continuait à souffrir de crises d'asthme, prétexte que MieMie avait avancé pour éviter que son fils ne parte faire ses études à Eton comme son père le souhaitait.

    Francis-Charles traversait souvent la Manche, pour voir sa famille. Il profitait de ses séjours parisiens pour compléter sa collection de meubles et d'objets de curiosité. Depuis l'Empire, l'engouement des Français se portait sur l'art antique et oriental. Les salons regorgeaient de meubles aux genres mêlés : divans retour d'Égypte à pieds de tigre, lits à col de cygne, tabourets en X et statues antiques coexistaient. Ils reléguaient au grenier les meubles et les peintures des siècles précédents. Lorsque leurs propriétaires s'en débarrassaient, les Anglais les achetaient pour des sommes dérisoires.

Lorsque Beauchamp eut quinze ans, Francis-Charles décida qu'il était temps de ramener son fils à Londres. Ses demandes devinrent insistantes. MieMie inventait mille arguments pour retarder les échéances, mais elle savait qu'elle ne pourrait éternellement couper de ses racines le futur marquis de Hertford. Un incident allait mettre un terme à ses réticences.

En mars 1816, lors d'une soirée à l'ambassade d'Angleterre, Beauchamp avait sympathisé avec des officiers anglais du 10e hussard qui accompagnaient Wellington, de passage à Paris. En vertu du traité de Vienne, les puissances occupantes maintenaient des troupes autour de Paris et les cosaques russes cohabitaient avec les soldats anglais sous les arbres du bois de Boulogne. Le colonel Gurwood et le chirurgien des armées, le docteur Chermside, proposèrent à Beauchamp de les retrouver au bois de Boulogne, pour visiter les campements anglo-alliés.

Le lendemain matin, le ciel était dégagé et les signes d'un printemps précoce apparaissaient. Beauchamp sonna son valet de chambre :

— Gordon, faites seller Orion et prévenez Peter. Je sors.

Vingt minutes plus tard, monté sur sa jument baie à la crinière nattée et suivi à cheval par son groom Peter, le jeune homme, la taille cambrée dans une veste cintrée, traversait la place Louis XV. Il remonta au trot les Champs-Élysées, contourna les fondations du futur Arc de triomphe qui s'élevaient entre les pavillons de la barrière de l'Étoile. Arrivé dans l'allée postale, il prit le galop. Dressé sur ses étriers, il admira ses nouvelles bottes, aussi fines que des gants. Elles adhéraient à la perfection aux quartiers de la selle. En arrivant au bois de Boulogne, il fut accueilli par le colonel Gurwood qui lui fit les honneurs du campement. Les Russes avaient dressé leurs huttes avec des bottes de paille, autour de lances croisées, tandis que les Anglais s'étaient installés sous des tentes blanches, tendues entre les troncs. Le bois avait pris une allure de fête. Guinguettes, cafés et salles de danse s'étaient ouverts à proximité. Le soir, les Parisiens se retrouvaient pour jouer aux cartes et se distraire avec les occupants et les grisettes, qu'attiraient ces militaires désœuvrés. Beauchamp fut prié de rester déjeuner. Le jeune homme fut charmé par la gaieté de ces réunions masculines, l'atmosphère de camaraderie, la fraternité qui liait les officiers, les échanges de rires et les plaisanteries. « Plus tard, j'intégrerai le 10e hussard », se promit-il

Sur le chemin du retour, Beauchamp croisa un dragon de l'armée anglo-alliée et reconnut l'honorable James Augustus Stanhope, fils du comte de Harrington, qu'il avait rencontré la veille lors du dîner chez l'ambassadeur. Ils trottèrent au botte à botte, sautèrent quelques obstacles. Élégant dans son uniforme d'officier, beau parleur, Stanhope racontait mille anecdotes. Les deux cavaliers cheminèrent de conserve jusqu'à Paris. En se quittant, ils convinrent de se retrouver le lendemain et de prendre une glace chez Tortoni. Richard était flatté d'être considéré d'égal à égal par un homme qui avait deux fois son âge. Ils se revirent, au bois et en ville. Beauchamp présenta son ami Stanhope à sa mère. Elle lui trouva des manières agréables. MieMie encourageait son fils à nouer des liens avec ses compatriotes et Stanhope devint un familier de la maison.

Quelques semaines plus tard, Stanhope raccompagna Beauchamp rue d'Artois et se fit annoncer chez Lady Yarmouth :

— My Lady, je viens prendre congé de vous.

— Comment, monsieur Stanhope, vous nous quittez ?

— Hélas oui, madame ! Mon régiment repart pour Londres. J'ai une faveur à vous demander, My Lady. Autoriseriez-vous My Lord Beauchamp à participer à un dîner d'adieu demain soir ? Nous serons entre nous, quelques officiers des dragons légers. Je serais honoré de le compter parmi mes invités.

— Mère, supplia Beauchamp, je vous en prie, dites oui !

MieMie ne laissait pas ses enfants sortir le soir sans elle. Mais le fils du comte de Harrington était bien élevé et Richard désireux de côtoyer les officiers anglais. Il aurait bientôt seize ans. Ce n'était plus un enfant.

— Soit, monsieur Stanhope, je veux bien vous le confier, mais à une condition. Demain soir, je vais à l'Opéra, voir *la Serva Padrona* de Pergolèse. Je souhaite que Beauchamp me rejoigne dans ma loge, avant onze heures du soir.

— Je vous le promets, My Lady Yarmouth. Je veillerai sur lui comme sur un frère.

Le « frère » devait de lourdes sommes à un certain William Twysden, tricheur patenté. Il avait trouvé une bonne manière de rembourser ses dettes, de connivence avec le larron. Leur plan était de faire boire le jeune garçon, de l'amener à jouer au whist et de le plumer. Beauchamp incarnait la proie idéale. Les deux aigrefins ne doutaient pas que ses parents paieraient ses dettes, comme le voulait le code d'honneur.

L'affaire se déroula comme prévu. Abondamment servi en champagne et vin de Bourgogne, l'adolescent fut incapable de résister aux ruses des deux complices. Lorsqu'il rejoignit sa mère à l'Opéra, il avait signé deux reconnaissances de dettes : l'une de 8 700 livres à l'intention de Stanhope, l'autre de 7 060 livres en faveur de Twysden.

Dès son retour à Londres, Stanhope se rendit chez Lord Yarmouth et lui présenta les reconnaissances de dettes de son fils. Francis-Charles le reçut courtoisement et l'assura qu'il allait régler ce problème sans tarder. Il ordonna à son fils de le rejoindre à Londres pour lui expliquer l'affaire. On ne jouait pas avec les dettes d'honneur et MieMie mit Beauchamp dans la diligence pour Calais.

Lorsque Beauchamp arriva dans le port de Londres, il reconnut, au pied de la passerelle, Stanley, le majordome qui accompagnait d'ordinaire son père en France. Stanley lui fit passer sans encombre l'Alien Office et les douanes, lui épargnant les heures d'attente que les autres

voyageurs s'apprêtaient à subir. Un coupé, attelé à deux chevaux, les portières peintes aux armes de sa famille, l'attendait. Le cocher portant perruque et un valet en livrée de peluche jonquille le saluèrent, tricorne à la main. Beauchamp s'installa dans la voiture avec Stanley, tandis que le valet de pied prenait place debout, sur le banc arrière. Le voyageur descendit sa glace et observa l'animation de la ruelle qui montait des berges de la Tamise vers la ville. Il trouva d'instinct le ton las et affecté de son père, pour s'adresser au majordome :
— Que se passe-t-il, Stanley, pourquoi sommes-nous immobilisés ?
— La pente est raide, Your Lordship, les chevaux peinent.
Le coach qui les précédait, trop lourdement chargé, dérapait sur les pavés. Des loueurs de chevaux, postés sur les trottoirs, proposèrent d'atteler leurs haridelles en complément. Il fallut un long moment avant que l'attelage, ainsi renforcé, ne parvienne, sous les cris d'encouragement du public, à ébranler la voiture. Derrière, les véhicules s'accumulaient et la cohue s'installa, renforcée par un concert d'invectives en cockney. La nuit était tombée, lorsque le coupé de Beauchamp se mit en route. Des lanternes, accrochées aux angles des voitures, projetaient leurs lueurs sur les pavés mouillés. Le jeune garçon regardait la capitale, qu'il découvrait. Son pays. Il n'était pas pressé d'arriver. Il redoutait la séance d'explications avec son père. Depuis sa mésaventure, il se répétait les arguments qu'il voulait avancer, pour justifier ses dettes et tempérer sa culpabilité. En approchant du centre de la ville, il eut la surprise de voir l'obscurité s'estomper. Dans le quartier de Kensington, il faisait clair comme en plein jour.
— D'où vient cette lumière, Stanley ?
— Des becs de gaz, Your Lordship. Vous voyez cet homme avec son échelle sur l'épaule, chaque soir il allume les réverbères un à un.
— Comment fait-il pour faire jaillir cette flamme brillante dans le globe ?

— Chaque lampe est reliée au gaz hydrogène, Your Lordship. L'allumeur l'enflamme avec sa torche. On compte des réverbères tous les vingt mètres dans ce quartier. On dit que dans quelques années, toute la ville sera illuminée la nuit.

En matière d'éclairage, Londres devance Paris, dut reconnaître Beauchamp, en pensant aux faibles lueurs dispensées par les lanternes à huile du quartier de la Chaussée d'Antin.

Lorsqu'il arriva à Seamore Place, la maison de son père, il fut conduit dans son bureau. Francis-Charles lui serra la main et lui offrit un thé, accompagné de muffins et de cakes. Lorsqu'il se fut restauré, son père le soumit à un feu roulant de questions. Il ne fit aucun commentaire. Pas un reproche, pas un blâme. Dès qu'il fut en possession des éléments de l'affaire, Francis-Charles demanda sa voiture et se rendit au siège de l'état-major. Arguant du jeune âge de son fils, il n'eut aucun mal à démontrer le coup monté. L'officier Stanhope passa en cour martiale, fut rayé de l'armée et l'affaire étouffée.

L'occasion était belle. Quelques jours plus tard, Francis-Charles raccompagnait lui-même son fils à Paris. Il prit prétexte de l'aventure :

— Beauchamp a besoin d'autorité, dit-il à sa femme. Je déplore qu'il n'ait pas suivi ses classes à Eton, étant donné les responsabilités qui l'attendent dans son pays. Je vous rappelle que Beauchamp est mon héritier, qu'il prendra le titre de marquis de Hertford et ma succession à la Chambre des lords. Il doit connaître ses pairs et son milieu.

— Mais ses crises d'asthme, le brouillard londonien..., murmura MieMie

— Allons, madame, faites-moi la grâce de reconnaître que les humidités de la Seine valent celles de la Tamise ! l'interrompit Francis-Charles.

— Pourtant, le médecin...

Les arguments de MieMie fondaient devant la détermination de son époux.

— Trêve de commentaires, conclut Francis-Charles. J'exige que mon fils revienne en Angleterre. Il fera ses classes à Oxford, comme tous les membres de notre famille. Il passera l'été avec vous, mais viendra habiter Londres dès octobre prochain. Cette fois, je serai intraitable.

La mort dans l'âme, MieMie dut s'incliner. Elle ne pouvait couper son fils de ses responsabilités futures. Elle craignait tant qu'il ne prenne goût à la vie londonienne. Elle ne supporterait pas une longue séparation. Lorsque, en octobre 1816, Beauchamp rejoignit Londres, il était d'humeur morose. La traversée dans un lougre à voiles, sur une mer agitée, avait été interminable. Il n'avait repris ses esprits qu'une fois le bateau entré dans l'estuaire de la Tamise, à l'abri du vent. Il se sentait fatigué, sale, grognon. Sa redingote était chiffonnée. Le ciel assombri par le charbon enveloppait les rives d'un brouillard opaque. Tandis que la voiture roulait vers le centre de Londres, de sombres pensées traversaient son esprit : « Je déteste Londres. Je n'ai aucune envie d'y demeurer », pensait le jeune homme. L'intendant l'avait informé que son père était à Brighton. Il ne reviendrait que le surlendemain. Le cœur de Beauchamp se serra en se remémorant son départ. « Mère semblait si triste de me voir partir. Je l'ai vue pleurer pour la première fois ! » En le quittant, MieMie lui avait donné une miniature de Cosway, un portrait la représentant à vingt ans :

— Regardez-le souvent, lui avait-elle dit, des larmes plein les yeux. Comme cela, vous ne m'oublierez pas.

Beauchamp sortit la miniature de sa poche et la contempla avec émotion. Sa mère lui manquait déjà. Le coupé s'arrêta devant la façade palladienne, en pierres de Portland, de Seamore Place. Tandis que les valets s'affairaient avec ses bagages, Beauchamp traversa les pièces désertes de la maison. Des tapis étouffaient le bruit de ses pas. Dans les salles de réception, chaque objet était un chef-d'œuvre. Il admira le paravent de Coromandel, les commodes de Boulle, les bergères tapissées de couleurs pastel. Ses doigts effleurèrent le contour d'un secrétaire Hepplewhite, s'arrêtèrent sur une fleur en bois précieux qui en émaillait la surface. Il monta l'escalier monumental entouré de colonnes de marbre, qui condui-

sait à sa chambre, au deuxième étage, et se jeta sur son lit. Il se roula en boule, attentif à son chagrin.
« Père n'a pas jugé utile d'être là pour m'accueillir. Il ne s'intéresse pas à moi. Ma mère ne m'aurait jamais laissé seul, le soir de mon arrivée. Mon Dieu, comme je vais être malheureux dans ce pays ! »
On frappa à la porte.
— Votre Seigneurie est servie.
— Merci. Je n'ai pas faim.
Plus tard, il se leva et marcha dans sa chambre. Un paysage de Salomon Ruysdael retint un moment son attention. Il regarda par la fenêtre. Quelques rares piétons suivaient les trottoirs. « Quelle différence avec Paris ! songea-t-il. Ces passants n'ont qu'un désir, retrouver leur home douillet. Ces Anglais ne savent pas vivre. »
Il écrivit un mot à sa mère : « *Je vous écrirai tout ce qui m'est arrivé depuis que je suis en Angleterre.* » Puis il se coucha et ne put trouver le sommeil. Dans la rue, le watchman[1], annoncé par sa crécelle, égrenait les heures : « Il est trois heures du matin, le brouillard s'épaissit... » Nanti de cette information, Beauchamp glissa enfin dans le sommeil.

Ses premières semaines à Londres furent une épreuve. Il regrettait l'animation du boulevard des Italiens, se désolait de ne pas recevoir de nouvelles de Paris. Début décembre, il supplia sa mère de lui écrire plus souvent, « *parce que c'est la seule joie que j'ai dans ce pays épouvantable* ».
Francis-Charles avait décidé de prendre en main l'éducation de son héritier, avant de l'envoyer à Oxford :
— La société mêlée, que vous avez fréquentée à Paris, vous a donné de déplorables habitudes, dit-il à Beauchamp. Vous devez acquérir les réflexes de votre classe. Vous êtes anglais, que diable !
Il engagea un bataillon de précepteurs et mit au service de son fils son propre valet. Pendant les repas,

---
1. Veilleur de nuit.

John, debout derrière la chaise de Beauchamp, le servant personnellement, lui indiquait d'un signe convenu les erreurs à éviter lorsqu'il sortirait dans des dîners qui n'autorisaient aucun manquement aux rites.

Lorsque Francis-Charles introduisit son fils dans le monde, l'humeur de Beauchamp se transforma. Invité dans les cercles élégants de Londres, il prit conscience de l'importance de sa famille dans la haute société. Depuis plusieurs années, ses grands-parents, le marquis et la marquise de Hertford, étaient dans les meilleurs termes avec le prince de Galles. Depuis 1811 le « prince-régent » régnait à la place de son père, George III, dont l'esprit dérangé avait sombré dans la folie. Le roi végétait, sous camisole de force, dans des pièces capitonnées du château de Windsor.

Le prince-régent allait conduire les affaires de l'État pendant dix ans, avant d'être couronné roi, à la mort de son père. Ce prince aux goûts libertins s'était entiché de Lady Hertford. À quarante-huit ans, la mère de Francis-Charles avait conservé une allure distinguée, une taille admirable et des manières parfaites. Le prince de Galles se plaisait en sa compagnie. Il lui écrivit des lettres enflammées et lui rendit visite chaque jour, se déplaçant dans son coupé aux stores baissés de sa résidence du Carlton jusqu'à Manchester Square où elle demeurait. Lord Hertford tenta d'endiguer cette passion en emmenant sa femme sur ses terres irlandaises. Peine perdue. L'absence décupla la flamme du prince. Pour lui montrer la force de ses sentiments, le prince-régent appliqua sa faveur aux membres de sa famille. Le marquis de Hertford fut nommé grand chambellan et décoré de l'ordre de la Jarretière. Francis-Charles devint le confident favori du prince.

Pendant quatorze ans, Lady Hertford allait rester la compagne diurne d'un prince qui s'adonnait le soir à la débauche. Elle avait trop à cœur l'esprit de Cour et les intérêts de sa famille pour ne pas accepter cette charge. Elle s'ennuyait mortellement en sa royale compagnie, lui prodiguant des conseils et partageant d'interminables patiences avec lui.

Le soir, Francis-Charles succédait à sa mère. Le futur George IV le tenait en haute estime. Il appréciait sa conversation, ses mots d'esprit et ses références littéraires. Il ne souffrait plus qu'il soit absent de ses dîners. Lorsqu'il se blessa à la jambe, il n'accepta d'autres mains pour le soigner que les siennes. Ils devinrent inséparables. Francis-Charles l'accompagna dans sa vie de débauche et lui fit partager son goût pour les arts. La famille royale acquit, grâce à ses conseils, une quarantaine de magnifiques peintures dont deux Rembrandt.

Lorsque Beauchamp commença à sortir le soir, la faveur de sa famille atteignait son apogée. Il remarqua les regards intéressés que son arrivée suscitait, surprit des chuchotements sur son passage. Grisé par cette notoriété, il ne tarda pas à se sentir un vrai Hertford.

Ce sort lui valut quelques entorses aux règlements. Malgré son jeune âge, il fut introduit à l'Almack's, temple de l'élégance où se donnaient les soirées les plus recherchées. Il fut convié au bal des débutantes, où les jeunes filles de la noblesse, en longue traîne, faisaient leur entrée dans le monde. Il fut bien accueilli : « *Vous ne pouvez imaginer comme je suis aimé, ici, ma chère mère. Toutes les filles tombent amoureuses de moi ! (Je dis cela entre nous, ça ne doit pas dépasser les limites sacrées de la famille.) J'ai des dîners, des soirées, des bals pratiquement tous les soirs !* » écrivait-il à sa mère, six mois après son arrivée.

Beauchamp se plia aux rituels de la Cour. Il accompagnait son père et ses grands-parents dans leurs propriétés de Sudborne et Ragley, lorsque le prince-régent venait chasser. Aux beaux jours, il les suivait à Brighton. La Cour escortait le prince-régent dans cette petite ville des bords de mer, au sud de Londres. Le prince se plaisait dans son *Pavilion* et les courtisans se précipitaient pour prendre les bains de mer et se chauffer au soleil en sa compagnie.

À Brighton, Beauchamp retrouva les officiers du 10e hussard qu'il avait rencontrés à Paris. Le petit-fils de Lady Hertford fut chaleureusement accueilli et prit l'habitude de se joindre à eux. Lors de sa troisième visite, le jeune homme remarqua une femme qui accompagnait les libations du régiment. Une accorte personne, brune et gironde. Le verbe haut, le regard brûlant sous l'arc épais de ses sourcils noirs, elle répondait au nom d'Agnès Jackson. Elle paraissait dans les meilleurs termes avec les officiers. Son attitude montrait qu'elle ne se contentait pas de partager leur table. Beauchamp, troublé, ne la quittait pas des yeux. Sa jupe colorée laissait voir ses chevilles et ses pieds chaussés de mules. Elle virevoltait, familière et vive, parmi ces hommes. Beauchamp enviait l'aisance avec laquelle les officiers lançaient des plaisanteries. Agnès riait aux éclats.

Lorsqu'elle aperçut Beauchamp, Agnès dit à la cantonade :

— On me cache tout au 10e hussard ! Qui est ce jouvenceau ?

— Comment, Agnès, vous ne connaissez pas Lord Beauchamp ?

— Un nouvel officier ? Dieu du ciel, vous les recrutez au berceau !

— Le vicomte de Beauchamp est le fils de Lord Yarmouth et le petit-fils de Lady Hertford. Il vient nous rendre visite.

— Ah, je vois, dit-elle en s'approchant de lui. Peste, il est mignon le petit-fils. On a envie de le croquer !

Joignant le geste à la parole, Agnès lui saisit le bras et déposa un baiser sonore sur ses lèvres. Beauchamp eut un mouvement de recul et la tablée s'esclaffa. Il rougit. Incapable de trouver une repartie appropriée, il se sentit ridicule mais heureux qu'elle l'ait remarqué. À la fin du repas, Agnès s'assit à ses côtés. Il comprit qu'il ne la laissait pas indifférente. Quand le déjeuner prit fin, il la quitta à regret.

Lorsque Beauchamp regagna Paris en juillet, Mie-Mie se rendit compte au premier coup d'œil de la métamorphose de son fils. Elle avait mis dans la diligence un enfant. Sous le sourire de l'homme qui revenait s'affirmait l'air de supériorité compassé des aristocrates anglais. Il ressemblait à Francis au même âge, s'exprimait avec cette « élégante politesse un peu surannée, caractéristique de sa famille. »

Beauchamp reprit ses habitudes, en affirmant son indépendance. Le lendemain de son arrivée, il informa sa mère qu'il ne souperait pas. Il était attendu au bois de Boulogne : le 10ᵉ hussard était à Paris pour quelques semaines.

Les lueurs du soleil couchant rougeoyaient derrière les troncs d'arbres et les premières étoiles apparaissaient dans le ciel, lorsque Beauchamp arriva au Bois. Il ordonna à son groom d'attacher les chevaux de son tilbury à un piquet et de l'attendre. Des chants et des rires se faisaient entendre. L'adolescent se glissa entre les enclos à chevaux et se dirigea vers les parcelles affectées aux troupes anglaises. Le campement était éclairé par des torches fichées sur des mâts et des feux sur lesquels d'énormes pièces de viande rôtissaient. Beauchamp retrouva les officiers du 10ᵉ hussard, attablés dans une clairière autour d'une table dressée sur des tréteaux et recouverte d'une nappe blanche. Le vin coulait. De jolies personnes ponctuaient de taches colorées l'uniformité des tenues militaires. Ses amis, Gronov, le docteur Chermside, Lord Winchilsea, Watson et Gurwood lui firent un accueil chaleureux.

— Vous voilà, Beauchamp !
— Prenez place, nous allions commencer.
— Volontiers. Je suis arrivé hier, dit Beauchamp et...

Il s'arrêta net. Agnès Jackson, les épaules dénudées dans une robe en voile pourpre, remplissait des bouteilles de vin au tonneau et le regardait d'un œil narquois. Penchée en avant, sa robe soulignait ses formes sensuelles et rehaussait sa gorge à peine couverte.

— Tiens, le petit vicomte ! Toujours attiré par la vie militaire ? Mais que vous arrive-t-il, vicomte ? Les Français vous ont transformé en statue de sel ? Remarquez, ça vous va bien, je vous trouve encore plus mignon qu'à Brighton.

Les convives rirent. Beauchamp s'approcha d'elle, ôta son chapeau et la salua d'un geste large. Il n'allait pas se laisser démonter par cette femme une seconde fois. Elle l'embrassa sur la joue, « à la française », précisa-t-elle.

— Viens t'asseoir à côté de moi, dit-elle en l'attrapant par le bras.

— Méfiez-vous, Beauchamp, Agnès est redoutable, dit Gurwood qui avait pris l'adolescent sous sa protection.

— Une Messaline à fort tempérament, confirma Gronov.

— Notre Agnès boit comme un troupier et jure comme un valet, ajouta Watson. C'est pour ça qu'on l'aime.

Les officiers l'acclamèrent et Agnès leur fit une révérence ironique, avant de s'asseoir aux côtés de Beauchamp. Âgée d'une trentaine d'années, elle menait une vie mystérieuse. Le bruit courait qu'elle était l'épouse d'un agent de change, dont elle aurait eu deux enfants. Elle s'ennuyait dans ce rôle d'épouse et de mère et aurait rejoint le régiment des hussards à Brighton, pour s'amuser. La pétulance et l'ardeur d'Agnès laissaient peu d'hommes indifférents. Elle se prêtait à qui la voulait. Rares étaient les officiers qui n'avaient bénéficié de ses faveurs. Agnès suivait *ses* hussards comme elle se plaisait à les appeler, au gré de leurs déplacements. Lors de son séjour parisien, Beauchamp et Agnès passèrent quelques soirées ensemble qui se conclurent sous sa tente. En septembre, peu avant que les hussards ne repartent pour Brighton, Agnès disparut. Sans prévenir personne.

— Je me demande si elle n'est pas grosse, hasarda Gurwood.

— Elle semblait fatiguée.

— Le coupable pourrait être Beauchamp.

— Bien qu'il soit tout juste pubère !

— Mais pas du tout, pas du tout, protesta ce dernier. Pourquoi moi ?

— N'avez-vous pas été un de ses courtisans assidus ces derniers temps ?

— Je n'en disconviens pas, rétorqua Beauchamp. Mais je n'étais certes pas le seul.

— En effet, reprit Chermside. Plusieurs d'entre vous pourraient prétendre à cette paternité.

— Bah ! Cela ne fera qu'un bâtard de plus, conclut Watson.

Beauchamp rencontra alors une grisette, Jocelyne. Il découvrit qu'au jeu de la séduction, le changement attise le plaisir. Il oublia Agnès. Octobre tirait à sa fin lorsqu'il repartit pour Londres. En avril 1818, il entrait au Exeter College d'Oxford où il allait demeurer deux ans. À dix-neuf ans, il en sortit, licencié ès arts. Élégant, racé, cultivé, sa conversation spirituelle, son sens aigu de la repartie plaisaient. Il était très sollicité par les mères désireuses de marier leur fille à l'héritier des Hertford.

Cette même année, il fut élu membre du Parlement pour la région d'Antrim en Irlande où sa famille possédait des terres. Ce poste honorifique ne nécessitait pas sa présence sur place. Il put retourner à Paris quand il le souhaitait. Il devint un habitué des diligences et effectua des dizaines de fois la traversée de la Manche.

À la même époque, à Paris, en mars 1819, naissait, dans une mansarde de la rue des Mathurins, un bébé, Julie Amélie Charlotte Castenau, fille de Sophie Élisabeth Knolt, ouvrière en lingerie, et de Léon Bernard Castelnau, homme de confiance, non mariés. Cette naissance fut déclarée à la mairie du 1er arrondissement, par le père accompagné de deux témoins, un perruquier et un cordonnier qui signa d'une croix le registre, faute de savoir écrire. Cette enfant allait devenir, à la fin du siècle, la femme la plus riche d'Angleterre. Et partager au Père-Lachaise, pour l'éternité, le tombeau de Beauchamp, quatrième marquis de Hertford.

À Londres, le roi George III, aveugle, végétait dans ses appartements de Windsor entre deux crises de démence. En ses moments de lucidité, il suppliait le Seigneur de lui ôter la vie. Il fut exaucé en 1820. Le prince-régent accéda au trône, sous le nom de George IV. Il parut alors découvrir que sa favorite, Lady Hertford, allait sur ses soixante ans.

— *Par Dieu, grand-mère devrait apprendre à monter à cheval ou cela en est fait de nous* ! résuma Beauchamp, après avoir vu le roi se promener sous les ombrages de Hyde Park, sur un pur-sang blanc, aux côtés de sa nouvelle égérie, Lady Conyngham, ronde personne au sourire encadré par des torsades de cheveux blonds. La cavalière, âgée de quarante-six ans, était mère de quatre adultes. George IV ne la quittait plus. Ses relations d'intimité avec la famille Hertford s'évanouirent. Lorsque le nouveau roi remercia Francis-Charles, en s'excusant de ne pas lui avoir trouvé une fonction flatteuse en guise de consolation, celui-ci lui répondit avec une pointe de dédain :

— *Je n'ai pas souvenance, monsieur, de vous avoir jamais demandé la moindre faveur.*

En juin 1822, Lord Hertford, fatigué et légèrement gâteux, s'éteignit. Francis-Charles et MieMie prirent le titre de marquis et marquise de Hertford. Beauchamp, celui de comte de Yarmouth. Cette disparition n'entraîna pas grand changement dans leur vie. Ils devinrent simplement encore plus riches. Le nouveau marquis avait hérité de quatre-vingt-dix mille livres de rente, ce qui faisait de lui un des pairs les plus fortunés du royaume.

Quelques mois plus tard, un nouveau deuil affectait la famille. Il allait réunir, du même côté de la Manche, le marquis et la marquise de Hertford et leurs enfants.

5

La mort de Fanny

Paris, avril 1822

MieMie ne concevait pas de vivre séparée de sa fille unique. Leur affectueuse complicité se trouvait au cœur de son existence. Lorsque Fanny épousa, en avril 1822, le marquis de Chevigné, lieutenant au 4e régiment d'infanterie, MieMie trouva pour le jeune couple un appartement dans son immeuble, juste au-dessus du sien.

Fanny alliait la vivacité du tempérament latin de sa mère à la distinction de son atavisme britannique. Elle avait hérité du teint transparent de sa grand-mère Hertford, de ses magnifiques cheveux d'or, dont les reflets auburn moiraient ses chignons. On avait toujours mis sur le compte de son élégance aristocratique, son teint pâle et sa gracilité. Elle paraissait si ardente que personne n'aurait pu supposer qu'elle couvait cette maladie qui faisait tant de ravages qu'on n'osait prononcer son nom. MieMie savait que sa fille attendait un enfant. Elle espérait que sa fatigue était justifiée par sa grossesse. Quelques mois après son mariage, les symptômes se déclarèrent, ne laissant pas de place au doute.

MieMie lutta farouchement contre la progression de la phtisie. Elles allaient vaincre le mal, elles prendraient les eaux à Bristol, se rendraient dans des pays chauds, en Italie ou à Madère dont le climat sec était recommandé. Le médecin, hochant la tête, affirma que Fanny était intransportable. Le voyage la tuerait. Il prescrivit de l'opium pour calmer la malade et de la quinine pour lutter contre la fièvre qui ne quittait plus le corps épuisé de la jeune femme. La maladie entra dans une phase finale et l'espoir ne fut plus permis. MieMie se sentait devenir folle. Elle harcela ses amis, réclama des noms de praticiens, des remèdes miracles. Elle ne put que faire étendre une couche de paille sur la chaussée de la rue d'Artois[1], pour feutrer le bruit des roues et des sabots des chevaux sur les pavés.

Les derniers jours, malgré les objurgations de ses fils, MieMie refusa de quitter le chevet de Fanny. Elle voulait se trouver auprès d'elle au moment où elle affronterait la mort. Francis-Charles arriva de Londres et ils se retrouvèrent, unis, au chevet de leur fille unique. Fanny avait renoncé à lutter. Elle sommeillait, expulsait parfois une forte respiration. Ces derniers signes de vie s'espacèrent. Elle reposait immobile, les yeux clos, le torse légèrement relevé par des coussins. MieMie, dans un fauteuil contre le lit, laissait son menton retomber sur sa poitrine et somnolait. Dans un sursaut, elle se redressait, scrutait le visage de la mourante, caressait son front, puis se renfonçait dans son fauteuil, le regard absent, les lèvres serrées. Lorsque Fanny s'éteignit, Mie-Mie tenait sa main et refusa de la lâcher. Il fallut l'autorité conjuguée de son mari et de ses fils pour qu'elle consente à quitter la pièce, exténuée de chagrin. Francis-Charles aurait souhaité enterrer sa fille dans le cimetière familial de Ragley où on venait de descendre le corps de son père. MieMie ne voulut pas en entendre parler. Elle refusa de la laisser partir pour le caveau des Chevigné, à Berbiguières, dans le Périgord.

— Vous l'avez connue quelques mois, moi vingt-trois ans, dit-elle à son gendre. Il est hors de question qu'elle quitte Paris. Ma fille restera près de moi.

---

1. Sous la Restauration, la rue Cerutti prit le nom de rue d'Artois. Elle sera rebaptisée rue Laffitte en 1832, nom qu'elle a gardé jusqu'à nos jours.

Elle pria Beauchamp de se rendre à l'Hôtel de Ville, pour acheter une concession au cimetière de l'Est[1].

— C'est à ses côtés que vous m'enterrerez quand mon tour viendra, mes enfants, dit-elle à ses fils. C'est là que j'aimerais que vous veniez me rejoindre, quand l'heure sonnera pour vous. Nous resterons ensemble, par-delà la mort.

Au lendemain de l'enterrement, MieMie s'effondra. Elle s'enfonça dans une profonde mélancolie, se referma sur elle-même, indifférente à ce qui l'entourait, en proie à une détresse qu'elle ne pouvait maîtriser. Des préparations à base d'écorce et d'amer demeurèrent sans effet. Elle restait inerte, du matin au soir. Ses fils se relayaient à ses côtés. Le médecin avait été clair : elle ne devait pas s'enraciner dans cet état. Il fallait la distraire, lui changer les idées. Ils lui proposèrent de l'accompagner à Londres, en Italie. MieMie ne voulait rien, rien d'autre que de rester enfermée dans sa chambre, pour atténuer l'angoisse qui la saisissait chaque fois qu'elle évoquait le visage de sa fille, couchée dans son cercueil.

Cet état se prolongea. Beauchamp avait acheté une charge peu contraignante de cornette puis de lieutenant au 10ᵉ hussard. Il revenait souvent à Paris. En novembre 1823, il apprit par le colonel Gurwood que leur ami commun, le Dr Chermside, avait accepté le poste de médecin à l'ambassade d'Angleterre à Paris. Beauchamp recherchait un praticien pour sa mère. Il installerait Chermside et sa famille dans l'appartement des Chevigné resté vacant. Le docteur verrait chaque jour sa patiente. Ses enfants distrairaient sa mère, qui aimait tant les petits. Beauchamp assortit sa proposition d'une rente annuelle de huit cents livres. Dès juillet 1824, le Dr Chermside s'installait avec sa famille rue d'Artois. Il allait rester le médecin dévoué de MieMie, jusqu'à sa mort. Il ne fut pas responsable de la guérison de MieMie. Celui qui l'aida à émerger de sa mélancolie fut Richard Jackson, le petit garçon qu'elle avait retiré des mains de la concierge de Clichy, grâce au colonel Gurwood. Il serait connu plus tard sous le nom de Richard Wallace.

---

1. Cimetière du Père-Lachaise.

6

Retour à Clichy

Clichy, 1824

En quittant le petit Richard et la concierge de Clichy, le colonel Gurwood se rendit directement au domicile de MieMie. Il était très lié avec la famille depuis qu'il avait parrainé Beauchamp au 10ᵉ hussard. Il leur rendait visite chaque fois qu'il passait par Paris. Dans le fiacre, Gurwood réfléchissait. Au fil de ses pensées, sa conviction qu'Agnès Jackson était la mère du garçon se renforçait. Si Agnès Jackson était la mère, Beauchamp pourrait bien en être le père. Gurwood se persuadait de la pertinence de son hypothèse : « Ce garçon serait le meilleur moyen d'aider Lady Hertford à sortir de sa mélancolie. Il occuperait dans son cœur la place de l'enfant de Fanny, ce petit-fils qui n'a jamais vu le jour. »

Lorsque Gurwood fut introduit dans le boudoir de la rue d'Artois, Beauchamp faisait la lecture à sa mère. MieMie, le regard absent, paraissait plongée dans ses pensées.

— Tiens ! Vous revoilà, Gurwood ? s'étonna Beauchamp.

— Il vient de m'arriver une curieuse aventure, dit Gurwood après les avoir salués.

— Une aventure ?

— J'ai rencontré un enfant. Il vit dans une loge de concierge. Je pense qu'il est le fils d'Agnès Jackson.
— Agnès Jackson ? reprit Beauchamp en refermant son livre. Celle du 10ᵉ hussard ? Ici, à Paris ? Et que diable fait-elle là ?
— Pas elle, son fils !
— Elle a un fils ?
— Il semblerait...
— Et comment le connaissez-vous ?
— Attendez, Yarmouth, laissez-moi vous expliquer.

Gurwood raconta sa rencontre avec l'enfant en larmes, sa conversation avec la concierge et sa conviction que le garçon était le fils d'Agnès Jackson.

— Pourquoi serait-il le fils d'Agnès ? s'étonna Beauchamp. Vous avez simplement appris que sa mère portait le nom de Jackson. C'est un patronyme bien commun. À Paris, un de nos cochers s'appelle Jackson. À Londres, l'intendant de mon père porte ce nom.

— Je sais, je sais... Mais l'enfant est abandonné, livré à cette méchante femme.

— Eh bien, peut-être la mère reviendra-t-elle le chercher, dit Beauchamp en ouvrant machinalement son livre.

Le colonel baissa la tête, parut réfléchir et se lança :
— Beauchamp, cet enfant pourrait être votre fils.
— Mon fils ?

Le livre fut refermé avec un claquement sec.
— Oui, votre fils ! Vous savez bien, lorsque le 10ᵉ hussard était à Paris, l'été 1817, Agnès Jackson avait quitté Brighton pour nous rejoindre. C'est à ce moment que vous avez eu cette... hum... rencontre avec elle. Cet enfant doit avoir dans les six-sept ans et si vous faites le calcul, les dates correspondent.

— Allons, Gurwood, vous voulez rire ! Elle a connu – au sens biblique du terme – tout le régiment. C'était une vraie fille à soldats ! Nous avons tous été ses amants : vous, moi, Winchilsea, Watson... et les autres ! Pourquoi diable voudriez-vous qu'il soit mon fils ?

— Elle l'a appelé Richard.

— Je ne suis pas le seul à porter ce prénom. Et encore faudrait-il que ce Richard soit bien le fils de cette Agnès Jackson. Non, votre histoire est invraisemblable.

Depuis quelques instants, MieMie, qui n'avait accordé qu'une attention distraite à la conversation, prêtait l'oreille.

— Quel âge a cet enfant, disiez-vous ? demanda-t-elle, brusquement.

— Environ six ans, Milady.

— Est-il beau ?

— Ravissant, Milady. C'est un très bel enfant. Le pauvre malheureux vit sous la coupe d'une détestable mégère !

— Vous pensez qu'il pourrait être le fils de Beauchamp ?

— Je... Oui, ce serait... possible ! répondit Gurwood, d'autant plus décidé à abonder dans ce sens que Lady Hertford lui posait des questions, pour la première fois depuis des mois. Beauchamp regardait sa mère, hésitant à contrarier cette fragile manifestation d'intérêt.

— Mère, dit-il, sachons raison garder ! Si cet enfant a six ans, j'aurais eu dix-sept ans lorsqu'il fut conçu.

— Vous avez toujours été précoce, Beauchamp !

— Admettons, admettons. Mais pourquoi Agnès Jackson serait-elle revenue à Paris avec l'enfant ?

— Peut-être n'a-t-elle jamais quitté Paris ? avança Gurwood.

— Alors, pourquoi l'abandonner dans une loge de concierge sans donner signe de vie ? Non, cette histoire ne tient pas debout.

Lady Hertford intervint avec une vivacité qui fit sourire les deux hommes :

— Eh bien, ce n'est pas une raison pour laisser cet enfant entre les mains d'une harpie ! Allons, colonel, dit-elle avec détermination en se tournant vers lui, montrez-moi le chemin que je me rende compte par moi-même.

MieMie tira le cordon de la sonnette, demanda qu'on lui apporte son manteau, ses gants, son chapeau et dit au valet :

— John, faites atteler le landau. Je sors. Et dites à Marietta de me retrouver en bas. Venez, colonel !

Il y avait si longtemps que Beauchamp n'avait vu sa mère prendre une initiative qu'il fut heureux de la voir sortir.

— Cher vieux Gurwood ! pensa-t-il. Il est parvenu à l'intéresser. Il faudrait que nous songions à nous marier, pour lui donner des petits-enfants.

Rasséréné de quitter l'appartement sans avoir le sentiment d'abandonner sa mère, Beauchamp descendit d'un pas guilleret lire les gazettes au Café de Paris.

Quelques jours plus tard, la marquise de Hertford avait retrouvé un certain entrain. Le petit Richard dûment récuré, vêtu d'une ancienne tenue d'Henry en velours bleu marine avec un col de dentelle blanc, était délicieux. MieMie avait fait dresser un lit dans le cabinet attenant à sa chambre et ne se lassait pas de voir le visage de l'enfant exprimer les sentiments d'adoration qu'il lui vouait depuis son arrivée dans cette maison.

— Cet enfant est si beau ! disait-elle. Il exprime tant de douceur, d'ingénuité lorsqu'il me regarde. Ce serait un péché de le laisser à cette mégère, une offense à la beauté.

Henry l'avait taquinée :

— Ma chère mère, vous paraissez si jeune ! Ne pensera-t-on pas que vous avez eu un troisième fils que vous aviez dissimulé chez quelque nourrice à la campagne ?

— Que m'importe ! avait rétorqué MieMie. L'enfant est charmant, je le garde. Je me moque des jaseries et autres caquetages, J'ai cinquante-quatre ans, je suis trop âgée pour l'avoir engendré. Il se prénomme Richard. Qui pourrait imaginer que j'eusse pu donner le même prénom à deux fils ?

— Il est vrai.

— Voyez-vous, confia-t-elle à Henry, avec cet orphelin, j'ai l'impression de payer ma dette envers George Selwyn. Nous n'avions aucun lien de parenté. Je l'appelais oncle George, Richard pourra me surnommer tante Mie-Mie. Ma décision est prise. Cet enfant me redonne des joies. Il sera mon petit page. Lorsqu'il grandira, il pourra faire office de groom. Il sera charmant en livrée, derrière mon landau. Et sûrement mieux que dans la loge d'une concierge.

La vie de MieMie s'organisa, avec l'enfant comme compagnon. Elle prenait Richard sur ses genoux pour le cajoler, coiffait ses boucles, l'habillait de nouveaux atours, cherchant les coloris pour mettre en valeur son teint. L'enfant vouait une admiration sans bornes à sa bienfaitrice et la suivait partout.

Beauchamp repartit pour Londres, persuadé qu'à son retour sa mère se serait lassée de jouer les mères de substitution. Ou que sa génitrice serait venue récupérer l'enfant. Francis-Charles apprécia modérément ce nouvel arrivé sous le toit de sa femme. Il n'aimait pas que sa famille fasse le miel des ragots, tant londoniens que parisiens. Il reconnaissait à l'enfant une jolie figure, mais ne comprenait pas pourquoi sa femme s'était entichée de ce gamin ramassé dans une loge de concierge et dont la mère était probablement une fille de régiment. Mais MieMie avait retrouvé le goût de vivre et il était bien placé pour apprécier son opiniâtreté lorsqu'elle avait pris une décision.

Avec philosophie, il se dit qu'elle se lasserait de l'enfant et qu'on trouverait à Richard un emploi dans la maison. Lorsque la duchesse de Castries, qui leur rendait visite, s'enquit de ce bel enfant, il répondit :

— *C'est un enfant trouvé, déposé dans un panier devant sa porte, que ma femme, sentimentale à son habitude, a recueilli.*

Ce fut la version adoptée par la famille lorsqu'on l'interrogeait. Personne ne prêtait grande attention à Richard. Les enfants de compagnie étaient pratique courante dans les familles fortunées. C'était la mode d'accueillir sous son toit des orphelins, pour égayer une maison. Dans l'entourage des Seymour, les exemples ne manquaient pas. Mme Fitzherbert, l'épouse morganatique du roi George IV, avait adopté la petite Minny Seymour, nièce des Hertford, lorsque ses parents étaient morts. L'épouse de George IV, la reine Caroline, cajolait un petit Willie

Austin, pour se consoler de l'absence de sa fille. Les Talleyrand avaient recueilli une *chère Nana*, âgée de cinq ans, puis la petite Charlotte que le prince de Bénévent adulait. Le baron de Saint-Cricq, grand ami d'Henry, sortait le soir accompagné d'une fillette, qui s'endormait sur les banquettes des cafés. Ces petits compagnons, parfois venus d'Afrique, faisaient partie d'une maisonnée et distrayaient la vie quotidienne par leur grâce et leur gentillesse. Le plus souvent, leur présence dans une maison ne durait qu'un temps. Ils repartaient, une fois ternis les charmes de l'enfance, vers des destins incertains, nantis d'une petite rente ou de quelques pièces en guise de viatique.

MieMie s'attacha à ce compagnon qui lui redonnait le goût de vivre. Beauchamp, rassuré de voir sa mère redevenir elle-même, reprit ses pérégrinations. Il partit pour Saint-Pétersbourg.

7

Le Prince du Boulevard

Paris, 1826

Cette année-là, Henry eut vingt et un ans. La silhouette élégante, la démarche souple et le port de tête altier, il cultivait une allure de dandy. Grand, il se tenait très droit pour ne pas perdre une once de sa taille. Le regard intense, l'avancée du menton accentuée par un léger collier de barbe en vogue à Londres témoignaient de sa détermination. Bien qu'il ait vécu en France, sa nationalité britannique accentuait son prestige auprès des Parisiens entichés d'anglomanie.

Généreux et accueillant pour ses amis, aimant passionnément sa mère, il savait se montrer désagréable avec ceux qui n'avaient pas l'heur de lui plaire. Il ripostait dès qu'il se croyait agressé. Sous ses airs conquérants, Henry dissimulait une blessure. Dès son enfance, il avait remarqué que lorsque leur père passait par Paris, il exprimait une préférence pour son fils aîné, affichant envers le cadet une indifférence qu'il ne prenait pas la peine de dissimuler. Au début, Henry ne s'en émut guère. Il connaissait les règles de la primogéniture anglaise. À Londres n'appelait-on pas les cadets les *inconvenients*[1] ? Cela ne suffisait pas à expliquer un favoritisme d'autant

---

1. Les « gêneurs ».

plus flagrant que leurs relations étaient brèves, Francis ne séjournant jamais longtemps à Paris.

Lorsque Henry posa des questions à sa mère, elle éluda le problème. Elle insista sur les prérogatives du fils aîné dans la tradition britannique, les relations privilégiées qui s'étaient nouées entre eux, lorsque Beauchamp vivait chez son père à Londres.

— Pourquoi ne m'avez-vous pas envoyé à Londres et à Oxford, comme mon frère ?

— Mon cher enfant, j'ai tant souffert de cette séparation avec Beauchamp que je n'ai pas voulu prendre le risque de vous perdre. Votre frère voyage beaucoup. Si vous veniez à quitter Paris, je serais trop malheureuse. J'en mourrais, continua-t-elle, n'hésitant pas à jouer sur le registre *commediante-tragediante*. Vous savez que je ne peux me passer de vous, ajouta-t-elle en emprisonnant le menton d'Henry dans sa main, avec ce geste affectueux qu'elle réservait à ses fils pour les scruter au fond des yeux.

Émue par la tendresse de sa mère qui avait détourné la conversation, Henry fit mine de se désintéresser de la question. Il demanderait des explications à son père, dès qu'il le reverrait.

Le règlement de l'héritage du duc de Queensberry lui offrit cette opportunité. Son grand-père, sachant que les propriétés Hertford reviendraient à Beauchamp, avait favorisé ses autres petits-enfants. La mort de Fanny faisait d'Henry le seul bénéficiaire du reliquat du patrimoine, ce qui représentait une fortune. Ayant atteint sa majorité, Henry devait entrer en possession du legs. De Londres, Francis-Charles, assisté d'hommes de loi, gérait cette affaire. La signature d'Henry était nécessaire. Comme Francis-Charles devait se rendre à Anvers, il lui proposa de franchir la moitié du chemin et de le retrouver à Douvres, à l'auberge *The Ship Inn*. C'était la première fois qu'Henry traversait la Manche. Il fut ravi de l'occasion. Il en profiterait pour aller à Newcastle, s'acheter des chevaux de course. Et découvrir Londres.

Le vent soufflait en rafales, lorsque le steamer, le

Rob Roy, arriva en vue des côtes britanniques. La barque à feu, un bateau à vapeur, avait mis moins de trois heures pour relier Boulogne à Douvres. Un exploit. Le ciel bas se confondait dans la grisaille de la ville noyée dans une brume ouatée. Il faisait froid. Henry n'en avait cure. Exalté par ce premier contact avec son pays, il observait de tous ses yeux.

Une grande animation régnait sur le port. Il fut frappé par la richesse des vaisseaux à trois mâts alignés le long des quais, la sveltesse des carènes, l'élégance des navires battant pavillon de différents pays. Il décida de remonter à pied dans la ville, jusqu'à l'auberge où son père lui avait fixé rendez-vous. Le capitaine du steamer lui avait indiqué que *The Ship Inn* était proche du port.

À peine eut-il traversé la passerelle qui le reliait à la terre ferme qu'un enfant, appuyé contre une caisse, qui observait les passagers débarquer, bondit sur ses pieds, fit deux roues successives et, attrapant une basque de sa redingote, l'implora en tendant la main :

— For God sake, Your Lordship.

Souriant, Henry sortit une pièce de sa poche. Il fut immédiatement entouré par une nuée de garçons, piaillant comme une volée de moineaux. Un des passagers, avec lequel Henry avait échangé quelques mots sur le bateau, lui indiqua les voitures qui attendaient sur le quai.

— Vous feriez bien de sauter dans un de ces cabs, si vous voulez sauver votre bourse ! Ces garnements ont un talent infaillible pour reconnaître les âmes compatissantes. Ils ne vont plus vous lâcher.

Henry obtempéra, non sans avoir distribué quelques piécettes. Il était touché par la vulnérabilité des petits qui s'accrochaient à lui. Une fois dans le cab, tandis que le cocher juché derrière la carrosserie semait la poignée d'enfants qui les poursuivaient en courant, Henry examina la ville.

— Enfin, je découvre mon pays, se dit-il en soupirant d'aise.

Les rues se ressemblaient. Deux longues files ininterrompues de misérables maisons en briques à un étage, identiques et soudées les unes aux autres, encadraient des ruelles sinueuses. La suie les avait recouvertes d'une patine jaune grisâtre.

À cette heure matinale, les hommes et les femmes qu'il croisait portaient des haillons disparates. Des enfants, accroupis sur leurs talons, blêmes et rabougris, fixaient le vide d'un air morne. Sur un dépôt de détritus, de vieilles femmes courbées en avant, les pieds à moitié nus, armées d'un bout de fer, triaient les ordures. Henry fut frappé par l'expression d'hébétude et d'âpreté qui marquait leurs visages. L'une d'elles se redressa et le dévisagea avec hostilité. Plus loin, deux chiffonnières s'empoignaient en hurlant. Les spectateurs les encourageaient en riant. C'était ça, l'Angleterre ?

Henry fut soulagé d'arriver à *The Ship Inn*, univers protégé où seuls les épais tapis différaient des parquets nus des intérieurs français. L'aubergiste lui réserva un accueil aimable. Lord Hertford était attendu.

— Sa Seigneurie devrait arriver en fin de matinée, confirma-t-il.

Henry décida de sortir. Les nuages se dissipaient. Il voulait découvrir la campagne anglaise, chantée par ses nurses et racontée par ses précepteurs. Celle de Fielding et de Jane Austen, plus représentative de cette nation que le triste port et la pauvreté de ses habitants. Il commanda un cabriolet et partit découvrir les environs. Le cocher, jovial et disert, lui montra des demeures d'époque Tudor ou de style palladien, avec leurs longues terrasses, leurs toits plats ornés de balustres et leurs façades à colonnades. Parfois couvertes de lierre, elles se dressaient au bout de pelouses vallonnées, bordées de bosquets d'arbres. Des vaches, des daims, des chevaux paissaient dans les prairies bien entretenues, entourées de barrières blanches. Les routes étroites et bombées étaient revêtues de petites pierres à la McAdam. Les villages étaient prospères. « Quel pays de contrastes ! » songea Henry, en se rappelant la misère du port.

Un renard traversa la route. Henry entendit les aboiements des chiens courants et le son aigu du *horn*, la courte trompette de cuivre, suivi du cri rituel : « *View-halloo... view – halloo !* » Ravi de l'aubaine, Henry fit arrêter le cabriolet et descendit. Derrière l'animal, suivi par la meute des chiens hurlant, une douzaine de chevaux galopaient à bride abattue. Des cavaliers en habit rouge, des femmes en robe d'amazone, les étriers chaussés à fond, les rênes longues, le corps en arrière, sautaient haies, barrières ou fossés. Deux enfants, les mains cramponnées à la crinière de leur poney, les suivaient avec une énergie passionnée. Derrière les cavaliers, quelques villageois et un clergyman en tenue sombre couraient de toutes leurs forces pour ne pas perdre la chasse qui disparaissait dans le lointain.

Henry aurait aimé se joindre à eux. « Mes racines sont anglaises. J'aimerais vivre en Angleterre », pensa-t-il, d'excellente humeur. De retour à l'auberge, il attendit son père en buvant un verre de madère.

À l'heure prévue, le marquis de Hertford fit une entrée remarquée. Son équipage arriva au galop dans la cour de l'auberge, suivi par une horde de gamins. Le barouche-landau, dont les panneaux dorés portaient les armes familiales, était traîné par quatre carrossiers empanachés, la queue enrubannée, le harnais garni de pierres précieuses. Le gros cocher emperruqué avait à peine arrêté ses chevaux, que deux grooms, vêtus de la livrée jaune vif galonnée d'or et d'argent, rajustèrent leur bicorne et bondirent pour ouvrir la porte et baisser le marchepied.

Francis descendit avec sa nonchalance habituelle, secouant son mouchoir devant son visage pour enlever la poussière du voyage. Il ne semblait pas fatigué. Tandis que les valets et l'aubergiste s'affairaient autour des malles, il entraîna Henry sur la route qui dominait la ville.

Le dialogue entre les deux hommes commença par des formules de politesse et quelques banalités. Francis s'enquit de la santé de son épouse, de Beauchamp et de certains de leurs amis. Si Hertford ne mettait aucune chaleur dans ses relations avec Henry, il lui posait les questions rituelles avec la courtoisie requise. Lorsqu'ils eurent épuisé ces sujets, Henry s'arma de courage :

— Père, dit-il, puis-je saisir l'opportunité de notre rencontre pour vous entretenir de mon avenir ?

Francis haussa un sourcil.

— Eh bien ? répondit-il sans aménité.

— Je souhaiterais découvrir Londres. Vous avez fait venir Beauchamp lorsqu'il avait quinze ans...

— Jeune homme, l'interrompit Francis, vous n'avez, semble-t-il, pas compris qu'en Angleterre, l'aîné hérite des propriétés seigneuriales et qu'il convient qu'il soit armé pour recueillir ce patrimoine. Le cadet ne connaît pas ces embarras.

— Je ne l'ignore pas, Sir, mais ne serait-il pas souhaitable que je connaisse mon pays ?

— J'estime préférable que vous vous en teniez aux milieux parisiens.

— Puis-je vous en demander la raison, Sir ? demanda Henry, piqué.

Francis lui jeta un regard irrité :

— J'ai eu vent de vos dernières facéties. Elles relèvent des plaisanteries de paltoquet. J'ai appris que vous aviez coupé le cortège du roi Charles X avec votre tilbury. Si l'ambassadeur n'était de mes amis, on vous aurait mis à la porte du territoire français. Je ne tolère pas que vous entachiez mon nom de vos sottises.

— Votre nom, Sir ? Je ne le déshonore pas, que je sache.

Francis s'arrêta et regarda ses ongles avec attention :

— Sachez, jeune homme, qu'en Angleterre les esprits sont ouverts. Vous n'ignorez pas les liens de parenté de Madame votre mère avec le duc de Queensberry. Vous savez que nombre de nos compatriotes ont des enfants naturels, à commencer par le duc de Clarence[1] et ses dix enfants. Lady Melbourne, la mère du Pre-

---

1. Le futur Guillaume IV.

mier Ministre, a poussé le souci jusqu'à donner un père différent à chacun des siens. Les Anglais sont tolérants...
— Auraient-ils des raisons de l'être à mon endroit ? l'interrompit Henry.
Hertford éluda :
— Ce que je n'admets pas, c'est que le nom que vous portez soit traîné dans la boue.
— Bon sang ne peut mentir ! répliqua Henry. Votre réputation...
Le teint d'Hertford vira au rouge brique entre ses favoris roux :
— Jeune homme, je ne vous permets pas de colporter des médisances et je ne souffre pas que vous ayez l'outrecuidance de m'en parler. *Vous n'êtes décidément pas mon fils,* dit le marquis de Hertford.
— *My Lord,* répliqua Henry, *lorsque vous m'avez fait venir ici, je ne croyais pas que ce fût pour entendre insulter ma mère.*
— C'est là votre opinion, monsieur, lui fut-il répondu.
Francis-Charles, estimant l'entretien clos, lui tourna le dos et repartit à grands pas en direction de l'auberge. Henry, ulcéré, rentra par un autre chemin.
À trois heures, ils se retrouvèrent, figés, hostiles. La signature en présence d'un notaire fut glaciale. Francis-Charles fouillait de son regard aigu l'expression du jeune homme. Henry, gardant les yeux baissés, apposa son paraphe sur les documents présentés. Francis tendit alors à Henry une lettre de change sur la banque Coutts, qui faisait du jeune homme un très riche rentier. Le « fils » s'inclina devant le « père », marmonna une formule de politesse et quitta les lieux.
L'après-midi même, renonçant à Newcastle, Henry prenait le premier bateau et regagnait la France. Le soleil couchant illuminait les falaises blanches de Douvres. « Je ne connaîtrai pas mon pays, songeait-il avec amertume. Mais suis-je anglais ? »
Au long du voyage, sur le steamer puis dans la diligence secouée par les cahots, Henry rumina des pensées moroses. Aucun doute ne subsistait dans son esprit :

Lord Hertford n'était pas son père. Il y avait belle lurette qu'il le subodorait. Il faudrait que sa mère lui dise la vérité. Il ne lui en voulait pas d'avoir eu des amants. Au contraire, comme il la comprenait... La vie avec cet homme pour époux devait être insupportable !

— J'en aurais fait autant, si j'avais dû vivre avec lui, pensait-il avec rage. Mère a eu cent fois raison. D'ailleurs, il est laid, avec son crâne chauve, son nez trop fort et ses lèvres épaisses. Il n'est pas mon père ? Quelle excellente nouvelle !

Lorsqu'il arriva rue d'Artois, Henry monta deux à deux l'escalier.

MieMie lisait dans son boudoir, allongée sur sa chaise longue, entourée de châles et de coussins, les pieds fourrés dans sa chancelière doublée de fourrure. Richard, assis sur un petit siège à ses pieds, pliait des rubans de couleur et les rangeait dans une boîte en argent. MieMie reconnut le pas rapide de son fils, avant de le voir entrer :

— C'est vous, Henry ? Vous voilà de retour... dit-elle, heureusement surprise.

Un coup d'œil sur son visage lui apprit que l'affaire était grave.

— Que s'est-il passé ? Votre père...

— Il n'est pas mon père, coupa Henry. Mère, vous me devez la vérité !

— Que voulez-vous dire, Henry ? parvint-elle à balbutier. « Nous y voilà, pensait-elle, je le pressentais. Je n'aurais jamais dû le laisser partir pour l'Angleterre. »

— Il se trouve que votre époux ne me reconnaît pas pour son fils !

Une vague de chaleur monta aux tempes de MieMie. Elle avait toujours redouté qu'un jour Henry ne découvre la vérité. Il l'avait apprise dans les pires circonstances. Elle avait espéré lui épargner cette avanie, l'humiliation de l'enfant bâtard, ces vexations subtiles dont elle avait souffert. Elle sortit son mouchoir brodé, parfumé de trois gouttes de bergamote, se tamponna le front et prit le temps de respirer longuement.

L'heure n'était plus aux tergiversations. Avec des mots sobres, MieMie lui raconta l'étrangeté de cette période. Comment elle s'était retrouvée seule, avec deux enfants en bas âge, sur un territoire ennemi, en guerre contre son propre pays. Elle raconta sa liaison avec le comte de Montrond, insista sur la beauté de leur histoire et le bonheur que lui avait procuré sa naissance.

Henry ne l'interrompit pas. Les mains dans les poches de son pantalon, lui tournant le dos, il s'absorbait dans la contemplation du boulevard.

Ainsi, il était le fils de Casimir de Montrond ! Il avait souvent croisé ce monsieur rond et chauve à l'ambassade d'Angleterre, dans le salon de Mme Hamelin ou chez Charles de Flahaut. L'homme avait de l'esprit. Sa personnalité cynique ne déplaisait pas à Henry. Il demanda à sa mère pourquoi ce monsieur, qui devait être informé de sa paternité, n'avait jamais semblé lui prêter attention.

— Pour vous protéger, Henry. Il n'est pas séant dans nos milieux d'être adultérin. Votre père... enfin, le comte de Montrond a agi au mieux pour vous épargner des tourments. C'est aussi pour cette raison que j'ai choisi de rester en France. Pour que vous ne connaissiez pas ce que j'ai souffert dans ma jeunesse !

— Et vous avez fort bien fait !

Henry fit mine de ne pas attacher d'importance à l'affaire. Il prit congé de sa mère avec sa grâce coutumière, caressa les boucles de Richard et sortit sur le boulevard. Il se dirigea à grands pas vers le Café Riche où il était attendu pour le déjeuner. « Dorénavant je n'aurai plus de père, décida-t-il. Ni celui dont je porte le nom, qui me récuse comme son fils – à juste titre –, ni Casimir de Montrond qui n'a jamais jugé utile de me prêter attention. »

Meurtri à l'âge où l'on se forge une personnalité, privé de père comme modèle et élément d'opposition, Henry se fit un serment : « Je serai le meilleur ! Je saurai m'imposer, me faire remarquer. Le mari de ma mère finira par regretter que je ne sois pas son fils ! »

Il n'était pas homme à s'apitoyer sur son sort : « J'ai vingt et un ans, de la fortune, je suis libre de vivre comme je l'entends. Je n'ai de comptes à rendre à personne. Il va voir, le marquis de Hertford... On va parler de moi dans Paris. Je redonnerai des lettres de noblesse à son blason fané par des années de débauche. » Henry se sentait devenir adulte. Il redressa le torse, rajusta son chapeau et hâta l'allure : « Premier objectif, trouver une demeure à la hauteur de mes ambitions ! »

Deux jours plus tard, MieMie, assise près de la fenêtre, laissait son regard flotter. Elle était encore bouleversée par les révélations qu'elle avait dû transmettre à Henry. Elle reconnut son pas dans le couloir et leva vers lui un regard inquiet, lorsqu'il entra dans sa chambre. Il affichait un air dégagé mais elle n'était pas dupe. Elle le connaissait si bien ! Il mordillait sa lèvre inférieure et ses yeux évitaient de la regarder. Sous cette décontraction apparente, il était malheureux. Le cœur de MieMie se serra. Elle était la cause de son chagrin.

— Mère, j'aimerais que nous changions de résidence.

— Mon Dieu, Henry, pourquoi ? Vous ne vous plaisez plus ici, sur le boulevard ?

— Au contraire ! Mais nous sommes trop à l'étroit dans l'entresol. Les dépendances sont insuffisantes. Je n'ai pas de place pour loger mes cochers, mes piqueux, mes chevaux et mes voitures.

— Henry, vous n'allez pas me quitter ?

— Dieu m'en préserve, Mère, rétorqua-t-il en se saisissant de sa main qu'il porta à ses lèvres pour y déposer un baiser. Il est hors de question que je vous quitte ! Vous êtes le seul, le véritable, l'unique amour de ma vie. Je ne conçois pas de passer une journée sans vous voir. Mais nous pourrions trouver un hôtel, nous installer chacun dans notre appartement.

— Et Beauchamp, qu'en faites-vous dans vos beaux projets ?

— Beauchamp adore l'entresol. Il a toujours dit qu'il ne le quitterait pas pour un royaume. Il pourra rester rue d'Artois et s'étendre à son aise.

MieMie devait admettre que l'entresol de la rue d'Artois était insuffisant pour une femme ayant ses habitudes et ses grands fils célibataires. Sans compter le petit Richard. Et Francis-Charles, qui débarquait de Londres sans prévenir. À vingt-six ans, Beauchamp devait disposer de plus de liberté, recevoir qui bon lui semblait. MieMie se rendait compte que sa présence nuisait à l'établissement de ses fils.

L'hôtel de Brancas-Lauragais était à vendre. Cet élégant immeuble, construit par Bélanger, l'architecte du comte d'Artois, faisait l'angle avec le boulevard des Italiens et la rue Taitbout.

— L'hôtel comprend quatre corps de bâtiment, autour d'une grande cour, expliqua Henry à sa mère. Vous pourriez vous installer à l'étage, au-dessus du Café de Paris. J'occuperais l'immeuble de l'autre côté de la cour. J'installerais mes écuries au rez-de-chaussée et des salles de sport au premier étage, sous mon appartement. Vous pourriez loger votre cher Dr Chermside et Beauchamp résiderait à vingt mètres de vous.

MieMie se laissa convaincre. Francis-Charles estimait qu'il était temps que Beauchamp s'établisse hors du toit maternel. S'il se résignait à le voir s'installer en France, il considérait qu'il était en âge de se marier et de lui donner un petit-fils. Par ailleurs, tous les Anglais connaissaient le Café de Paris, ce salon à manger qui ne désemplissait pas. Il était du meilleur ton de s'y montrer. Le boulevard était à la mode. MieMie pourrait louer la dizaine d'appartements que comprenaient les autres bâtiments. Le prix d'achat demandé, un million de francs, n'était pas excessif. « Ce sera ça d'immobilisé », pensa Francis-Charles. MieMie avait du goût pour les jeux de hasard. Et pas toujours la chance espérée.

Un an plus tard, la marquise de Hertford s'installait dans son hôtel, somptueusement aménagé au goût du jour. Elle ne se lassait pas de regarder, sous ses fenêtres, les mouvements du Café de Paris et de Tortoni, les deux hauts lieux de la mode qui encadraient, sur le boulevard, la rue Taitbout.

Henry occupait une aile entière. L'hôtel de la rue Taitbout devint l'endroit le plus fashionable de Paris. Les lions allaient chez Lord Seymour, trois fois par semaine pour s'exercer dans les salles d'entraînement au fleuret, au sabre, à la canne et à la lutte. Henry organisait des combats, sous les directives des meilleurs maîtres d'armes, dans les vastes salles dont les murs étaient couverts de panoplies, offrant aux amateurs fleurets et épées à leur convenance. Henry, qui excellait au tir comme à l'épée, n'eut bientôt plus de rival à la canne et à la savate, cette lutte dans laquelle les pieds intervenaient autant que les poings.

Les habitués étaient le colonel Gronov, un ancien des hussards. Le baron de Bazancourt, amateur des combats de molosses, le major Fraser, féru de vers latins, l'excentrique comte de Saint-Cricq, le marquis de Hallay-Coëtquen, ancien militaire légitimiste réputé pour sa remarquable collection pornographique, Horace de Viel-Castel, homme plein d'esprit et de méchanceté, La Valette, surnommé « satin », parce qu'il passait ses journées chez son tailleur, Belmont, adepte des tables tournantes, le chevalier de Machado, qui vivait entouré de deux cents perroquets, le marquis de L'Aigle...

— Mes amis, annonça un matin Henry à ses hôtes installés dans le salon de repos, j'ai un challenge à vous proposer. J'aimerais vous initier au « noble art ».

— Tu veux parler de la boxe ?

— Ce sport ignoble !

— Brutal !

— Bestial !

— Balivernes ! répliqua Henry. La boxe est un sport élégant, un art régi par des règles précises, doté d'un code quasi liturgique.

— Fi donc, se battre à mains nues, comme les malfrats...

— Ne confondez pas la boxe et le combat de rue. En Angleterre, les lords les plus élégants se battent avec leurs poings. Le roi George IV pratiquait ce sport quand il était jeune, il s'en flatte encore aujourd'hui.

— Tu auras du mal à convaincre, Henry. Je crains qu'en ce domaine l'anglomanie ne fasse pas recette.
— Vraiment ?
Henry fixa le fond de son verre d'un air absorbé.
— Savez-vous qu'à Londres la pratique de ce sport entraîne les Anglais à prétendre qu'« un Anglais vaut physiquement deux Français ».
— Ils prétendent ça, les insulaires ?
— Quels fats, ces Anglais !
— Est-ce tolérable ? reprit négligemment Henry.
Après avoir lentement exhalé la fumée de son havane, il ajouta :
— Ne pensez-vous pas qu'il conviendrait que les Français relèvent le défi ?
Belmont fut le premier à se rallier :
— Henry a raison. Nous n'allons pas nous laisser insulter par la perfide Albion !
— Ventre de biche, ils vont voir ce que vaut un Français.
— Parions que dans six mois, ce sport sera pratiqué dans les gymnases les plus sélects !
— Je parie cinq louis.
— Dix.
— Quinze !...
Lancée par Lord Seymour, la boxe connut un vif succès. Charles Lecour, professeur réputé de savate, fut formé par les Anglais Owen Swiff et Adams, chez Henry. Il donna à son tour des cours à toute l'aristocratie française. Les bohèmes se piquèrent au jeu. Théophile Gautier, Eugène Sue apprirent la boxe chez Henry.

Comme pour les autres sports, le pari était inhérent à l'exploit. Se limiter à l'entraînement de ses muscles eût été vulgaire. Un combat sans enjeu ne pouvait être que trivial. Les sportifs prirent l'habitude de parier sur tout et n'importe quoi : la longueur du cou de la girafe présentée à Charles X, la durée de vie du dernier ministère Villèle, le tour de taille d'une danseuse... tout devint prétexte à paris loufoques et cocasses.

Entre cavaliers, les paris se multipliaient au bois de Boulogne et au Champ-de-Mars. Les amateurs montaient leurs chevaux dans les règles de l'art, la bonne humeur et l'indispensable fair-play.

Ce jour-là, Henry avait invité à déjeuner cinq de ses meilleurs amis, tous passionnés d'équitation. Après le repas, les convives descendirent dans la cour pavée de la rue Taitbout. Ils se mirent en selle et les six cavaliers suivis de leurs six grooms partirent au petit trot vers le bois de Boulogne. Un break attelé à quatre chevaux les suivait. Les passants se retournaient sur ces jeunes lions qui se déployaient sur toute la largeur de la chaussée, en riant haut et parlant fort.

Ils avaient rendez-vous au rond-point de Mortemart avec Emburry, un cocher réputé pour être le plus adroit d'Angleterre. Henry avait parié qu'il parviendrait à suivre le tracé des roues du break d'Emburry attelé à un seul cheval, avec son « four in hands » attelé à quatre chevaux. Les enjeux étaient à la hauteur de l'événement.

On plaça des témoins tout le long du chemin, les deux hommes se serrèrent la main, et le défi commença.

Menant les quatre chevaux d'une main ferme, Henry les lança sur les traces d'Emburry qui le précédait d'une longueur. Au milieu des commentaires et des cris d'encouragement de ses amis, il parvint à suivre très exactement tous les tournants, voltes et demi-voltes de la voiture du cocher anglais. Henry mena si parfaitement son attelage sur le parcours tracé par son adversaire que *« ses roues passèrent très exactement sur les empreintes comme un dessinateur qui calque un dessin »*.

De vibrantes acclamations retentirent dans le bois de Boulogne, dont le héros était une nouvelle fois Henry Seymour. Le cocher Emburry fut le premier à féliciter son vainqueur. Henry empocha les gains du pari et invita son adversaire et ses amis à dîner au Café Anglais.

*
* *

Pour Richard Jackson, âgé de neuf ans, le changement de domicile représenta un moment exaltant. Il avait du mal à trouver sa place dans l'entresol de la rue

Laffitte. Il redoutait les rencontres avec Lord Yarmouth. Lorsqu'ils se croisaient dans les couloirs, le « jeune Jackson », comme l'appelait Beauchamp, se tassait contre le mur en s'efforçant de disparaître. Si Richard nommait Lady Hertford « Tante MieMie » et Henry par son prénom, il ne se serait pas aventuré à s'adresser à Beauchamp de façon familière. Il l'appelait « Monsieur » ou « Sir » et disparaissait dès qu'il entendait le son de sa voix. Il avait peur de lui.

MieMie persistait à jouer avec Richard comme s'il était un enfant. S'il était devenu trop grand pour qu'elle le prenne sur ses genoux, elle continuait à caresser ses cheveux, « étonnamment soyeux », disait-elle. Elle s'amusait à l'habiller de dentelles. Richard voyait qu'il était ridicule. Quand il accompagnait dans la rue Lady Hertford, des garçons de son âge ricanaient dans son dos et le traitaient de fille. Henry, conscient des problèmes de l'enfant, était intervenu auprès de sa mère.

— Mère, vous devez vous résigner à laisser ce garçon grandir. Vous ne pouvez continuer à l'habiller comme une fillette. Et ces boucles ! Il est trop grand. Il n'est ni une poupée ni un négrillon, ni un singe savant, que diable !

Lady Hertford riait, mais n'en faisait qu'à sa tête :

— Mais non, Henry, vous n'y entendez rien. Ses cheveux sont si beaux ! Ce serait un crime de les couper. Richard aime le velours, les dentelles, les parfums. Il adore que je l'habille comme cela. N'est-ce pas, mon gentil neveu ? ajoutait-elle en relevant de deux doigts la mèche qui tombait sur le front du garçon.

Embarrassé, Richard inclinait la tête en signe d'assentiment, pour ne pas la contrarier. Malgré son affection pour elle, il avait compris qu'il relevait d'un statut particulier. Il accompagnait Lady Hertford partout, même lorsqu'elle sortait prendre le thé chez ses amies. Il avait remarqué que dans les autres demeures, les enfants ne faisaient que passer dans les salons. Après avoir salué les invités, ils repartaient étudier.

Richard voyait qu'on le traitait différemment. Lorsque Lady Hertford recevait, il restait à ses côtés. Il rendait quelques services, apportant un éventail ou un verre d'eau. Les dames s'attendrissaient sur sa gentillesse et reprenaient leurs conversations. Richard passait des heures entières sur un tabouret bas, aux pieds de Mie-Mie, page blond empêtré dans ses dentelles. Il avait sommeil mais devait rester tranquille et attendre. Il lui arrivait de se mordre les lèvres jusqu'au sang pour se tenir éveillé. Une fois, tante MieMie l'avait grondé parce qu'il s'était endormi et qu'il avait roulé de son tabouret sur le tapis.

— On ne s'endort pas dans un salon ! Il faut apprendre à se tenir, lui avait-elle dit sévèrement.

Il était loin d'être traité comme un fils de famille.

Heureusement, il y avait Henry. Henry s'était battu pour qu'il prenne des leçons de lecture et d'écriture. À neuf ans, si Richard comme les membres de la maison, maîtres et domestiques, passait avec aisance du français à l'anglais, il savait à peine lire. Marietta avait été chargée de lui apprendre les lettres mais il manquait de temps pour mettre en pratique ses modestes connaissances. Lady Hertford le voulait en permanence à ses côtés. Elle lui confiait mille tâches dont il s'acquittait avec gravité. Elle prétendait que personne ne savait dénouer ses chignons comme Richard. Les mains de l'enfant devinrent expertes à cet ouvrage. MieMie prit l'habitude de se faire coiffer par le garçon. Elle s'installait dans son cabinet de toilette, posait sa nuque sur le dossier capitonné de la méridienne de soie verte, face à sa coiffeuse et laissait Richard lui brosser les cheveux. Elle sentait sa nuque et son dos perdre de leur rigidité, se détendre, lorsque pour la cinquantième fois, en un geste doux et rythmé, l'enfant passait la brosse au manche de nacre et de vermeil au travers de ses cheveux dénoués. Elle lui demandait alors de poser un châle sur ses jambes et s'endormait sous les doigts discrets de l'enfant. Rien ne pouvait égaler la douceur de Richard.

Un jour, Henry découvrit que Richard était incapable de lire un livre qu'il déchiffrait lui-même lorsqu'il avait quatre ans. Il en fut choqué.

— Mère, ce n'est plus possible !

MieMie n'aimait pas quand son fils l'apostrophait.
— Pour l'amour du ciel, Henry, que vous arrive-t-il ?
— Vous ne pouvez laisser Richard s'enfoncer dans l'ignorance. Il est incapable d'aligner trois lettres, à son âge ! Vous avez choisi de le recueillir. Vous devez lui donner les moyens de s'éduquer. Il faudra bien qu'il puisse gagner sa vie.
— Et pourquoi voudriez-vous qu'il gagne sa vie ? En voilà une idée !
— Mère, il ne demeurera pas un charmant petit garçon à votre dévotion. Il deviendra adulte. Il aura des souhaits, des ambitions. Comment fera-t-il pour les satisfaire s'il n'a pas d'argent ?
— Mais je n'ai nulle intention de m'en séparer. Il restera avec nous, toujours ! Je prendrai soin de lui.
— Et qui vous dit que Richard souhaitera passer sa vie entière avec vous, lorsqu'il sera devenu grand ?
— Mais, mon cher enfant, Richard fait simplement *tout* ce que je lui demande ! Il est heureux comme ça. Il ne manque de rien. Il semble que vous oubliez d'où je l'ai sorti. Pour lui, il n'en est rien. Il est heureux de son sort et charmé de me faire plaisir. N'est-ce pas, petit Richard ? dit-elle en lui caressant la tête.
L'enfant se contenta de hocher la tête. Il savait qu'elle n'attendait pas de réponse de sa part.
— Certes, Mère, pour l'instant son seul rôle consiste à vous apporter un verre de limonade ou à tirer le cordon pour appeler le valet. Il ne vous quitte pas d'une semelle. Mais il vous faut l'admettre, il va grandir. Et vous-même, dans quelques années, que feriez-vous d'un homme dont la fonction serait de vous suivre toute la journée pour répondre à vos désirs ? Vous voulez en faire un valet de pied ?
MieMie se résigna à envoyer le garçon dans une école du voisinage. Le premier jour, Richard revint en larmes. Le maître lui avait donné des coups de baguette sur les doigts. Des élèves s'étaient moqués de lui, à cause de ses boucles et de ses habits sophistiqués. À la sortie, ils l'avaient bousculé et envoyé rouler sur le carreau. La

manche de son spencer était déchirée, son pantalon couvert de boue.

On coupa ses boucles, on l'habilla différemment et il parvint à se faire oublier de ses camarades. Dès qu'il sut lire, écrire et compter, Lady Hertford considéra son instruction suffisante. Elle avait besoin de sa présence. Sa docilité à se plier à ses désirs, sa sollicitude avaient créé entre eux un lien indissociable. Il tenait peu de place, faisait peu de bruit, restait discrètement sur son tabouret, prêt à bondir dès qu'elle avait besoin de lui. Il ramassait son mouchoir, l'éventait, pelait un fruit, tirait un store. Richard s'installa dans ce rôle de petit compagnon, aux ordres de Milady. Il apprit à devenir indispensable, en passant inaperçu. Il s'accommoda de cette servitude.

MieMie lui manifestait certes de l'affection, mais les journées consacrées à répondre aux caprices d'une dame mûrissante étaient fastidieuses. Les distractions rares. Quelques moments exceptionnels demeurèrent inscrits dans sa mémoire. Il les devait à Henry.

8

Insouciances et bouleversements

Paris, 1827

Un après-midi de juin, Henry obtint de sa mère que Richard l'accompagne aux jardins du Tivoli. Le jeune homme avait été frappé par la fascination que le spectacle de la rue exerçait sur le garçon. Dès que MieMie sortait de la pièce, l'enfant montait sur son tabouret et observait inlassablement par la fenêtre l'animation du boulevard. Il regardait les cavaliers, les tilburys, les coupés et les premiers omnibus attelés à trois chevaux. Il reconnaissait les célébrités, les dandys repérables à leur redingote à taille cintrée de chez *Human*, coiffés de hauts-de-forme à larges ailes, dont la cravate aux nombreux plis s'étageait sur un gilet brodé. « Cet enfant ne sort jamais, constata Henry. En dehors de quelques thés et promenades, Mère ne met plus le nez dehors. Il reste confiné dans l'hôtel. Sa vie se limite à ces quatre murs et au spectacle des trottoirs. Pauvre garçon ! Il faut faire quelque chose. »
Henry choisit la première occasion
— Richard, cet après-midi, je t'emmène au Tivoli. Nous allons voir un fameux spectacle : l'ascension de l'aéronaute Margart dans une montgolfière. Il sera accompagné par un compagnon de marque. Un cerf. Oui, l'animal, tu t'imagines, un cerf-volant ! Je te retrouve dans quelques minutes. Ah, j'y pense, mets un pantalon blanc si tu veux jouer au tigre !

Un instant paralysé par l'émotion à cette nouvelle, l'enfant fila dans sa chambre, se changea et descendit deux à deux les escaliers. Dans la cour, Cleggs avait fait atteler le tilbury. Émile, le groom de douze ans, attendait à côté du marchepied. Henry déclara qu'il n'avait pas besoin de lui cette fois-ci. Richard serait son tigre. Émile se défit des attributs de son prestige, sa veste zébrée à ceinturon et son chapeau haut de forme. Il les tendit sans un mot à Richard, jeta un regard noir à ce rival et partit la tête basse vers l'office.

— John, dit Henry au palefrenier, vous nous suivrez avec *Nina*. Je l'entraînerai dans les allées du Tivoli.

Transporté de fierté, Richard s'assit sur le siège aux côtés d'Henry, le dos droit, les bras croisés dans la position du tigre. Le fouet caressa la croupe du hongre bai et l'attelage fila vers la rue de Clichy. Richard s'époumonait à crier « Gare, gare ! », dès qu'un obstacle se présentait. Il enregistra les regards des passants, les chapeaux soulevés sur leur passage. Comme il était heureux d'accompagner Lord Seymour que tant de gens connaissaient ! Ils traversèrent quelques rues, longèrent un mur d'enceinte.

— Nous arrivons au Tivoli, dit Henry.

Richard tressaillit et son visage radieux se crispa. Les jardins du Tivoli ! C'était dans ce quartier qu'il habitait, quand il était petit. Il reconnut le mur d'enceinte moussu, aperçut la vitrine de la boulangerie qui l'avait tant fait rêver. Un flux de souvenirs désagréables l'assaillit. Et s'il croisait Mme Garnier ? Cette idée le pétrifia. Si la concierge le reconnaissait et lui ordonnait de revenir dans sa loge ? Et si elle lui annonçait que sa mère était de retour à Paris ?

Richard avait interrogé tante MieMie sur sa famille. Savait-elle où demeuraient ses parents ? Les connaissait-elle ? MieMie avait répondu qu'elle ignorait tout d'eux. Elle savait seulement que sa mère, Mme Jackson, avait dû quitter Paris précipitamment.

— Elle reviendra vous chercher un jour, avait-elle ajouté, désireuse de rassurer l'enfant.

Pendant ses longues heures d'inactivité, Richard inventait mille explications romanesques à cette séparation. Il imaginait des retrouvailles, un départ vers une vie nouvelle, pleine d'attraits. Dès qu'une visite inopinée s'annonçait, Richard se figeait le cœur battant, l'oreille aux aguets : « C'est sûrement ma mère », pensait-il. Il se représentait la scène : elle entrerait, majestueuse dans sa robe fuchsia. Elle lui tendrait les bras, verserait des larmes. Le petit garçon fixait la porte... déçu et secrètement soulagé de voir apparaître, introduit par le valet de chambre, un fournisseur ou un ami de la famille.

En grandissant, Richard sentait confusément que sa mère détonerait rue d'Artois. Il se souvenait de son rire de gorge, des couleurs vives qu'elle affectionnait, à l'opposé des tons « crapaud amoureux » ou « puce rêveuse » qui faisaient fureur sur le boulevard. Il gardait de sa petite enfance, avant l'épisode de la loge, le souvenir d'heures passées à attendre, seul dans une chambre sous les toits. Il n'avait pas envie de retrouver cette vie. Il ne souhaitait pas quitter MieMie. Quelques mois auparavant, il avait jeté le dernier vestige de cette période, le mouchoir de sa mère qui lui servait de talisman.

Le tilbury franchissait le portail des jardins du Tivoli et Richard oublia ses inquiétudes. Sur une pelouse, la grande forme colorée de la montgolfière reposait à plat, à côté de la nacelle en rotin. Ils furent informés qu'en raison de vents contraires le départ était retardé.

— Peu importe ! dit Henry. En attendant qu'ils soient prêts, allons retrouver mes amis.

Après avoir enfoncé son tuyau de poêle sur ses oreilles et remis ses gants en peau de chamois beurre frais, Henry lança son cheval dans l'allée cavalière. Habitué au landau de la marquise, la célérité de l'attelage grisait Richard. Le jardin bordé de bosquets d'arbres et de plantes exotiques défilait à vive allure. Ils longèrent le parc d'attractions. Des balançoires, montagnes russes, gondoles aériennes ou chemins suspendus attiraient les promeneurs. On entendait les cris aigus de femmes, des rires, de la musique. Richard se tordait le cou pour profiter du spectacle. Il aurait aimé se balancer, jouer avec les enfants de son âge qu'il apercevait.

Un instant plus tard, Henry lui mettait les rênes entre les mains et disait :

— À ton tour de mener l'attelage. Serre les doigts autour des rênes. Comme ça ! Voilà, parfait, tu te débrouilles très bien.

Jamais Richard ne devait oublier la fierté qu'il ressentit à diriger le cheval, ni la chaleur bienveillante du bras protecteur d'Henry autour de ses épaules. Ce moment de griserie prit fin lorsque le tilbury d'Henry arriva devant la buvette où se retrouvaient les cavaliers. Henry fut accueilli par des exclamations enthousiastes.

— Voilà Seymour !
— On n'attendait que toi !
— Mille tonnerres, voyez l'élégance de Milord !
— Par Dieu, ce gilet de piqué gaufré est fracassant.
— Et le pantalon de daim blanc collant. Henry est plus Buckingham que jamais.

La fleur des pois des dandys élégants se retrouvait au Tivoli pour faire courir ses chevaux. Henry confia Richard à son palefrenier, enfourcha Nina et partit avec les autres cavaliers piquer un galop dans les allées. Ils revinrent à vive allure. Nina fut la première à franchir la ligne d'arrivée.

Après la course, Henry installa Richard à la buvette, devant une glace. L'enfant écouta les cavaliers vanter les mérites des chevaux entiers et des juments de pur-sang, des arabians ou des barbieri. Plus tard, ils rejoignirent la foule sur la pelouse et virent s'élever dans les airs le ballon et la nacelle contenant l'aéronaute Margart, accompagné du cerf Coco. L'événement connut un vif succès : « *Coco a fait preuve de beaucoup de sang-froid et de courage. Il a semblé sensible aux applaudissements du public* », devait commenter la presse du lendemain.

Lorsqu'ils prirent le chemin du retour, la nuit était tombée. Ils traversèrent au pas les jardins, illuminés par des milliers de lampes à huile colorées. Spectacle féerique. Richard restait silencieux. Le parc lui semblait transformé en un palais dont des pierres précieuses, rubis, émeraudes, saphirs, topazes et diamants auraient constitué la voûte. Il goûtait chaque minute, désolé de voir le temps s'écouler si vite. « J'aimerais ressembler à Henry, quand je serai grand. Comme je l'aime ! » pensait-il. Le lendemain, la vie avec tante MieMie reprit son cours avec ses ternes obligations. Et le temps recommença à s'étirer interminablement.

Tandis qu'Henry poursuivait ses prouesses sportives, Beauchamp donnait dans un autre registre. Les exploits physiques le laissaient indifférent. Il aimait lire, découvrir, parler ou jouer aux cartes avec ses amis du Cercle de l'Union. Il cultivait un penchant pour les objets d'art ornementaux. Attiré par le travail des fondeurs-ciseleurs, il s'amusa à collectionner des tabatières puis s'intéressa au travail des ébénistes. Il se procura des livres spécialisés et composa une importante bibliothèque sur l'art ornemental. Dès son jeune âge, il avait appris à aimer les meubles français et la porcelaine de Sèvres, dont les maisons de son père, à Londres, regorgeaient. Il appréciait la délicatesse et la gaieté du siècle précédent. Beauchamp voulait posséder ce qu'il y avait de plus rare, les œuvres des plus grands ébénistes du XVIIe et du XVIIIe siècle. De manière méthodique, il se fit expédier les catalogues des ventes, qu'il complétait par des commentaires personnels. Il s'initia aux techniques et nota les informations qu'il pouvait obtenir sur les meubles des particuliers. Ces références lui permettraient de les acheter en connaissance de cause, sans prendre le risque d'acquérir une copie.

Beauchamp devint un expert des œuvres des maîtres ébénistes et des fondeurs-ciseleurs. Son premier achat fut une paire d'appliques de Gouthière, dont les flambeaux étaient portés par des satyres en bronze doré. Il les fit poser sur le mur de son bureau. Il ne se lassait pas de suivre du doigt l'élégance des arabesques ciselées. Il enrichit la pièce de deux Watteau qu'il acheta en 1828, pour 180 francs. Il se sentait attiré par des tableaux de jolies femmes, avenantes, aguicheuses, représentatives du siècle de la « douceur de vivre ».

Le reste du temps, Beauchamp voyageait. L'année 1829, il découvrit le Proche-Orient, retrouva à Constantinople Hamilton Seymour, son cousin diplomate. Dans une lettre à son ami Gurwood, Beauchamp raconta avoir assisté aux exécutions qui suivirent la tentative de coup d'État du parti des janissaires : « *Ils leur coupent véritablement la tête d'un seul coup.* » Il précisa avoir vu « *des rues remplies de gentlemen tenant leur tête sur leurs bras !* ». Il poursuivit son voyage en visitant la Grèce et l'Égypte.

Lorsqu'il revint à Paris, les rues de la capitale étaient couvertes de neige. On ne circulait qu'en traîneaux. Les dandys rivalisaient d'originalité. Henry se faisait applaudir sur les boulevards dans un traîneau en forme de dragon. MieMie, malgré les conseils de son banquier, se mit à la baisse et perdit dix-sept millions. Cet incident n'entrava en rien son train de vie.

Tandis que les privilégiés s'adonnaient à leurs plaisirs, la classe ouvrière vivait dans la misère. Les mouvements d'opposition s'amplifiaient, le gouvernement s'essoufflait. Un vent de révolte se répandit et gagna les pays d'Europe. Au cours de l'été 1830, sur les deux rives de la Manche, les monarchies vacillèrent. En Angleterre, le 26 juin, le roi George IV, imbibé d'alcool, s'éteignit. Sa fille unique, Charlotte, étant morte à vingt ans, son frère, le duc de Clarence, monta sur le trône sous le nom de Guillaume IV. De forts mouvements sociaux accompagnèrent cette succession. L'annonce d'élections générales ne suffit pas à apaiser les contestations.

En France, le dimanche 25 juillet, les ultras conduisirent Charles X à signer les ordonnances par lesquelles il réduisait la liberté de la presse, dissolvait la nouvelle Chambre et modifiait, dans un sens restrictif, la loi électorale. Deux jours plus tard, les premières barricades se dressaient dans la capitale. Des vitres étaient brisées, des boutiques d'armuriers pillées.

Le lendemain au petit matin, depuis l'hôtel de Brancas dont les fenêtres ouvraient sur le boulevard des

Italiens, Beauchamp et Henry observaient la situation. Sous leurs yeux, devant le Café de Paris et Tortoni, des insurgés sciaient des arbres pour élever des barricades. Des cris et des encouragements s'élevaient des trottoirs, des applaudissements saluaient la chute des branches. La tension montait avec l'arrivée ininterrompue de nouveaux manifestants. Certains apportaient des armes. D'autres, tirant des voitures chargées de barils, distribuaient de la poudre. Les volets des immeubles se fermaient.

— Regarde ! remarqua Beauchamp, le sol est jonché de bris de bouteilles pour empêcher la cavalerie de passer.

— Et là-bas, devant les Bains chinois, ils commencent à desceller les pavés, observa Henry.

— La situation tourne à l'émeute ! Allons installer Mère dans ton appartement. Elle y sera à l'abri.

Dans la cour arrière, les Seymour retrouvèrent la femme et les quatre enfants du Dr Chermside. Malgré les objurgations de son épouse, le docteur était parti visiter ses malades. Beauchamp réunit tout ce monde dans l'appartement d'Henry et envoya un valet suivre l'évolution de l'insurrection sur le boulevard. Celui-ci rapporta des nouvelles préoccupantes : l'armée avait pris position face aux barricades. Les émeutiers clamaient des slogans hostiles au roi, au gouvernement et conspuaient les soldats.

— Ça va barder, Your Lordship, conclut le valet.

Au même moment, des tirs sporadiques se firent entendre, bientôt suivis de fusillades. Malgré les supplications de leur mère, Henry et Beauchamp se succédèrent pour observer la progression des combats, depuis les fenêtres du premier étage. Beauchamp rapporta les premières nouvelles.

— Les factieux ont renversé un omnibus derrière lequel ils s'abritent pour tirer sur les soldats. Un escadron de cuirassiers charge la barricade !

— Y a-t-il des victimes ?

— Oui, le sol est jonché de corps. J'ai vu un homme arracher les vêtements d'un mort, les attacher à un pieu en criant : « Vengeons le sang de nos frères, aux armes ! »

Lorsque Henry revint, la situation s'était encore aggravée.

— Le boulevard est noyé sous un voile de fumée. La barricade sous nos fenêtres est abandonnée mais les insurgés se sont embusqués rue Le Peletier et rue de la Grange-Batelière. Ils répondent au feu d'un régiment de la garde.

— L'armée est-elle en position de l'emporter ?

— J'en doute. J'ai aperçu des lanciers, des cuirassiers. Mais j'ai vu une troupe de Suisses se rallier aux factieux. Et des émeutiers arriver en renfort.

L'anxiété succéda à l'inquiétude.

— Les enfants doivent quitter Paris, affirma Mme Chermside en tordant ses mains. Nous devrions nous réfugier à l'ambassade...

— Il serait hasardeux de sortir au milieu des combats, répliqua Beauchamp. Attendons.

En début d'après-midi, un médecin irlandais parvint à les rejoindre.

— On risque sa vie à chaque carrefour ! dit-il en arrivant. Pouvez-vous m'héberger ? Je préfère mourir au milieu d'amis qu'entouré d'inconnus.

Il les informa des rumeurs qui couraient en ville :

— On dit que le roi va faire bombarder la capitale, depuis les hauteurs de Montmartre.

— Mon Dieu, dit MieMie, de mes fenêtres, on voit les moulins de Montmartre. Nous allons tous périr sous le feu des boulets !

Beauchamp jugea prudent de fermer la porte cochère de la rue Taitbout à double tour et de faire dresser des lits dans les caves. Le personnel s'affaira. Les déflagrations et les explosions redoublaient. Ils renoncèrent à observer le boulevard, par crainte d'une balle perdue. À cet instant, on frappa à la porte à grands coups. Le groupe se figea.

— N'ouvrez pas, ce sont les insurgés, ils viennent nous chercher ! s'écria Mme Chermside.

Les enfants se pressèrent dans ses jupes en pleurant.

— Ouvrez, c'est moi, criait la voix du Dr Chermside qui tentait de dominer le vacarme des combats.

On lui ouvrit, parmi des exclamations. Sa femme se jeta dans ses bras avec un cri de soulagement.

— On dresse des barricades dans toutes les rues, raconta Chermside. Il semblerait que les insurgés aient le dessus. Ils ont arrêté mon cab. Ils ne voulaient pas me laisser passer, bien que je leur aie dit que j'étais anglais et que je rendais visite à mes malades. Ils ont fini par me laisser partir, à condition d'épingler sur ma veste un papillon tricolore et de crier avec eux : « Vive la Charte ! »

— Que vous disais-je ! C'est la révolution, s'affola MieMie.

— J'ai tenté d'acheter des provisions, continua le docteur, mais je n'ai trouvé qu'un pain, pour la somme astronomique de cinq francs.

— Il semble que le roi veuille faire bombarder Paris, dit le médecin irlandais.

— Je ne pense pas, répondit Beauchamp. Il va finir par retirer ses ordonnances, renvoyer son Premier ministre Polignac et tout rentrera dans l'ordre.

— Le ciel vous entende !

Dans la soirée, le calme parut revenir et la petite colonie anglaise renonça à dormir dans la cave. Des lits furent dressés chez les Chermside pour MieMie et ses fils, dans une pièce peu exposée à un éventuel bombardement. Richard partagea la chambre de Marietta, sous les toits. Il tendit l'oreille une partie de la nuit, sursautant au moindre bruit, affolé à l'idée que des émeutiers pourraient pénétrer dans l'immeuble ou qu'un boulet risquait de les atteindre.

Le lendemain, quatre cents barricades bloquaient la circulation aux endroits stratégiques. Le canon grondait. Le nombre des victimes, manifestants et forces de l'ordre, augmentait d'heure en heure. Charles X se résigna à retirer les ordonnances et à remplacer Polignac. Dans la capitale, le drapeau tricolore flottait sur chaque édifice public, les manifestants exaltaient la République.

Charles X finit par abdiquer en faveur de son petit-fils, le duc de Bordeaux, et partit pour Versailles, avec sa famille. Les opposants institutionnels, craignant de se faire déborder par les mouvements révolutionnaires, tentèrent de reprendre la main. Ils placardèrent sur les murs des affiches exaltant les vertus du duc d'Orléans. Thiers, Laffitte, Casimir Perier se prononcèrent en sa faveur.

Beauchamp et Henry voulurent profiter de cette période de relative accalmie pour mettre leur mère à l'abri. Elle partirait pour Londres avec Mme Chermside et ses enfants, Richard, Marietta et deux valets. Beauchamp parvint à louer une diligence des messageries de Touchard, dont le terminus se trouvait faubourg Saint-Denis, au-delà des barrières. Traverser Paris en voiture était exclu en raison des arbres coupés et des barricades qui obstruaient les voies. Ils s'y rendraient à pied. Pour pallier toute éventualité, MieMie fit coudre dans les ourlets de sa robe des liasses de milliers de francs.

Le soleil était haut dans le ciel lorsque la petite troupe quitta la rue Taitbout. La chaleur était écrasante. Une odeur de putréfaction, de poudre et de fumée flottait dans l'air. Beauchamp et Henry ouvraient la marche, en tenant leur mère par le bras. Des valets portaient les bagages. Richard, horrifié par le spectacle, se cramponnait aux jupes de Marietta. Il fallait enjamber des débris de toute sorte. Il aperçut un mort, noir et ballonné, couvert de sang. D'innombrables mouches s'agglutinaient sur lui. Sur les trottoirs, des hommes entassaient des cadavres en piles, qu'ils recouvraient de paille. Des chevaux éventrés jalonnaient les chaussées défoncées, parmi les amoncellements de pavés, d'omnibus renversés et d'objets hétéroclites. Des drapeaux tricolores pendaient aux fenêtres. Des hommes, des femmes et des enfants se pressaient autour des barricades. Ils écoutaient les insurgés, armés de fusils, raconter les événements des jours précédents. Certains badauds lisaient les affiches placardées aux murs, d'autres achetaient des rubans et des cocardes tricolores, qu'ils accrochaient à leur chapeau.

Il fallut plus de deux heures aux voyageurs pour parvenir au terminus où les attendait une pesante diligence, attelée à neuf chevaux normands. Les adieux furent brefs. MieMie et Mme Chermside versèrent des larmes et agitèrent leur mouchoir tandis que la voiture s'ébranlait. Richard, assis sur la banquette étroite et mal rembourrée, ressentait un vif soulagement à s'éloigner de la capitale. Tout au long du voyage, ballotté par les cahots, il ressassa des pensées angoissantes. « Pourvu qu'Henry ne tombe pas aux mains des émeutiers », priait-il, en écoutant les grelots des harnachements tintinnabuler. Arrivés à Boulogne-sur-Mer, un message de Lord Hertford dissuada les voyageurs de traverser la Manche : il redoutait des mouvements plus graves en Angleterre. Ils s'installèrent dans un hôtel du port de pêche et attendirent la suite des événements dans ce cadre serein, loin des désordres parisiens.

Lors de ce séjour, Richard connut des moments d'euphorie. MieMie, satisfaite de la compagnie de Mme Chermside, encouragea le garçon à sortir avec les enfants Chermside. John, de deux ans son cadet, l'entraînait partout. Ils regardaient les bateaux accoster, observaient le flux des passagers progresser entre deux cordes sous le regard vigilant de douaniers en uniforme vert. Ils se mêlaient à la foule bigarrée qui s'agitait sur les quais, aux femmes de pêcheurs en jupe de couleur vive et sabots de bois qui plaisantaient avec des gendarmes en culotte blanche, aux jeunes commissionnaires qui s'époumonaient à vanter les mérites de leurs hôtels respectifs. Les deux enfants couraient sur les plages, retiraient leurs chaussures pour tremper leurs pieds en défiant les vagues qui venaient mourir sur la grève. Ils s'allongeaient sur le sable chaud pour observer la course des nuages. Ils contemplaient le vol des mouettes qui se laissaient porter par les courants ascendants en jetant de brefs cris aigus. « J'ai un ami », s'enthousiasmait Richard. Il aurait voulu rester à Boulogne. Pour toujours. Cette parenthèse ne dura que quelques jours.

À Paris, le duc d'Orléans fut nommé roi des Français sous le nom de Louis-Philippe. Les Chambres révisèrent la Charte, en limitant considérablement les pouvoirs du roi. Le calme revenait.

Quelques jours plus tard, MieMie et la famille du Dr Chermside regagnaient leurs foyers parisiens. Les enfants Chermside reprirent leurs études, Richard retrouva son rôle de garçon de compagnie. Beauchamp partit prendre les eaux à Carlsbad et Henry toucha cent soixante-quinze mille livres, le reliquat de l'héritage de son grand-père. Il avait vingt-cinq ans.

9

De Lord Seymour à Milord l'Arsouille

Paris, avril 1831

Sous la monarchie de Juillet, le boulevard des Italiens devint le quartier le plus en vogue de la capitale. L'endroit à la mode ne concernait qu'une petite portion du boulevard, une centaine de mètres délimités par la rue de la Grange-Batelière[1] et la rue de la Chaussée d'Antin. Aucun dandy ne s'aventurait à sortir de ce périmètre. Musset affirmait qu'au-delà, les boulevards s'apparentaient aux « grandes Indes ».

Jusqu'alors ombragé de deux rangées d'arbres séculaires, bordé d'hôtels particuliers, le boulevard se transforma. Les jardins disparurent, les façades se rapprochèrent. Une seule rangée d'ormes et d'acacias remplaça les arbres abattus par les insurgés pendant les Trois Glorieuses. Les trottoirs furent dallés. Des boutiques, cafés, restaurants, maisons de bain, théâtres et clubs s'ouvrirent aux rez-de-chaussée des immeubles. Une population élégante et dépensière s'appropria les lieux qui devinrent le point de ralliement des lions de la jeunesse dorée, dandys, viveurs ou bohèmes, « *se connaissant tous, parlant la même langue, et unis ensemble par l'habitude de se rencontrer chaque soir* ».

---

1. L'actuelle rue Drouot.

Ces riches dilettantes cherchaient à s'élever au-dessus du monde ordinaire, sur lequel ils jetaient un regard désabusé. Le dandy devait inventer, innover, surprendre. Il glorifiait le superflu pour exprimer son mépris du quotidien. Il se faisait remarquer par des mots cocasses, un comportement insolite, une tenue extravagante. La démesure, prônée par le romantisme, valorisait ces excès. Pour les adeptes de ce nouveau culte, l'important était de faire parler de soi.

Sur le boulevard, les capelines des lionnes s'alourdissaient d'une foison d'oiseaux de paradis et de plumes frisées. Les élégants arboraient la redingote en tuyaux d'orgue, la fraise cramoisie autour du cou, le chapeau blanc à poils angora. Les plus folles extravagances vestimentaires étaient encouragées et applaudies.

Le prince de ces dandys fut Lord Seymour. Il fascinait par son imagination, sa verve railleuse et les possibilités que sa fortune lui offrait. Si son ambition se bornait au désir de réjouir ses amis, ses excentricités amusèrent le peuple de Paris. Henry se prit au jeu de cette notoriété. On le surnomma « Milord l'Arsouille », appellation qui, dans le milieu populaire, comportait une connotation affectueuse. On savait que l'aristocrate anglais n'hésitait pas à s'arsouiller, à invectiver et même à se colleter avec les mauvais garçons. Il avait la réputation de ne pas mépriser l'homme de la rue, de protéger les faibles et châtier les méchants. On le considérait comme un redresseur de torts, sensible aux souffrances des pauvres gens, que son inépuisable richesse lui permettait de soulager. Sa générosité devint aussi proverbiale que ses poings.

Un matin de printemps, tandis que MieMie s'abandonnait à un petit somme, Richard, posté à la fenêtre grande ouverte, observait l'animation du boulevard. Il reconnut Georgette, une grisette qui arrivait avec son panier de fleurs. Comme chaque jour, elle s'installa devant Tortoni, le dos appuyé au tronc d'un acacia. Les équipages s'arrêtaient pour acheter des glaces que les lions et les élégantes savouraient dans leur voiture. Georgette proposait ses fleurettes : « Fleurissez vos amours », disait-elle, avec un gentil sourire. On savait qu'elle faisait

vivre sa famille, sa mère et ses frères, de ce commerce et les habitués lui laissaient la monnaie. Deux garçons, costauds et joufflus, firent leur apparition. Sanglés dans des habits bleus à boutons dorés, tenues incongrues dans la capitale avant six heures du soir, ils ne pouvaient dissimuler qu'ils débarquaient de leur province. Richard vit Georgette leur proposer ses fleurs. Ils moquèrent la pauvreté de ses bouquets.
Les deux hommes s'installèrent sur les chaises de paille de Tortoni et s'amusèrent à la poursuivre de leurs sarcasmes. Saint-Cricq, qui dégustait sa glace favorite à la même terrasse, ne supporta pas de voir s'embuer les yeux de la petite marchande. Il déplia sa haute taille, s'approcha des garçons et leur demanda de cesser d'importuner la jeune fille. Le plus gros se leva et toisa Saint-Cricq. Il le traita de roquentin et menaça de lui faire goûter la puissance de son poing. Saint-Cricq, un habitué des salles de sport d'Henry, prit aussitôt la position du pugiliste, les deux poings en avant, le haut du corps en arrière, sur ses jambes bien campées. Il mimait à la perfection le boxeur, sans en posséder l'adresse. L'affaire fut rondement menée : un coup de poing du gros l'atteignit en pleine poitrine et il tomba à la renverse dans le caniveau. Un concert d'exclamations indignées accompagna sa chute.
Sur le boulevard, chacun connaissait la douce folie du gentilhomme et le protégeait. Georgette se précipita pour lui prêter secours. Ses violettes atterrirent sur le sol. Un serveur et deux consommateurs entourèrent l'agresseur. Le ton des voix s'éleva. Depuis sa fenêtre, Richard se pencha plus avant pour ne rien perdre de la scène.
Henry, installé avec des amis de l'autre côté de la rue, à la terrasse du Café de Paris, avait suivi la scène. Il s'approcha de sa démarche nonchalante. Sa voix domina le tumulte.
— Chercheriez-vous à vous battre, monsieur ? Que diriez-vous d'un adversaire à votre mesure ?
L'individu toisa le nouveau venu et sourit. Henry portait une redingote cintrée couleur prune. Sa cravate

blanche retombait en plis serrés sur un gilet de velours blanc aux boutons peints de diverses couleurs. Il tapotait le cuir noir de ses bottes vernies d'un stick au manche d'argent. Les cheveux roulés en couronne, il ressemblait à une gravure du journal *La Mode*.

— Encore un de ces muscadins qui se prennent pour des chevaliers ! Il va déchanter, marmonna le gros homme à son compagnon.

Levant les poings à la hauteur de son visage, il répondit à Henry :

— À ton service, dandy ! Montre-moi si tu es un homme, sous tes beaux atours ! Je te préviens, en passant, que la boxe, j'aime ça !

— Comme c'est intéressant ! Vous êtes pugiliste ? La boxe anglaise ou la française ? La savate ? Le chausson ? Un habitué des rings dans les foires à bestiaux, je présume.

— Tu riras moins tout à l'heure !

Tandis que son adversaire s'échauffait, Henry retira sa redingote, la plia posément et la posa sur le dossier d'une chaise. Il retroussa les manches de sa chemise de batiste et se mit en position. La foule fit cercle. Les habitués, subodorant que Lord Seymour allait donner une leçon à ce grossier personnage, accouraient pour profiter du spectacle.

Du haut de sa fenêtre, Richard se pencha encore, au risque de tomber. Persuadé de la victoire d'Henry, il ne voulait rien perdre du spectacle.

— À vous l'honneur ! dit Henry en s'inclinant.

Le gros fendit l'air de son poing, visant le menton. Esquivant l'impact d'un souple mouvement de la nuque, Henry le provoqua :

— Il semblerait que les campagnes soient en retard sur Paris, dans la pratique du noble sport. Allons, là vous pouviez m'atteindre. Gardez votre sang-froid !

Tandis qu'Henry sautillait avec l'élégance d'un danseur, le gros homme s'essoufflait. Il moulinait des bras, rendu maladroit par la fureur. Le cercle des spectateurs se densifiait. Aux encouragements du départ succédaient les rires. Henry s'appliquait à ne pas atteindre son adver-

saire. Lorsqu'il l'eut fatigué, il jugea la leçon suffisante et, de ses deux poings serrés, plaça une grêle de coups secs sur sa poitrine. L'homme chancela, perdit l'équilibre, s'effondra sur une chaise qui se rompit sous son poids. Les quolibets fusèrent, suivis des hourras des spectateurs :
— Bravo, Lord Seymour ! Vive Milord l'Arsouille !
— Bravo, Henry ! Vive Henry, hurla Richard, exalté.
Il se sentait empli d'admiration pour son héros. Celui-ci remit sa redingote et redressa sa cravate :
— Le gredin ! J'avais passé un quart d'heure à la nouer ce matin, remarqua-t-il à la cantonade.
Il aida Georgette à ramasser ses fleurs éparpillées et enfouit dans sa poche une poignée de pièces. La jeune fille tourna vers lui un regard d'adoration et esquissa une manière de révérence :
— Comment vous remercier, Milord, vous êtes si brave, si chevaleresque ! Que Dieu vous bénisse, mon Milord !
Et elle courut se réfugier derrière son arbre en rougissant. Cette histoire allait faire le tour du boulevard. Le personnage de Milord l'Arsouille devint une légende, confortée par la fameuse descente de la Courtille.

En 1832, le choléra fit des ravages à Paris. La terreur suscitée par cette maladie n'épargnait personne. Les visages bleus et décharnés des morts impressionnaient. Les vivants répugnaient à s'en occuper, par crainte de la contagion. Une première victime fut emportée en février. Bientôt, les morts se comptèrent par milliers. Début mars, bien que certaines rues soient encombrées de cercueils, le carnaval connut ses journées de fête comme si de rien n'était. Des victimes furent emmenées masquées à l'hôpital, parfois enterrées dans leur déguisement. Malgré le fléau, la fête allait battre son plein.
Le carnaval impliquait trois jours d'extravagances, avec ses jeux et ses démesures. La ville festoyait. L'abstinence, pratiquée pendant le carême, était précédée par cette période de folie où les interdits étaient levés. On organisait des agapes pantagruéliques sur les barrières

de l'octroi, dans les quartiers populaires entourant Paris. Le vin n'était pas taxé dans ces guinguettes et la cuisine restait bon marché. Pendant trois jours et trois nuits, la barrière était en fête, avec ses parcs d'attractions, ses manèges, ses courses de chars, jeux de quilles et loteries. Le coup d'envoi des divertissements était donné sur les boulevards.

Richard Jackson, âgé de treize ans, goûtait pleinement ces journées. Dès deux heures de l'après-midi, le dimanche, MieMie s'installait à la fenêtre d'angle qui lui offrait la meilleure vue sur le boulevard. Richard se campait à ses côtés. Et jusqu'à la fin du jour, ils profitaient du spectacle.

Entre les bornes qui délimitaient les trottoirs se pressait une foule bigarrée. Une succession de marquis et de laitières, de Chinois et de Tyroliennes, de Polichinelles et de Colombines, défilait. Des voitures, bondées de personnages déguisés, arrivaient de toutes parts, suscitant commentaires et invectives. La gouaille parisienne s'en donnait à cœur joie, les répliques fusaient parmi l'hilarité générale. Aux fanfares répondait le son rauque des cornets à bouquin et des trompes de terre cuite, vendues aux gamins dans la rue.

MieMie avait refusé que Richard se joigne au cortège. « Elle me considère comme un enfant », pensait le garçon avec amertume. Il aurait aimé descendre dans la rue, se mêler à la foule comme les autres enfants, participer à la liesse générale. Il avait grandi. Ses traits se dessinaient, sa silhouette s'allongeait, ses boucles blondes fonçaient. Mais sa timidité naturelle, accentuée par son statut de page à la disposition d'une vieille dame, avait entravé le développement de sa personnalité. L'ignorance de ses origines, la pauvreté de son éducation avaient inhibé l'insouciance de la jeunesse. Il se sentait gauche, parlait peu, n'ayant jamais l'occasion d'exprimer une opinion que personne ne sollicitait. Il observait autour de lui d'un regard grave et désenchanté. Ses repères restaient flous, dictés par sa seule sensibilité. Le spectacle d'une souffrance ou d'une injustice, la vue d'un enfant miséreux le touchait profondément. Il dissimulait

ses émotions. Elles semblaient insolites dans son environnement. Il préférait s'abstenir de poser des questions : on lui avait simplement appris à obéir. Ce jour-là, pourtant, il sentit poindre en lui une once de ressentiment. « Milady a trop besoin de moi pour me laisser partir ! Milady a toujours envie de quelque chose ! » Dehors, les cris d'excitation s'amplifiaient. Richard pointa du doigt :
— Le voilà ! s'écria-t-il.

Au milieu du charivari général, derrière les piqueux Tellier, Baptiste et Bertin, montés *à la d'Aumont*, à califourchon sur trois des six chevaux, le landau d'Henry se frayait un passage de la rue Taitbout vers le boulevard des Italiens. La voiture était précédée par des sonneurs de trompe qui sonnaient le bien-aller. Henry, en redingote vert olive, ôta son chapeau, salua d'une profonde inclination du torse sa mère et esquissa une pirouette comique à l'intention de Richard.

— C'est Lord Seymour, je le reconnais, hurla un quidam.

— C'est Milord l'Arsouille, c'est sa calèche, vive Milord l'Arsouille ! reprit la foule, massée sur les deux côtés de la chaussée.

Derrière Henry s'entassaient, dans un désordre de couleurs, des jeunes gens déguisés. D'autres s'accrochèrent à la voiture, sur les ressorts, les sièges, les marchepieds. Au moment où le landau débouchait sur le boulevard, les voitures, qui s'accumulaient en une joyeuse pagaille, trouvèrent un semblant d'ordre. Henry prit la tête du long cortège à double file qui occupait la chaussée et se dirigeait vers la Bastille. De somptueux équipages côtoyaient toutes sortes de véhicules. Des fiacres, cabriolets, tapissières, landaus et phaétons doublaient les diligences et les omnibus surchargés. Une charrette à bras, traînée par des hommes déguisés en Turcs, en pantalons rouges bouffants, la tête enveloppée d'un turban blanc de la grosseur d'une citrouille, s'efforçait de suivre le rythme de la procession, sous les quolibets et les encouragements. Un corbillard, tiré par quatre chevaux caparaçonnés en noir et argent, se mêla au cortège. Les draperies de deuil étaient remplacées par des pièces de tissu orange vif et les plumets, qui ornaient la tête des chevaux encagoulés, disparaissaient sous un foisonnement de rubans multicolores. Le corbillard servait d'estrade à un orchestre d'Espagnols qui grattaient sur leurs guitares en chantant à tue-tête. D'une voiture à l'autre, on se jetait des bonbons, des œufs remplis de poudre blanche, des confettis, des oranges. Le carnaval, avec ses agapes et ses démesures, ses plaisirs et ses excès, commençait.

    Il faisait nuit noire, trois jours plus tard, au petit matin du mercredi des Cendres, lorsque la voiture d'Henry franchit la porte cochère de l'hôtel de la rue Taitbout. Les piqueux levaient haut leurs torches flambantes. Richard, assis sur la banquette, regardait défiler les rues qui menaient à la barrière de Belleville. Henry avait convaincu sa mère que le garçon était assez grand pour assister à la descente de la Courtille, l'apothéose du carnaval. Les gens qui avaient passé la nuit dans les restaurants des hauteurs de Belleville descendaient en masse au petit jour. Derrière des diligences remplies de musiciens et de comédiens, toutes sortes de véhicules bourrés de fêtards aux déguisements défraîchis formaient une procession sur le faubourg du Temple. Les spectateurs se pressaient pour ne rien perdre de cette dernière parade.

    Richard avait eu grand mal à s'endormir, tant il était excité. Il craignait de ne pas se réveiller. Lorsque le valet était rentré dans sa chambre à quatre heures du matin, il avait bondi hors de son lit, ravi et frais comme un gardon. Il avait enfoncé sur sa tête une casquette de laine écossaise et posé sur ses épaules une cape noire, prêtée par Henry, pour se protéger des fraîcheurs de la nuit.

    De nombreuses voitures convergeaient vers les hauteurs de Belleville. Henry fit arrêter la sienne devant le restaurant du Grand Saint-Martin.

    — Suis-moi, dit-il à Richard. Je dois retrouver des amis.

Dans la salle du rez-de-chaussée, des garçons tentaient de refouler les individus qui cherchaient à s'infiltrer sans payer leur écot. Apercevant Henry, le propriétaire, M. Dénoyer, fit un signe et la barrière s'ouvrit devant eux. Richard regardait de tous ses yeux.

Depuis le dimanche précédent, la pièce n'avait pas désempli. Quelques carcasses de bœufs ou de moutons, nettoyées jusqu'à l'os, restaient suspendues à des crocs. Des convives buvaient, indifférents aux nappes souillées, aux restes graisseux, aux empilements de vaisselle qui encombraient les tables. D'autres, cuvant leur vin, dormaient les uns contre les autres ou à même le sol.

Henry se frayait un chemin. Richard, abasourdi, dégoûté par les odeurs, essayait de calquer sur son visage l'air de détachement ironique qu'il apercevait sur celui d'Henry.

Soudain, Henry s'arrêta, saisit le bras du jeune garçon et dit d'une voix tendue :

— Regarde l'humanité, Richard. Contemple-la dans sa vérité. Mesure l'abjection, la laideur de ces êtres que nous sommes. Ne t'y trompe pas. Si nous n'avions pas d'argent, nous serions dans le même état. Tu vois ce jeune garçon ivre, avachi dans son coin ? Il a ton âge. Tu serais comme lui si tu ne vivais pas chez ma mère. Retiens ce que je vais te dire : seul l'argent permet de dépasser ces instincts, cette misère qui accule ces malheureux à vivre ainsi. Rappelle-toi cela, Richard, lui dit-il, le visage grave. Nous ne sommes pas différents de ces gens. Nous sommes simplement riches. C'est la seule supériorité que nous ayons sur eux.

Le visage d'Henry s'était assombri. Des plis inhabituels creusaient les contours de sa bouche :

— Allez, c'est assez. Mes amis sont partis. Sortons !

Il entraîna Richard dans la rue et aspira profondément l'air frais et piquant de la nuit.

Ses amis retrouvés, Henry reprit sa gouaille et son ton goguenard. Il pleuvait. Les spectateurs, abrités sous leur parapluie, s'étageaient au long du faubourg du Temple.

La voiture d'Henry s'ébranla et prit la tête du défilé. Debout, tête nue et jambes écartées, les pans de sa cape relevés sur les épaules, Henry plongea sa main dans un sac à ses pieds, la retira pleine de pièces et les lança en un geste circulaire. Leurs reflets métalliques traversèrent la nuit, avant d'atterrir sur les pavés des trottoirs. Un amoncellement de corps recouvrit cette manne. Henry, silencieux, renouvelait son geste, aussi souvent qu'il le pouvait. Il avait la réputation de distribuer une fortune, les jours de carnaval.

— Vive Milord l'Arsouille ! s'écria un spectateur en brandissant son poing, serré autour d'un écu.

— Vive Milord l'Arsouille ! enchaînèrent les autres spectateurs.

« C'est ça, le pouvoir », constatait Richard, exalté. « Quand on est riche, on peut donner et tout le monde vous aime. » Un sentiment de reconnaissance envers Henry emplissait son cœur. Il se fit la promesse de lui rendre un jour cette joie qu'il lui offrait en l'admettant à ses côtés. « Je le lui rendrai », se répétait Richard, ivre de sommeil et d'excitation. « Moi aussi, je gagnerai beaucoup d'argent et je serai généreux. Moi aussi, un jour, je donnerai, je serai aimé et on m'acclamera. »

Et dans un élan d'enthousiasme, il saisit le bras de son héros et leva un regard d'adoration vers le responsable de tant de bonheurs. Henry ne parut pas remarquer ce geste. Se dégageant doucement, au milieu des hurlements de voix, des cacophonies d'instruments de musique et des grincements des roues sur les pavés, il regardait le tas d'hommes et de femmes que les piécettes avaient jeté sur le sol, au mépris des voitures et des chevaux. Et qui se relevaient aussitôt pour en réclamer d'autres.

Richard crut voir passer sur son visage un voile de tristesse tandis que déjà, rejetant sa mèche en arrière et souriant, Henry reprenait les rênes et criait au cortège :

— Allez, place aux rires pour la descente de la Courtille !

Depuis la descente de la Courtille, la passion de Richard pour son idole s'était renforcée. Dès qu'il pouvait s'échapper de l'appartement de MieMie, il descendait les marches de l'escalier, traversait la cour et retrouvait dans l'office, une grande pièce au rez-de-chaussée de l'immeuble de Lord Seymour, les membres de son personnel. Le jeune garçon était bien accueilli. On le plaignait d'être en permanence, à la disposition de la vieille lady. C'était moins amusant que d'être au service de Lord Seymour. Les palefreniers le mettaient en selle avec les grooms de son âge. Il apprenait à panser les chevaux, astiquer les harnais. Les soubrettes lui offraient des douceurs. Il écoutait les valets raconter les frasques et les actes de générosité de leur maître. On commentait volontiers ses conquêtes, à l'office. Lord Seymour avait la réputation d'être fort empressé auprès des dames. Le personnel relatait ses fredaines avec bienveillance. Ils étaient fiers de servir ce riche et original patron qui alimentait les conversations du quartier.

Richard buvait leurs paroles, sans en comprendre toujours le sens. Le moindre détail concernant la vie d'Henry le passionnait. Sur le boulevard, aux terrasses des cafés, de calèche à calèche, on commentait ses extravagances, ses facéties et ses mots d'esprit. Les journaux relataient ses exploits sportifs, détaillaient le luxe de ses tenues, de ses équipages. Le cercle de ses séides augmentait. Une fois, pourtant, un incident jeta une ombre sur l'image de l'idole du boulevard. L'ensemble du personnel, Cocopani, son majordome, Briggs, le chef d'écurie, toujours inconditionnels de leur patron, furent eux-mêmes choqués. Cette fois-ci, Milord avait dépassé les bornes.

À l'image de son père, Montrond, Henry cultivait volontiers le cynisme. Généreux avec ses amis, bienveillant avec les miséreux, il pouvait être léger et parfois cruel. Ses répliques devenaient cinglantes, ses reparties mordantes. Il prenait plaisir à observer les méandres de l'âme humaine et analysait, avec une curiosité insatiable, le pouvoir de l'argent. « *Avec de l'argent, on peut tout avoir, tout corrompre. Il suffit d'y mettre le prix. Chaque homme a un prix. L'or est tout puissant et permet de résoudre toutes les difficultés* », aimait-il à dire.

Cette fois-là, son cynisme faillit tourner mal. Henry aimait les combats, prétextes aux paris. Des spectacles, très critiqués, étaient organisés au-delà des barrières de l'octroi. Dans l'arène, on pouvait voir un tigre éventrer un verrat, des coqs s'affronter jusqu'à ce que mort s'ensuive, des molosses lutter à mort contre un sanglier ou un loup. Comme en Angleterre, ces combats attiraient la racaille et quelques grands seigneurs. Henry, à l'occasion, fréquentait ces lieux[1].

Un soir, à la nuit tombée, il se rendit accompagné du comte de Bazancourt dans le petit amphithéâtre de planches, à la barrière du combat. Les gradins étaient pleins à craquer, la scène brillamment éclairée. Les hurlements d'encouragement des spectateurs couvraient les cris des animaux qui s'étripaient sous leurs yeux. Dans la pénombre, Henry observait l'âme humaine. À l'issue d'un combat de coqs, il reconnut Henry Roussel, le prévôt de sa salle d'armes.

Il appréciait l'homme, bon professionnel, petit neveu du maître d'armes des enfants de France, avant la Révolution.

— Tiens, Roussel, j'ignorais que nous partagions ce goût pour les combats triviaux ! Je vous croyais plus intéressé par la noblesse des luttes d'homme à homme.

— Ah, Milord, je regrette d'être venu. J'avais entendu parler de ces combats de barrière, j'ai voulu me rendre compte par moi-même. Mais ce n'est décidément pas mon fort.

— Bah, il faut bien s'aguerrir ! Connaissez-vous le programme suivant ?

— On annonce un combat entre des terriers et une trentaine de rats d'égout. Je ne vais pas rester, j'ai horreur de ces bêtes-là.

— Allons donc, Roussel, vous, un vieux briscard de la garde, si ardent au combat, vous seriez effarouché par ces petites bêtes ! Vous plaisantez !

— Par Dieu non, Votre Seigneurie ! C'est plus fort

---

1. Ces combats furent interdits par la loi, en 1833, par Louis-Philippe.

que moi. J'ai une peur instinctive des rats. Là, regardez-les qui arrivent ! Ils sont gras, l'œil sournois. Et cette queue visqueuse qu'ils traînent derrière eux. Ils me dégoûtent ! Rien que de les voir, ça me rend malade ! Je vais rentrer. Bonsoir, Milord.

Roussel tournait déjà les talons. Henry saisit la manche de sa redingote.

— Hé là, ne partez pas comme ça, mon bon Roussel ! Vous devez apprendre à maîtriser vos émotions, lutter contre vos instincts ! Je sais ce que vous devriez faire, vous devriez descendre dans l'arène ! Vous seriez définitivement délivré de vos frayeurs.

— Le diable m'emporte si je fais une chose pareille, Milord ! J'en mourrai !

— Mais non, mais non, mon cher, ça vous guérirait d'un seul coup. Je vais vous aider à vaincre vos peurs. Le prévôt de ma salle d'armes ne peut être un poltron ! Ce ne sont que des petits rongeurs, que diable ! Vous allez voir, c'est le remède miracle, descendez dans l'arène et vous serez à jamais guéri

— Certainement pas, Milord. Je rentre chez moi !

— Attendez, vous dis-je ! Regardez, vous voyez cette bourse, elle contient mille francs en napoléons. Je voulais faire quelques paris, ce soir, mais je préfère vous aider. Je sais que vous connaissez quelques difficultés en ce moment, votre femme, vos enfants.... Si vous restez dans l'arène trois minutes montre en main, cette bourse est à vous. Juste trois petites minutes ! Vous allez voir, c'est radical. Vous n'aurez plus jamais peur des rats.

— Non, Votre Seigneurie, de grâce, ne me demandez pas ça.

— Allons, Roussel, vous verrez, ces bestioles sont inoffensives, elles détestent tout contact avec les êtres humains. Vous me remercierez après. Vous n'aurez plus jamais peur des rats, mon bon... C'est vous qui décidez.

Henry observait les émotions qui se succédaient sur le visage de Roussel, avec un détachement apparent. Les dénégations du prévôt commencèrent à tiédir. Il avait grand besoin d'argent. La somme était d'importance, il ne pouvait se permettre de refuser l'offre. Trois minutes seraient vite passées. Il finit par accepter. Henry en fut satisfait, sa théorie était une fois encore confirmée : tout pouvait s'acheter.

Il glissa une pièce aux organisateurs et Roussel pénétra dans l'arène, le regard haut, comme un gladiateur résigné à mourir, s'appliquant à ne pas regarder le magma vivant qui grouillait à ses pieds.

La première minute, tout se passa bien. Subjugués par la présence insolite d'un homme au milieu de la scène réservée aux animaux, les spectateurs firent silence. C'était sûrement un pari. Il avait du cran, cet homme, descendre comme ça dans l'arène... au milieu de ces saletés de rats !

Malgré son extrême répugnance, Roussel s'appliquait à garder son calme. Il fixa son regard sur la lampe à huile qui oscillait au plafond, les épaules voûtées malgré lui et s'apostropha en silence : « Surtout, ne pas regarder par terre, se dit-il, faire abstraction de ces frôlements silencieux, de ce grouillement ignoble que je perçois ! » Il remercia le ciel d'avoir chaussé des bottines montantes. Il se cramponnait de la main droite au pommeau de sa canne, arme dérisoire mais rassurante, et tenait enfoncée l'autre main dans la poche de sa redingote, pour la mettre à l'abri d'éventuels contacts. « Au cas où l'une de ces saletés aurait l'idée de sauter en l'air et de frôler mes doigts ! » Il frissonna et crispa plus fort sa main sur le pommeau... Après quelques secondes d'un temps qui n'en finissait pas de s'écouler, il dut convenir que les rats semblaient l'éviter et qu'il parvenait à ralentir le rythme effréné des battements de son cœur. La salle retenait son souffle...

Soudain une trappe s'ouvrit et deux énormes terriers entrèrent dans l'arène en grondant, toutes babines dehors. En un instant les rats fous de terreur se mirent à courir dans tous les sens pour échapper aux agresseurs. Ils prirent d'assaut les palissades qui entouraient la scène. Elles étaient trop hautes, trop lisses. Leurs griffes n'accrochaient pas sur le bois. Les premières victimes, saisies par les crocs des chiens, poussaient des cris aigus auxquels répondaient les aboiements rageurs des molosses. Pour les rats, la seule possibilité d'échapper aux mâchoires meurtrières fut cette silhouette humaine, debout dans l'arène. Un premier s'y risqua, d'autres suivirent. Glacé d'angoisse, Roussel sentit une, puis deux, quatre, dix... une multitude de pattes affolées grimper en couinant le long de ses vêtements, s'accrocher à ses basques, atteindre ses épaules. Les spectateurs sur les gradins se levèrent d'un élan en poussant un cri d'horreur... Paralysé, incapable du moindre mouvement, Roussel sentit le pommeau de sa canne glisser de sa main inerte. On entendit un long râle de terreur. Au moment où les organisateurs se précipitaient armés de piques et de filets pour lui prêter secours, il tomba comme une masse, évanoui.

Henry attendit le réveil de son maître d'armes. Lorsque Roussel se fut redressé, Henry lui tendit deux bourses :

— Bravo, Roussel, toutes mes félicitations ! Vous avez admirablement réagi et vaincu votre peur. J'ai doublé la mise. Vous le méritez.

Henry n'était pas fier de lui. Son objectif était de voir jusqu'où le pouvoir de l'argent pouvait entraîner un homme. D'observer, dans le regard de sa victime, le combat entre l'attrait de l'or et la terreur convulsive que ressentait Roussel à l'idée d'affronter les rats. Il n'avait pas imaginé l'horrible épreuve que le pauvre diable allait endurer.

Si Henry put méditer une nouvelle fois sur le pouvoir malsain de l'argent, il perdit son maître d'armes. Roussel prit les bourses sans un mot, lui tourna le dos et ne remit jamais les pieds rue Taitbout. Lord Seymour prit un nouveau maître d'armes et oublia l'affaire. De nouveaux projets mobilisaient son énergie. Il allait réaliser son rêve : donner aux Français les moyens de rivaliser avec les Anglais dans le domaine du turf.

L'idée d'Henry Seymour et de son ami, Thomas Bryon, un passionné d'équitation, était de mettre un terme à l'hégémonie britannique en donnant aux Français le goût de l'élevage des chevaux. C'était dans l'air du temps. Louis XVIII avait redonné au Champ-de-Mars son rôle de champ de courses. Le fils aîné de Louis-Philippe, le duc d'Orléans, possédait un haras à Meudon. Les riches amateurs étaient nombreux, mais les éleveurs manquaient du savoir-faire indispensable pour obtenir que leurs chevaux deviennent autre chose que des bêtes à concours.

— Il faut former les éleveurs français, affirmait Henry. Ils sont incapables de distinguer le canon du paturon.

La *Société d'encouragement pour l'amélioration des races de chevaux en France* fut fondée en novembre 1833. Douze membres composèrent le bureau dont Henry Seymour fut élu président. Le duc d'Orléans et le duc de Nemours, fils du roi, étaient présidents honoraires. Le bureau adopta le règlement de Newmarket. Seuls les chevaux entiers et les juments de pur-sang seraient admis à concourir. La *Société d'encouragement* offrait des prix élevés aux éleveurs qui acceptaient d'œuvrer pour l'amélioration d'une race, digne de ce nom.

Dès 1834, la *Société* prit le nom de *Jockey-Club*. Il connut un succès immédiat. Il répondait à l'engouement pour les clubs d'inspiration britannique qui faisaient leur apparition en France. Au désir de l'*escape from home* entre hommes, loin des embarras du quotidien et du caquet des femmes. Une longue liste brigua l'honneur d'en faire partie. Les membres votaient avec des boules blanches, pour accepter une candidature, noires pour la refuser. On évinça des candidats éminents. Alfred de Musset, coupable d'être détestable cavalier, fut blackboulé.

Devant le nombre grandissant de turfistes, il fallut ouvrir un nouveau champ de courses. Le choix allait se porter sur Chantilly. Les présidents d'honneur du Jockey-Club n'eurent aucun mal à convaincre leur frère, le duc d'Aumale, propriétaire du château.

En avril 1834, le premier prix du Jockey-Club inaugurait le nouveau champ de courses. Henry avait persuadé sa mère de venir à Chantilly pour l'occasion. Il avait loué, à proximité du château, un pavillon aménagé pour la circonstance avec le luxe de son hôtel parisien. On avait transporté, depuis la capitale, la vaisselle, l'argenterie et le linge. Une dizaine de voitures chargées à ras bord, pour un unique déjeuner.

Il faisait un temps radieux lorsque MieMie, accompagnée de Richard, arriva à Chantilly dans son landau jaune. Le garçon sortait de Paris pour la première fois depuis le bref séjour à Boulogne, au moment des Trois Glorieuses. Il avait du mal à dissimuler son excitation. MieMie avait pris soin de revêtir sa tenue la plus élégante, une robe raisin de Corinthe avec une collerette plissée. Elle avait planté sur son chignon un chapeau surmonté d'une grande plume de faisan. Elle présida le repas en face d'Henry, raconta mille anecdotes, trouvant des mots gracieux pour chacun des convives. Ce fut un succès. Après le déjeuner, Henry, dans l'uniforme de son club, redingote en drap vert olive et cravate blanche, installa sa mère et Richard dans la tribune du Jockey-Club qui jouxtait la tribune royale et faisait face aux bâtiments des écuries. Richard ne perdait rien du spectacle. Il se levait, s'asseyait, ne tenait pas en place, ce qui faisait rire MieMie :

— Eh bien, mon petit Richard, vous voilà bien remuant.

Les voitures arrivaient sans discontinuer. Les phaétons, landaus, briskas se mêlaient aux charrettes et voitures d'osier campagnardes, chargées de familles. Des demi-mondaines à moitié couchées sur les coussins des calèches, sous leurs ombrelles colorées, observaient les élégantes, en redingotes cintrées et capelines couvertes de feuillages et de fleurs. Les cavaliers se saluaient d'un profond coup de chapeau. Un jeune paysan, monté sur un percheron, portait sa fiancée en croupe. Des enfants couraient, poursuivis par des chiens. Richard aurait aimé se joindre à eux, crier et jouer avec des garçons de son âge. Il était hors de question qu'il quitte Lady Hertford.

Les tribunes continuaient à se remplir au milieu d'un concert de salutations et d'exclamations. Sur les pelouses, les dragons à cheval tentaient de contenir la foule qui se pressait derrière les cordes. Les fanfares annoncèrent l'arrivée des fils de Louis-Philippe et chacun trouva sa place. Le silence régna tandis que les chevaux s'alignaient sur la ligne de départ. Dès que la course eut commencé, une rumeur s'éleva, amplifiée par des hurlements d'encouragement des spectateurs, lorsque les chevaux se rapprochèrent de la ligne d'arrivée. Dans les tribunes, des spectateurs élégants trépignaient d'excitation. Richard imita MieMie qui s'était levée de son banc pour ne rien perdre de la course et poussait des acclamations d'enthousiasme.

Le grand vainqueur de la journée fut Henry. Son cheval, *Frank*, monté par son jockey Robinson, casaque rouge et toque noire, franchit le premier la ligne et gagna le prix du Jockey-Club. La course suivante fut remportée par *Miss Annette*, une jument de son écurie. Le lendemain, Janin, dans le *Journal des Débats*, racontait « *l'hystérie qui s'était emparée des tribunes autour de Miss Annette.... Il fallait voir les amis et les partisans de Miss Annette, pleurer de joie ; son vieux palefrenier qui l'embrassait en sanglotant...* ».

Pour clore les festivités, le duc d'Orléans et le duc de Nemours organisèrent un grand bal au château de Chantilly. MieMie et Richard avaient repris la route vers la capitale. Sous les capotes relevées, ils dormaient, épuisés par ces émotions.

Conforté par ses succès, Henry ouvrit un haras dans la propriété qu'il avait achetée à Sablonville, à côté du bois de Boulogne. Il fit aménager des écuries dans les communs, construire une piste d'entraînement, un manège et une ferme modèle. MieMie, toujours suivie par Richard, prit l'habitude de passer ses dimanches à Sablonville. Pendant qu'elle se promenait avec son fils, les palefreniers faisaient tourner Richard sur un cheval au bout d'une longe. Ces dimanches étaient les meilleurs moments de la semaine pour le jeune garçon.

Beauchamp recherchait une propriété à sa convenance. S'il traversait parfois la Manche, il avait renoncé à son siège à la Chambre des communes et abandonné toute velléité de carrière militaire. D'autres intérêts le retenaient dans la capitale française. Il commençait à développer son hobby, qui allait devenir une formidable passion. Il arpentait sans relâche les musées, les galeries et les magasins de curiosités. Il s'initiait aux techniques picturales dans les ateliers de peintres, recherchait dans les catalogues des tableaux, des meubles non signés dont la description lui permettait de supputer l'identité de l'artiste. La confirmation de ses intuitions le plongeait dans une excitation bien supérieure à celle que lui procuraient les jeux de cartes et les paris, qui occupaient ses contemporains.

Il acheta des pièces exceptionnelles. Le bureau cylindre créé par Jean-Henri Riesener en 1769, pour Stanislas, le roi de Pologne, magnifique œuvre dont les arabesques, en bronze doré, soulignaient l'élégance des lignes. Le cylindre fermé présentait deux médaillons ornés d'oiseaux et de fleurs orientales. Il acquit une armoire d'André-Charles Boulle. Plaquée d'ébène, elle était marquetée d'écaille de tortue, de corne et de cuivre. Des garnitures de bronze doré, que le maître ébéniste de Louis XIV sculptait, fondait, ciselait et dorait, complétaient l'harmonie de l'ensemble. Il se procura un bureau-toilette en marqueterie d'Œben et une table à écrire de Leleu. Beauchamp ne se lassait pas d'admirer ses acquisitions. Il fallait un écrin à ces merveilles. Il rêvait de trouver une demeure digne du style raffiné du siècle précédent, qui offrirait un décor approprié à ses meubles et lui permettrait d'abriter ses futures acquisitions. Il se mit à visiter les maisons en vente, situées à quelques lieues de Paris.

Cette demeure répondrait à une autre attente. Il cherchait une thébaïde, un lieu discret dans lequel il puisse s'installer avec Louise, sa maîtresse, une très jeune femme qu'il traitait royalement.

10

Le faux mariage

Paris, mars 1834

Beauchamp avait rencontré Louise Bréart chez Lord Granville, l'ambassadeur d'Angleterre, lors d'une réception qui devait se prolonger par une partie de whist. Il conversait avec Granville lorsque son regard fut attiré par une silhouette. Elle lui tournait le dos. Il remarqua d'abord le cou gracile sous un chignon classique qui se dégageait d'une robe en lourde soie blanche, un peu démodée, à peine décolletée aux épaules. Sa simplicité tranchait avec le style Pompadour, les manches à gigot des autres invitées. Lorsqu'elle se retourna, Beauchamp vit qu'elle était très jeune. Presque une enfant. Elle portait, pour tout bijou, une chaîne au cou. Elle paraissait perdue dans ce milieu où chacun évoluait avec aisance.
Il émanait de sa personne une gaucherie enfantine, tempérée de grâce. Beauchamp admira l'ovale de son visage encadré par des bandeaux plats de cheveux noirs et brillants, ses yeux vifs, son discret sourire. « Elle n'a pas quinze ans », décida-t-il. Un jeune homme s'approcha d'elle, la couvant d'un regard protecteur. « Le mari ! » pensa Beauchamp, déçu. Pourtant... non ! Elle lui parlait avec une complicité inhabituelle chez un couple marié. Après une enquête auprès de la maîtresse de maison, Beauchamp apprit que Mlle Louise Bréart accompagnait son frère, un inspecteur d'académie, qui

rendait quelques services à l'ambassade grâce à sa parfaite connaissance de l'anglais et sa culture, précisa Lady Granville.

— Mlle Bréart arrive de province, poursuivit-elle. Elle parle un anglais délicieusement désuet. Sa famille a des origines anglo-saxonnes. Je vais vous la présenter, poursuivit-elle en l'entraînant.

— Comte, dit-elle, puis-je vous présenter M. Bréart et sa charmante sœur. Mlle Bréart nous fait le plaisir de se joindre à nous pour cette soirée.

— Monsieur, je vous présente le comte de Yarmouth, qui apprécie tant votre pays qu'il semble avoir définitivement renoncé à retourner sous nos frimas londoniens.

De nouveaux invités arrivaient et Lady Granville s'éclipsa. Beauchamp échangea quelques mots avec Thomas Bréart. Il profita de l'arrivée d'un diplomate qui souhaitait s'entretenir avec le jeune homme pour entraîner sa sœur dans le jardin, admirer les safrans et les narcisses, fierté de l'ambassadrice.

Tout en lui parlant, Beauchamp observait la jeune fille. Son visage gardait encore les rondeurs de l'enfance. Ses mains étaient menues, ses doigts fins. Son œil vif. Elle s'exprimait sans affectation. Malgré son jeune âge, elle parlait avec le sérieux d'une femme de salon, sans en avoir la pédanterie. Ses jugements ne manquaient pas de pertinence.

Beauchamp, habitué à mener les conversations, se surprit à opiner dans son sens :

— C'est très juste ce que vous dites là, mon enfant !

Diable, il se mettait à lui parler comme un vieux censeur. Cela la mettait en joie. Elle avait du mal à réprimer un sourire. Elle se moquait de lui.

Au moment où Thomas Bréart les rejoignait, Beauchamp fut accaparé par un gentilhomme qui s'entêtait à vouloir comprendre ses liens de parenté avec un lointain cousin Seymour. Le frère et la sœur s'éloignèrent et Beauchamp maudit le raseur. Lorsqu'il put s'en débarrasser, il refit le tour des salons avec l'espoir de revoir la jeune fille. Elle s'était envolée. La « grosse partie » commençait dans le salon bleu des appartements privés du premier étage. L'ambassadeur nota que Lord Yarmouth était peu à son jeu, ce soir-là. Louise obnubilait Beauchamp. Il voulait la revoir. À ses yeux, elle symbolisait la grâce de la jeunesse. Il s'arrangea pour la retrouver, avec la complicité de Lord Granville. Celui-ci le mit en garde :

— Cette petite est charmante, mais c'est une enfant. Elle appartient à une famille d'universitaires cultivés. Elle a reçu une éducation de qualité. Elle a beaucoup lu et étudié. D'obédience calviniste, on lui a inculqué un sens des valeurs morales qu'elle se garderait de mettre en péril. My Lord Yarmouth, ne vous avisez pas de vous éprendre de cette demoiselle. Il n'en résulterait rien de bon, ni pour elle ni pour vous.

Il les convia ensemble à un déjeuner. Après le repas, Beauchamp proposa à Thomas Bréart de faire découvrir Paris à sa sœur. Il argua de l'admiration qu'il portait à cette jeune érudite. Thomas, flatté de voir sa sœur intéresser un futur pair d'Angleterre, donna son agrément. Fort occupé, il craignait que Louise ne s'ennuie. On trouva une Anglaise désargentée, Miss Aulfray, affligée d'une physionomie ingrate qui ne pouvait l'autoriser à envisager destin plus enviable que celui de chaperon. Elle fut chargée d'accompagner les jeunes gens. Elle les suivait partout d'une démarche saccadée, le dos rond, la tête en avant.

Beauchamp emmena Louise voir les collections du Louvre. Côte à côte, ils contemplèrent les grands maîtres, aussi bien que de petits chefs-d'œuvre qu'il avait découverts. Elle admira ses connaissances, il apprécia la finesse de ses questions. Le lendemain, ils visitaient la Sainte Chapelle. En sortant, ils se promenèrent sur les bords de Seine. Beauchamp s'enquit de ses lectures. Elle lui répondit avec esprit. Il aimait son rire frais, cristallin. Elle lui parlait avec confiance. Elle respirait la joie de vivre.

Il lui récita quelques vers des *Métamorphoses* d'Ovide. Elle enchaîna, en latin.

— N'oubliez pas que je suis fille de professeur de lettres et sœur d'un inspecteur, dit-elle en riant devant son ébahissement. Je lis des vers latins depuis l'âge de huit ans. Ceux d'Ovide sont aisés à mémoriser. Je n'ai pas grand mérite. Mais vous allez me prendre pour un bas-bleu, dit-elle en souriant.

Il répliqua qu'il n'en était rien. Il était ravi, au contraire. Sa mère, aussi, connaissait les langues mortes.

— J'ai tant d'admiration pour elle que je croyais qu'elle était la seule femme au monde à entendre le latin !

— Eh bien, nous voilà deux, répliqua-t-elle. Je double les effectifs de cette élite.

Le lendemain, il passa la prendre en mail-phaéton et ils allèrent au bois. Elle lui parut si charmante dans sa robe de mousseline blanche, ses bandeaux sagement tirés, que malgré la présence de Miss Aulfray, il dit impulsivement :

— Vous ressemblez à un ange. Votre visage...

— Vous feriez mieux de surveiller vos chevaux ou nous pourrions verser ! l'interrompit-elle en souriant, soucieuse d'endiguer cette amorce de flirt.

— Vous paraissez tenir mes talents de conducteur en piètre estime, dit-il, vexé d'être interrompu dans son compliment.

Louise éclata de ce rire juvénile qui ravissait Beauchamp.

Dès que le temps s'y prêtait, ils allaient au bois et se promenaient autour du lac. Ils s'arrêtaient sous les ombrages des hêtres pourpres, dont les feuilles naissantes bruissaient au vent. Beauchamp tenta de passer de l'affabilité à la galanterie. Il se fit rabrouer. Louise acceptait certaines manœuvres de séduction, mais son interprétation des limites de la décence s'avérait rigide.

Ils se découvraient des goûts semblables, des sensations identiques. Ils aimaient les mêmes poètes. Elle dévorait les livres historiques et les récits de voyage, plus que les romans. Elle lui posait mille questions sur les pays qu'il avait visités. Ils avaient une passion commune pour la peinture. Elle l'écoutait avec gravité et, après qu'il eut exposé ses idées, rajoutait une réflexion. Si juste ! Beauchamp réalisa que Louise occupait en permanence ses pensées. Plus de deux jours sans la voir et il était au supplice.

Planté devant la psyché de sa chambre, entre les mains expertes de son valet qui enroulait autour de son cou la monumentale cravate de satin noir à la mode, Beauchamp tentait de mettre de l'ordre dans ses pensées. « Me voilà amoureux ! constata-t-il. J'ai toujours pensé que la raison me tiendrait à l'abri des tumultes du cœur. Je croyais ces émotions, cette fièvre, ces désirs impatients réservés aux autres. À trente-quatre ans, me voilà pris comme un jouvenceau. Et pour une enfant bardée de principes, qui n'acceptera jamais de dépasser les limites d'un flirt. Toute tentative pour en faire ma maîtresse serait vaine. Pourquoi les jeunes filles de nos milieux ne lui ressemblent-elles pas ? »

Malgré les sollicitations nombreuses de mères de filles à marier, attirées par son nom et sa fortune, jamais Beauchamp n'avait rencontré de femme qu'il eût envie d'épouser. Il se contentait du *casual*, des actrices, des danseuses, des demi-mondaines libres et amusantes. De Mrs Iddle, la veuve disponible d'un de ses amis d'Oxford, qu'il avait installée à Paris. Rien de bien sérieux. Avec Louise, c'était différent.

Il songea à l'épouser. Sa mère ne lui en voudrait pas. L'opinion de son père, qui menait une vie de débauche entre Londres et Milan, ne lui importait guère. Après tout, il vivait en France, loin de la cour d'Angleterre. Rien ne l'obligeait à se plier aux coutumes de l'aristocratie britannique. Il n'éprouvait aucune admiration pour cette noblesse aux mœurs dégénérées, à l'arrogance ostentatoire. Il admirait, en revanche, les classes de la bourgeoisie qui s'élevaient à la force du poignet, les érudits discrets dont le frère de Louise était un exemple. Et les créateurs, écrivains, peintres et sculpteurs.

Mais, dernier descendant d'une lignée prestigieuse, il ne pouvait déroger aux principes qui avaient régi la vie de ses ancêtres pendant plusieurs siècles. Il était exclu que le futur marquis de Hertford épouse une roturière. Pourtant, il accepterait de se damner pour mettre Louise dans son lit ! Il devait trouver une solution.

Louise, bien que subjuguée par Beauchamp, résistait à ses avances. Son éducation la mettait à l'abri des tentations. Elle menaçait de ne plus le voir s'il outrepassait la confiance accordée par son frère. Prétextant de son âge, Beauchamp prit l'habitude de l'appeler par son prénom. Elle resta protocolaire.

Un jour, en se promenant autour du lac, ils semèrent Miss Aulfray, qu'une douleur au genou ralentissait. Beauchamp se sentait l'âme romantique. En cette fin d'après-midi printanière, la lumière accentuait la diversité des verts des jeunes pousses. Un geai égrenait son chant monocorde. L'air était chargé de senteurs végétales, de fleurs d'acacias et de seringas. Une légère brise passa, ridant la surface du lac. La jeune fille frissonna et serra son châle sur ses épaules. Beauchamp saisit sa main et la porta à sa joue. Louise sourit et mit un moment à la retirer. Cette acceptation tacite enhardit Beauchamp :

— Louise, lui dit-il, j'aimerais que vous puissiez toujours me regarder avec votre air sage. Que diriez-vous si je demandais votre main à votre frère !

— Je dirais, My Lord, que vous vous moquez de moi ! répliqua-t-elle. Que penseraient vos familles, vos amis, si vous leur rameniez une roturière ? Française de surcroît.

— Alors partons tous deux ! Je vous emmène où vous voulez. À Constantinople, Naples ou Venise ou à Louxor. Vous n'avez qu'à choisir. Je vous enlève !

— Vous êtes bien romantique, My Lord, mais vous vous méprenez. Vous êtes trop habitué aux grisettes du boulevard. Vous me faites injure...

— Non, Louise, je vous respecte infiniment. Mais vous êtes une enfant.

Pour tenter de l'oublier, Beauchamp retourna à ses conquêtes antérieures. Rien n'y fit. Tout moment passé sans elle lui paraissait dénué d'intérêt. Il éprouvait un besoin vital de sa présence.

Lorsqu'il la retrouva au bois, ce jour-là, elle avait l'air chagrin. Son visage chiffonné fit battre le cœur de Beauchamp d'une tendresse inconnue.
— Ma petite Louise, que se passe-t-il ?
— My Lord, je dois vous faire mes adieux.
Beauchamp pâlit :
— Que dites-vous ?
— Nous quittons Paris la semaine prochaine.
— Mais pourquoi ?
— Mon frère a fini ses recherches. Nous retournons à Bar-le-Duc.
Le désarroi le laissa sans voix, l'esprit vide. La tête basse, Louise attendait.
— Et, hasarda Beauchamp, ne pouvez-vous rester à Paris sans votre frère ?
— Hélas, non, je ne connais personne. Et j'aime tant Paris ! soupira-t-elle.
— N'y a-t-il que Paris que vous aimiez ?
Louise rougit.
— Oui, non, enfin, Paris et tout ce que j'ai découvert... grâce à vous.
Elle n'osait le regarder. « Il n'est plus temps de tergiverser, se dit Beauchamp, pris de panique, je ne supporterais pas qu'elle sorte de ma vie. »
— Louise, je vous en prie, ne partez pas. J'ai besoin de vous voir... Je vous aime. Je vais... je vais demander votre main à votre frère, conclut-il d'un ton résolu.
— Vous vous moquez, My Lord.
— Mais... pas du tout ! Voulez-vous m'épouser ?
— Non, murmura-t-elle d'une voix imperceptible.
Il eut un haut-le-corps :
— Pourquoi non ?
Louise posa une main conciliante sur sa manche et dit avec cette gravité souriante qui le ravissait.
— Vous savez bien que tout nous sépare. Vos amis vous tourneraient le dos si vous vous engagiez en pareille mésalliance.
— Sûrement pas. Vous séduiriez tout le monde !
— Je n'ai pas la moindre dot. Ma famille ne possède aucune fortune.

— Dieu du ciel, ma pauvre petite, répondit-il en souriant, là n'est pas le problème ! Je vous prendrais en haillons.

— Votre famille ne m'acceptera jamais, dit-elle, les larmes aux yeux.

Elle avait ressassé ces arguments toute la nuit.

« Il est vrai que ça ne sera pas simple », admit Beauchamp en son for intérieur.

Il réfléchissait fébrilement. Pour semer le cerbère, il entraîna Louise d'un pas rapide sous un saule pleureur dont les branches, balayant le sol, offraient un abri complice. Il était exclu qu'il la laisse repartir dans ses provinces. Il lui proposa de l'épouser. Secrètement.

— Secrètement ? Qu'entendez-vous par là ?

— Discrètement, en présence de deux témoins ! C'est la seule solution, répondit Beauchamp avec assurance.

— Pourquoi ce secret ?

— Ma chère enfant, je suis pair héréditaire d'Angleterre. Le roi pourrait refuser ce mariage.

— Il accepterait plus aisément un mariage secret ?

— Il faudra bien qu'il s'incline devant le sacrement ! Les mariages secrets sont pratique courante, en Angleterre. Même dans la famille royale. Le défunt roi George IV que j'ai bien connu, avait épousé Mme Fitzherbert en secret.

— Merci, votre exemple est bien choisi. Il a passé le reste de sa vie à le nier ! répliqua Louise.

— Parce qu'elle était catholique. Ce mariage, eût-il été reconnu, lui aurait fait perdre le trône d'Angleterre. Tandis que nous sommes protestants...

— Et non susceptibles de monter sur le trône d'Angleterre, Dieu merci !

Louise ne demandait qu'à se laisser convaincre. Depuis leur première rencontre, elle aimait Beauchamp. Il était brillant, érudit, beau, gentil... et tellement inaccessible. Comment pouvait-il s'intéresser à une petite provinciale comme elle ? Elle avait décidé de ne pas autoriser son imagination à vagabonder. Un mariage avec un aristocrate anglais de si haut lignage était hors de portée. *Carpe diem*, se répétait-elle. Il ne me propose qu'une relation amicale, temporaire. Et voilà qu'il lui parlait de l'épouser secrètement. Cette demande la comblait, en l'inquiétant. Beauchamp s'était décidé trop vite. Souhaitait-il vraiment cet engagement ? Était-il conscient des difficultés qu'il allait rencontrer ? N'allait-il pas le regretter ?

— Et vos parents, que diront-ils ?

— Nous les informerons plus tard. Mon père est affecté par la mort récente de sa mère. Il vaut mieux les mettre devant le fait accompli. Mes parents se sont mariés secrètement, eux aussi. Il semblerait que cela soit une habitude familiale. Au XVIe siècle, mon aïeul, le comte de Hertford, avait épousé en secret Catherine Gray, la fille du duc de Suffolk.

Le long feuillage du saule les dissimulait. Beauchamp saisit les mains de Louise et les embrassa avec ferveur, l'une après l'autre. Elle ne les retira pas. Il lui exposa son plan. Ils pourraient se marier discrètement en Angleterre, dans une petite église qu'il connaissait. Le révérend était de ses amis.

Beauchamp mettait tant d'élan dans sa déclaration qu'il se prenait au jeu et finissait par y croire lui-même. Il répéta :

— Vous devez m'épouser, Louise. Je vous aime !

Le jeune âge de Louise eut raison de sa sagesse. Emporté par son élan, Beauchamp fit une demande en bonne et due forme, au chef de famille, le demi-frère de Louise. Thomas Bréart n'avait ni l'expérience ni l'autorité d'un père. Il accorda la main de sa sœur à ce gentilhomme qui paraissait si épris qu'il rendrait assurément sa sœur heureuse.

Thomas repartait, Louise ne pouvait habiter sous le toit de son « fiancé ». Beauchamp ne pouvait reculer, pas plus qu'il ne voulait renoncer à son désir de la posséder. Huit jours plus tard, ils traversaient la Manche. Sur le bateau, Louise s'exaltait à la perspective de s'unir à l'homme qu'elle aimait. Beauchamp se réjouissait de l'avoir persuadée. L'instant suivant, les remords l'accablaient. Comment pouvait-il la tromper de si odieuse façon ? « Comment lui expliquerai-je que ce prêtre anglican, qui va unir nos destinées, n'est qu'un domestique, déguisé en ministre du culte ? » Il n'avait pas organisé un mariage secret mais un faux mariage.

John, le valet de chambre de son père, qui avait veillé sur lui vingt ans auparavant, avait accepté de jouer le rôle du pasteur dans un simulacre de mariage. « Encore une facétie de Sa Seigneurie, avait-il pensé. Après tout, ça les regarde. Si la jeune personne est assez sotte pour se laisser prendre ! »

Beauchamp fut vingt fois sur le point de renoncer à son projet. Chaque fois qu'il envisagea de lui avouer la vérité, la vue de son regard confiant le fit fléchir. Elle était si jeune, si fragile. Il ne pouvait plus dévoiler sa forfaiture. « Je finirai peut-être par l'épouser vraiment », pensa-t-il.

Un cabriolet les attendait au port. Ils arrivèrent en fin d'après-midi devant la chapelle. John, digne révérend, en costume noir et col blanc, les attendait sur le parvis de l'église. Deux inconnus, payés pour servir de témoins, se tenaient en retrait.

Le mariage fut expédié. Beauchamp se contenta de grommeler une réponse, accompagnée d'une opportune quinte de toux, à la question posée par John, qui remplissait parfaitement son office. « Sérieux comme un pape, le bougre », observa Beauchamp.

Le pasteur se tourna alors vers Louise :

— Voulez-vous prendre cet homme pour époux, vivre avec lui selon les préceptes de Dieu dans le saint état du mariage ?

Louise répondit :

— Je le veux !

Ils signèrent un registre. Beauchamp emmena la mariée dans un manoir Tudor, au cœur d'un ravissant parc, où il avait dépêché une armée de soubrettes et de serviteurs pour les accueillir dignement. Un dîner les attendait, servi par des valets discrets. Beauchamp fut peu disert. Louise, peu habituée à être servie par un valet de pied derrière sa chaise, et qui prévenait ses moindres désirs, n'osait parler et se jugea sotte.

Après le dîner, Beauchamp accompagna sa femme jusqu'à la porte de sa chambre et, après un bref : « À tout à l'heure, ma chère », la confia à une femme de chambre. Il se retira lui-même dans les appartements qu'il s'était réservés. Il se laissa tomber dans un fauteuil, retira ses bottes. Ses émotions alternaient entre la satisfaction de savoir Louise à sa merci et la honte qu'il ressentait face à l'ignominie de son stratagème. Il se leva et arpenta la pièce.

Louise entendait les lattes de parquet grincer sous les pas de son mari. Elle avait congédié la femme de chambre qui s'était retirée en refermant la porte doucement, après avoir esquissé une révérence.

« Comment m'accommoder de tout ce monde ? pensait la jeune mariée. Cette hiérarchie entre la *Lady's maid*, la *parlour maid*, les autres... Elles ont toutes un bonnet et la même robe sous un tablier blanc. Elles doivent me trouver ridicule ! Il va falloir que je m'y fasse, maintenant que je suis comtesse de Yarmouth. »

Louise enfila sa robe de nuit avant de s'enfouir sous l'édredon. Elle n'entendait que le crépitement du feu dans la cheminée, le vent qui soufflait à travers les persiennes. Et son cœur qui battait fort.

Après force atermoiements, Beauchamp se décida à frapper à la porte de sa femme. Elle répondit par une petite toux, n'osant lui dire d'entrer, ce qui lui semblait trop familier. Beauchamp pénétra dans la chambre l'esprit confus, décidé à lui avouer la vérité. Tout en sachant qu'il n'en ferait rien.

La première chose qu'il vit fut la robe que Louise portait pour la cérémonie, soigneusement pliée sur le dossier d'un fauteuil. Il en fut attendri. Son « épouse » s'était blottie au fond du lit à baldaquin, le nez contre le mur. Il ne voyait qu'une masse de boucles sombres, libérées de son rituel chignon. Ne pas rencontrer son regard lui donna l'impulsion nécessaire :

— C'est moi, mon amie ! dit-il à voix basse.

Louise ne répondit pas. Beauchamp traversa la pièce et s'assit sur le bord du lit. Pas un mouvement sous la courtepointe. Il voulut parler, ne trouva pas de mots.

Il fit glisser sa main le long du drap brodé. Ses doigts effleurèrent une épaule. Louise eut un frisson, tourna lentement la tête et lui sourit. Beauchamp se pencha vers celle qui, se croyant son épouse, n'attendait que lui.

Le lendemain matin, Beauchamp se réveilla le premier. Le coude sur l'oreiller, la joue sur sa paume, il regarda Louise dormir. Il considérait les femmes comme d'incorrigibles comédiennes et pensait que leur véritable nature se révélait dans leur sommeil. Louise, auréolée de boucles noires, reposait dans la grâce de sa jeunesse. Les lèvres entrouvertes, le teint rose et frais, elle souriait. « Une enfant innocente », pensa-t-il, attendri. Elle ouvrit les yeux et rencontra son regard. Son visage s'illumina :

— Bonjour, mon époux, dit-elle.

— Bonjour, mon amie, répondit-il, brutalement ramené à la réalité de son imposture.

Lorsque la femme de chambre entra dans la chambre à coucher, portant deux tasses brûlantes de thé de Ceylan sur un plateau d'argent, Louise, assise dans son lit aux côtés de son époux, la remercia sans rougir. « Je rentre dans mon rôle, se réjouit-elle. Ce n'est pas si difficile d'être comtesse de Yarmouth. »

Ils passèrent quelques jours dans la campagne anglaise. Louise débordait d'entrain. Beauchamp avait pensé que leur vie matrimoniale serait brève, qu'il se détacherait de la jeune femme dès l'instant où elle aurait répondu à son désir. Il n'en fut rien. Ils s'entendaient admirablement. Il ne se lassait pas de la regarder, appréciait chaque instant ce mélange de gaieté enfantine et de précoce raison qui la caractérisait. Il aimait plus que jamais leurs conversations, la qualité des jugements qu'elle portait sur les choses et les gens. Sa présence à ses côtés.

Lorsqu'ils rentrèrent à Paris, il l'installa dans son appartement, rue Laffitte, remettant chaque jour au lendemain l'aveu de sa duperie. Ils passaient leurs matinées dans la bibliothèque. Il s'émerveillait de la voir travailler sur des livres ardus. Tout l'intéressait. Elle avait une soif de connaissances qu'il n'avait rencontrée chez aucune autre femme. L'après-midi, tandis qu'il vaquait à ses affaires, elle se promenait à pied ou en voiture, visitait les musées. Ils se retrouvaient pour le souper. Elle lui racontait sa journée, ses découvertes, lui posait mille questions.

Ce simulacre de vie conjugale ne dura qu'un temps. Si son attachement pour elle ne faiblissait pas, Beauchamp se sentait enchaîné dans un nœud inextricable, dont il ne parvenait pas à dénouer les fils. Le remords le taraudait. Il peinait à trouver le sommeil. Comment allait-il se sortir de cette aventure ? Il lui offrait des cadeaux pour tenter d'atténuer sa culpabilité à ses propres yeux et s'irritait de sa reconnaissance, de son sourire confiant. Ne voyait-elle pas qu'il l'avait ignominieusement trompée, trahie ? Il lui en voulait de son aveuglement. Son humeur s'altérait, un rien l'agaçait. Beauchamp savait qu'il ne pouvait continuer à duper Louise. Il allait être contraint de lui dévoiler sa trahison. Elle serait en droit de lui faire un procès pour abus de confiance. Dans quel guêpier s'était-il embourbé ?

Installée depuis plusieurs semaines rue Laffitte, Louise s'interrogeait. Elle ne rencontrait personne en dehors des domestiques et des fournisseurs. Elle passait le plus clair de son temps à lire, broder, jouer du piano. Beauchamp paraissait très occupé par ses affaires. Il ne l'accompagnait plus au bois de Boulogne, ni dans les musées. Il rentrait tard, fatigué, lointain. Il semblait avoir perdu le goût de leurs longues conversations qui la ravissaient. Peut-être s'ennuyait-il avec elle ? Peut-être regrettait-il de l'avoir épousée ? Un mois après leur mariage, Beauchamp ne l'avait pas présentée à sa mère, ni à son frère, qu'il voyait tous les jours. Un soir, elle se risqua à le questionner :

— Mon ami, avez-vous honte de moi ? lui demanda-t-elle en croisant ses longs doigts sur son ouvrage.

— Ma chère enfant, en voilà une idée !

— D'où vient alors que vous ne m'ayez pas encore présentée à Madame votre mère ?

— C'est un peu tôt...

— Allons, mon ami, je conçois que votre père, qui vient de perdre sa mère, ait besoin d'être ménagé. Mais votre mère ? Elle vous aime. Vous ne pouvez la laisser dans l'ignorance.

— C'est vrai, c'est vrai... Mais elle porte aussi le deuil de sa belle-mère. Ceci s'accorde mal avec des réjouissances familiales.

— Allons, je vois que vous avez peine à m'introduire dans votre vie. Nous avons eu tort de nous marier.

— Mais non, Louise, vous savez bien que vous êtes la femme de ma vie... répliqua-t-il en portant sa main à ses lèvres. Donnez-moi un peu de temps !

D'autres semaines passèrent. Louise dut affronter l'évidence. Elle vivait chez son mari et ne manquait de rien. Il n'arrêtait pas de lui apporter des cadeaux. Des livres, des châles, des bijoux, qu'elle trouvait trop somptueux et qu'elle rangeait dans un coffret. Mais dès qu'une visite s'annonçait, Beauchamp lui demandait de regagner son boudoir.

— Ces gens sont d'un ennui puissant, disait-il. Je ne vais pas vous imposer leur présence. Ils viennent pour affaires.

Apparemment, *tous* les visiteurs étaient ennuyeux, *tous* venaient pour affaires. Deux mois après son mariage, Louise n'avait été présentée ni à la famille ni aux amis de son mari. Elle avait remarqué que le personnel l'appelait « Madame » et non « Madame la Comtesse ». Des inquiétudes, des soupçons traversèrent son esprit. Isolée, elle restait dans l'appartement, ruminant ses pensées, sans se résoudre à interroger Beauchamp, à entendre une explication qu'elle redoutait. Elle préférait garder un espoir, plutôt que de voir confirmées ses appréhensions.

Beauchamp savait le temps des explications venu. Il choisit de fuir Louise, pour ne pas affronter son regard. Le plus souvent, il rentrait tard le soir, partait tôt le matin. Il avait repris ses habitudes de célibataire, dînait chez sa mère, soupait avec ses amis au Cercle de l'Union. Une nuit, il omit de rentrer. Ce fut le déclic.

Lorsqu'il revint le lendemain en fin d'après-midi, il ne donna pas d'explications. Ils se retrouvèrent dans le salon rotonde dont les fenêtres ouvraient sur le boulevard. Le jour pâlissait derrière les persiennes tirées, des braises brûlaient doucement dans la cheminée de marbre blanc, se reflétant sur les ors cuivrés de la bibliothèque. Louise brodait. Beauchamp lisait. La soirée était sereine, la scène harmonieuse. Posant son ouvrage sur ses genoux, Louise se décida. Ses doigts tremblaient, son cœur battait, mais elle garda une voix posée pour demander :

— Mon ami, ne conviendrait-il pas d'entreprendre des démarches pour légaliser notre mariage en France ?

Un long moment, Beauchamp s'abstint de répondre. Louise attendait qu'il parle avec une attention si concentrée qu'elle entendit le grésillement des chandelles, malgré la rumeur étouffée de la rue. Les tic-tac de la pendule résonnaient comme des claquements de fouet.

Pour Beauchamp, il n'y avait plus d'échappatoire. Louise, le dos droit, les mains sur les accoudoirs de son fauteuil, écouta celui qu'elle croyait son mari lui avouer qu'il n'était que son amant. Jamais Beauchamp ne devait oublier les émotions qui se succédèrent sur son visage. Le doute, l'effarement, l'horreur firent place à l'accablement. Le fait que le mariage ait été célébré par un valet lui porta un coup fatal. Elle se redressa, rangea sa broderie dans sa table à ouvrage qu'elle prit le temps de refermer. Et tandis que Beauchamp s'enferrait dans des excuses et des supplications, elle se leva, lui tourna le dos et sortit de la pièce. Sans une larme, sans un reproche.

Et elle partit.

Louise erra dans les rues de la ville. Elle avançait comme un automate, sans parvenir à réfléchir. Elle ne savait où aller. Elle n'avait pas d'amis à Paris, pas un parent. Il était hors de question qu'elle retourne dans sa famille. Sa mère ne supporterait pas d'apprendre cette liaison hors des liens du mariage. Son père, « le ciel soit loué », pensa-t-elle, avait quitté ce monde. Son frère s'en voudrait terriblement d'avoir favorisé cette honte, en accordant la main de sa sœur à une relation élégante.

On ne badinait pas avec l'honneur dans les familles calvinistes de l'Église réformée.

Louise marchait droit devant elle. Le pavé résonnait sous ses pas.

Une immense détresse la submergea : Beauchamp, Beauchamp, qu'elle plaçait au-dessus de tout. Comment avait-il pu la tromper de si odieuse façon ? Pourquoi s'était-elle laissé abuser ? Comme elle avait été sotte, naïve !

Elle ne vit pas la nuit tomber. Les passants devenaient rares. Des nuées recouvraient le ciel. Une fine pluie commençait à tomber. Louise, sous son châle, grelottait de chagrin et de froid. Elle prit conscience de l'incongruité de sa situation.

— Où vais-je aller ? Vers quel lieu miséricordieux diriger mes pas ?

Catholique, elle aurait frappé à la porte d'un couvent. C'est là qu'on recueillait les pécheresses de son espèce. Mais il n'existait pas de couvent chez les protestants. Où se cacher, comment disparaître ? Après deux heures de marche au hasard des rues, elle s'assit sur une borne et pleura. Sur la trahison de l'être aimé, l'amour perdu, sur sa sottise et ses illusions. À seize ans, sa vie était finie. Elle ne ressentait qu'un vide douloureux au creux de sa poitrine.

La crainte d'attirer l'attention l'incita à reprendre sa marche. Les lanternes projetaient des ombres incertaines qui donnaient un aspect inquiétant aux ruelles. Louise frissonna. Elle longea les fossés aux eaux croupies de la place de la Concorde et se dirigea vers les berges de la Seine. Un chaland tiré par deux chevaux de halage disparaissait. Un chiffonnier, sa hotte sur le dos et son crochet à la main, s'éloignait sur l'autre rive. Elle était seule. Le fleuve coulait, noir et rapide, reflétant les lumières de la ville. Louise décida d'en finir. Un seul pas pour enjamber le parapet et son immense chagrin serait englouti à jamais.

— Il n'y a pas d'autre solution ! affirma-t-elle tout haut pour se donner du courage.

Elle accueillit un moment d'apaisement. Elle se tenait raide, les pieds sur la rambarde, penchée vers les eaux sombres. De petites vaguelettes clapotaient. Fascinée, attirée, elle imagina le poids de sa tête l'entraînant vers les fonds vaseux du fleuve. Une faible impulsion suffirait. Louise commença à balancer son corps d'avant en arrière.

Dix heures sonnèrent au clocher voisin. La crainte d'un Dieu vengeur, l'idée que son cadavre serait livré aux regards des badauds la dissuadèrent. Elle ne pouvait se présenter devant le Tout-Puissant entachée d'une telle souillure. Elle devait d'abord trouver sa rédemption. Comment ? Elle ne trouvait pas de réponse. Son esprit n'était que désordre et confusion.

La jeune femme quitta les bords de Seine et reprit son errance nocturne. Elle croisa une patrouille :

— Que faites-vous là, à cette heure, seule dans les rues, ma petite demoiselle ? demanda l'officier.

Éperdue, Louise balbutia :

— Je, je... je vais chercher un médecin pour ma mère qui est malade...

— Dépêchez-vous, alors. Il ne fait pas bon traîner dans les rues, le soir, à votre âge. Ce quartier est un vrai coupe-gorge.

Louise reprit sa marche, d'un pas plus rapide. Elle voyait bien qu'on se retournait sur son passage : les honnêtes femmes étaient rentrées chez elles.

Tard dans la nuit, elle tira le cordon du concierge, rue Laffitte. Un homme l'avait accostée. Saisie de panique, elle avait couru, trouvé un fiacre et donné la seule adresse qu'elle connût dans Paris. Elle n'avait aucun autre lieu où se réfugier. Elle était condamnée à vivre sous le toit de son amant..

La jeune femme s'enferma dans le silence. Réfugiée dans les pièces du fond de l'appartement, elle y passait des journées entières, concentrée sur son désespoir. La nuit, elle pleurait sans trouver le sommeil. Elle ne parvenait pas à imaginer d'avenir. Elle se terrait, appelant la mort de ses vœux.

Beauchamp se rongeait de remords. Il devait se faire pardonner son infamie. Redonner le sourire à Louise. Son visage figé, ses cernes le bouleversaient. Lorsqu'il s'aventurait dans les pièces du fond, elle s'appliquait à ne pas remarquer sa présence. Quand il lui parlait, elle tenait son regard obstinément baissé sur ses mains désœuvrées. Le cœur serré devant ce désespoir, Beauchamp constatait qu'il l'aimait toujours. Comment se justifier ? Comment la reconquérir ? Ne sachant comment sortir de l'impasse, il fuyait ce vivant reproche. Mais revenait bientôt, incapable de s'intéresser à autre chose. Cette cohabitation silencieuse dura plusieurs semaines.

La lecture fut leur planche de salut. Un jour, Beauchamp déposa sur son secrétaire deux livres, en disant :

— Voici les deux nouveaux ouvrages de George Sand. Vous aviez aimé *Rose et Blanche*. Ils devraient vous plaire.

Le lendemain, les livres se trouvaient au même endroit. Deux jours plus tard, un coup d'œil lui apprit qu'ils avaient été déplacés. Petit à petit, Louise se remit à lire et parut retrouver quelque intérêt à la vie. Beauchamp s'ingéniait à répondre au moindre de ses désirs. Ils reprirent progressivement l'habitude de commenter leurs lectures, bien qu'elle continuât à s'exprimer avec froideur et réserve.

Un jour, il se risqua à lui parler mariage. Elle lui jeta un regard amer :

— Une nouvelle mascarade ? Dieu m'en garde !

— Louise, redonnez-moi une chance !

— Pour me retrouver devant un autre de vos valets ?

Deux saisons s'écoulèrent. Louise comprit qu'elle s'enferrait. Elle devait renoncer à son attitude négative, faire face. Elle envisagea de chercher une place de dame de compagnie. Ou de reprendre des cours pour enseigner la musique. Elle demanda à Beauchamp de lui trouver un professeur de piano. Il s'empressa de répondre à sa requête. Elle fut touchée : il se livrait à des efforts permanents pour se faire pardonner, épiait les moindres de ses désirs. Elle devait y mettre du sien.

Beauchamp s'employa à regagner le cœur de Louise, en procédant par petites étapes. Il délaissa les bals et les soirées, négligea ses maîtresses. Insensiblement, ils reprirent leurs habitudes. Il commentait les nouvelles du jour. Louise guettait à nouveau ses pas, lorsqu'il tardait à rentrer. Elle s'avoua qu'elle n'avait aucune envie de se reconvertir en dame de compagnie ni en professeur de piano. Elle réalisa qu'elle ne pourrait vivre sans lui. Peu à peu, elle parvint à enfouir son ressentiment. Beauchamp sut trouver les mots et les gestes et après des mois de séparation, leur vie commune reprit.

Il lui en fut reconnaissant. Quelle bonté d'âme ! Elle ne lui reprochait sa conduite honteuse qu'avec des ménagements dont il se sentait indigne. Il décida de lui rendre la vie agréable. Il l'installa dans un appartement indépendant, dans son immeuble. Elle aimait la campagne. Il allait chercher une maison aux environs de Paris. Et ils auraient un enfant. Elle le souhaitait tant. Ce ne serait pas le premier bâtard de la famille. Il le ferait éduquer en Angleterre. Une fille serait plus souhaitable : il la marierait à un aristocrate anglais.

En septembre 1835, Beauchamp remarqua, sur un arbre du bois de Boulogne, une affiche annonçant la vente par adjudication du domaine et du château de Bagatelle.

Comme les Parisiens et les visiteurs étrangers, il connaissait Bagatelle. Cette élégante folie, de style néo-palladien, élevée en 1777 par l'architecte Bélanger – celui de l'hôtel de Brancas acheté par sa mère – pour répondre à un pari entre le comte d'Artois et sa belle-sœur, Marie-Antoinette. D'Artois avait parié cent mille livres avec la reine que lors de son retour de voyage à Fontainebleau, il la recevrait en son château de Bagatelle. Bélanger était parvenu à le construire en soixante-quatre jours, grâce au travail de neuf cents ouvriers, employés jour et nuit. À la date fixée, le cazin surmonté d'une coupole, relié par des couloirs souterrains au pavillon des pages, une vaste dépendance conçue pour répondre aux plaisirs du prince, de sa suite et d'une nombreuse domesticité, était terminé et d'Artois accueillait la reine dans le château.

Au lendemain de la Révolution, la propriété tomba en déshérence. Rachetée par Napoléon, Bagatelle retrouva son propriétaire, le comte d'Artois, à la Restauration, passa aux mains de son fils, le duc de Berry, et enfin entre celles de Louis-Philippe. En 1835, la folie se trouvait en piteux état. Devant l'ampleur des travaux à entreprendre, Louis-Philippe préféra la vendre.

Beauchamp avait rendez-vous avec le gardien du pavillon, M. Jacques. Arrivé devant le mur d'enceinte, il décida de traverser le parc à pied. Il confia sa jument à son groom, poussa la grille d'entrée qui s'ouvrit en grinçant. Il s'engagea dans l'allée envahie d'orties et d'herbes folles, qui s'enfonçait en serpentant dans des profondeurs vertes. En cette claire matinée de septembre, une fine couche de brume restait accrochée aux herbes des champs. L'air avait une fraîcheur piquante et lumineuse, propre aux premières journées de l'automne.

Dès les premiers pas, Beauchamp ressentit un sentiment de quiétude, qui allait le toucher avec la même intensité chaque fois qu'il y retournerait. Il avançait dans un labyrinthe de végétation. Le parc, à l'abandon, s'était défait du joug humain pour s'épanouir à sa guise. Les charmilles, les tonnelles et les pergolas, autrefois taillés au cordeau, formaient des voûtes touffues aux rameaux désordonnés. Des arbustes sauvages poussaient sous les bosquets disséminés sur les prairies. La qualité du silence était exceptionnelle. En dehors du bruissement de ses pas, Beauchamp n'entendait que le chant des oiseaux et le murmure de l'eau. La rivière, entrecoupée de lacs, laissait persister un parfum d'eaux stagnantes, mêlé à l'odeur du buis et du trèfle chauffés par le soleil. Il longea le jardin potager, livré à la nature. Les branches des arbres en espalier croulaient de fruits. Pommes et poires à demi pourries jonchaient l'herbe d'un tapis brunâtre.

Beauchamp passa sous l'arche centrale du pavillon des pages et s'arrêta dans la cour d'honneur pour admirer les lignes équilibrées du château, inspirées de l'art de Palladio. Un tourbillon de martinets piaillant s'élança du toit et décrivit des arabesques en rasant les pelouses, transformées en champs jaunis. Beauchamp sourit. Il aimait le cri des martinets. Il continua d'avancer, admirant la pureté des volumes, caractéristiques du talent de François Joseph Bélanger. Le gravier couleur ivoire crissait sous ses pas. La terrasse dominait le cours de la Seine qui brillait d'un éclat argenté. Il longea les façades blanches, les parterres du jardin des boulingrins livrés aux mauvaises herbes, encadrés de buis aux pousses indisciplinées. Deux insolentes roses rouges émergeaient, reliefs des splendeurs d'antan. Beauchamp cueillit la plus belle et, tandis que M. Jacques arrivait à sa rencontre, il la fixa au revers de sa redingote.

Le gardien lui fit visiter le château. Beauchamp fut charmé de retrouver dans les pièces les ornements d'architecture, les frises et camées de Lhuillier qui ornaient l'hôtel parisien de sa mère. Le salon circulaire, coiffé d'une coupole, présentait une remarquable harmonie. Huit travées cintrées se succédaient. Trois ouvraient sur le jardin, les cinq autres, en glace, renvoyaient la lumière du jour qui s'ajoutait à celle qui provenait de la lanterne du dôme. Le riche décor peint et modelé en bas-reliefs de stuc par les artistes du comte d'Artois occupait les espaces pleins. Une profusion de dauphins et de béliers, de cygnes, d'oiseaux et de sphinx, alternait avec des camées à profils humains. Entre les fenêtres, des panneaux représentaient des figures féminines mythologiques, agrémentés de frises de guirlandes de fleurs, soutenues par des enfants. Ce décor se prolongeait dans les boudoirs attenants, la salle à manger et le billard. Dans le boudoir de droite, Beauchamp aperçut au fond de l'alcôve, au-dessus d'un divan, un portrait du comte d'Artois enfant, en habit de soie blanc chamarré d'or, les jambes gainées par des bas de soie blanche. L'enfant, souriant, donnait à manger aux cygnes. Indifférent à la présence de M. Jacques, Beauchamp avança un siège et observa de longues minutes le tableau. La grâce du petit prince, l'harmonie de la composition et des couleurs le ravissaient. Ce boudoir emporta sa décision : il achèterait Bagatelle. Il voulait posséder cette peinture, dont il apprit qu'elle était le fruit d'une collaboration entre Boucher et Oudry. La visite des quatre chambres à coucher du premier étage ne fut qu'une formalité. Il transformerait les pièces mitoyennes en salles d'eau.

Des travaux urgents s'imposaient. Les toits d'ardoise avaient souffert. Le château et le pavillon des pages qui lui faisait face étaient rongés d'humidité. L'eau s'infiltrait partout. Le long de l'escalier principal, dans les pièces de réception, une forte odeur de moisissure imprégnait l'atmosphère. Les communs présentaient le même triste état.

Beauchamp nota avec plaisir les traces d'un certain confort, des réservoirs garnis de plomb, dont l'un possédait un appareil centrifuge pour le chauffage et sept branches de conduites avec autant de robinets en cuivre. Les infrastructures étaient en place, il suffirait de les réparer. La sérénité des lieux était incomparable, la distance avec la rue Laffitte limitée. Bagatelle deviendrait son ermitage, son lieu de repos. Louise s'y plairait. Cette maison lui était destinée. *Parva sed apta*, « Petite mais faite pour moi », disait la devise de l'Arioste, gravée sur le fronton du pavillon des pages. Le 6 octobre 1835, lors de la vente par adjudication, Beauchamp, comte de Yarmouth, acheta le château de Bagatelle, pour la somme de 313 000 francs.

Dès le lendemain, il emmenait Louise visiter les lieux. Elle fut conquise. Beauchamp chargea son architecte, Silveyra, de restaurer la propriété. Il répara les toits, rénova l'intérieur de la maison, reconstitua les parquets. Il enleva la peinture à la colle, posée sur les fresques frivoles de Dusseaux. Léon de Sanges, l'architecte des écuries de la rue Taitbout, fut chargé de construire celles de Bagatelle. Par la suite, Beauchamp allait faire appel à Varé, l'architecte du bois de Boulogne, pour restructurer le parc de style anglo-chinois de Blaikie, en intégrant dix hectares supplémentaires. L'espace serait organisé au goût du jour, laissant une large place aux pelouses cernées de plates-bandes et de bosquets irréguliers, traversées par des rivières, des allées serpentines et peuplées de fabriques[1].

Dès 1835, Beauchamp avait fait son choix : il vivrait en France. Cette folie lui convenait mieux que les vastes propriétés anglaises de sa famille dont il hériterait un jour. De toute façon, il ne voulait pas quitter sa mère. Il se décida à lui présenter Louise.

MieMie, à soixante-cinq ans, gardait des traces de sa beauté. Sa voix restait envoûtante. Sa vivacité intacte. Elle ne sortait plus avant six heures de l'après-midi, préférant la pénombre discrète de la fin du jour. « Plus seyante au teint des femmes », disait-elle à Richard. Deux passions régentaient sa vie : ses fils et le jeu. Elle adorait jouer en Bourse et perdait des sommes considérables.

Ce jour-là, assise derrière ses persiennes, vêtue d'une robe en mousseline jaune à passementeries bleues, MieMie observait « son » boulevard. Richard se tenait debout à ses côtés. Ils regardaient défiler la jeunesse dorée, entichée d'anglomanie. Ils s'ingéniaient à reconnaître les habitués, installés à la terrasse du Café de Paris. Les dandys habillés d'étoffes écossaises ne parlaient que hack – cheval de selle – et tilbury. Des clubmen se dirigeaient vers le foyer de l'Opéra de la rue Le Peletier, pour courtiser les danseuses du corps de ballet. Richard repéra sur le trottoir le roi-citoyen, qui se promenait en habit marron et pantalon noir, son parapluie à la main, reconnaissable à la cocarde tricolore qui ornait son chapeau et aux deux messieurs qui l'escortaient discrètement. Par la fenêtre entrouverte, ils sentaient monter des terrasses les effluves de cette « vapeur cigarine », tant critiquée par les femmes. On ne pouvait être Buckingham sans tirer sur un cigare en provenance de La Havane.

MieMie et Richard guettaient l'arrivée de Beauchamp. Il devait présenter Louise à sa mère. L'année précédente, lorsque Beauchamp avait paru vivre une

---

1. Constructions élevées dans un jardin dans une intention ornementale : temples, ruines antiques, rochers, ponts, pagodes, kiosques.

aventure passionnée, MieMie s'en était réjouie. Tolérante envers les frasques masculines, elle considérait qu'en amour chacun est libre de ses choix. Elle souhaitait avant tout que ses fils soient heureux.

— Les hommes éprouvent le besoin de courir le renard, le lièvre et le jupon, confiait-elle à son jeune compagnon.

Richard opinait de la tête. Elle n'en demandait pas plus. Il était habitué à écouter, sans intervenir. Comme s'il était une statue, pensait-il parfois. En grandissant, il était devenu son confident. Il meublait sa solitude. Elle lui faisait part de ses émotions, de ses inquiétudes, lui racontait ce qui traversait son esprit. Elle adorait évoquer le passé. Il connaissait les détails de son enfance, les bons mots de Selwyn, les facéties du duc de Queensberry. Ces temps derniers, elle se désolait de ne pas avoir de petits-enfants. Ses fils, âgés de trente et trente-cinq ans, s'obstinaient à rester célibataires. Elle devait constater que, comme son mari et comme son père, ni Beauchamp ni Henry ne semblaient attirés par les jeunes filles de leur milieu.

— Ils les trouvent ternes, conventionnelles, ennuyeuses ! remarquait-elle. Ils préfèrent entretenir des liaisons avec des femmes du demi-monde ou des actrices. Ou lutiner les chambrières.

Richard souriait.

— Grâce à Dieu, ils n'ont nul besoin d'épouser une riche roturière pour « fumer leur terre », concluait-elle invariablement.

Cette fois-là, Beauchamp paraissait très épris. Au début de sa relation avec Louise, MieMie avait trouvé son fils préoccupé, misérable. Il avait éludé ses questions. Quelques mois plus tard, il parla à sa mère de cette demoiselle dont il faisait grand cas. MieMie offrit de la rencontrer :

— Mlle Bréart sera heureuse de vous connaître, Mère. Sa famille vit dans de lointaines provinces. Elle est isolée. C'est une jeune femme cultivée. Je pense qu'elle vous plaira, lui avait répondu Beauchamp, reconnaissant.

En se penchant par la fenêtre, MieMie et Richard virent Beauchamp arriver de la rue Laffitte, accompagné d'une ravissante personne en redingote bleu nuit. La jeune femme leva les yeux vers les fenêtres. Ils se reculèrent pour ne pas donner l'impression qu'ils les épiaient.
— C'est une enfant ! constata MieMie, effarée.
Habitué à se retirer dès que Beauchamp apparaissait, Richard s'éclipsa. Quelques minutes plus tard, introduite au salon par le maître d'hôtel, Louise entra sans hâte, traversa la pièce d'un pas souple, esquissa une petite révérence et attendit les yeux baissés que la marquise lui adresse la parole.
« Bonne éducation, constata celle-ci avec satisfaction. *My God, what a lovely young lady* ! »
Louise s'assit avec une aisance parfaite. Elle avait un air de distinction, une élégance naturelle, digne des filles des meilleures familles. Beauchamp la couvait d'un regard protecteur. Jamais sa mère ne l'avait vu aussi prévenant. Elle ressentit de la bienveillance pour cette enfant dont le teint laiteux s'empourprait aisément. Dès le premier coup d'œil, elle fut convaincue que cette jouvencelle ne pouvait s'être laissé séduire comme une vulgaire grisette. Lorsqu'elle revit Beauchamp le lendemain soir, elle le pressa de questions. Les réponses furent évasives mais elle ne s'en laissa point conter :
— Ne me racontez pas de sornettes, Beauchamp. Comment êtes-vous parvenu à séduire cette pauvre enfant ?
Il dut avouer le stratagème. MieMie, horrifiée par l'ignominie du procédé, le lui exprima sans détour. Pourtant, il était exclu que le futur marquis de Hertford épousât une roturière. Il n'avait que trente-cinq ans, peut-être rencontrerait-il plus tard une jeune fille de son rang. En attendant, il semblait très amoureux de cette charmante petite. MieMie décida de traiter Louise comme un membre de sa famille. Elle insista pour que la jeune femme prenne un nom de femme mariée, par respect des convenances. On inventa un M. Oger, explorateur qui aurait eu de lointains liens de parenté avec les Seymour. Cela

expliquerait la présence de Louise sous les toits de la famille. Ce nom lui permettrait de porter un enfant de Beauchamp, comme elle le souhaitait tant. M. Oger disparaîtrait alors dans un accident au fin fond de l'Afrique, et l'enfant serait déclaré posthume.

Deux années passèrent. Le couple dut se rendre à l'évidence : il ne parvenait pas à engendrer. Beauchamp pensa d'abord que la stérilité venait de Louise. En y réfléchissant, il dut constater qu'après bien des aventures, il n'avait jamais entendu parler d'un bâtard né de ses œuvres. En dehors du jeune Jackson, dont Gurwood lui avait attribué la paternité, à laquelle il n'avait jamais cru.

Lorsqu'il aborda le sujet avec Louise, elle refusa de l'écouter.

— Les voies du Seigneur sont impénétrables, arguat-elle. Je n'ai que dix-huit ans, vous à peine trente-sept. Nous sommes jeunes.

— Certes ! répondit-il, sceptique.

— Peut-être Dieu veut-Il nous punir d'avoir bafoué ses enseignements.

Des médecins consultés évoquèrent les oreillons dont il avait souffert adolescent, la « maladie de Naples » transmise par les dames généreuses de leurs charmes. Le premier choc passé, Beauchamp décida qu'il devait prendre des dispositions pour l'avenir. Il demeurait le seul destinataire d'un immense patrimoine.

Lord et Lady Hertford se préoccupaient de voir l'héritier du titre et de la fortune se détourner du mariage en s'installant dans le concubinage. Ils furent consternés lorsque Beauchamp les informa de son infirmité. MieMie aurait tant aimé avoir un petit-fils. À qui allait revenir la fortune Hertford, l'une des plus importantes d'Angleterre ? Jamais la famille Seymour n'accepterait de reconnaître Henry comme l'héritier du titre si Beauchamp venait à disparaître. Il y aurait un scandale, un procès à n'en plus finir et les cousins honnis, l'aîné de la branche cadette, hériteraient des titres et des biens seigneuriaux[1].

---

1. Selon la loi anglaise, quand un pair du royaume meurt sans descendant mâle et légitime, le majorat – ou « biens seigneuriaux » – (*entai-*

— Nous devons prendre les dispositions qui s'imposent, décida Francis-Charles. N'est-ce pas votre sentiment ? ajouta-t-il en se tournant vers sa femme.
— Si, mon ami. Que proposez-vous ?
Lorsqu'il s'agissait d'intérêts financiers, le mari et la femme retrouvaient une entente depuis longtemps disparue.

Lord Hertford voulait éviter que les terres irlandaises, dont les revenus avoisinaient soixante mille livres par an, ne reviennent aux cousins abhorrés. Il préférait cent fois que Henry – ce garçon qui n'était probablement pas son fils – en hérite plutôt que la branche cadette de sa famille qu'il haïssait. L'opération se passa en deux temps.

Le 9 septembre 1837, Francis dissocia les terres irlandaises qui faisaient normalement partie de la succession du majorat et en donna la nue-propriété à Beauchamp. Cet acte permettait d'en retirer la jouissance à l'héritier du titre.

Dans un deuxième temps, en juin 1838, MieMie et Beauchamp se rendirent à Londres. Leurs testaments furent rédigés par des notaires, selon les directives de Francis-Charles. MieMie se contenta de partager ses biens entre ses deux fils. Le testament de Beauchamp, précis, procédurier, couvrit quinze pages. Beauchamp confiait ses terres irlandaises à des *trustees*, pour trois cents ans. Les revenus en reviendraient à son frère Henry, sa vie durant, puis à ses descendants mâles légitimes par ordre de primogéniture. À défaut de fils, ils seraient partagés entre ses filles. Au cas où Henry n'aurait pas d'enfant légitime, les revenus reviendraient à Hamilton Seymour, son lointain cousin diplomate. Ou à ses descendants légitimes. Beauchamp, sachant qu'il ne pourrait avoir d'enfant, légua en toute propriété ses biens mobiliers à Henry. Il ne parla pas, dans ce testament, de Bagatelle, seul bien immobilier français en sa

---

led properties) revient à l'héritier du titre. L'ordre de succession passe toujours par les garçons, le premier dans l'ordre naturel de succession de la branche cadette s'il n'y a pas de descendant de la branche aînée.

possession. Il envisageait de donner cette propriété à Louise.

Richard, qui vivait auprès de MieMie depuis quatorze ans, ne fut pas même mentionné dans le testament de Lady Hertford. Pour ne pas laisser le jeune homme sans subsides lorsqu'elle viendrait à disparaître, il fut convenu que ses fils lui trouveraient un travail rémunéré. Pour pallier toutes éventualités, Beauchamp laissait, dans son propre testament, à Richard Jackson ou à ses enfants légitimes, une rente de trente mille livres dont le capital resterait la propriété du trust.

Une fois ces tâches accomplies, Beauchamp regagna la France. Louise passait l'été à Bar-le-Duc, dans sa famille. Il partit prendre les eaux à Carlsbad avec son ami Thomas Railkes, aimable dilettante, âgé de soixante ans, épris de voyages et de littérature. Les membres de la société européenne, riche et élégante, étaient persuadés que les eaux de source étaient souveraines pour soigner les poitrines délicates, les reins et les rhumatismes. Prendre les eaux s'imposait comme une étape obligatoire au rythme de l'année mondaine. L'été, le gotha se retrouvait dans les stations thermales, dont les plus prisées étaient alors Aix-la-Chapelle, Spa, Vichy ou Carlsbad. Les deux amis prolongèrent leur voyage en visitant l'Autriche et les États d'Italie. Ils ne regagnèrent Paris qu'en novembre, pour l'ouverture de la saison mondaine.

11

Richard et Julie

Paris, juin 1839

— Bonjour, madame. Il fait un temps ravissant ce matin, dit Marietta en entrant dans la chambre à coucher de Lady Hertford.
Elle tira les épais rideaux de velours vert et ouvrit les persiennes. Les rayons du soleil inondèrent la pièce. Cette journée s'annonçait magnifique.
MieMie se redressa sur ses oreillers et sourit. Elle était invitée au Bal des roses que l'ambassadeur d'Angleterre et Lady Granville donnaient pour célébrer le premier anniversaire du couronnement de la reine Victoria. Deux mille personnes étaient invitées. On ne parlait que de cette soirée et de cette souveraine de vingt ans sur les épaules de laquelle reposaient de si lourds fardeaux. L'ambassadrice avait transformé en serre l'hôtel de Borghèse, rue du Faubourg-Saint-Honoré. Les voûtes, les colonnes des pièces de réception disparaissaient sous des buissons de roses et de feuillages. MieMie et ses deux fils avaient accepté l'invitation ainsi que Francis-Charles, de passage à Paris.

Après avoir avalé, dans son lit, son thé du matin, noir et brûlant, accompagné d'un *spice gingerbread*, MieMie se plongea avec délice dans la baignoire en métal anglais que deux valets avaient remplie d'eau chaude.

Un chauffe-bain, constitué d'un tuyau cylindrique rempli de braise, avait maintenu l'eau à bonne température. Une fois séchée par les mains de Marietta, MieMie passa une sortie de bain, enfila ses mules et s'installa sur la chaise longue capitonnée de son cabinet de toilette. À soixante-huit ans, les invitations devenaient rares et elle était ravie de sortir dans le monde.

— Tentez de redonner une apparence de fraîcheur à ce triste teint, ma bonne Marietta.

C'était la camériste favorite de MieMie. De longue date, Lady Hertford s'était émue de l'ingrate condition des servantes. Surchargées de travail, entassées dans des soupentes surchauffées l'été, glaciales l'hiver, elles se levaient avant l'aube, allumaient les feux, montaient et descendaient des escaliers en portant des bûches ou du linge, aidaient leur maîtresse à se vêtir et se dévêtir, rechargeaient les cheminées et les fourneaux. Elles ne s'arrêtaient jamais. MieMie s'efforçait d'adoucir la condition des domestiques qui travaillaient sous son toit. Elle s'arrangeait pour qu'elles disposent d'heures de liberté le dimanche. Les places sous le toit de Lady Hertford étaient convoitées.

MieMie avait noué des relations privilégiées avec Marietta, une Italienne qui avait élevé ses trois enfants. Elle voyait en elle une dame de compagnie plus qu'une femme de chambre. Tout en l'entretenant des nouvelles de l'office, Marietta prit sur le marbre blanc de la table de toilette les onguents contenus dans des fioles de cristal aux couvercles d'argent. Elle étendit une pommade à base de fleur d'amandier sur le visage, la gorge et les bras de la marquise. Puis elle tapota longuement les joues de sa maîtresse avec du vinaigre rose de Maille, pour leur donner quelques couleurs. MieMie appréciait ces moments de détente sous les doigts précis de sa camériste. La toilette terminée, Marietta lui enfila des bas de soie en les tendant autour des jambes et laça le corset de coutil rose. Pour finir, elle plaça un coussin de satin sur chaque hanche, pour accentuer la finesse de la taille, et recouvrit le tout d'un déshabillé.

— Merci, ma petite Marietta. Me voilà prête. Faites entrer mes fournisseurs.

Elle reçut son bottier, puis la modiste et enfin la couturière, accompagnée d'une armée de cousettes chargées d'apporter les dernières retouches à sa robe du soir. MieMie prenait plaisir à voir ces gentilles petites s'affairant sur son ourlet, tandis qu'elle s'observait dans sa psyché. Sa taille gardait une ligne plaisante. Cette robe en percale rose avantageait son teint. Quatre rangs de perles fines du Japon suffiraient pour habiller l'ensemble. Il ne lui manquait qu'une touche finale. Un parfum, relevé sans être entêtant, à l'arôme plus tenace que son *eau de fées* quotidienne. Elle pensa à cette essence de roses que l'on trouvait dans une boutique, proche de Belleville. On en vantait les mérites dans le journal *La Mode*. Quel était son nom déjà ? Ah, oui, *Roses d'Ispahan* ! Elle sonna trois coups, signal pour appeler Richard, et lui demanda d'aller chercher pour elle ce parfum dans une boutique du passage des Saumons.

— Le cocher vous conduira. Je n'aurai pas besoin de ses services ce matin.

Richard était ravi de quitter l'appartement. À vingt et un ans, ce grand jeune homme, à l'air doux, au sourire discret, avait gardé la joliesse de ses traits d'enfant. Son large front dominait un nez droit et une bouche sensible, encadrés par des boucles claires. Sa silhouette ne manquait pas d'élégance bien que sa timidité l'incitât à marcher les épaules tombantes et la tête en avant. Il en résultait une allure un peu gauche. Son regard manquait de fermeté. Ses yeux clairs semblaient effleurer, contourner son interlocuteur, avant de le fixer un bref instant. Il avait l'habitude de s'effacer, d'obéir. Et cela se voyait.

S'il éprouvait, comme au temps de son enfance, une vive affection pour Lady Hertford, il ressentait une impression d'insatisfaction latente. Lady Hertford réclamait sa présence en permanence. Souriant, prévenant, Richard se pliait au moindre de ses désirs. Sa nature docile lui donnait la flexibilité du roseau. Habitué à se soumettre, il se prêtait à cette servitude. Il était son esclave dévoué, son gardien le plus fidèle. Mais ces contraintes lui pesaient.

Aussi loin qu'il s'en souvienne, Richard avait passé ses journées auprès d'elle. Il la suivait partout dans la maison, l'accompagnait dans ses déplacements. Il assistait à ses repas lorsqu'elle était seule, à son coucher le soir. Il lui faisait la lecture lorsqu'elle ne parvenait pas à trouver le sommeil. Richard dormait toujours dans une petite pièce à côté de la chambre de Lady Hertford. Il pouvait ainsi répondre à son appel, au milieu de la nuit.

— Que ferais-je sans vous, Richard ! le remerciait-elle.

Il lui rendait son sourire. Ses journées s'étiraient mornes, identiques, interminables. Le soir, la proximité du boulevard plein de vie et de gaieté avivait ses sentiments de frustration. Il entendait monter par les fenêtres entrouvertes les conversations et les plaisanteries des clients du Café de Paris, le grincement des roues des calèches s'arrêtant devant Tortoni, les voix rieuses des élégantes commandant une glace et les notes guillerettes des orchestres installés sur les trottoirs. Richard se sentait exclu. Il lui semblait que tous les jeunes de son âge se divertissaient. Lui seul était coupé de ces plaisirs, condamné à s'occuper d'une vieille dame. Il en ressentait du vague à l'âme. Son avenir lui semblait incertain. Des aspirations confuses s'emparaient de son esprit. Il se languissait, rêvait d'autres horizons. Il aurait tant aimé découvrir le vaste monde !

Il constatait qu'il ne savait rien faire. Il n'avait ni métier, ni argent qui lui auraient donné la liberté de partir. Lorsqu'il se sentait par trop mélancolique, il repensait à la loge de concierge, repoussée au fond de sa mémoire. Quelle aurait été sa vie s'il n'habitait pas chez Lady Hertford ? Un élan de gratitude atténuait sa morosité.

Richard percevait douloureusement l'ambiguïté de sa condition. S'il avait appris au contact des Seymour les rites et coutumes des aristocrates, il savait qu'il n'était pas considéré comme l'un des leurs. Il avait acquis des manières de gentilhomme mais manquait de culture, d'éducation, de cet art de la conversation qui permet de s'imposer avec aisance dans tous les milieux. De toute façon, il n'avait rien à raconter. S'il quittait les Seymour, il serait contraint de travailler pour vivre. Dans cette société, le travail était considéré comme vulgaire et incompatible avec la frivolité, la fantaisie et l'esprit, attributs indispensables à l'homme du monde. Les aristocrates n'avaient pas besoin de travailler : ils vivaient de leurs propriétés et de leurs rentes. À la rigueur, ils pouvaient être diplomates ou préfets, pour servir la couronne. Ou entrer dans la marine ou les ordres, lorsque la malchance les faisait naître cadet. Dans ce milieu, personne ne semblait se préoccuper d'argent. On en avait ou l'on s'endettait.

Si Richard côtoyait en permanence des fils de famille, il remarquait que les amis des Seymour, qui échangeaient d'aimables propos avec lui lorsqu'ils le croisaient dans l'hôtel de la rue Taitbout, oubliaient de le reconnaître dans la rue. Il risquait un sourire timide, qu'ils ne semblaient pas remarquer. Ils n'infléchissaient pas d'un pouce la ligne de leur trajectoire, s'ils venaient à sa rencontre. C'était toujours à lui de s'effacer. Richard souffrait de cette discrimination. Pourquoi était-il écarté de ce monde dans lequel il vivait ? Il ne connaissait que ce milieu. Il n'était jamais invité. Il ne se sentait à sa place nulle part.

Depuis qu'il était adulte, il aspirait à une autre vie, riche de rencontres, de fêtes et de rires. Il rêvait de dépenser de l'argent au gré de sa fantaisie. De découvrir le monde.

En se préparant à sortir pour acheter le parfum demandé par Lady Hertford, Richard laissa son esprit vagabonder. Il s'imagina, à l'image de Lord Seymour, tâtant, l'air négligent, les tissus des redingotes apportés par le tailleur. Tandis que le fournisseur s'empressait autour de lui, il commenterait, le coude appuyé sur le marbre de la cheminée, le regard lointain, les trois nuances de gris-vert testées par son tailleur de Londres. Le soir, vêtu de son frac de soirée à boutons métalliques, il jetterait un dernier coup d'œil appréciateur à sa silhouette dans le miroir de l'entrée, avant de présenter son dos au valet de pied, pour que celui-ci dépose sur ses épaules une cape du soir noire, doublée de soie rouge. Un second valet lui tendrait son haut-de-forme, ses gants et son stick d'argent. Tous deux s'inclineraient devant lui en lui ouvrant la porte et diraient d'une même voix respectueuse :

— Bonsoir, Your Lordship.

Dans la voiture douillettement chauffée, sous la voûte étoilée du ciel, une femme l'attendrait. Belle, douce, parfumée. Ils rouleraient lentement dans les rues de Paris, avant de s'arrêter devant l'ambassade d'Angleterre. Le groom bondirait pour lui ouvrir la portière et descendre le marchepied.

Perdu dans ses rêveries, Richard était arrivé dans la cour pavée de l'immeuble. Il vit que le soleil brillait. Il soupira. Une fois encore, son imagination l'entraînait loin des réalités. Ceci n'était pas pour lui. Richard était jeune, le temps radieux et il aimait rouler en voiture. Il salua le cocher et s'installa à ses côtés. Au moins ce soir, serait-il libre. Lady Hertford rentrerait tard du bal à l'ambassade. Ce soir, il sortirait.

À la même heure et comme chaque matin, Julie Castelnau soulevait de leurs crochets les lourds volets de bois de la boutique « Aux essences orientales » et les posait dans la cour attenante. Sa patronne lui confiait l'ouverture du magasin de parfums et colifichets, passage des Saumons, près de Belleville. Elle avait toute confiance en elle. En vaquant, Julie s'accordait de brefs sourires dans le miroir qui trônait sur le comptoir. Elle vérifia l'ordre de sa chevelure, tapota une boucle rebelle et s'assura que son corset ajusté mettait ses formes en valeur. Satisfaite, elle entreprit de déballer les colis arrivés le matin même. Julie aimait ouvrir les paquets, découvrir les flacons, les soieries lumineuses, les châles de cachemire qu'elle disposait dans la vitrine. Elle se donnait l'illusion qu'elle était la destinataire de ces marchandises, envoyées à son intention par des admirateurs. Julie adorait ce moment de la journée. Elle était née à Paris, vingt ans auparavant. Son père, Bernard Castelnau, homme de confiance, et sa mère, Sophie Knoth, lingère, travaillaient dans la même maison, au service d'un marchand de quincaillerie. Trop occupés pour veiller sur l'enfant, ils l'avaient envoyée chez sa grand-mère, dans la campagne angevine. À treize ans, Julie fut rappelée à Paris. Ses parents avaient installé un lit de fer pour elle, dans un coin de la pièce mansardée qu'ils occupaient rue des Mathurins. Le jour pénétrait par une lucarne à tabatière. Il y faisait froid l'hiver, étouffant l'été.

S'ils avaient paru contents de la revoir, Julie avait vite compris qu'on l'avait fait revenir parce que sa mère souffrait de rhumatismes et qu'elle ne pouvait plus remplir sa tâche. Il n'était pas question de renoncer à un second salaire. Les Castelnau s'étaient souvenus qu'ils avaient une fille. Elle pourrait seconder sa mère et la remplacer si besoin était. Julie découvrit le métier de lingère. Elle apprit à frotter énergiquement, sur une planche en bois cannelé reposant sur un baquet, le linge de la famille du quincaillier. À rincer dans l'eau glacée du lavoir des bords de Seine les lourds draps de lin, à les essorer en les tordant. Elle sut bientôt manier le battoir, d'un geste rapide et cadencé, pour éliminer jusqu'à la dernière goutte d'eau. Il fallait alors repasser avec un fer en métal dont la semelle chauffait au-dessus du poêle. Et ravauder. Le soir, Julie s'écroulait, harassée, sur son lit, après avoir avalé une soupe épaisse pour dîner.

Jolie et décidée, la jeune fille n'allait pas se résigner à mener cette vie laborieuse. Elle remarqua que ses mains se creusaient de sillons. Ses cheveux pendaient, ternes, des poches apparaissaient sous ses yeux.

Albert, le fils aîné du quincaillier, l'aida à trouver son indépendance. Dès qu'elle eut seize ans, il lui enseigna les plaisirs de l'amour et l'encouragea à quitter la mansarde dans laquelle ses parents tentaient de survivre.

Le jeune homme la présenta à Mme Bourdillon, une rentière avisée, sanglée dans une robe noire égayée d'un foulard et de colliers, propriétaire d'une boutique à l'enseigne « Aux senteurs orientales ». Au premier coup d'œil, la commerçante sut estimer à sa juste valeur la tournure de la jeune fille. Elle apprécia sa détermination et lui fit bon accueil. Julie s'installa dans une pièce en sous-sol, éclairée par un soupirail, qu'elle partageait avec deux autres grisettes, une monteuse de bonnets et une ouvrière en linge, employées comme elle par Mme Bourdillon. Il s'agissait à ses yeux d'une première étape. Elle se sentait libre, résolue à réussir sa vie. Elle remercia le fils du quincaillier et l'informa qu'elle se consacrerait désormais à son travail. Elle caressait d'autres projets.

Julie passait ses moments libres à observer les dames marcher dans la rue et s'ingéniait à les imiter. Elle trouva vite son style. Sa tournure s'accommodait d'une robe de percale brodée à pois. Elle en rehaussait les couleurs par un mouchoir de soie coloré, noué autour de ses hanches. Son allure affichait un côté leste qui retenait l'attention des hommes et attirait les clients. Elle savait parer ses belles épaules d'étoffes précieuses venues des Indes, pour les inciter à acheter. Elle ajoutait une touche de parfum de violette qui encourageait ces messieurs à prolonger leurs achats et à acquérir de nouveaux articles pour leur bonne amie. Au contact de cet environnement, le goût de Julie s'affina. Elle développa une coquetterie déliée qui laissait rarement insensibles les clients et ravissait Mme Bourdillon.

— C'est bon pour le commerce, ma petite Julie, disait la patronne. Tout est dans la présentation.

Commerçante avisée, elle recommandait à ses vendeuses de n'être point farouches. Les jeunes filles du passage des Saumons étaient connues pour être de petite vertu. Parfois, Julie se laissait entraîner à l'auberge du Cerf Blanc. Puis elle reprenait son travail. Elle avait foi en son destin.

Ce samedi du mois de mai, elle chantonnait en déballant ses derniers articles. Elle avait époussété les fioles aux liqueurs ambrées, alignées sur des étagères recouvertes de pièces de tissu multicolores. Elle commença à disposer sur le comptoir quelques colifichets à l'usage des deux sexes : gants de Paris, bretelles et jarretières, bourses en perles, châles en cachemire ou en mérinos. « Madame » n'arriverait pas avant midi et les clients venaient rarement le matin. Le passage restait vide et la rue, qu'elle apercevait par la vitrine, guère plus animée. Elle disposait de tout son temps.

La clochette de la porte tinta et un jeune homme entra. Bien mis, sobrement. Un provincial ? Julie remarqua l'élégant attelage arrêté devant le passage, la livrée du cocher. « Oh, Oh, un jeune seigneur. Voilà un bon début de matinée ! »

— Bonjour, monsieur, dit-elle en esquissant une révérence. Que puis-je faire pour vous servir ?

— Bonjour, mademoiselle, répondit Richard. On m'a dit que je pourrais trouver chez vous un parfum appelé *Roses d'Ispahan*.

— On vous a bien informé. Le voilà, sur cette étagère. Voyez comme le flacon est élégant ! C'est l'un de nos meilleurs articles. On vient de loin pour l'acheter.

— C'est mon cas, dit Richard, j'habite boulevard des Italiens.

— Ah ! vous demeurez sur le boulevard, dans les beaux quartiers ?

— Mon Dieu, oui, mademoiselle, c'est un quartier agréable...

— J'imagine que ce flacon est pour offrir ? Peut-être pour votre tendre amie ?

— Non, non, c'est pour une dame ! Elle aime l'odeur des roses, les parfums exotiques...

— Alors, je vais le disposer dans une jolie boîte. Elle aura le plaisir de le découvrir.

— Vous êtes très aimable, mademoiselle.

Julie s'activait avec des gestes précis tandis que Richard l'observait. Cette boutiquière était plaisante, avec son tablier de taffetas gros bleu sur sa robe à pois. Il remarqua ses belles épaules, sa poitrine opulente, sa chevelure abondante. Une montre, suspendue à son cou par une chaîne de cheveux, se balançait comme un pendule au-dessus du paquet sur lequel elle était penchée. Elle la repoussa en riant. Richard lui proposa timidement de tenir la montre, le temps qu'elle finisse son ouvrage. Julie retira son pendentif d'un ample mouvement du bras.

— Je vous le confie. C'est mon bien le plus précieux, dit-elle en souriant.

Au contact du modeste bijou imprégné de la tiédeur de la jeune femme, Richard se sentit troublé. Il le serra dans son poing, pour conserver la chaleur du métal et regarda la petite vendeuse s'activer. Elle était jeunette, pimpante, très attirante. Elle se déplaçait devant le comptoir avec un roulement voluptueux des hanches qui mit son cœur en émoi. Elle lui jetait de brefs coups d'œil, souriant de ses dents blanches. À vingt et un ans, Richard n'avait jamais fait la cour à une jeune fille. Il avait découvert la diversité des charmes féminins, sous les combles de la rue Taitbout, grâce aux complaisances d'aimables soubrettes. Il « levait » parfois, dans des quartiers peu recommandables, quelque grisette à la vertu épisodique. Rien de plus. Il fut pris par l'envie irrésistible de prolonger ce moment en sa compagnie, de séduire cette jeune fille. Grâce à la voiture devant la porte, elle devait le prendre pour un fils de famille, peut-être pour un aristocrate. Cela lui donna de l'assurance.

Aucun autre client n'entra dans le magasin en cette fin de matinée. Les deux jeunes gens conversèrent, tandis que Julie vaquait. Lorsque midi sonna au beffroi, ils se séparèrent à regret. Sur le pas de la porte, Richard lui proposa de sortir le soir même. Il n'eut aucun mal à convaincre Julie. Il passerait la prendre à l'heure de la fermeture. Elle suggéra l'estaminet du passage des Saumons. Ils pourraient y boire une chope de bière. L'ambiance était gaie.

En partant, Richard ne s'installa pas sur le siège du cocher mais sur la banquette arrière. M. André dissimula un sourire et Julie lui lança un regard admiratif.

La conquête de Richard fut immédiate et facile. Le soir même, il était amoureux. Le dimanche suivant, ils se retrouvaient au théâtre de l'Ambigu, boulevard Saint-Martin. Après le spectacle, Julie lui proposa d'aller au

bal de la barrière de Clichy. Il avoua qu'il ne savait pas danser.
— Vous, monsieur Jackson, vous ne savez pas danser, alors que vous vivez dans les beaux quartiers ?
— Non, je vous assure, dit-il, penaud.
Il rougit et baissa la tête, l'air embarrassé.
— Qu'importe, je vous apprendrai ! dit-elle en attrapant son bras.
Ils prirent un fiacre pour se rendre aux barrières. Julie, d'humeur folâtre, s'amusant de sa gaucherie, lui enseigna l'art de danser « un chahut », la danse osée qui faisait fureur dans les guinguettes. Ils goûtèrent des raisins de Malaga confits dans le sucre et l'alcool, grignotèrent des gaufres et burent des chopes de bière. Julie riait aux éclats dès qu'il ouvrait la bouche et Richard, d'ordinaire silencieux, tenta quelques plaisanteries. En fin de soirée, elle lui prit la main et la garda serrée dans la sienne. Elle avait appris qu'il n'était pas un fils de famille. C'était mieux ! Il semblait conquis. Il pourrait l'épouser, l'aider à s'établir à son compte. Elle était lasse de travailler pour les autres, rêvait d'ouvrir sa propre boutique. Elle jeta son dévolu sur lui. Il se laissa convaincre. Huit jours plus tard, ils étaient amants.

En août 1840, la santé ébranlée par des excès en tous genres, Francis-Charles eut une attaque cérébrale, lors d'un passage à Paris. Il en garda une paralysie du côté gauche et une difficulté d'élocution. Son état ne s'améliorant pas, il reprit la route pour Londres.
Beauchamp n'allait guère mieux. Des accès de goutte bloquaient ses articulations et le faisaient cruellement souffrir. Ces maux s'étaient doublés de crises d'asthme. Dès qu'il s'allongeait, ses quintes de toux reprenaient par vagues, l'empêchant de dormir. Elles l'angoissaient, lui donnant l'impression d'étouffer. Il avait besoin de soins en permanence. Louise passait le voir plusieurs fois par jour, mais Beauchamp refusait qu'elle le soignât. Il n'aimait pas que cette femme de vingt et un ans le voie dans cet état.

— Ce n'est pas votre rôle, disait-il. Je suis un piètre compagnon. Vous devriez rendre visite à madame votre mère, comme vous l'envisagiez le mois dernier.

Le Dr Chermside jugea souhaitable qu'une infirmière s'installe à demeure. MieMie fut formelle : Richard était l'homme qu'il lui fallait. Il semblait né pour être garde-malade, se plaisait dans ce rôle, habile à préparer les potions, à donner les soins. Sa seule présence atténuait les souffrances :

— Il va vous remettre sur pied, Beauchamp. Malgré son jeune âge, Richard possède des gestes d'expert et des mains d'une douceur infinie. Il déborde du besoin de se dévouer et de rendre service.

À son habitude, Richard avait obéi. Il passait une partie de ses journées dans l'entresol de la rue Laffitte et y demeurait la nuit, pour veiller le malade. Si son efficacité s'avérait incontestable, le cœur n'y était pas. Richard se sentait mal à l'aise en présence de Beauchamp. Il venait chez lui pour le soigner, uniquement parce que Lady Hertford le lui avait demandé. Beauchamp n'exprimait pas une once de la bienveillance de sa mère. Lorsque Richard avait eu dix ans, Beauchamp lui avait demandé de cesser d'appeler sa mère *tante Mie-Mie*. Richard parlait désormais devant lui de *Madame la Marquise*. Lord Yarmouth continuait à lui faire peur, comme lorsqu'il était enfant.

Le jeune homme craignait son dédain, cette manière qu'il avait de le regarder de côté en avançant sa lèvre inférieure, la placidité sèche avec laquelle il donnait des ordres. Sous l'exigence de son regard, Richard se sentait maladroit. Non, il n'aimait pas servir Lord Yarmouth. Bien qu'il lui prodiguât des soins avec patience, Richard vécut cet épisode comme une corvée. Il ne pouvait plus retrouver Julie certains soirs comme ils en avaient pris l'habitude. Elle s'en plaignait.

Ce matin-là, rue Laffitte, la tête dans les mains, les bras accoudés sur la table de l'office, Richard ruminait de sombres pensées. Une pluie torrentielle battait les vitres. Il attendait que Lord Yarmouth le sonne et fut sorti de sa méditation morose par la voix d'Henry. Son visage s'éclaira.

— Eh bien, *old boy*, je t'apporte les journaux, disait Henry en entrant dans la chambre de son frère. Vas-tu mieux ?

— Pas l'ombre d'une amélioration, marmonna Beauchamp.

— Que dit la Faculté ? reprit Henry. Vas-tu rester longtemps couché à te morfondre ? Allez, tu ferais mieux de jeter ces fioles aux orties, t'habiller et sortir. Il y a un bal, ce soir, rue Saint-Florentin, chez James de Rothschild. Tout Paris y sera. Cela te changerait les idées. Tu t'écoutes trop, mon frère, tu t'écoutes trop ! Rien ne vaut le sport pour lutter contre ses maux.

Il ouvrit grands les rideaux et les fenêtres, laissant entrer l'air frais du matin, tandis que son frère clignait des yeux en gémissant :

— J'aimerais t'y voir, tu bénéficies d'une santé insolente !

— Ces médecins sont des sots ! poursuivit Henry en s'asseyant à califourchon sur la chaise au pied du lit. Et ce bon vieux Chermside aussi, quoi qu'en dise notre chère mère ! Écoute, cet après-midi, je vais au bois. Je t'emmène. Si tu voyais comme le printemps rend gracieuses les lorettes du quartier, tu serais sur pied en un instant.

Richard frappa doucement et pénétra dans la chambre, une tasse de camomille à la main.

— Tiens, te voilà toi ! dit Henry avec gentillesse.

Beauchamp se redressa sur ses oreillers et porta la main à sa tête en signe de lassitude. Son air souffrant agaça Henry. Son frère passait son temps à se déclarer malade.

— Mon pauvre vieux, tu deviens hypocondriaque au dernier degré ! Tu ne veux pas sortir ? Tant pis pour toi. En attendant, je vais t'emprunter ce jeune lascar. Il est temps qu'il sorte de tes fioles et qu'il apprenne à manier une lame.

— Allez, allez, marmonna le malade d'une voix faible. Allez vous amuser, je vais dormir. Richard, vous reviendrez ce soir ? demanda-t-il, une nuance d'inquiétude dans la voix.

Pour la première fois, Beauchamp ne l'appelait pas *jeune Jackson*, mais par son prénom. Richard lui en fut reconnaissant. La soudaine attention de cet homme arrogant le touchait.

— Bien sûr, monsieur, vous pouvez compter sur moi, répondit Richard avec chaleur, en refermant la porte avant de dégringoler les escaliers à la suite d'Henry, qui remontait déjà le trottoir à grandes enjambées.

Lorsqu'il l'eut rejoint, Henry prit un ton sérieux :

— Tu ne vas pas passer ta vie à soigner ce vieux bougon de Beauchamp et, le reste du temps, t'occuper de ma mère. Tu as vingt-deux ans, l'âge de t'amuser. Ne te laisse pas faire ! En attendant, suis-moi. Allons retrouver nos amis.

Richard se sentit fier d'être englobé dans le terme générique de *nos* amis. Ils longèrent le restaurant La Cité des Italiens que l'architecte Lemaire aménageait au rez-de-chaussée de la Maison d'Or. L'établissement s'annonçait somptueux, avec ses encadrements de portes et de fenêtres sculptés et dorés. On n'arrêtait pas de construire dans ce quartier. Ils traversèrent la cour pavée de l'immeuble de la rue Taitbout au pas de charge, grimpèrent les escaliers et entrèrent dans la salle d'armes d'Henry.

— Grisier, j'ai un néophyte pour vous ! dit Henry à son maître d'armes. Je compte sur vous pour lui enseigner quelques bottes secrètes.

Richard était heureux de se changer les idées. Julie Castelnau était enceinte. Elle avait perdu son emploi. Sa patronne, qui faisait tant de cas de ses talents, ne lui avait pas fait grâce d'un jour. Dès qu'elle s'était rendu compte que son ventre s'arrondissait, elle lui avait réglé sa semaine et l'avait remerciée.

— Je suis à la rue ! Elle m'a tout bonnement fichue à la porte, comme ça, sans me laisser une minute pour me retourner !

Julie était indignée.

Mme Bourdillon, les lèvres pincées, lui avait demandé de libérer sa chambre : elle devait engager une vendeuse pour la remplacer.
— Elle a ajouté que les clients aimaient les tailles fines, les teints frais et que j'avais qu'à faire attention à ne pas me mettre dans une pareille situation !
Julie avait supplié Richard de l'aider. Ils pourraient se mettre en ménage. Elle avait besoin d'argent. Il n'avait qu'à quitter cette lady, se placer. Jeune et beau comme il l'était, il trouverait aisément du travail. Cette famille qui ne lui versait pas d'appointements profitait de sa gentillesse. De quoi allait-elle vivre, elle, avec ce bébé ?
Richard n'avait nulle intention de reconnaître l'enfant. Il craignait les réactions de la famille Seymour. MieMie et Beauchamp n'apprécieraient pas. Julie ne susciterait que des commentaires méprisants. Quant à Henry, il se contenterait de rire :
— Et qui te dit que cet enfant est le tien ? Méfie-toi de ces femmes qui annoncent soudain qu'elles vont être mère. Tu n'as qu'à lui donner quelques louis et classer l'affaire.
Richard ne pouvait laisser Julie et son bébé à la rue. Il loua, sur ses économies, une chambre sous les toits, rue Blanche. Cela suffirait pour les premiers mois. Mais il lui fallait absolument gagner de l'argent et quitter les Seymour. Rien ne l'obligeait à rester chez eux. Julie le lui répétait sans cesse :
— Garde-malade, ce n'est pas un métier pour un homme ! Et ils ne te payent même pas de gages.
Parlant l'anglais, Richard trouverait à se placer dans une officine. Mais il y renâclait. Un travail rémunéré impliquerait son exclusion de cette société à laquelle il souhaitait tant s'intégrer. Il envisagea de s'engager dans la marine. Il se souvenait de l'attrait qu'avaient exercé sur son imagination d'enfant les marins qui passaient en bandes joyeuses, sur les quais de Boulogne-sur-Mer. Ils riaient, plaisantaient, chahutaient. Les femmes se retournaient sur leur passage, les suivaient des yeux en souriant. Richard avait été subjugué par l'uniforme. L'idée de naviguer lui plaisait. Quitter cet enfermement

qu'il vivait au quotidien, découvrir d'autres horizons, d'autres paysages, d'autres visages...Vivre, enfin ! Il parcourrait le monde, gagnerait de l'argent, ferait des rencontres.

Cette fois, il ne pouvait se contenter de rêver. Il s'ouvrit de ses projets à MieMie. Elle tempéra son ardeur :

— La *Royal Navy* ? Mon pauvre garçon, en Angleterre, seuls les aristocrates peuvent accéder au grade d'officier. Et la vie de marin s'apparente au bagne, lui dit-elle. Et puis, vous n'allez pas me quitter. Vous savez combien vous m'êtes précieux.

Le soir même, Beauchamp lui confirmait :

— Ma mère me dit que vous aimeriez vous engager dans la *Royal* ? Gardez-vous-en bien ! Les charges d'officier s'achètent et sont réservées aux aristocrates. Vous seriez simple marin. Savez-vous comment on recrute les marins, à Londres ? La veille du jour où un bateau doit appareiller, à la tombée de la nuit, quand les hommes ont bu, on bloque les deux extrémités des rues jalonnées de pubs et on attrape ceux qui sont en âge de servir la couronne. L'occasion d'un singulier charivari ! Ces pauvres garçons ont beau se débattre comme des diables, ils sont engagés d'office et partent pour plusieurs mois voguer sous notre drapeau. Croyez-moi, c'est un sort peu enviable. Je vous le déconseille. Restez donc ici ! Ma mère vous entoure de ses bontés. Elle serait désolée de vous voir partir. Vous n'avez nul besoin d'exercer un métier, que diable ! Vous n'êtes pas bien ici ?

— Si... ! répondit Richard en baissant la tête.

Richard devait trouver de l'argent. L'enfant allait naître. MieMie le chargeait souvent d'acheter ou de vendre pour elle des valeurs mobilières, dans l'officine de la Bourse qui avait ouvert un guichet, en dessous de chez elle, dans une salle du Café de Paris. Malgré des pertes sévères, elle persévérait. Son banquier lui faisait la leçon, ce qui l'agaçait. Elle ne pouvait jouer elle-même : il était hors de question que la marquise de Hertford soit reconnue dans cette situation embarrassante.

Elle trouva pratique de confier à Richard le soin de régler ses transactions. Lorsque la Bourse lui était favorable, MieMie remerciait son jeune coursier en lui donnant une part de ses gains. Ces gratifications composaient la fortune du jeune homme, avec les étrennes du Nouvel An et quelques dons ponctuels.

— Ce ne sont que des aumônes, des pourboires, persiflait Julie avec aigreur.

Elle devenait hargneuse, réclamait de l'argent, lui reprochait sa passivité. Elle lui suggéra de jouer. Les maisons de jeu ayant été fermées par un décret de Louis-Philippe en 1837, elle lui trouva l'adresse de tripots clandestins.

Un dimanche soir, Richard se risqua à fréquenter l'une de ces salles. Il pensait qu'il pourrait gagner de l'argent au whist ou au lansquenet. Il avait observé MieMie et ses amies jouer aux cartes et connaissait les principes du jeu. En restant vigilant, en faisant travailler sa mémoire, il devrait y parvenir.

La salle clandestine dans laquelle Richard s'aventura se trouvait dans un sous-sol du Palais-Royal. Il fut dérouté : on était loin des salons que fréquentait MieMie. Les gens du monde restaient impavides lorsqu'ils jouaient aux cartes. Même lorsqu'ils perdaient des sommes conséquentes, ils ne manifestaient aucune contrariété, comme si l'affaire était de peu d'importance. Dans cette cave sombre, l'atmosphère était étouffante. Malgré l'interdiction royale, une nombreuse clientèle se pressait autour des tables. Il n'y avait aucune pièce de monnaie visible car la police ne badinait pas avec les joueurs pris en faute. On s'engageait par parole ou par des bons écrits auprès des *Messieurs de la Chambre*, comme on appelait les tenanciers du tripot. Richard remarqua le sérieux, la concentration des joueurs. La pièce à demi obscure, dont seules les tables recouvertes de tapis étaient éclairées, respirait l'anxiété. Les annonces étaient prononcées à voix étouffées, les visages luisaient de sueur. Si les enjeux restaient modestes, le succès était nettement plus espéré que dans les salons.

Richard découvrit que les clients se pressaient autour d'un jeu de roulette, placé au fond de la pièce, prêt à être escamoté en cas d'intrusion de la maréchaussée. Richard s'assit avec l'air assuré du vieil habitué. Il passa deux doigts entre sa cravate et son cou, pour desserrer son col raide et mieux respirer. Le regard fixé sur les encoches du disque de bois, il hésitait. Si ses économies disparaissaient, qu'adviendrait-il de Julie et de son enfant ?

Après avoir longuement observé les joueurs, Richard se décida. Il attendit que la bille soit lancée par le *tailleur*, le chef de partie, pour poser sur le rouge son bon de cinquante francs. La moitié de ses économies.

La chance lui sourit, il doubla sa mise. Six fois de suite, le rouge sortit. Son soulagement fut immense. Il avait placé cinquante francs et gagné mille six cents. Entré pauvre, il ressortait riche. Il eut la sagesse de s'arrêter. Il pourrait payer le loyer de la rue Blanche, pendant quelques semaines. Il avait trouvé le moyen de gagner de l'argent, sans travailler.

Plusieurs fois, au cours des mois qui suivirent, Richard eut envie de retourner dans ce tripot. Il se sentait attiré par le jeu, anxieux de retenter sa chance. Il ne put se libérer. La maladie de Beauchamp s'éternisa. Il passa ses jours et ses nuits à courir de la rue Taitbout à la rue Laffitte, pour soigner la mère et le fils. Beauchamp apprécia ses talents d'infirmier, sa gentillesse et sa patience. Il lui en fut reconnaissant. Leurs relations s'améliorèrent.

Le fils de Richard naquit, le vendredi 27 août 1840, rue Blanche, dans le petit meublé que Richard avait loué pour Julie. L'enfant, de père inconnu, fut déclaré sous le nom d'Edmond Georges Castelnau. Richard fit un saut pour voir la mère et l'enfant, mais repartit rapidement car Lady Hertford l'attendait. Julie en fut ulcérée. Son hostilité à l'endroit des Seymour s'accentua.

Insensiblement, Julie avait pris de l'ascendant sur le jeune homme, habitué à s'incliner devant les désirs de son entourage. Richard possédait un caractère doux et obéissant. Il admettait implicitement la supériorité des autres sur lui, ne s'aventurait pas à contester les règles et l'ordre établi. Toute nouveauté l'inquiétait et il n'aimait pas se battre. Il ne songeait jamais à se rebeller, prenait peu d'initiatives. Enfant, il avait enduré la méchanceté de Mme Garnier. Lorsque MieMie était venue le chercher, il s'était laissé emmener et depuis, il avait suivi sa pente naturelle, une certaine passivité doublée d'indolence. Il se résignait à subir le sort que le destin lui réservait. Julie, en revanche, s'était battue depuis l'enfance pour s'imposer dans un monde difficile. Forte d'une grande ambition, elle ressentait de l'hostilité envers les riches. Sa jalousie engendrait des pulsions d'agressivité et s'exprimait par des récriminations. Et un désir de lutter. Elle tentait d'entraîner Richard dans sa révolte en s'exaspérant de son apathie. La naissance de leur fils allait renforcer leurs liens et accentuer son influence sur le jeune homme.

12

De Richard Jackson à Richard Wallace

Londres, mars 1842

Deux ans plus tard, le 1er mars 1842, Francis-Charles s'éteignit à Londres. MieMie ne prit pas la peine de traverser la Manche pour assister aux funérailles de cet époux dont elle vivait séparée depuis trente ans. Beauchamp, quatrième marquis de Hertford, partit enterrer son père dans le caveau familial de Ragley.

Lord Hertford laissait à son fils une fortune de quelque deux millions de livres. Il manifesta dans d'innombrables codicilles sa reconnaissance envers ses maîtresses et ses compagnons de débauche, et ne légua rien à Henri. Lord Seymour porta le deuil de son *père* avec un éclat fastueux. Il commanda de luxueuses livrées pour son personnel et fit draper chacune de ses voitures de tentures noires.

De son vivant, lors de ses passages à Paris, Francis-Charles ne prêtait guère attention à Richard Jackson. Il l'avait toujours considéré comme un subalterne dont MieMie s'était entichée. Sa mort entraîna pourtant un changement déterminant pour l'avenir du jeune homme. Elle permit à Richard de concrétiser le rêve qu'il caressait depuis plusieurs années : changer de patronyme.

Depuis que leur fils Edmond était né, Julie tannait Richard pour qu'il l'épouse et reconnaisse l'enfant. Décidé à n'en rien faire, Richard réalisa qu'il ne possédait lui-même aucune existence légale. Il ne put trouver, dans Paris, de registre portant trace de sa naissance. En Angleterre, les registres paroissiaux tenaient lieu d'état civil. Richard consulta celui de l'église anglicane de Paris, sans succès. Il en conclut qu'il était né en Angleterre.

Richard détestait son nom de famille. Jackson, *fils de Jack*. Quel nom commun ! Un nom de valet. Un couple d'employés au domicile du troisième marquis, 105 Piccadilly, portait le nom de Jackson. Un des cochers de la marquise de Hertford à Paris s'appelait Jackson. On lui avait plus d'une fois demandé s'il était le fils de ce cocher. Cette supposition l'avait humilié. Lorsqu'il atteignit l'âge adulte, il renonça à se poser des questions sur son identité.

MieMie l'avait informé de ce qu'elle savait : sa mère, Agnès Jackson, avait dû quitter précipitamment Paris. Elle n'en savait pas plus. Le colonel Gurwood pensait qu'il était le fils de cette Agnès Jackson qui avait mené une vie dissipée au 10e hussard, bien qu'elle soit probablement issue d'une bonne famille écossaise, les Wallace. Personne ne pouvait en dire davantage. Ni sur elle, ni sur le père de Richard. Les années passant, Richard considéra que sa mère avait dû mourir. Il ne la reverrait jamais. Désormais, son seul objectif fut de changer de nom.

Vivant au contact d'aristocrates, Richard connaissait l'importance des patronymes dans la société. Il ne pourrait jamais s'imposer avec un nom de famille aussi ordinaire. Le nom de Wallace résonnait pour lui de façon agréable. Il en aimait la consonance souple et mélodieuse. Il apprit qu'une branche de la famille Wallace descendait du libérateur écossais, William Wallace, plus connu sous le nom de Braveheart. Glorieux nom qui s'accordait avec ses ambitions et sa conviction qu'il fallait être de noble extraction pour réussir dans la vie.

— Richard Wallace, Ri-chard – Wa-llace...

Richard se répétait cette litanie en se regardant dans la glace. Plusieurs fois par jour, il articulait et répétait la musique de ces syllabes à voix haute. Comme cela sonnait bien ! Tellement mieux que Richard Jackson.

Il restait un problème de taille. Francis-Charles était lié avec plusieurs membres de la famille Wallace. Il n'admettrait jamais que le jeune Jackson ait l'outrecuidance de prétendre s'attribuer le nom d'une ancienne famille écossaise. Maintenant que Lord Hertford était mort, il n'y avait plus d'obstacle.

Richard rendit visite au révérend Lefevre, de la chapelle anglicane de la rue d'Aguesseau. Il lui expliqua qu'il ne trouvait pas trace de son baptême sur les registres paroissiaux et qu'il souhaitait devenir anglican. Il affirma que sa mère portait un nom d'emprunt, Jackson, lorsqu'il était né et qu'il voulait reprendre son véritable nom : Wallace. Le révérend écouta avec bienveillance ce jeune homme qui revendiquait son appartenance à l'Église anglicane et demandait le baptême.

Un mois après l'enterrement de Francis-Charles, le 21 avril 1842, Richard Jackson se faisait baptiser rue d'Aguesseau. Il ne fournit aucune pièce pour authentifier l'identité qu'il revendiquait. Aucun témoin, aucun parrain n'accompagna le catéchumène. Sur l'acte de baptême, dans la colonne « prénom de l'enfant », le révérend écrivit « Richard ». Dans les colonnes « Nom et Prénoms des parents », il inscrivit un seul mot « Wallace ». Les colonnes « Domicile, Qualité, Profession des parents » restèrent vides. L'officiant ajouta laconiquement sur le registre : « *Aucune autre information n'a pu être obtenue.* »

Richard Jackson, âgé de vingt-quatre ans, céda la place à Richard Wallace. Le nouveau baptisé se sentait fier de porter un nom élégant, au passé chargé d'histoire. Il avait l'impression d'avoir changé de statut social. De nouvelles sphères s'ouvraient à lui. Lady Hertford et Henry furent informés de ce changement qu'ils acceptèrent avec indulgence. Si cela pouvait lui faire plaisir !

Beauchamp découvrit la nouvelle identité de Richard, à son retour d'Angleterre. Au lendemain de l'enterrement, il avait prononcé son *Maiden Speech* devant la Chambre des lords, comme tout héritier d'un titre, occupant son siège pour la première fois. Ce discours allait être sa dernière contribution à la vie politique de son pays.

À Londres, il avait attrapé la rougeole et se souciait peu du reste. Louise se trouvait à Bar-le-Duc dans sa famille. Il apprécia de pouvoir bénéficier une fois encore des soins attentifs de Richard, qu'il s'appelle Jackson ou Wallace. « *Je me porte toujours assez mal avec la suite de ma rougeole et je ne peux toujours pas manger plus d'une bouchée* », écrivit-il en septembre 1842 à sa cousine Mme Dawson Damer.

Au cours de ces périodes, Richard Wallace sut se rendre indispensable. Il n'avait rien à perdre et tout à gagner. Il acquit, en le soignant, la reconnaissance de Beauchamp, devenu aimable à son égard. Richard avait besoin de cette bienveillance. Il était tellement endetté qu'il ne parvenait plus à s'en sortir. Il était retourné jouer dans la cave clandestine et cette fois, il avait tout perdu. Richard emprunta de l'argent, rejoua sans plus de succès. Un usurier lui avança mille francs à cent pour cent d'intérêt, remboursables trois mois plus tard. Il les perdit à nouveau. Il en voulut à la terre entière. Julie reprit son métier de vendeuse, en ressassant sa rancune.

— Et en plus, tu as la guigne ! lui dit-elle. Tu ne prends que des culottes.

Elle le harcelait :

— Pourquoi t'obstines-tu à rester chez ces Seymour ? Ils abusent de toi !

— Je ne peux pas quitter Lady Hertford. Elle a besoin de moi.

— Pour sûr ! Elle profite de ta gentillesse, sans te donner le moindre gage. Pour elle, c'est avantageux. Et contrairement à ce que tu crois, elle ne te considère pas plus.

— Tu te trompes, elle a beaucoup d'affection pour moi. Elle me donne de l'argent quand j'en ai besoin. Elle m'a offert cette montre pour mon anniversaire, répondit-il en la sortant de son gousset.

Julie le regarda froidement :

— Tiens donc ! Elle peut bien faire la généreuse, tu ne lui coûtes pas un sou ! Pour elle, c'est pain béni. La

vérité, c'est qu'elle te méprise comme la boue de ses souliers. Tu n'es pas de leur monde et tu n'en seras jamais.
— Non, tu ne comprends pas. Ces gens-là ne pensent pas comme toi. Ils me donnent ce dont j'ai besoin. Lady Hertford saura me récompenser. Elle me fera un legs important. J'en suis sûr. Patience, Julie, patience ! Bientôt, je serai riche à mon tour. Et je t'épouserai, je te le promets, Julie. Quand je serai riche, je t'épouserai.

Julie haussait les épaules avec dédain :
— Oui, eh bien, en attendant, demande-lui des appointements. C'est toujours pas moi qui vais payer tes dettes !

Cette fois, Richard n'avait plus le choix. Ses créanciers menaçaient d'aller voir les Seymour. Richard confia ses ennuis financiers à MieMie. Le soir même, lors du dîner qui les réunissait chaque soir, les trois membres de la famille se penchèrent sur le cas du jeune homme. Ils décidèrent qu'il était temps de lui trouver un travail pour qu'il puisse vivre en adulte. Ses fonctions de gentil compagnon ne correspondaient plus à son âge.

MieMie fut formelle :
— Il est hors de question que je me sépare de lui. Lui seul sait s'occuper de moi comme je l'entends ! Je ne veux personne d'autre.

Les fils respectaient les moindres désirs de leur mère. Ils trouvèrent une formule intermédiaire. Beauchamp, devenu marquis de Hertford, avait besoin d'un secrétaire. Richard continuerait à s'occuper de MieMie mais rejoindrait chaque jour Beauchamp, rue Laffitte, pour quelques heures. Celui-ci lui donnerait en contrepartie une rémunération. MieMie régla les dettes de Richard.

— Vous me le rendrez plus tard, dit-elle en souriant.

Beauchamp installa son secrétaire dans une petite pièce à côté de l'office et lui confia des tâches d'intendance. Richard tenait les comptes que Lord Hertford réexaminait de près. Il devait surveiller les stocks de nourriture et de boissons, régler les factures, passer les commandes. Il comptait les bouteilles de vin qui sortaient de la cave, les réserves de cigares et de sucre.

Contrairement à sa mère, Hertford était froid et exigeant avec son personnel. Il fut strict et sévère envers son secrétaire. Il se fâchait souvent. Dès que Richard voyait les maxillaires de sa mâchoire se serrer, signe de colère, et sa lèvre inférieure avancer, signe de dédain, il savait que Beauchamp allait lui dire des mots blessants auxquels il ne trouverait rien à répondre. Il baisserait la tête en marmonnant une excuse. En présence de son patron, l'esprit de Richard s'obscurcissait. Il se sentait stupide. Au moins pouvait-il nourrir Julie et le bébé Edmond.

Lorsqu'il eut hérité de la fortune de son père, Beauchamp entra en collection, comme on entre en religion : l'acquisition d'œuvres d'art devint sa raison de vivre.

Il ne faisait que reprendre la tradition familiale. Ses ancêtres, amateurs d'art, avaient commencé une collection au début du XVIIIe siècle. Le premier marquis, ambassadeur en France, avait acheté des peintures des maîtres de l'École italienne et flamande. Le deuxième, des tableaux de l'École anglaise. Le troisième, Francis-Charles, un « curieux » comme on les appelait, composa un « cabinet », avec une prédilection pour les meubles français et les œuvres de la Renaissance italienne. Beauchamp suivait leurs traces. S'il s'était d'abord intéressé aux fondeurs-ciseleurs, aux meubles, il recherchait désormais, en priorité, les objets d'art qui correspondaient au style de Bagatelle. Il se mit à fréquenter de manière régulière l'hôtel des ventes de la Compagnie des commissaires-priseurs, place de la Bourse.

Un matin de printemps 1841, il se rendit place de la Bourse, attiré par la vente de la collection Perregaux. Il savait qu'elle comprenait des tableaux du XVIIIe. Quelques amateurs flânaient dans la pièce d'exposition. L'œil de Beauchamp s'arrêta sur une toile intitulée *La Maîtresse d'école*, posée dans un coin, à même le sol. Il reconnut la palette de Fragonard. La scène sereine, la composition équilibrée, l'admirable harmonie des tons dorés, rehaussés par la touche écarlate du tablier, le ravirent. Il identifia dans l'enfant qui se tenait debout Évariste, le fils de l'artiste qui avait servi de modèle pour d'autres œuvres. La grâce réservée de la maîtresse, la silhouette potelée de l'élève accentuèrent son désir de posséder cette toile. Il l'examina sous tous ses angles. Il souhaitait l'admirer chez lui, dans son cadre. Il l'accrocherait dans sa bibliothèque, face à sa table de travail. Il lui fallait cette peinture, à tout prix.

Beauchamp se prêta au jeu des enchères. L'espoir de gagner, la force du suspense, la vibration de son être chaque fois qu'il renchérit, le transportèrent. Plus rien ne comptait que la volonté d'acquérir cette toile. Il l'obtint, pour 385 francs. L'excitation ressentie fut si intense, qu'il n'eut de cesse de renouveler l'expérience. Il éprouvait non seulement la satisfaction de découvrir des œuvres de qualité, mais la jouissance de l'emporter sur d'autres amateurs et sur des professionnels. Et le bonheur de posséder ces merveilles.

Ce plaisir de dilettante se mua en passion. Beauchamp ne manquait plus une vente aux enchères. Rien n'égalait la violence de ses émotions, lorsque ses compétences, sa tactique et sa pugnacité lui permettaient de l'emporter sur d'autres collectionneurs.

S'il recherchait en priorité des œuvres de Greuze, Boucher ou Watteau, Lancret ou Fragonard, il décida de diversifier sa collection de tableaux. Lors de son séjour à Londres, après l'enterrement de son père, il avait regardé d'un œil nouveau les portraits de son grand-père, le duc de Queensberry, de ses grand-tantes Lady Elisabeth Seymour-Conway et la comtesse de Lincoln, peints par Romney, que son père gardait à Dorchester House. La gravité sereine de leurs visages, le foisonnement discipliné des boucles poudrées, la transparence des voiles de mousseline qui ornaient décolletés et manches, lui parurent admirables. Il trouverait d'autres tableaux de l'École anglaise. Il achèterait des toiles d'artistes qu'il aimait, Rubens, Rembrandt, des peintures de l'école espagnole. Beauchamp foisonnait de projets. Sa fortune lui permettait d'acheter ce qu'il voulait. Son choix des belles pièces était instinctif, son goût sûr. Il décida de composer une collection jamais égalée par un particulier. Cette activité allait donner un sens à sa vie.

Beauchamp se mit à traverser l'Europe pour ne pas manquer une occasion. Lors de la vente de la collection de Paul Perier, en 1843, il acheta des scènes pastorales et mythologiques de Boucher et des paysages de Bonington, dont le *Marine et falaises*. Les vagues transparentes, le ciel chargé de nuages, la lumière sur les falaises de Picardie, rendus par la touche légère de ce peintre, le transportèrent. Il allait se procurer bien d'autres œuvres de cet artiste. À la vente du cardinal Fresch, à Rome, il choisit des peintures de Greuze, des meubles, des sculptures et des tapisseries. En 1846, à Londres, il acheta deux Rubens, un Vélasquez et un Murillo.

Bien qu'il prenne grand plaisir à s'impliquer dans les enchères, Beauchamp découvrit qu'il était repéré. Dès qu'il s'intéressait à un tableau, d'autres renchérissaient et les prix montaient. Sa réputation commençait à lui porter préjudice. Il recruta des agents, qu'il chargea d'officier pour lui, sans divulguer son nom. Il assistait aux ventes discrètement et leur communiquait ses désirs par signes convenus, en soulevant son chapeau ou en sortant un mouchoir.

Il se laissait parfois convaincre par un marchand qui venait le solliciter chez lui. La *Femme à l'éventail*, de Vélasquez, lui fut proposée en 1847 par le marchand Leuneville, qui vint le trouver rue Laffitte, le tableau sous le bras. Au premier regard, Beauchamp perçut la qualité de l'œuvre. Il devait posséder cette toile. Il voulait contempler chaque jour cette belle Espagnole en robe vert olive, au regard fier, au port de tête altier, représentative du tempérament ibérique. Beauchamp l'acheta sans hésitation. C'était une œuvre exceptionnelle.

Manquant d'espace pour exposer ses nouvelles acquisitions, il avait acquis en 1844 l'hôtel d'Aubeterre dont il louait l'entresol depuis des années. Le 2 et le 4 de la rue Laffitte formaient l'angle avec le boulevard des Italiens. L'immeuble était composé d'un ensemble de corps de bâtiments, encadrant une vaste cour intérieure et trois plus réduites. Beauchamp s'installa au premier étage et fit aménager une galerie, pour ses tableaux et ses tapisseries. Avec la maison de Manchester Square à Londres, le nouveau marquis de Hertford disposait de vastes demeures dans chaque capitale. Et d'une fortune suffisante pour acheter ce qu'il souhaitait.

Beauchamp avait trouvé sa voie. Il allait réunir la plus grande collection privée de son temps.

13

La Présidente

Paris, mai 1844

Richard passa sa jambe droite par-dessus l'encolure d'Annie et se laissa glisser sur les pavés. Il flatta la jument, attacha les rênes à une borne de la rue Saint-Louis-en-l'Île et poussa la porte du magasin de Mme Lelong. Cette marchande de curiosités entassait dans son arrière-boutique des tableaux, trumeaux, gravures, sculptures et autres bibelots du XVIIIe siècle. Lord Hertford était l'un de ses fidèles clients. La veille, il avait acheté deux miniatures de Charlier et demandé à son secrétaire de passer régler la facture, en empruntant Annie. Richard avait rarement l'occasion de sortir à cheval. Il avait longé les quais de la Seine et goûté chaque instant de ce trajet.

Lorsqu'il pénétra dans la boutique, l'antiquaire parlait avec une jeune femme. Richard ne vit d'abord que la toque vénitienne de velours émeraude, d'où échappait un flot de cheveux châtain doré, mouillés, qui lui tombaient sur les épaules. Les gouttelettes imprégnaient sa robe bleu pâle d'une tache foncée qui allait en s'élargissant.

Richard referma la porte et Mme Lelong posa sa main sur l'avant-bras de son interlocutrice :

— Pardonnez-moi un instant, mademoiselle Savatier. Vous désirez, monsieur ?

— Bonjour, madame. Je viens régler la facture des miniatures de Charlier que M. le Marquis de Hertford a achetées hier.

À ces mots, la jeune femme se retourna :
— Le marquis de Hertford ? Le richissime Anglais ?
— Oui, mademoiselle.
— Celui de Bagatelle ?
— Lui-même.
— Oh, je rêverais de rencontrer ce monsieur. Vous êtes...
— Son secrétaire, répondit Richard en rougissant.
— Vous avez de la chance ! Ce lord anglais est connu des artistes. On dit qu'il possède une magnifique collection de peintures. Et le château de Bagatelle ! Je vais souvent canoter et me plonger dans la Seine, en face de cette *folie*. J'adore nager, comme vous pouvez le constater, dit-elle en pinçant une mèche pour en extraire l'eau. Je vais deux fois par semaine à l'école de natation.
— Ah ! ne sut que balbutier Richard.

Il maudissait sa timidité. Il aurait aimé sortir quelque repartie brillante au lieu de ces réponses ternes. Il était subjugué. « Comme elle est belle ! » pensa-t-il. La nageuse avait à peine plus de vingt ans. Elle se tenait très droite, mettant en valeur sa taille bien prise, sa silhouette sensuelle. Ses yeux pétillaient dans un visage espiègle. N'osant soutenir son regard, Richard fixa le grain de beauté qui ornait sa lèvre inférieure

— Et son frère, Lord Seymour, le connaissez-vous ? reprit-elle.
— Oui, mademoiselle.
— Il assemble également une collection m'a-t-on dit ?
— En effet.
— J'aurais mille questions à vous poser, lui dit-elle. Réglez vos affaires avec Mme Lelong. Je vous attends.
— Bien, mademoiselle, répondit Richard, ravi.

Il remit à l'antiquaire la somme convenue, plia le reçu et le rangea dans la poche de sa veste. Les jeunes gens sortirent ensemble du magasin.

— Auriez-vous le temps de m'accompagner quai d'Anjou ? C'est à deux pas.
— Oh, oui ! répondit Richard sans hésiter.

Tenant son cheval par la bride, le jeune homme marchait dans la rue à ses côtés. Il était fier de cheminer auprès d'elle. La gaieté, la vivacité de cette femme lui plaisaient. Elle parlait fort, ponctuait ses paroles de gestes des deux mains, s'arrêtait brusquement avant de reprendre sa marche. Les regards des passants s'attardaient sur elle. Habituée aux hommages, elle n'y prêtait guère attention. Elle expliqua à Richard qu'elle était attendue pour une séance de pose chez son ami, le peintre Auguste Blanchard. Lorsqu'ils arrivèrent devant son atelier, elle haussa les épaules :

— Tant pis ! Auguste attendra. J'ai encore mille questions à vous poser.

Flatté d'être la cause de son retard, Richard répondit du mieux qu'il le pouvait au feu roulant de ses interrogations. Elle affichait une curiosité passionnée pour ce qui concernait les Seymour. Elle semblait suspendue aux lèvres de son interlocuteur. Heureux de retenir son attention, Richard se détendit. Lorsqu'ils se quittèrent, elle lui proposa de l'accompagner, deux jours plus tard, à une soirée chez un ami peintre, Meissonnier. Il accepta avec reconnaissance. La jeune femme appréciait le charme du jeune homme, sa courtoisie, ses contacts privilégiés avec le collectionneur. Richard, fasciné par la beauté d'Aglaé, n'en revenait pas qu'une femme de sa qualité se plaise en sa compagnie. Ils devinrent amants.

Fille naturelle d'une lingère et d'un préfet, Aglaé Savatier avait commencé très jeune une carrière à l'Opéra. Ambitieuse, de caractère vif et enjoué, la jeune fille trouva des protecteurs et partagea la vie de plusieurs artistes. Âgée de vingt-deux ans, elle était l'égérie d'un groupe de bohèmes qui se retrouvaient à l'hôtel Pimodan, dans l'île Saint-Louis. Plusieurs artistes et écrivains, parmi lesquels Théophile Gautier, Delacroix, Meissonnier, Roger de Beauvoir ou Fernand Boissard, louaient des chambres ou des appartements de cet hôtel du XVIIe siècle, en bord de Seine. La vue sur le fleuve, le raffinement des pièces leur plaisait. Sur le poêle de l'entrée trônait une statue antique. Des boiseries rehaussées d'or, des plafonds peints par Le Brun ornaient le salon dans lequel les résidents se retrouvaient après les repas. Dans un boudoir, dont les murs étaient couverts par les œuvres des locataires, on parlait peinture ou littérature. Dans un autre, on donnait des concerts. L'hôtel Pimodan convenait au non-conformisme de cette fraternité de bohèmes intellectuels qui rebâtissaient le monde, se distribuaient les dividendes de leurs succès et s'épaulaient parmi les difficultés. Autour d'eux gravitaient des artistes comme Chassériau, Alfred de Dreux, Théodore Rousseau, Isabey, Clésinger ou Enfantin.

Aglaé introduisit Richard dans ce cénacle. Le secrétaire du marquis de Hertford fut accueilli avec amabilité. Au contact d'Aglaé et de son entourage, il gagna de l'assurance. Il se sentait transporté par son amour. En sa compagnie, il se découvrait de l'esprit, se sentait encouragé à plus d'audace et d'ambition. Il n'était plus l'enfant trouvé, le petit compagnon d'une dame esseulée, le secrétaire d'un Lord exigeant, mais l'amant d'une superbe créature. Sa vie changea de sens, son travail lui parut moins contraignant. Il ne s'ennuyait plus auprès de Lady Hertford car il savait qu'une fois couchée, avec l'accord bienveillant de la vieille dame, il pourrait rejoindre sa maîtresse et ses amis. Il relégua cette grincheuse de Julie aux oubliettes.

Pendant quelques semaines, Richard retrouva cette société aussi souvent qu'il le pouvait. L'atmosphère était gaie, les participants inventifs. L'impertinence était encouragée, les excès applaudis. Richard se laissait emporter dans un tourbillon de plaisirs, de fêtes et de rires. Il percevait le talent de ces créateurs, il s'associait à leurs espoirs, à leurs craintes. Au contact de ce milieu, son sens artistique se développa. Il se mit à fréquenter les ateliers de peintres et de sculpteurs. Un dimanche, dans le vaste appartement que Fernand Boissard occupait à l'hôtel Pimodan, il fut convié à une soirée du club des « Haschischins ». Il goûta la pâte verdâtre qu'ils appelaient *confiture du soleil*, qui lui procura des frissons de plaisir. Ses inhibitions s'estompaient. Richard se persuada qu'il avait trouvé des amis, un milieu qui correspondait à ses affinités et répondait à ses désirs. Les semaines qui suivirent furent des moments de bonheur. Le jeune homme timide riait, s'enthousiasmait. Il prit conscience de sa jeunesse, de sa prestance. Il débordait de résolutions, brûlait de se donner à une cause. Il essaya de dessiner, d'écrire, d'explorer ses talents pour mieux s'intégrer à cette communauté. Cet épanouissement contribua à changer l'image que l'on se faisait de Richard dans la famille Seymour. Beauchamp remarqua que son secrétaire s'intéressait aux arts plastiques. Il lui proposa de l'accompagner dans une vente de curiosités. Richard se plia aisément aux consignes du collectionneur. Hertford apprécia l'impassibilité de ce nouvel agent, qui lui permit d'acquérir un tableau à un coût inférieur à son estimation. Ils renouvelèrent l'expérience. Quand ses finances le lui permettaient, Richard achetait des objets, des tableaux. Il caressait l'ambition de composer sa propre collection.

Il se trouva vite à court d'argent. Il entretenait deux maîtresses et un enfant. Les appointements de Lord Hertford n'y suffisaient pas. Richard retourna dans les maisons de jeux, joua, perdit, emprunta. Le cycle infernal recommençait.

Son humeur s'assombrit. Il n'avait pas de famille, mais des dettes et pour seules ressources, ses émoluments. Il réalisa que les bohèmes de Pimodan, qu'il croyait ses amis, l'acceptaient parce qu'il était l'amant de la belle Aglaé. Ils ne le considéraient pas comme un des leurs. Il ne pouvait compter sur leur solidarité. Il savait qu'aucun de ces artistes ne roulait sur l'or. Pourtant ils s'entraidaient. Ils recevaient des subsides de leurs familles, de petits héritages. Parfois, ils vendaient une œuvre et dépensaient leur pécule en quelques jours, avec l'aide de leurs amis. Richard n'était pas convié à ces agapes.

Les doutes resurgirent, il perdit confiance en lui. Il prit ses distances avec Aglaé, sans oser lui avouer ses difficultés. Il se sentait découragé. Il envisagea des solutions extrêmes. Aglaé, une femme de cœur, avait perçu l'accablement de Richard et s'interrogeait sur son éloignement. Elle le fit parler et fut touchée par sa détresse.

— C'est pour toi, dit-elle un soir en lui tendant une liasse de billets.

— Pour moi ? répondit Richard en prenant machinalement l'argent.

— Oui, pour t'aider à passer ce cap difficile.

— Mais, comment t'es-tu procuré cet argent ?

Aglaé haussa les épaules et sourit :

— J'ai vendu ma parure d'émeraudes.

Richard la dévisagea avec stupéfaction. Il lui semblait inconcevable qu'une femme courtisée par tant de jeunes gens brillants s'intéresse à lui au point de se défaire d'un bijou de prix.

— Je suis infiniment touché, Aglaé, mais je ne peux l'accepter ! dit-il en lui rendant la liasse.

— Et pourquoi donc ? répliqua-t-elle, les mains derrière le dos.

— Tu ne roules pas sur l'or. Je ne peux consentir à ce sacrifice.

— Ne t'inquiète pas. Cette parure m'a été offerte par James de Pourtalès, un ancien admirateur. Elle est ostentatoire, je ne la porte jamais. Elle dormait dans un tiroir.

— Mais tu pourrais avoir besoin de cet argent ?

— Dans ce cas, tu m'aideras à ton tour.

— Je te le promets ! Tu verras, si je deviens riche, je penserai à toi.

Cette période de félicité connut une fin brutale. Richard fut supplanté dans le cœur d'Aglaé par un bel épicurien à la barbe blonde, Alfred Mosselman, un riche industriel belge, amateur de chevaux et de peintures, membre du Jockey Club. Alfred Mosselman était le frère de Fanny Le Hon, l'épouse de l'ambassadeur de Belgique. Celle que les chroniqueurs nommaient « l'ambassadrice aux cheveux d'or » faisait des ravages dans les milieux diplomatiques et mondains de la capitale. Elle allait être, pendant vingt ans, la maîtresse attitrée d'Auguste de Morny, le demi-frère de Napoléon III. Alfred

Mosselman bénéficiait de l'aura de sa sœur et, grâce à sa fortune, connaissait ce qui compte à Paris. Il installa sa maîtresse dans un vaste appartement, rue Frochot. Aglaé Savatier allait modifier son nom, devenir Apollonie Sabatier, « *cette femme trop gaie* » dont Baudelaire tomberait follement amoureux et qui inspirerait plusieurs poèmes des *Fleurs du mal*. Celle que Théophile Gautier et son groupe de bohèmes surnommeraient « la Présidente », lorsqu'elle animerait les dîners hebdomadaires qui réuniraient, dans son appartement de la rue Frochot, la fine fleur des artistes et intellectuels de l'époque.

Face à un concurrent de l'envergure d'Alfred Mosselman, Richard n'avait aucune chance. Son rival était un ami des Seymour ! Il se sentit brutalement rabaissé à son statut antérieur. Il ne ferait jamais partie de ce monde. Sa généreuse amie, elle-même, lui signifiait qu'il ne pouvait y accéder.

Il en fut terriblement meurtri. Ne parvenant plus à trouver le sommeil, Richard marchait la nuit dans les rues de la ville. Fuyant la lumière des réverbères, il passait sous les fenêtres de l'hôtel Pimodan, guettait la porte cochère de la rue Frochot. Un rire féminin en provenance d'une calèche faisait battre son cœur. Dans chaque couple qu'il croisait, il croyait voir Aglaé au bras d'un autre homme. Richard ressassait ses griefs et son amertume. Il se trouvait abandonné par la femme qu'il aimait, faute d'argent. Car il en était persuadé, Aglaé s'était détachée de lui pour des raisons financières. Elle avait vendu sa parure afin de lui venir en aide. C'était le signe qu'elle l'aimait. Une femme comme elle ne pouvait s'épanouir que dans le luxe. Il n'avait pas, lui, les moyens de lui offrir un appartement rue Frochot, ni le train de vie correspondant à ses besoins. Blessé dans son amour, humilié par sa trahison, Richard se convainquit que seul l'argent lui permettrait de s'élever hors de sa condition et de reconquérir Aglaé. Il se persuada qu'elle l'aurait épousé s'il avait été riche.

Un sentiment d'injustice, une sourde révolte germait en lui. Il considérait désormais les gens fortunés avec envie. À l'accablement de cette rupture se mêla un sentiment de colère, les prémices d'une rébellion dont son tempérament l'avait jusqu'alors préservé. Il était las de tirer mille diables par la queue, il brûlait du désir de réussir, de posséder. L'argent devint chez lui une obsession.

Julie Castelnau avait perçu l'éloignement de Richard. Elle en avait mesuré la cause et peu apprécié la raison. Lorsqu'il revint vers elle, ses demandes d'argent se firent plus sèches. Elle les assortit de menaces. Leur fils grandissait, il fallait l'inscrire dans une école. Si Richard n'agissait pas, elle irait en parler à « sa » marquise.

Richard retourna hanter les salles clandestines. Des joueurs lui enseignèrent des systèmes infaillibles pour gagner, les montantes, les descendantes, l'art de prévoir les chiffres. Richard en était persuadé, il allait « se refaire ». Il ne subit que des pertes. La chance l'avait abandonné. Il se risqua à jouer en Bourse, en suivant l'exemple de Lady Hertford. MieMie jouait des sommes considérables en vendant les valeurs de son portefeuille. Elle chargeait Richard Wallace de spéculer pour elle à la Petite Bourse, l'officine du Café de Paris. Elle perdit des millions et Richard y laissa le reste de ses économies.

Quelques semaines plus tard, Beauchamp eut besoin de liquidités pour acheter le domaine de Madrid-Maurepas, sept hectares de terres qui jouxtaient le parc de Bagatelle. Il souhaitait mettre son ermitage à l'abri de toute promiscuité. Ses valeurs mobilières étant placées à Londres, il demanda à sa mère de lui avancer l'argent. MieMie dut avouer qu'elle avait spéculé en Bourse et perdu six millions de francs.

Beauchamp lui demanda comment elle s'y était prise pour réaliser ces transactions en Bourse, alors qu'elle ne quittait guère son appartement. Voulant protéger Richard, *MieMie répondit qu'elle jouait par correspondance. Lord Hertford se tourna alors vers Richard et dit en le montrant du doigt :*

— *C'est ce jeune homme qui joue pour vous !*

Richard et Lady Hertford baissèrent la tête. Beauchamp entra dans une fureur noire.

— *Sortez d'ici et ne revenez jamais ! hurla-t-il à Richard.*

L'après-midi même, il plaçait le jeune homme chez un agent de change. Il lui trouva un appartement et lui versa une pension pour l'aider à démarrer dans sa nouvelle existence.

Huit jours plus tard, Richard revenait rue Taitbout. MieMie n'avait pas supporté son absence. Elle ne pouvait vivre sans lui. Sa colère passée, Beauchamp convint que Richard jouait un rôle fondamental auprès de sa mère. Il se souvint des soins attentifs dont il l'avait entourée, lorsqu'il était lui-même malade. Il accepta que Richard reprenne ses fonctions, non sans l'avoir mis en garde : il était hors de question qu'il joue l'argent de sa mère. À la moindre incartade, il le mettrait à la porte. Définitivement.

Richard reprit son rythme auprès de la vieille lady et ses heures de travail sous les ordres de Beauchamp. Il avait compris ce que signifierait pour lui une rupture avec la famille Seymour. Les quelques jours de travail chez un agent de change, ses soirées dans un triste garni sous les toits, lui avaient montré le sort qui l'attendait s'il perdait leur protection. Une vie médiocre, loin des libéralités dont il bénéficiait dans cette maison et du luxe auquel il s'était habitué. Il découvrit qu'il ne pouvait se passer de mets délicats, d'argenterie étincelante, de porcelaine fine, de linge damassé, de voitures et de chevaux.

Il était condamné à vivre avec les Seymour.

14

Seymourina

Paris, novembre 1845

— Cette fois-ci, c'en est trop !
MieMie, exaspérée, arpentait sa chambre à grandes enjambées. Richard, l'air affairé, alignait des fioles de médicaments sur le marbre de la commode. Il avait en horreur ses crises de colère.

— Qu'ai-je fait au Seigneur, pour avoir un fils pareil ?
Elle prenait Richard à témoin : Clémence, sa camériste, était enceinte.

— Grosse de mon propre fils, Henry ! Il a déjà deux bâtards d'une dame Chéneau. Il sème des enfants à tous vents !

MieMie était d'autant plus contrariée que cet accident allait la priver de cette gentille petite, Amélie-Clémence Barjonnet, qu'elle aimait beaucoup. La jeune fille remplaçait sa fidèle Marietta, décédée quelques mois auparavant. Elle lui faisait la lecture et accompagnait sa solitude lorsque Richard était retenu par son travail auprès de Beauchamp.

Habitué aux femmes clinquantes, Henry avait été touché par la grâce de Clémence, la pureté de ses traits, sa réserve, fruit d'une éducation protestante rigide. S'il continuait à connaître maints succès auprès des lorettes ou des duchesses, sensibles à sa gaieté, à sa faconde, au luxe de son train de vie, il attachait plus de prix à ses amitiés masculines qu'aux belles personnes qui accompagnaient ses nuits, au gré de ses fantaisies. Il commençait à se lasser de ses conquêtes faciles.

Clémence avait éveillé en lui une émotion nouvelle, une douceur inconnue, un instinct protecteur. Au-delà du maintien prude et sévère de la jeune fille, il devinait une vulnérabilité, un désir de plaire. Elle ignorait sans nul doute la richesse de son tempérament, qu'il se ferait un plaisir d'éveiller. Il prendrait son temps. Il ne fallait pas la brusquer. Derrière ses propos déférents, ses regards devinrent brûlants.

Clémence ne pensait qu'à lui. Ils vivaient sous le même toit, se croisaient sans cesse. Henry était le premier homme qu'elle côtoyait. Rieur, élégant, sûr de lui, il la subjuguait par sa classe, sa générosité et la beauté de son physique. Henry mit quelques semaines à la convaincre. Dès qu'il fut parvenu à ses fins et l'eut rejointe dans son lit, Clémence se ressaisit et le repoussa. Trop tard !

Depuis un moment, MieMie avait remarqué que Clémence portait moins de zèle à leurs conversations. MieMie la questionna. La petite avait fondu en larmes et lui avait tout raconté. Pourquoi Henry avait-il jeté son dévolu sur elle ? Ne pouvait-il s'intéresser aux jeunes filles de son milieu ? Ou se contenter de ces grisettes et autres lorettes dont il faisait son miel ? Elles, au moins, s'y entendaient pour ne pas attendre d'enfant.

Clémence, entre deux sanglots, lui avoua qu'elle ne garderait pas le bébé. Dès qu'elle aurait accouché, elle abandonnerait le nouveau-né à l'Assistance publique. Elle se sentait incapable d'assumer sa condition de fille-mère. Elle voulait retourner à Blénod-les-Toul chez ses parents et ne plus entendre parler de son séducteur.

— Rien ne me fera revenir sur ma décision, madame, conclut-elle en essuyant ses joues avec le coin de son mouchoir blanc. Si j'arrivais chez nous avec un bébé, mon père pourrait en mourir !

À cette perspective, ses pleurs redoublèrent.

Lorsque, ce soir-là, Henry monta dîner chez sa mère, la colère de MieMie s'était dissipée. Une idée lui était venue qui l'amenait à voir cette naissance d'un autre œil. Elle tança son fils. Henry, contrairement à son habitude, parut contrit. Il s'était attaché à cette petite. Il se reprochait son rôle et tenta de dissimuler son trouble sous une apparente désinvolture dont elle ne fut pas dupe.

— Que voulez-vous, Mère ! Elle est trop jolie. Elle offrait une tentation permanente pour le célibataire que je suis.

— Pour l'amour du ciel, Henry, n'aggravez pas votre cas.

Il baissa la tête puis la regarda, de son sourire charmeur :

— Mon erreur est de trop aimer les femmes. Il semble que je ne leur déplaise pas. Vous êtes vous-même ma première admiratrice. Comme je suis le plus fervent et le plus dévoué de vos admirateurs.

Elle ne put s'empêcher de lui rendre son sourire. Ce garçon avait une manière de retourner la situation à son avantage qui l'irritait. Et la désarmait. Elle aiderait Clémence, elle veillerait à son rétablissement. Elle avait un projet pour le bébé. L'enfant à venir serait la chair de sa chair. Louise et Beauchamp cherchaient à adopter un enfant.

Louise, âgée de vingt-neuf ans, avait dû en prendre son parti : ils ne parvenaient pas à engendrer. Beauchamp ne s'opposait pas au principe d'une adoption. Un enfant tiendrait compagnie à Louise, qu'il délaissait souvent. Mais il s'inquiétait d'une fâcheuse hérédité chez un nourrisson né de parents inconnus. Le bébé de Clémence tombait comme un cadeau du ciel. Louise accepta avec joie de le recueillir, avec l'accord de Beauchamp. « C'est une chance pour l'enfant », se dit Henry, soulagé.

L'enfant naquit le 15 mai 1846, mais la jeune accouchée contracta une fièvre puerpérale et mourut. La sage-femme déclara à la mairie que Clémence-Amélie Barjonnet avait accouché d'une enfant de sexe féminin, à laquelle elle avait donné les prénoms de Seymourina,

Suzanne, Vincente. Le prénom de *Seymourina*, seule trace des liens biologiques du bébé avec la famille Seymour, fut choisi par MieMie. L'enfant, accompagnée de son parrain, Lord Hertford, et de sa marraine, Louise Bréart, fut baptisée le 29 décembre 1846 au temple luthérien. L'église anglicane de l'ambassade, paroisse des Hertford, aurait suscité trop de questions et commentaires.

Richard n'avait rien perdu de ces épisodes. Il se décida à révéler qu'il était, lui aussi, père d'un enfant de huit ans. Stupéfaite, MieMie demanda à rencontrer Julie et l'enfant. Elle lui fit des compliments sur le petit Edmond, mais se garda de tout commentaire sur la mère. Elle était atterrée. À trente ans, Julie avait perdu la fraîcheur qui faisait son charme. Comment ce pauvre garçon s'était-il laissé prendre au piège de cette vendeuse de parfums ? MieMie ne supporta pas la vulgarité de Julie Castelnau, ni son manque d'éducation. Elle donna de l'argent à Richard pour qu'il aide la mère à élever son enfant et le chapitre fut clos. Beauchamp et Henry, informés, n'attachèrent guère d'importance à l'affaire. Il fallait bien que Richard jette sa gourme.

Au cours de l'année 1846, des pluies diluviennes s'abattirent sur la France, faisant déborder les fleuves, ruinant les récoltes. Le prix du pain augmenta. Le gouvernement, obligé d'acheter du blé à l'étranger, s'endetta. Les stocks d'or de la Banque de France diminuèrent. La misère s'accrut et la révolte commença à gronder. L'opposition gagnait chaque jour de nouveaux adeptes.

Le 24 mai, des ouvriers qui effectuaient des travaux dans la citadelle de Hamm s'affairaient depuis le lever du jour. Louis-Napoléon, prisonnier depuis six ans à la suite d'une tentative de coup d'État, se leva comme de coutume. Il rasa sa barbe, coupa sa moustache, se coiffa d'une perruque noire et revêtit la tenue d'ouvrier que lui avait procurée la veille, son ami le Dr Conneau. Dissimulant son visage derrière une planche posée sur son épaule, il sortit du fort sans se hâter et se dirigea vers le cimetière où l'attendait une voiture. Le soir même, le prince Louis-Napoléon se trouvait à Bruxelles. Trois jours plus tard, il débarquait à Londres et dînait à Kensington, chez Lady Blessington et son amant, le comte d'Orsay. Dans cette maison de Gore House, il rencontra Miss Howard. Une passion réciproque allait naître entre cette riche dame entretenue, de modeste origine, et le futur Napoléon III. Elizabeth-Ann Howard allait mettre sa fortune à la disposition de Louis-Napoléon, servir son ambition et faciliter son accession au titre d'empereur des Français. Beauchamp, lors d'un passage à Londres, fut convié à dîner chez Lady Blessington. Il fit la connaissance de ce prince aux jambes courtes, au long torse et au regard triste. Il devait nouer avec lui des liens qui dureraient jusqu'à sa mort. Miss Howard n'appela plus Lord Hertford autrement que « *The dean of my friends* ».

En France, la situation s'aggravait. Le crédit, devenu cher, entraînait la faillite de banques, d'industriels et de commerçants. Le chômage accentuait la misère dans les couches défavorisées. Face à ces problèmes, le règne débonnaire du roi-bourgeois lassait, les réformes annoncées par son Premier ministre, Guizot, tardaient à venir et le mécontentement se généralisait chez les bourgeois, comme chez les paysans et les ouvriers. Beauchamp redoutait une nouvelle révolution. Pour stabiliser sa fortune et augmenter les revenus destinés à développer sa collection, il investissait dans l'immobilier. Il acquit en janvier 1848 l'immeuble du 6 rue Laffitte. Il possédait désormais un ensemble de bâtiments, réunissant le 2, le 4 et le 6 de cette rue, l'espace nécessaire pour déployer sa collection. Et installer Louise dans un appartement plus spacieux.

Les événements du 23 février allaient reporter de plusieurs années ses projets. Ils se déclenchèrent avec soudaineté. Une fois encore, une révolution allait renverser la monarchie. Et enflammer la plupart des pays d'Europe.

15

La révolution de 1848

Paris, février 1848

Tout commença comme une fête. Mardi gras tombait cette année-là le 7 mars et les préparatifs se multipliaient. L'Opéra organisait son sixième bal de la saison. Les couturières et les cousettes prêtaient la dernière main aux déguisements. Les victuailles et les tonneaux convergeaient vers les hauteurs de la capitale et s'amoncelaient dans les cabarets.

Le soir du mercredi 23 février, une pluie fine tombait, balayée par des rafales de vent. MieMie, à demi allongée sur sa méridienne, brodait une bande de tapisserie pour un pare-feu, les pieds sur sa chaufferette de cuivre. Son esprit vagabondait. Dans la soirée, le cher Dr Chermside était passé la voir et l'avait trouvée en grande forme. Ses fils avaient dîné avec elle, avant de rejoindre leurs amis en ville. Richard avait regagné sa chambre. Dimanche, si le temps s'améliorait, ils se rendraient à Bagatelle.

De temps à autre, MieMie jetait un coup d'œil au boulevard. L'omnibus des Batignolles passa, reconnaissable à ses lanternes rouges et au chuintement de ses roues caoutchoutées sur les pavés. Cabriolets, fiacres, diligences, charrettes et cavaliers se croisaient, avec un bruit ininterrompu de trépidations et de grincements. Des voitures s'arrêtaient devant Tortoni et le Café de Paris. Malgré le mauvais temps, des boutiques encore ouvertes éclairaient les trottoirs et attiraient les promeneurs. C'était un soir comme les autres. De rares et discrets pelotons de gardes nationaux devisaient sur les trottoirs. Après les désordres de la veille, le calme semblait revenu.

Un cortège de fêtards animés, brandissant des torches, passa sur le trottoir. MieMie les regarda avec indulgence : « Qu'il est doux d'avoir vingt ans ! » soupira-t-elle en tirant sur ses jambes sa couverture de chinchilla.

Ce fut ce groupe qui allait mettre le feu aux poudres et déclencher la révolution de 1848. La veille, le mardi 22 février, le Conseil du Roi, à la demande de son président Guizot, avait fait interdire un banquet républicain, prévu dans le 12e arrondissement. On devait y débattre de la réforme. Les banquets, depuis la Restauration, offraient l'un des principaux moyens de propagande politique. L'opposition les avait multipliés au cours des derniers mois. À la nouvelle de l'interdiction, des opposants s'étaient rejoints sur les boulevards et sur la place de la Concorde. Des grilles furent descellées, des barricades dressées. Les étudiants criaient : « Vive la réforme, à bas Guizot ! » Dans la soirée, le gouvernement plaça sur les boulevards la ligne, composée des trente-sept mille hommes de l'armée de Paris.

Le lendemain matin, on arrachait des pavés. Les barricades se multipliaient. Le roi Louis-Philippe décida de remplacer Guizot par Molé et la vie parut reprendre son cours. Delessert, le préfet de Paris, se rassura : « Ce n'est qu'une émeute, qu'il faut laisser mourir d'elle-même », dit-il. On racontait que le roi, observant ces manifestations avec son binocle, aurait secoué la poudre répandue sur un papier sur lequel il venait d'écrire pour sécher l'encre et aurait dit :

— Quand je voudrai, cela se dispersera comme ceci !

Le soir du 23, le groupe de jeunes gens que MieMie avait vu passer sous ses fenêtres se heurta devant le ministère des Affaires étrangères, boulevard des Capucines, au bataillon du 14e de ligne. Les manifestants conspuèrent le gouvernement. Attirés par les invectives, les cris et l'agitation, la foule s'assemblait. Soudain, un coup de feu partit. La riposte fut immédiate. Des soldats affolés tirèrent, la foule s'éparpilla dans toutes les directions. Sur la chaussée déserte, une cinquantaine de corps gisaient, ensanglantés. Seize morts furent relevés.

Bercée par le pétillement du feu que le valet venait de raviver, MieMie s'assoupissait. Le son du tocsin, sonné à toute volée, la réveilla. Croyant à un incendie, MieMie ouvrit sa fenêtre. Un silence insolite enveloppait le boulevard. Le ronflement monotone qui accompagnait d'ordinaire le flot des voitures et le flux des passants sur les trottoirs semblait suspendu. Pourtant la flamme des réverbères était allumée, il n'était pas si tard. MieMie se pencha. Elle perçut une rumeur sourde, un grondement de pas cadencés qui se rapprochaient. Les voitures s'écartaient, des passants se figeaient, d'autres s'enfuyaient. Au milieu de la chaussée ainsi dégagée, un chariot apparut.

C'était une voiture des messageries, tirée par un cheval blanc, dont la bride était tenue par un ouvrier. Debout sur le brancard, un jeune homme éclairait le chargement de sa torche. Lorsque la voiture passa sous ses fenêtres, MieMie, horrifiée, découvrit cinq cadavres allongés. À l'arrière du chariot, un ouvrier soulevait par moment le corps d'une jeune femme, dont le cou et la poitrine étaient maculés de sang. Il s'écriait :

— Vengeance ! Vengeance ! On égorge le peuple !

— Aux armes ! répondaient les hommes qui suivaient la charrette funèbre.

La foule grossissait sans cesse. Seul le crissement des pas sur la chaussée meublait le silence. Quelques mètres plus loin, le cortège s'arrêta à nouveau et les manifestants reprirent à l'unisson en une immense clameur :

— Aux armes !

MieMie se sentit défaillir. Elle tira le cordon pour appeler Richard, avant de se laisser tomber sur sa méridienne.

Au même moment, Henry remontait le boulevard à cheval. Il mesura la gravité de la situation. Les manifestations modérées de la veille avaient cédé la place à une violente réaction. Déjà, des hommes abattaient les ormes des boulevards. Tout était bon pour élever les barricades : les pavés déchaussés, des appareils à gaz, des bancs, des grilles, des volets arrachés, des omnibus renversés. Des ouvriers en blouse surgissaient de toutes parts. La tension montait avec la propagation des nouvelles. On faisait fondre des balles sur les trottoirs. Les feux allumés ici et là projetaient des ombres mouvantes qui dramatisaient les scènes d'insurrection.

Lorsque Henry retrouva sa mère, elle était livide. Le Dr Chermside lui parlait d'une voix apaisante. Richard s'affairait dans la pièce.

— Ah, Henry, dit MieMie d'une voix éteinte, enfin vous voilà ! C'est affreux, tous ces jeunes gens, morts ! Et cette foule hurlante !

— Allons, Mère, calmez-vous. Ce n'est qu'une manifestation qui a mal tourné.

— Non ! C'est une révolution, je le sens, je le sais. Ce sera comme en 1830 ou pire, comme au siècle dernier. Ils vont couper des têtes.

— Mais non, Mère. Ne vous tourmentez pas ainsi.

— Où est Beauchamp ? Croyez-vous qu'il soit à l'abri ? Prévenez votre frère que nous devons quitter Paris. Nous devons fuir avant qu'il ne soit trop tard. Je connais les Parisiens. Je vous le dis, c'est le début d'une révolution. Ils vont couper des têtes ! répéta-t-elle en frissonnant.

Les trois hommes eurent du mal à la calmer. Beauchamp arriva à son tour. Depuis son Cercle, il avait vu passer la foule en colère. Il devenait difficile de remonter le boulevard. Ils installèrent leur mère dans l'appartement d'Henry, au fond de la cour, comme en 1830. Richard dressa son lit dans l'antichambre, pour rester à proximité de Lady Hertford. Leur mère recouchée, les deux frères sortirent pour aller aux nouvelles.

MieMie ne s'était pas trompée.

Toute la nuit, malgré une pluie ininterrompue, le peuple prépara la riposte. Le 24 février, aux premières lueurs du jour, les murs de Paris étaient couverts d'affiches révolutionnaires. Chacun s'accordait à penser que le gouvernement portait la responsabilité du massacre de ces innocents. L'officier de garde, commandant le 14e de ligne qui gardait le ministère des Affaires étrangères, avait fait tirer sur des manifestants qui se voulaient pacifiques. Il répondait sûrement aux ordres de ses supérieurs.

Dès 9 heures du matin, la foule s'était rendue maître de la plupart des mairies. Les boutiquiers avaient fermé leur commerce, les bourgeois clos leurs volets. Des ouvriers coiffés de casquettes envahirent l'Hôtel de Ville, incendièrent le château d'eau du Palais-Royal et cernèrent les Tuileries. À midi, Louis-Philippe et Marie-Amélie prenaient la fuite, après avoir abdiqué en faveur du comte de Paris, leur petit-fils, fils de feu le duc d'Orléans. Ce fut sans effet. Les appartements royaux furent saccagés. Des femmes se parèrent des robes de soie, des dentelles royales. Le trône doré, arraché à son dais, fut transporté symboliquement sur les boulevards jusqu'à la Bastille et brûlé parmi les acclamations. Le lendemain, la République était proclamée, le suffrage universel rétabli.

Le 25 février, un décret imposait la garantie du travail pour tous les citoyens. Des ateliers nationaux furent créés pour répondre à ces besoins. On proclamait que chaque homme en vaut un autre : « Chapeau bas devant la casquette, à genoux devant l'ouvrier ! » criaient, dans la rue, des révolutionnaires exaltés.

Les Seymour hésitaient à quitter Paris en abandonnant leurs biens. Ils avaient appris que le château des Rothschild à Suresnes et le château de la Muette avaient été pillés et incendiés. Si on avait volé les quatre-vingt-dix mille bouteilles de la cave dans la résidence de Louis-Philippe, les peintures et les meubles n'étaient plus que cendres. Beauchamp redoutait que Bagatelle ne connaisse un sort similaire. Il avait des relations, connaissait des membres du gouvernement provisoire, Lamartine le ministre des Affaires étrangères, l'astronome Arago. Il voulait mettre ses tableaux à l'abri.

Le 15 mars, le gouvernement décida le cours forcé des billets de banque. Les bourgeois vendirent leurs chevaux, congédièrent leurs valets et le boulevard se vida des tilburys, calèches et voitures particulières, laissant place aux omnibus. Les frères décidèrent de faire partir leur mère et de la rejoindre, dès que possible. Il fut convenu que Lady Hertford s'arrêterait à Boulogne-sur-Mer et se tiendrait prête à s'embarquer pour l'Angleterre.

— Je ne partirai pas sans Richard, dit-elle à ses fils.

Beauchamp se retourna vers Richard. Avec une compagne et un enfant à Paris, il pouvait refuser d'accompagner sa mère.

— Eh bien, Richard ?

— Bien sûr, monsieur, je ne vais pas laisser Mme la Marquise voyager seule par ces temps troublés ! répondit l'intéressé sans hésitation.

Beauchamp sourit et lui serra la main pour le remercier. Pour Lord Hertford, une poignée de main était la seule manière d'exprimer sa reconnaissance. La première marque d'estime que Richard expérimentait avec lui. Richard n'était pas mécontent de quitter Julie et ses jérémiades. Elle passait son temps à se plaindre. Il n'éprouvait nul remords de la laisser dans la ville soumise aux aléas révolutionnaires. « Son allure la met à l'abri de la vindicte populaire », estimait-il.

Comme en 1830, MieMie fit coudre des billets de banque dans l'ourlet de sa robe de velours, renforcé par une passementerie de lin. Elle prit le train car les étrangers avaient l'interdiction d'emporter des bagages lourds et que les routes étaient peu sûres. Beauchamp et Henry l'accompagnèrent jusqu'à l'embarcadère des compagnies de chemins de fer du Nord. Le voyage, dans des voitures bringuebalantes, tirées par une locomotive couleur chocolat, fut interminable. Dès son arrivée à Boulogne, le 22 mars, dans une lettre adressée à « *My dearest Beauchamp* », MieMie rassurait ses fils et se plaignait de l'inconfort de ce moyen de locomotion dans une voiture non chauffée, à peine éclairée par une lampe à huile et dont les banquettes, en première classe, étaient rembourrées de foin : « *Horrible chemin de fer pendant dix heures, sans le moindre confort* ! » écrivit-elle.

Boulogne, petit port de pêche, semblait paisible, loin des agitations parisiennes. MieMie s'installa à l'Hôtel des Bains, en bord de plage. Richard était heureux de retrouver les émotions qui l'avaient fait rêver, dix-huit ans auparavant. Ils attendirent. En Angleterre, la situation était préoccupante. Les fermetures d'usines, le chômage, les mauvaises récoltes de pommes de terre en Irlande, avaient créé une situation insurrectionnelle. Des mouvements de masse, des grèves, des meetings s'organisaient à travers le pays. Les défilés aux flambeaux se succédaient dans les villes industrielles. Partout en Europe, des mouvements similaires étaient gagnés par la contagion. Dans les capitales, les idées révolutionnaires enthousiasmaient et les monarques s'inclinaient.

L'Angleterre résistait mieux aux pressions révolutionnaires que les autres pays du continent. L'opposition chartiste espérait réaliser son programme par des moyens constitutionnels. Fin avril, Beauchamp et Henry retrouvèrent leur mère à Boulogne et ils prirent tous le premier bateau.

MieMie jugea la traversée interminable. Elle resta sur le pont, luttant contre le mal de mer, respirant à petits coups la brise humide. Les vagues n'en finissaient pas de se succéder :

— Ces maudites côtes prennent un malin plaisir à reculer ! dit-elle à Richard en resserrant son châle de cachemire sur ses épaules.

Richard, ravi de prendre pour la première fois le bateau, mourait d'envie de s'échapper, d'aller voir les machines. Il se penchait sur le bastingage, regardait la proue fendre les flots entre deux lignes d'écume. Comme il aurait aimé être marin !

— Enfin ! s'exclama MieMie en apercevant, à travers la brume, les falaises blanches de la côte anglaise.

La remontée de la Tamise, sur un estuaire aux eaux calmes, lui permit de se recomposer avant l'accostage. Bien que le train reliât les ports de la côte anglaise avec Londres, elle avait préféré prendre un autre bateau. Les sièges du chemin de fer étaient par trop inconfortables.

Une grande activité animait les six bassins du port de Londres. Les entrepôts, les magasins, les chantiers en construction témoignaient de la richesse marchande de l'Angleterre victorienne. Des navires battant pavillon de tous les pays s'alignaient le long des quais. Les docks disparaissaient sous des amoncellements de sacs, de ballots et de caisses. Sur le fleuve, des chaloupes à vapeur, crachant leur fumée noire, se croisaient et déversaient leurs passagers d'un embarcadère à l'autre. La misère côtoyait cette prospérité apparente. Une odeur nauséabonde montait de la vase, que la marée ne parvenait pas à éliminer. De petits enfants en haillons tournoyaient autour des voyageurs, en quémandant un penny. D'autres, de l'eau jusqu'en haut des cuisses, se raccrochant d'une main aux rochers visqueux, fouillaient du regard les eaux troubles, se saisissaient de morceaux de charbon flottants et les enfournaient dans leur besace. MieMie s'attendrit :

— Mon Dieu, ces pauvres enfants ! Ils n'ont guère plus de cinq ans. Que font-ils ?

— On les appelle les *mud larks*, les alouettes de la boue, répondit Beauchamp. Ils ramassent à marée basse le charbon tombé des péniches. Lorsque la marée est haute, ils balaient les rues, cirent les bottes des passants ou mendient, avec l'espoir qu'une gentille âme aura pitié d'eux.

— Je croyais l'Angleterre en pleine expansion ?

— Le commerce marche bien et les classes aisées en profitent. Mais la misère est grande chez les ouvriers comme dans les campagnes. Ce sont les méfaits de la révolution industrielle. Ces contrastes attisent les mouvements sociaux, les révoltes et les insurrections. En Angleterre, comme en France et dans les autres pays d'Europe.

Une main accrochée au bras de Beauchamp qui la précédait, l'autre cramponnée à la rampe en chanvre, MieMie traversa l'étroite passerelle flexible qui reliait le bateau au quai et posa avec soulagement son pied sur le sol ferme. Le *fog*, le brouillard épais et opaque, était omniprésent. Elle se sentait émue, nostalgique.

— Me revoilà sur la terre de ma jeunesse, pensa-t-elle, les yeux embués.

L'intendant les attendait avec trois voitures. Des valets portant la livrée Hertford se saisirent des sacs. Pendant le trajet, MieMie regardait le spectacle de la rue. Elle s'exclamait en retrouvant des lieux connus ou des changements notoires. Beauchamp commentait ces modifications de sa voix rassurante.

Par la fenêtre de la seconde voiture, Richard observait les trottoirs dallés, les rues couvertes de macadam. Les piétons se promenaient paisiblement, sans craindre les jets de boue qui, à Paris, aspergeaient les passants. Le jeune homme appuya son torse contre le dossier rembourré du cabriolet en soupirant : on était loin des émeutes parisiennes. La ville respirait la propreté, l'ordre et le savoir-vivre. Londres lui plaisait. « Je n'ai nulle envie de retourner à Paris. Pourvu que Lady Hertford reste à Londres », pensait-il.

Les réfugiés s'installèrent. Beauchamp retrouva avec satisfaction ses peintures. Il passa de longues minutes à admirer la diversité des tons ocre du tableau du *Mrs Mary Robinson* de Gainsborough, que le prince-régent avait offert à son grand-père. Il contempla les Canaletto que ce dernier avait rapportés d'Italie. Il s'émerveilla devant l'animation des courses de gondoles sur le Grand Canal, les effets de lumière sur les pierres de la place Saint-Marc, l'architecture rigoureuse des palais adoucie par les ciels brumeux de chaleur. Il décida d'acheter des toiles de Guardi. Il serait intéressant de comparer le traitement de la lumière par les deux peintres vénitiens.

Beauchamp connaissait mal le marché de l'art britannique. Il rechercha un spécialiste. Lady Jersey le présenta à Samuel Mawson, un marchand de tableaux avec lequel il allait entretenir des liens de confiance, d'estime et d'amitié pendant des années. Grâce à son concours, Beauchamp développa considérablement ses collections. Ils bénéficièrent d'une heureuse conjoncture. Plusieurs ventes exceptionnelles furent organisées à Londres qui permirent à Beauchamp d'acheter des portraits anglais, tel celui de son amie la *Comtesse de Bles-*

sington par Thomas Lawrence. Il acquit des peintures d'enfants, comme le *Miss Jane Bowles* de Reynolds, charmé par la petite fille souriante, agenouillée sur le sol, son chien serré contre sa robe blanche. Et des portraits de femmes, plus méditatives que séduisantes, dont l'altière beauté le ravissait. Des tableaux de Reynolds, *Mrs Braddyll*, *Mrs Mary Robinson* et *Mrs Mary Nesbitt*, celui de Gainsborough, *Miss Elisabeth Haverfield*, rejoignirent, dans sa résidence de Berkeley Square, les tableaux de sa famille.

Décidé à rester en Angleterre tant que l'ordre ne serait pas rétabli en France, Beauchamp renoua avec la société britannique. Il fit venir Louise, qu'il installa à Piccadilly. Seymourina resta en France chez sa nourrice à Marly-le-Roi, à l'abri des agitations parisiennes. Il était exclu qu'ils s'encombrent d'une enfant de deux ans, qui susciterait des interrogations.

16

De Londres
à Boulogne-sur-Mer

Boulogne-sur-Mer, août 1848

En découvrant Londres, Henry Seymour comprit le bien-fondé des anciennes craintes de sa mère. Bien que la marquise douairière de Hertford soit morte depuis plus de dix ans, les autres branches de la famille Seymour et les grands noms de l'aristocratie britannique, accueillants pour le marquis de Hertford, ne se bousculèrent pas pour recevoir ce frère au lignage incertain. Face aux rebuffades de la *high society*, Henry ne fit pas long feu. On lui battait froid ? Il laisserait ces gens, engoncés dans leurs préjugés, à leur médiocrité. MieMie ne pouvait se passer d'Henry. La mère et le fils ne s'étaient jamais quittés. Elle décida de repartir avec lui.

Un retour dans Paris, encore agité par les fracas révolutionnaires et menacé par le choléra, était prématuré. Henry avait été séduit par le charme de Boulogne, ce port de pêche en bord de Manche, où il avait passé quelques jours avec sa mère avant de s'embarquer pour Londres. Un endroit idéal pour séjourner, avant de regagner la capitale.

Cette ville cosmopolite, élégante et fashionable attirait de longue date les Anglais, heureux de « vivre et mourir, en vue des côtes anglaises ». Le coût de la vie était moins cher sur le continent et les distances se rapprochaient : la réalisation du chemin de fer entre Londres et Folkestone, les bateaux filant à dix nœuds à l'heure mettaient Londres à cinq heures de Boulogne. La mère et le fils occupèrent une aile entière de l'Hôtel des Bains, rue de l'Écu, l'une des artères les plus élégantes de la ville, en bordure de mer. Ils allaient y demeurer sept ans.

Richard s'ennuyait. Malgré l'affection qu'il portait à Lady Hertford, son rôle de garçon de compagnie lui pesait. MieMie ne souffrait plus qu'il la quitte. Il lui apportait les soins que son âge nécessitait. Il l'habillait et la déshabillait, la lavait, la mettait au lit. Son rôle d'infirmier et de confident donnait à Richard un statut intermédiaire, oscillant entre les maîtres et les domestiques. S'il déjeunait avec Lady Hertford, il dînait rarement à sa table. Elle prenait ce repas avec Henry. Lorsqu'ils recevaient des amis, Richard était relégué dans sa chambre. À trente et un ans, il avait l'impression d'être emprisonné dans cet hôtel et se posait mille questions sur son avenir. Resterait-il toute sa vie au service de cette famille ?

En matière de galanterie, Henry n'avait pas renoncé à ses habitudes parisiennes. Il commença par installer dans une rue proche, sa nouvelle amie de cœur, Ellen Stevens, une ravissante fille de pasteur qu'il avait rencontrée à Londres. Elle n'avait pas hésité à le suivre à Boulogne et ne devait plus le quitter. Elle prit sur ses conseils, par respect des convenances, le nom de Mme Minchin. Décidé à rester à Boulogne, le séducteur ne voulut pas abandonner certaines de ses favorites dans une capitale embrasée par les mouvements révolutionnaires. Sophie Cheneau et ses deux enfants, puis une certaine Anne Diettinger le rejoignirent. Il fit venir une quatrième dame, Elizabeth Tailleur, rencontrée également à Londres. Il les installa, chacune, dans des appartements proches de l'Hôtel des Bains.

MieMie observait la vie de son fils avec indulgence.
— Quel galantin ! confiait-elle à Richard. Il est tiraillé entre ces quatre créatures comme un pacha oriental.

Richard souriait.

— Mais je ne vais pas reprocher au fils de Montrond, ce grand séducteur, des fredaines coutumières à son sexe, poursuivait-elle.

Richard n'ignorait plus rien des histoires de la famille Seymour. La vieille dame, ravie d'être écoutée, évoquait avec nostalgie sa jeunesse, le Paris du Consulat où tant d'illustres personnages lui faisaient la cour.

— Je n'ai pas toujours su résister à leurs sollicitations, mais je ne regrette rien. Le temps court comme un cerf. La vie passe si vite ! Allons, chacun fait comme il croit, concluait-elle. N'est-ce pas, mon petit Richard ?

Et saisissant sa longue vue de cuivre doré, MieMie admirait le yacht à vapeur qu'Henry avait acheté et qui se tenait en permanence prêt à appareiller pour l'Angleterre en cas de nouvelle flambée révolutionnaire.

À Paris, la situation politique restait confuse. Le 21 Juin 1848, l'Assemblée constituante décrétait la fermeture des ateliers nationaux qui avait permis pendant quelques semaines de donner du travail aux chômeurs, mais s'avéraient trop onéreux pour le budget de l'État. Les barricades resurgirent, entraînant de violentes batailles des rues. La répression fut impitoyable. Plusieurs milliers d'hommes furent tués. La cour martiale et les déportations cassèrent les mouvements révolutionnaires. Lors des nouvelles élections, Louis-Napoléon Bonaparte fut élu dans les cinq départements dans lesquels il avait posé sa candidature. Le 23 septembre, le prince regagnait Paris et siégeait à la Chambre. Ceux qui s'inquiétaient du retour d'un nouvel aigle se rassurèrent en voyant cet homme effacé, en redingote noire et gants blancs, assis, impassible, sur les bancs de la gauche. Il lut un discours neutre sur un ton monocorde.

Cette apparente insignifiance servait son objectif. Il fut élu triomphalement premier magistrat de la IIe République, le 10 décembre 1848. Il prit possession de l'Élysée-National, le palais qui n'allait être pour lui que l'antichambre des Tuileries. Il installa Miss Howard – qui avait liquidé sa fortune pour l'aider à gagner le pouvoir – rue du Cirque, à côté du palais présidentiel.

Sur les côtes de la Manche, le mois d'octobre 1849 fut particulièrement doux. Les marées chassaient les nuées, une brise tiède atténuait la fraîcheur de l'automne naissant. À Boulogne, les fêtes se succédaient sous l'ombrage fauve des jardins. Pendant la journée, MieMie, postée à sa fenêtre, regardait la mer et le spectacle animé des quais. Elle connaissait le nom et les horaires des steamers qui reliaient Boulogne aux côtes d'Angleterre. Elle observait les régates et les baigneurs sur la plage de Capécure. L'air marin lui réussissait. Lorsque le Dr Chermside lui rendait visite à Boulogne, il la félicitait de sa bonne mine. Henry avait agrandi sa famille d'un nouveau fils, William Cheneau. Il s'organisait pour voir chacune de ses femmes en favorisant Ellen, sa préférée.

Il y avait dix-huit mois que MieMie et Henry avaient quitté Paris. Ils n'éprouvaient aucune envie d'y retourner. Le choléra y sévissait à nouveau. Les inquiétudes suscitées par la jeune République tenaient la plupart de leurs amis éloignés de la capitale.

Une lettre de l'architecte Silveyra, auquel les trois membres de la famille avaient donné procuration pour gérer leurs biens immobiliers, leur apprit que les ressources dont il disposait arrivaient à leur terme. Des travaux, des investissements s'imposaient. Par ailleurs, le notaire leur annonça que le peintre Candice Blaize, leur locataire de la rue Taitbout depuis plus de vingt ans, était mort et qu'il leur avait laissé son héritage. Le legs requérait des démarches à Paris. Beauchamp, installé à Londres, avait également des affaires à régler dans la capitale française. Mais il ne voulait pas manquer certaines ventes aux enchères. Les regards des Seymour convergèrent vers Richard. On se souvint qu'il avait laissé son fils et sa compagne à Paris et qu'il serait souhaitable qu'il leur rende visite.

Richard était ravi. Il se moquait bien du choléra ! Il avait conçu des projets au cours des derniers mois qui nécessitaient son retour dans la capitale. Ce déplacement tombait à point. Avant de quitter Paris, Richard avait confié ses économies à un fondé de pouvoir, un voisin de la rue Taitbout qu'il avait connu à la Petite Bourse. Théodore Gublin, fin spéculateur, lançait des placements audacieux. Richard écoutait ses conseils et s'en était félicité. Gublin avait promis de veiller aux intérêts de son ami. Il lui écrivit pour lui signaler une opportunité prometteuse. Richard ne possédait pas l'argent nécessaire, mais il était décidé à le trouver. Il pouvait emprunter cette somme. Ou jouer.

L'ambition de Richard était d'acquérir une maison de produits, un immeuble de rapport qui lui procurerait des revenus réguliers. Cette formule lui permettrait de sortir de sa condition, d'accéder au statut de rentier dont il rêvait. Il n'aurait plus besoin de gagner sa vie. Il voulait acheter dans le quartier de la Chaussée d'Antin. En écoutant les conversations des Seymour, il avait appris que leurs immeubles avaient pris une valeur considérable au cours des dernières années. Une fois propriétaire, Richard louerait ses appartements et les boutiques du rez-de-chaussée. Les revenus lui permettraient de vivre sans travailler. Il pourrait agir comme il l'entendait, ne plus dépendre du bon vouloir de la famille. Il continuerait à voir Lady Hertford, mais en visiteur. Il inviterait Henry chez lui, en ami. Il pourrait reconquérir Apollonie.

Les affaires des Seymour allaient faciliter ses projets. Fin novembre, par acte notarié à Boulogne, Lady Hertford et Henry donnèrent pouvoir à Richard de toucher en leur nom le legs de M. Miel, Nicolas, Cerfeuil, Blaize. Depuis Londres, Beauchamp envoya à Richard une procuration, avec mission de : « ... *retirer des titres de rente, vendre et transférer à qui il appartiendra...* ». Il assortit cette délégation de précautions, selon ses habitudes procédurières. Elle fut signée devant un notaire et deux témoins.

Le dernier jour de novembre, nanti de ces pouvoirs et de force recommandations, Richard s'installait sur la banquette du wagon qui devait l'emporter vers Paris. Il se sentait exalté. Pour la première fois de sa vie, à l'âge de trente et un ans, il allait se retrouver seul pour plusieurs jours. Libre de s'organiser comme il l'entendait, libre de ses horaires, de ses rencontres et de ses actes. Le trajet fut un enchantement. La Picardie, embellie par l'automne, défilait sous ses yeux. Les voyageuses lui parurent toutes jolies et désirables. Il se laissa bercer par les cahots du train, rêva qu'il faisait fortune, que des jouissances inconnues s'offraient à lui.

Lorsqu'il sortit de l'embarcadère des compagnies de chemin de fer du Nord, la ville sentait le chlore dont on avait badigeonné les maisons pour les désinfecter du choléra. Dans la rue, les porches étaient encadrés de tentures de deuil, surmontées du chiffre de la victime. Les passants pressaient le pas, fuyant les relents du fléau. Richard n'en avait cure. Il était heureux de retrouver la capitale. Il héla un fiacre, s'adossa aux coussins avec un soupir de bonheur et se laissa emporter rue Taitbout.

Il consacra sa première visite à Julie et à son fils. Elle l'accueillit avec froideur. Elle lui en voulait terriblement de l'avoir abandonnée. Lorsqu'il l'informa qu'il repartirait pour Boulogne, elle explosa en récriminations :

— Quand vas-tu te décider à te conduire en homme ? Fais-le au moins pour cet enfant, ton propre fils, que tu n'as toujours pas reconnu !

— Sois patiente, Julie, se contenta de répondre Richard d'un ton apaisant. Notre tour viendra. Je te le promets.

— Quitte ces gens de la *haute*, pleurnicha Julie. Tu n'arriveras donc jamais à te séparer d'eux ?

— Peut-être plus vite que tu ne le crois. Fais-moi confiance. Bientôt, je serai riche.

Edmond, un bel enfant âgé de neuf ans, avait regardé avec curiosité son père. Il n'éprouvait pas d'affection pour cet homme qui les avait laissés dans l'embarras et dont sa mère lui parlait avec acrimonie. Richard se sentait mal à l'aise avec son fils. Il ne trouvait rien à lui raconter. Il remarqua le regard sérieux du garçon levé vers lui et détourna les yeux. Un instant, il se revit, enfant, dans la loge de Mme Garnier. Il fallait sortir son fils de cette vie de misère. Cette ambition le renforça dans sa décision de bousculer ses principes et ses habitudes. Il devait saisir sa chance, prendre des risques, provoquer le destin. Il devait gagner de l'argent.

Richard s'acquitta des missions confiées par les membres de la famille Seymour et se trouva en possession de deux cent mille francs. Il savait qu'une telle opportunité ne se représenterait pas de si tôt.

Depuis l'avènement de la IIe République, de nouveaux salons de jeux ouvraient discrètement leurs portes. Il y en avait un, dans les étages de la Maison Dorée, à l'angle de la rue Taitbout. Ce voisinage encouragea Richard. Lorsqu'il pénétra dans la salle, il était déterminé à jouer ses propres économies et l'argent des Seymour qui lui était temporairement confié. S'il perdait, il ne retournerait pas à Boulogne. Il était las de se cantonner dans son rôle de garçon de compagnie et de garde-malade. Il referait sa vie ailleurs. Il s'occuperait de son fils.

La salle sentait le cigare. Elle était plus élégante que les tripots clandestins qu'il avait fréquentés sous la monarchie de Juillet. Les tapis verts émergeaient de la pénombre enfumée sous la lumière crue des plafonniers de cuivre. Il régnait un silence ouaté, à peine troublé par les annonces et le froissement des cartes sur le tapis. Des joueurs de baccara et de whist se concentraient sur leur jeu. Plus loin, on jouait au creps et au trente et un. Quelques perdants, abattus, somnolaient sur des banquettes le long des murs. Richard se dirigea d'un pas ferme vers la table de la roulette. Il retrouva l'atmosphère spécifique de ce jeu, le bruit de la bille tournant et rebondissant sur le bois du plateau, avant de s'immobiliser avec un claquement sec. Le silence haletant, avant que le *tailleur* n'annonce le numéro et que les *bouts de table* ne ratissent les mises de leur fauchet gourmand. Sur les visages autour de la table alternaient des sentiments de joie ou d'accablement. Richard regarda les joueurs avec détachement. Ce soir, il se sentait différent. Des chiffres traversaient son esprit. Il avait la certitude de déceler les numéros gagnants. Il se sentait observateur, pas acteur. Comme si un autre que lui allait miser cet argent qui ne lui appartenait pas.

— Faites vos jeux, messieurs, faites vos jeux !

Richard se promena autour de la table et s'arrêta derrière un élégant jeune homme blond, de noir vêtu, qui gagnait avec insouciance. Il observa le jeu pendant de longues minutes. Dès que la chance lui fut défavorable, le jeune homme quitta la table. Richard prit sa place et laissa passer trois tours. Il sortit ses jetons et, posément, les plaça sur le rouge et au centre des quatre premiers chiffres.

— Rien ne va plus !

La bille roula sur le plateau, perdit de la vitesse, bondit en quelques sauts saccadés par-dessus les cases avant de s'immobiliser. Il y eut un temps de silence avant que le *tailleur*, de sa voix impersonnelle, n'annonce le résultat : « Trois, rouge, impair et passe... »

Il avait gagné.

Un immense soulagement l'envahit. Il s'appuya sur le dossier de son siège et resta immobile, tremblant de tous ses membres devant le tas que le râteau accumulait devant lui. Le destin avait tranché : il continuerait à vivre chez les Seymour. Il troqua ses jetons contre des billets de banque et les compta minutieusement. Puis il quitta les lieux sans se retourner.

Dès le lendemain, il remit « à qui elles appartenaient » les sommes empruntées aux Seymour et confia son avoir personnel à son ami Gublin qui devait opérer en son nom.

Le 13 décembre 1849, Richard Wallace prêtait 175 000 francs, en monnaie et billets de banque, à un certain M. Beurdeley. Le prêt était gagé sur l'immeuble qui appartenait à l'emprunteur, le pavillon de Hanovre, boulevard des Italiens, qui se dressait dans le prolongement des immeubles des Seymour.

Richard repartit plein d'optimisme pour Boulogne. « Ce n'est qu'un début ! » se promit-il en son for intérieur. « Bientôt, je serai riche. »

17

Les codicilles

Boulogne, avril 1850

Six mois plus tard, Beauchamp quittait Londres et traversait la Manche pour rendre visite à sa mère. Lorsqu'il pénétra dans son appartement de l'Hôtel des Bains, MieMie jouait au loto avec Richard. Elle poussa une exclamation de joie en le voyant entrer.
— *My dearest* Beauchamp, vous voilà enfin !
Richard salua Lord Hertford et se retira. La mère et le fils parlèrent à bâtons rompus. Chaque fois qu'il venait à Boulogne, Beauchamp était frappé de la sérénité des lieux. Par la fenêtre entrouverte, on entendait le ressac des vagues sur la grève. Une odeur de varech et d'iode imprégnait la pièce. Sa mère et son frère se plaisaient dans ce port de pêche. Elle lui apprit la naissance de la dernière bâtarde d'Henry, la fille d'Elizabeth Tailleur, née un mois plus tôt. Beauchamp en fut exaspéré. Il avait eu les plus grandes difficultés à calmer le Révérend Stevens, le père d'Ellen, qui, informé de leur parenté, était venu le voir à Londres. Le révérend avait supplié Beauchamp de convaincre sa fille de revenir dans sa famille. Beauchamp avait été touché par l'accablement du vieil homme.
Le majordome l'introduisit dans la bibliothèque de son frère. Henry, la mine hâlée, vêtu d'une robe de chambre ceinturée d'une cordelière de soie, soutachée de

brandebourgs, son cigare à la main, lisait *The Boulogne Gazette*. Il respirait la joie de vivre.

Sans prendre la peine de le saluer, Beauchamp l'apostropha :

— Toutes mes félicitations, Henry ! J'apprends que ta famille s'est agrandie d'un nouveau bâtard !

Henry exhala lentement la fumée de son havane en dévisageant son frère d'un œil ironique.

— Bonjour, mon cher frère, dit-il. Quelle joie de te revoir parmi nous ! As-tu fait bon voyage ?

— Quatre maîtresses à Boulogne, poursuivit Beauchamp. Te voilà à la tête d'un harem !

— Hé ! que veux-tu ? dit Henry en s'approchant de la fenêtre. On a les distractions que l'on peut. Rassure-toi, elles ne se plaignent pas de ma personne, ajouta-t-il d'un air fat, qui irrita Beauchamp au plus haut point.

— Ta conduite est scandaleuse !

— Bah, seuls les envieux y trouvent à redire.

— Henry, tu te déconsidères.

— Auprès de qui ? Je me moque du qu'en-dira-t-on comme de ma première chemise.

— Peut-être seras-tu plus sensible au désespoir de ceux qui souffrent par ta faute. Le Révérend Stevens, le père d'Ellen, m'a demandé d'intervenir auprès de toi. Tu dois la convaincre de retourner chez ses parents.

Henry se retourna brusquement et fit face à son frère :

— Ellen ? C'est hors de question, Beauchamp. C'est la seule qui m'importe. Elle m'adore, elle chante divinement et j'ai pour elle la plus vive affection.

— Une affection que tu distribues généreusement ailleurs.

Le ton de Beauchamp devenait aigre. Tournant le dos à son frère, Henry contempla la mer.

— Mon cher frère, tu n'es pas le mieux placé pour me donner des leçons.

— Que veux-tu dire ?

— Tu ne t'es pas bien comporté avec Louise, que je sache !

— Ne mêle pas Louise à ça ! J'ai déjà recueilli ta fille, Seymourina ! Je ne vais pas prendre en charge tous tes rejetons.
— Et qui te le demande ?
— C'est ton sixième bâtard, Henry ! Avec Ellen, un septième ne saurait tarder.
— Et alors, tu es jaloux ? Parce que toi, les bâtards, tu ne connais pas. Tu n'as jamais été capable d'en faire un seul.

Beauchamp blêmit.

— Tu déshonores notre nom, répliqua-t-il, avant de quitter la pièce en claquant la porte.

Troublé par sa cruauté, Henry se ressaisit. « Allons, ça ne lui fait pas de mal d'être un peu bousculé. Il se prend pour qui, le marquis ? »

Beauchamp descendit sur la plage, ulcéré et amer. S'il n'avait pas été stérile, il aurait épousé une jeune fille de son milieu. Il aurait des héritiers. En marchant sur le sable mouillé, sous un ciel couvert de nuées basses, il réfléchissait aux modifications qu'il voulait apporter à son testament. Sa fortune était immense, sa collection ne cessait de s'agrandir. Il n'était plus question de tout laisser à Henry qui se complaisait en compagnie de femmes médiocres et additionnait les enfants illégitimes. Son frère ne se marierait jamais. Il finirait par laisser entre les mains de rejetons sans éducation la fortune et les terres que les Seymour avaient accumulées au cours des siècles.

Il devait revoir ses dispositions testamentaires auxquelles il n'avait pas touché depuis douze ans. S'il venait à disparaître, sa collection risquait d'être dispersée. Cette hypothèse le faisait frémir.

Beauchamp n'entendait pas revenir sur le legs des terres irlandaises. Ils en étaient convenus, avec son père et sa mère, en 1838. Le patrimoine, confié à un *trustee* pour trois cents ans, serait protégé, puisque seuls les enfants *légitimes* d'Henry pourraient hériter des revenus. Si Henry ne se mariait pas, ce qui semblait probable, les revenus reviendraient à Hamilton Seymour et à la descendance de ce cousin. Inutile de refaire le testament. Beauchamp devait se préoccuper des autres biens en sa possession et surtout, de la pérennité de sa collection. Il décida de rajouter des codicilles, pour préciser ses volontés.

Dès son retour à Londres, Beauchamp fit venir deux notaires qui rédigèrent, selon ses instructions, un premier codicille[1]. Cet avenant au testament de 1838 maintenait les dispositions concernant les terres irlandaises, mais révoquait celles de ses biens mobiliers, légués jusque-là en toute propriété à son frère. Beauchamp avait envisagé de laisser sa collection parisienne à un musée français. La révolution, la destruction volontaire de l'admirable mobilier et des galeries de tableaux qui ornaient les châteaux de la Muette et de Suresnes l'en avaient dissuadé. Il légua à la nation anglaise, par l'intermédiaire d'un trust, les pièces de sa collection entreposées à Manchester House, Berkeley Square, Paris et Bagatelle. Ses propriétés immobilières et mobilières, qu'il énuméra soigneusement, seraient confiées pour trois cents ans au trust qui aurait la charge de les gérer. Les revenus permettraient d'entretenir le musée.

Beauchamp signa ce codicille le 1er juin en présence de deux témoins et le mit sous une enveloppe qu'il scella à la cire rouge. Le même jour, il fit rédiger par les notaires un second codicille concernant Seymourina. L'enfant avait quatre ans. Aucun lien familial apparent ne les unissait. Il lui léguait une rente annuelle de trois cent cinquante livres et une somme de dix mille livres à toucher au lendemain de son décès. Il confiait ce legs à des fidéicommissaires et l'assortissait de mesures de protection. Il mit ce codicille, comme le premier, dans une enveloppe scellée portant la mention : « *Daté du 1er juin 1850, codicille au testament du marquis de Hertford.* »

Les cinq codicilles suivants furent olographes. Ils ne nécessitaient ni la plume ni le contrôle d'hommes de loi. Beauchamp les considérait comme des esquisses qu'il reprendrait plus tard. Il prit soin, toutefois, de leur donner une valeur légale, en accord avec la loi anglaise, en

---

1. Voir l'annexe 1 consacrée au testament.

demandant à deux amis de lui servir de témoins pour légitimer sa signature. Mieux valait prévoir toute éventualité. Les trois premiers, datés du 1er juin, mettaient Louise à l'abri du besoin. Il léguait à sa compagne une annuité de deux mille livres, sa vie durant, et une somme de cinq mille livres à toucher au lendemain de sa mort. Et les revenus de l'immeuble du 6 rue Laffitte. Elle pourrait « *en faire ce que bon lui semblera, sauf le vendre* ». Il lui faisait don des « meubles, tableaux et objets » de son appartement, 6 rue Laffitte.

Quant au reliquat, au résidu de sa fortune, les vaisselles, voitures, chevaux, meubles et objets non inclus dans la collection... il le léguait à Richard Wallace. Beauchamp souhaitait remercier Richard d'avoir suivi sa mère à Boulogne. Il se souvenait de ses attentions, lorsqu'il était lui-même malade, dix ans plus tôt. Ceci méritait récompense et viendrait compléter l'annuité qu'il lui attribuait dans le testament de 1838. Il rédigea ce codicille six jours après les autres :

« *Voici un autre codicille au dernier testament de moi, Richard Seymour Conway, marquis de Hertford, chevalier de l'Ordre de la Jarretière, qui porte la date d'environ le 21 juin 1838*, écrivit Lord Hertford de son écriture penchée. *Ici, je révoque le legs contenu dans mon testament du résidu de tous mes biens réels et personnels à mon frère, Lord Henry Seymour et pour récompenser autant que je le puis Richard Wallace, de tous ses soins et attentions pour ma mère et aussi de tout son dévouement pour moi durant la longue et cruelle maladie que je fis à Paris en 1840 et en toutes autres occasions, je donne sans réserve ce résidu audit Richard Wallace demeurant à présent à Boulogne-sur-Mer, Hôtel des Bains en France, dont le domicile, avant la révolution de février 1848, était chez ma mère, rue Taitbout numéro 3, à Paris.*

En foi de quoi, j'ai apposé ma signature le 7 juin 1850. »

Le même jour, un dernier codicille nommait deux exécuteurs testamentaires. Il fut glissé avec les quatre autres sous une enveloppe non scellée, portant la mention : « *Codicilles à mon testament.* »

Le 7 juin au soir, Beauchamp s'estima satisfait. Sa collection lui survivrait. Il lia les enveloppes contenant le testament de 1838 et les codicilles d'une faveur rouge et les rangea dans le tiroir d'une table en marqueterie de sa chambre. Ces dispositions testamentaires allaient demeurer dix-neuf ans dans ce meuble.

Pour donner un nouvel élan à sa collection, Beauchamp se rendit en Hollande et acheta plusieurs chefs-d'œuvre : un Poussin, deux Van Dyck, deux Rembrandt, un Rubens et un Hobbema.

En France, le calme était revenu. Louis-Napoléon, le prince-président, s'efforçait de rassurer l'opinion, en démontrant qu'il n'avait d'autre ambition que de mener à bien sa tâche de président. La crainte des rouges, des *partageux*, unissait des intérêts hétérogènes, dans un parti de l'ordre prêt à soutenir un gouvernement fort. Sous ses airs débonnaires, le prince-président avançait sur le chemin qu'il s'était fixé. Il avait placé ses amis aux postes-clefs de l'État.

Entre les pouvoirs législatif et exécutif, la lutte était inévitable car leurs intérêts étaient antagoniques. Alors que la majorité de l'Assemblée souhaitait rétablir la royauté, le président voulait restaurer l'Empire. À son profit. Des élections partielles parisiennes ayant été favorables aux socialistes, l'Assemblée vota une loi, qui restreignait le suffrage universel. Le président, élu par le peuple, allait jouer de cet argument pour jeter le discrédit sur l'Assemblée législative. Lorsque la Chambre refusa de réviser la Constitution, pour permettre au président de se représenter à l'expiration de son mandat, le coup d'État qui allait porter Louis-Napoléon aux Tuileries devint inévitable.

Dès 1850, une atmosphère de conspiration avait caractérisé les réunions du groupe d'intimes qui se retrouvaient dans l'hôtel[1] loué par Miss Howard, rue du Cirque, séparé des jardins de l'Élysée par une voie déserte. Si Miss

---

1. L'actuel hôtel de Marigny.

Howard se montrait rarement aux côtés du président dans les manifestations officielles, les familiers de l'Élysée la traitaient en *maîtresse déclarée*.

L'ordre rétabli, Beauchamp regagna Paris. Le château de Bagatelle, ses immeubles rue Laffitte étaient intacts. Ses collections aussi, qu'il avait tant redouté de retrouver amputées par des voleurs ou détruites par des iconoclastes. Dans sa chambre de la rue Laffitte, une vaste pièce de quarante mètres carrés, il fut charmé de revoir ses miniatures. Près de deux cents chefs d'œuvre, peints le plus souvent sur ivoire par les maîtres du genre, Charlier, Hall, Augustin ou Isabey, disposées sur les murs comme une mosaïque. Il n'en manquait pas une. Une majorité d'entre elles dévoilaient des scènes de la mythologie ou des scènes de genre. Elles permettaient au collectionneur de contempler des femmes lascives, telle *Danaé et la pluie d'or* de Boucher. Il ôta ses lunettes et prit une loupe pour mieux observer le corps nu de la fille du roi d'Argos, reposant sur des draperies pourpres. Il continua son inspection avec *Vénus et Cupidon endormis, Léda et le cygne, l'adoration de Vénus,* femmes à la toilette et autres scènes galantes, qui se succédaient sur le panneau.

Sur le mur opposé s'échelonnaient des miniatures moins futiles. Enthousiasmé depuis l'enfance par la légende napoléonienne, Beauchamp collectionnait ces minuscules portraits de l'Empereur. Une vingtaine de têtes ou bustes de Napoléon, la plupart peints par Isabey, entourés par ses sœurs, ses frères, les impératrices, le roi de Rome et quelques proches, formaient un bloc homogène.

Beauchamp laissa échapper un long soupir de soulagement : ses craintes étaient vaines, tout était en ordre. Aucun des chefs-d'œuvre qu'il affectionnait ne manquait. Rassuré, il reprit le rythme de ses activités entre Paris et Bagatelle.

Louis-Napoléon appréciait Beauchamp. Une commune admiration pour Napoléon Ier les liait. Le président sollicitait son avis sur les questions de politique étrangère. Cet Anglais, que Wellington considérait comme « extraordinairement talentueux » et que Peel aurait vu Premier Ministre d'Angleterre s'il n'était pas retourné en France, devint un convive assidu des Tuileries, de Compiègne et de Fontainebleau et l'hôte recherché des milieux proches du prince. Il faisait partie du cercle des intimes. Le soir, il allait parfois chez Miss Howard où il retrouvait le prince-président. « *Le marquis de Hertford, Persigny, Ney, moi, Toulongeon, Beville étions les seuls, à peu près, qui allions quelquefois dîner ou passer la soirée chez elle, en compagnie du Prince* », notait le général-comte Fleury dans ses *Mémoires*.

Derrière ces réunions mondaines, le coup d'État se préparait. Dans la nuit du 2 décembre 1851, jour anniversaire de la bataille d'Austerlitz, après le traditionnel bal du lundi à l'Élysée, les conspirateurs passèrent à l'acte. Deux semaines plus tard, une majorité d'électeurs approuvaient par plébiscite le maintien de l'autorité du prince-président et le chargeaient de préparer une nouvelle Constitution.

Louis-Napoléon quitta l'Élysée et s'installa aux Tuileries. Le 2 décembre 1852, « par la grâce de Dieu et la volonté nationale », il était proclamé empereur héréditaire des Français et doté des pouvoirs absolus. Il prit le nom de Napoléon III.

Deux semaines plus tard, l'empereur et quelques invités triés sur le volet firent un séjour de onze jours à Compiègne, prélude aux *séries* qui allaient se succéder dans ce château, sous le Second Empire. Le marquis de Hertford fut convié. Ainsi que la comtesse de Montijo et sa fille Eugénie.

Napoléon III décida d'épouser la belle Espagnole. Il n'était plus tout jeune et ses tentatives auprès de princesses européennes de sang royal s'étaient soldées par des échecs. Le 25 janvier 1852, Napoléon III remerciait Miss Howard de ses services, en la nommant comtesse de Beauregard. Cinq jours plus tard, les cloches des églises carillonnaient en France, pour célébrer le mariage de l'empereur avec la comtesse de Téba, plus connue sous le nom d'Eugénie de Montijo. L'élite de la France et des étrangers présents à Paris se pressait entre les piliers de Notre-Dame, tendus de velours rouges par Viollet-le-Duc, pour dissimuler les travaux de restauration de la cathédrale. Quinze mille bougies éclairaient les draperies doublées d'hermine brodées de palmes d'or, décorées de guirlandes de fleurs. Lord Hertford figurait dans les premiers rangs.

Pendant dix-huit ans, le couple impérial allait donner le ton. Paris renoua avec les fastes d'antan, reprit son rôle de capitale des arts et se transforma. Les gens, lassés par les tensions politiques et sociales, se tournèrent vers les affaires et les plaisirs. L'argent circula, le commerce, l'industrie et les arts se développèrent. Pour les privilégiés de l'époque, les fêtes se succédèrent, en un déferlement de musiques, de couleurs et de lumières.

Un hôtel de ventes aux enchères avait ouvert ses portes rue Drouot, à deux pas du boulevard des Italiens. Beauchamp installa Louise dans son nouvel appartement, 6 rue Laffitte. Sa filleule et pupille, Seymourina, en nourrice jusqu'alors à Marly-le-Roi, les rejoindrait. Elle avait quatre ans. Il était temps de songer à son éducation.

18

De Marly à Paris

Marly-le-Roi, septembre 1850

La petite fille, immobile, ne quittait pas des yeux le mur ocre dont était clos le jardin. Le torse penché en avant, les mains appuyées sur ses genoux, elle s'absorbait dans la contemplation d'une fissure creusée dans le mortier qui reliait les pierres. Le lézard sortit la tête et d'un mouvement saccadé se propulsa hors de son trou. L'enfant jeta sa main en avant. Ses doigts se refermèrent sur le vide. Le vertébré, rampant de la vitesse de ses pattes latérales, disparut dans les herbes.

— Encore manqué ! dit Seymourina, déçue.

Et elle regagna d'un pas lent son banc, sous le gros tilleul.

C'est dans le cadre champêtre de ce jardin de Marly-le-Roi que la fille d'Henry Seymour et de Clémence Barjonnet, adoptée par Beauchamp et Louise, avait vécu les quatre premières années de sa vie. Elle en connaissait les moindres recoins.

Marly, bourgade de quinze cents âmes, s'étendait sur les rives de la Seine à quelques lieues de Paris. Le fleuve avait creusé son lit entre deux pentes couvertes de jardins et d'épaisses ramées. Dans les potagers, séparés par des murs de pierre et fermés par des grilles de fer, on cultivait des légumes et des fruits, dont la qualité était renommée. Les pêches, les cerises et le chasselas de Marly étaient expédiés à l'étranger. Le dimanche, un flot de promeneurs débarquait du train et se promenait sous les ombrages, au bord du fleuve.

En dehors de quelques rares visiteurs, l'univers de Seymourina se résumait à deux personnes, M. et Mme Martin. Le père Martin, ancien gendarme du roi Louis-Philippe, était aussi sec et nerveux que sa femme Ninon était calme et gironde. Ils éprouvaient une passion non dissimulée pour la petite fille qui avait remplacé dans leur affection leur enfant, née un mois avant Seymourina et qui n'avait pas vécu. Ninon ne pourrait plus enfanter. Ce malheur avait décidé Mme Oger à leur confier le bébé : elle ne voulait pas d'autre enfant dans la maison. Seymourina, qu'ils surnommaient Mina, ensoleillait leur demeure.

Pendant deux ans, la marraine de Mina était venue chaque semaine s'assurer que l'enfant ne manquait de rien. Après les événements de 1848, Mme Oger n'avait plus donné signe de vie. Un commis de banque passait chaque mois régler la pension et le médecin de Bougival venait régulièrement s'assurer que Seymourina était en bonne santé. Les époux Martin ne posaient pas de questions. Sans trop y croire, ils espéraient que cette dame avait disparu dans les tourmentes révolutionnaires et qu'ils pourraient garder leur petite Mina.

La semaine précédente, ils avaient reçu une dépêche télégraphique d'Angleterre. Un événement à Marly. Le facteur était arrivé, portant le pli.

— C'est pour votre dame, père Martin avait-il dit avec fierté. La dépêche télégraphique vient de Londres, la capitale de l'Angleterre. Vous savez, maintenant qu'un câble souterrain relie les deux pays, les dépêches traversent la mer en un rien de temps. C'est pour ainsi dire une nouvelle fraîche d'aujourd'hui.

Le père Martin avait compris que ce message venu de cette île lointaine ne leur apportait rien de bon. Ils attendirent, anxieux, que le postier le leur lise. Mme Oger annonçait qu'elle viendrait chercher la petite, quinze jours plus tard. Elle la ramènerait à Paris. Effondrés, les

Martin ne dormaient plus. Ils n'avaient pu se résigner à en parler à Mina.
Ce jour était arrivé. L'enfant, revêtue de sa plus belle robe, attendait sur son banc. Mme Martin lui avait recommandé de ne pas en bouger et de ne surtout pas se salir. Au bout d'un moment, la petite, lasse de balancer ses jambes sous son siège, se pencha en avant pour observer le cheminement d'une procession de fourmis. Noires, minuscules et affairées, elles sortaient de l'herbe, passaient sous le banc et disparaissaient entre les racines du tilleul. Observant leur manège, Seymourina chercha à comprendre d'où venait l'interminable cortège. Elle se laissa glisser par terre et remonta à quatre pattes le chemin suivi par les insectes.
Lorsque la clochette de la porte tinta, Mina, absorbée, ne l'entendit pas.
Louise, précédant les époux Martin dans le jardin, fut interloquée de retrouver la petite fille les fesses en l'air, l'oreille collée au sol entre ses deux mains.
— Mais... que faites-vous là, mon enfant ?
La petite fille sursauta et se redressa d'un bond. Une dame, dans une robe amarante d'une ampleur peu commune, se dressait devant elle et la regardait, l'œil écarquillé. Ses cheveux disparaissaient sous un chapeau orné de fleurs. Elle s'abritait sous une ombrelle de madras pourpre. Jamais Seymourina n'avait vu une telle profusion de couleurs vives sur une personne.
— Je... j'écoute les fourmis... répondit-elle d'une voix incertaine, en frottant, derrière son dos, ses mains couvertes de terre.
— Vraiment ! dit la dame.
Elle paraissait surprise. Cette occupation ne devait pas lui être familière. Son visage s'adoucit. L'enfant était ravissante, avec ses immenses yeux bleus et ses boucles indociles. Il était temps de commencer son éducation.
Quelques pas derrière la dame en rouge, Seymourina aperçut une autre inconnue en tablier blanc et bonnet de dentelle tuyauté, qui esquissa une flexion du genou, avant de lui dire : « Bonjour, mademoiselle Seymourina. » L'enfant intimidée chercha refuge au creux

de la jupe familière de Mme Martin, qui l'entoura de ses robustes avant-bras.

La dame en rouge s'adressa à Seymourina :

— Vous pouvez m'appeler *Marraine*, Seymourina. Nous étions en Angleterre, votre parrain et moi. Nous voilà de retour et vous êtes en âge de venir vivre avec nous.

Elle lui expliqua qu'elle allait s'installer avec eux à Paris, une grande ville qui la changerait des campagnes. On avait préparé une jolie chambre pour elle.

— Albertine, allez chercher les affaires de Mlle Seymourina, conclut-elle en se tournant vers la dame au tablier blanc, qui s'empressa d'obtempérer.

Seymourina ne saisissait pas grand-chose de ces paroles, mais elle comprit qu'elle devait quitter les Martin. Le cœur de la petite fille s'affola. Elle se retourna pour chercher secours auprès de sa nourrice qui se contenta de la serrer dans ses bras. Des larmes roulaient sur ses joues, lorsqu'elle enfouit une dernière fois Mina au creux de sa poitrine. L'enfant se retourna vers le père Martin. L'homme de la maison ne paraissait s'intéresser qu'au bout de ses chaussures et tournait sa casquette entre ses mains.

— Je ne veux pas partir, père Martin, chuchota Seymourina.

— Allons, Mina, allons, il faut obéir, c'est votre marraine, votre famille, répondit le gendarme sans la regarder.

Seymourina se jeta dans ses bras et l'étreignit en pleurant. Sa moustache, d'ordinaire rêche, était humide. Il la serra fort. L'enfant fut entraînée par une main ferme vers la porte du jardin. Un grand monsieur, revêtu d'une tenue grise parsemée de boutons dorés, la salua en soulevant son chapeau à cocarde et la hissa à l'intérieur d'une voiture jaune et noire à quatre roues. Il prit place avec la femme de chambre sur le banc avant, fit claquer son fouet et les chevaux s'ébranlèrent, emportant la petite fille loin des douceurs de son enfance.

Seymourina, le nez collé sur la lunette arrière, regarda le plus longtemps possible le père et la mère

Martin, agrippés l'un à l'autre, unis dans leur chagrin. Bientôt, elle ne distingua plus que deux points noirs. Après un tournant, ils disparurent.

La voiture cahotait, trépidait, grinçait. La petite fille se recroquevilla dans un coin. Marraine tenta de lui faire un peu de conversation. L'enfant se mit à pleurer et ne répondit que par des reniflements à ses questions.

— Allons, mon enfant ! Essuyez vos larmes. Il faudra apprendre à maîtriser vos émotions ! lui dit-elle en lui tendant un mouchoir en dentelle.

Le trajet fut long et la petite fille s'endormit. Elle se réveilla lorsque la voiture s'arrêta dans une large cour pavée. Le cocher la déposa sur le sol et elle fut confiée à la femme de chambre, Albertine, qui l'entraîna par la main au deuxième étage en lui parlant doucement. Seymourina essayait de dissimuler son affolement. Son menton tremblait, tandis qu'elle escaladait les marches d'un escalier monumental.

— Voilà votre chambre, mademoiselle Seymourina.

L'enfant balaya du regard la chambre, le lit à baldaquin garni de rideaux blancs, deux fauteuils et une table. Une poupée était assise sur l'édredon. Dans un coin était rangé un mobilier miniature. Un petit lit avec un matelas piqué, une commode, une toilette, un bureau et des chaises en laque. Et sur les étagères, des assiettes et un ménage en argent, comprenant des couverts minuscules. Albertine lui apprit que ces meubles étaient des jouets, à l'usage de la poupée.

Une autre femme de chambre, les hanches enserrées dans un tablier blanc, pénétra dans la pièce. Elle esquissa une révérence. « Une habitude chez ces dames », pensa Seymourina. Elle fut emmenée dans un cabinet de toilette, déshabillée, plongée jusqu'au menton dans une baignoire remplie d'eau chaude et lavée par des mains expertes. Une fois sortie du bain, on donna plus de cinquante coups de brosse à ses cheveux avant de l'habiller. Elle dut enfiler une chemise, des bas, un pantalon, plusieurs jupons et une ample jupe amidonnée, ornée de soutaches et de volants. Ses pieds furent chaussés de bottines aux bouts noirs et vernis et sa tête coiffée d'un chapeau décoré de rubans et de fleurs.

Seymourina, engoncée dans ses atours, n'osait toucher sa robe. Albertine lui prit la main. Elles traversèrent une cour pavée, d'interminables couloirs et d'immenses pièces garnies de meubles aux angles dorés, surmontés d'objets d'art. Les murs disparaissaient sous des tapisseries, les parquets sous d'épais tapis de Perse. Habituée à la terre battue, l'enfant s'efforçait de poser ses pieds doucement pour ne pas les abîmer. Le cuir de ses bottines grinçait sous ses pas. Elles traversèrent une vaste salle à manger, une bibliothèque aux rayons couverts de livres reliés, et s'arrêtèrent devant une porte. Albertine frappa. Marraine vint à sa rencontre et lui fit compliment de sa tenue. Ensemble, elles pénétrèrent dans un salon en rotonde aux murs couverts de tableaux dont les fenêtres ouvraient sur le boulevard.

— Voici Seymourina, dit Marraine.

Il y avait deux personnes dans cette pièce. Un grand monsieur, enfoncé dans un fauteuil profond, lisait son journal. Une dame, assise sur l'extrême bord d'une chaise dans un coin de la pièce, se leva dès qu'elles entrèrent. Le monsieur posa son journal sur la table, retira ses lunettes en redressant le torse et, pendant une longue minute, observa la petite fille. Personne ne disait mot. Seymourina remarqua qu'il était le premier à ne pas se mettre debout quand elle entrait.

Beauchamp poussa un soupir de satisfaction : la petite était ravissante. Elle avait les yeux gris-bleu, le regard ardent de MieMie. Les liens du sang étaient manifestes. Il lui sourit avec bienveillance :

— Bonjour, Seymourina, je suis votre parrain et votre tuteur. Je suis heureux de vous revoir. J'espère que votre nouvelle maison vous plaira. Voici Miss Lamont, votre gouvernante anglaise, qui va s'occuper de votre éducation. Elle va vous apprendre l'anglais. C'est indispensable dans notre famille.

Il lui effleura la joue d'un doigt hésitant et lui posa quelques questions.

Seymourina, effarouchée, se tortilla en regardant les motifs orientaux du tapis. Louise, amusée observa que Beauchamp paraissait aussi intimidé que l'enfant. Converser avec une petite fille ne faisait pas partie de son registre.

— Elle est délicieuse, dit-il à Louise, une fois l'enfant sortie. Avec ses grands yeux inquiets et ses boucles brunes, elle ressemble à la petite fille du tableau de Reynolds, *The Strawberry Girl*. Mais j'espère qu'elle n'est pas idiote. Elle n'avait pas l'air de comprendre un traître mot de ce que je lui disais.

— Mon ami, répondit Louise en souriant, laissez-lui le temps ! Imaginez le bouleversement que nous avons apporté dans sa vie ! Elle est si jeune.

Au fil des jours, Seymourina s'adapta à ce nouvel environnement. Miss Lamont ne la quittait pas d'une semelle et ne s'adressait à elle qu'en anglais. Seymourina découvrit que chacun, dans cette maison, parlait les deux langues. Les valets, les femmes de chambre, les palefreniers et les cochers. L'enfant apprit à maîtriser ses élans et ses impulsions, cette spontanéité que Miss Lamont qualifiait d'*agitation*. Dans ce milieu, tendresse rimait avec faiblesse. Les manifestations d'affection étaient réprouvées. Il fallait être *correcte*. Les choses et les gens étaient *corrects* ou pas. Un fossé séparait ces deux catégories.

— On reconnaît une petite fille bien élevée à sa modestie et à sa réserve, répétait Miss Lamont à longueur de journée.

Seymourina se transforma en petite fille docile et mesurée. Pour la récompenser de ses efforts, son parrain lui offrit un poney. Elle apprit à monter avec le maître d'écurie et fit bientôt des promenades avec Beauchamp dans le parc de Bagatelle. Il observait ses progrès avec satisfaction. Elle serait digne de son sang. Mais il fallait changer son nom de famille. Ce patronyme de *Vincent* qu'il lui avait donné lors du baptême sentait trop la roture pour la nièce, filleule et pupille d'un pair d'Angleterre, élevée par ses soins et sous son toit. Grâce à la complicité d'un ami, James Cuthbert, une reconnaissance de paternité de son frère, Frédéric Cuthbert – mort peu après la naissance de l'enfant –, fut rajoutée sur l'acte de naissance. Désormais, la fillette s'appellerait Seymourina, Louise, Vincente Cuthbert. Elle devenait la dernière descendante d'une vieille famille aristocratique anglaise. Elle allait recevoir une éducation à la hauteur de ces origines et devenir présentable, à la Cour comme à la ville.

*
* *

Quelques centaines de lieues plus loin, dans le port de Boulogne-sur-Mer, la mère et le fils poursuivaient leur vie routinière, à peine troublée par l'enchaînement des saisons. Henry régentait son harem avec une préférence marquée pour Ellen et sa fille Ménie, née en juillet 1852. Chaque matin, il faisait déposer chez Mme Minchin un billet annonçant le programme de la journée :

« *Vous jouez fort bien sur divers instruments, mais positivement sur le piano, vous êtes chocnosoff, vrai ! Ordre de la marche de la journée : partez à midi, revenez à deux heures au plus tard, garnissez votre bocal d'aliments légers, nettoyez-vous mieux que de coutume et préparez-vous aux plus grandes choses. Parole d'honneur, vous jouez bigrement bien du piano... Soignez votre charmante fille, je vous en conjure, et respectez son père si vous ne pouvez l'aimer.* »

Pendant ce temps, Richard Wallace se consacrait à son rôle de garde-malade. Le 17 janvier 1853, en fin de journée, attablé devant la fenêtre de sa chambre de l'Hôtel des Bains, il écrivait à Lord Hertford :

« *Madame la Marquise s'est trouvée très bien après votre départ. Elle a pris à son dîner un peu de potage et le blanc d'une petite aile de poulet rôti. Elle a fait ce repas avec plaisir et s'est endormie presque tout de suite. À 10 heures, elle s'est réveillée mal à son aise. Je lui ai donné une tasse de thé qui lui a fait du bien, cependant elle a été un peu indisposée tout le restant de la soirée. Elle a passé un couple d'heures au salon et comme elle n'avait pas eu un call, à deux heures du matin, nous l'avons déterminée à prendre une pilule purgative. Elle s'est ensuite endormie, allant comparativement tout à fait bien. Elle a parfaitement dormi jusqu'à 7 heures du matin, puis vers 8 h 1/2, elle s'est encore un peu reposée jusqu'à 9 h 1/2. Elle a pris une tasse de thé vers 10 heures et a fort peu toussé, et se trouvait fort bien, son pouls excellent, et la parole aussi parfaite qu'elle l'a jamais été. Elle a fait un premier petit déjeuner à 11 heures, puis s'est levée à 1 h 1/2, a eu un call, puis a re-déjeuné à 3 heures, a fait ensuite sa toilette, et depuis a eu deux calls dont le dernier était très peu de chose. Elle se sent un peu fatiguée, mais elle se trouvera, je suis sûr, très bien de sa médecine dans quelques heures. Elle est depuis cinq heures dans le salon et dans ce moment elle dort, les pieds sur la chaufferette à eau chaude.*

Elle va, je crois, Dieu merci, aussi bien que possible et sans la médecine, elle se serait trouvée, j'en suis convaincu, beaucoup moins faible aujourd'hui, mais la médecine était nécessaire.

Ma petite dépêche est partie ce matin à midi, et la vôtre est arrivée à 1 heure. Je vous en enverrai une, demain matin à 10 heures, pour que vous l'ayez à temps pour vous décider à rester ou à partir à l'heure, et je ne doute pas qu'elle vous donnera d'excellentes nouvelles de notre chère malade.

Votre bien tout dévoué, »

R.W

Richard essuya sa plume sur le rebord de son encrier, la reposa sur le porte-plume en faïence de son bureau et relut sa lettre. « Un véritable compte-rendu d'infirmier. Qui témoigne de l'agréable programme qui m'est réservé ! Je suis las de jouer ce rôle. Enfin, bientôt, très bientôt... »

Richard se leva, s'étira et esquissa une courbette à son intention devant la glace de son armoire :

— Monsieur le propriétaire, dit-il tout haut.

Il sourit, caressa sa moustache cirée, taillée au goût du jour. En regardant la mer par la fenêtre, il laissa son esprit vagabonder. Il n'osait pas encore y croire et pourtant...

Depuis un mois, Richard était propriétaire à Paris d'un terrain de onze cents mètres carrés sur lequel s'élevait une construction bien connue des Parisiens, les Bains chinois. Lorsque Gublin l'avait informé que les Bains chinois étaient à vendre, Richard n'avait pas hésité : cet immeuble sur le boulevard des Italiens serait pour lui. Il trouverait l'argent nécessaire. Il n'allait pas laisser passer une telle opportunité. Le Tout-Paris avait fréquenté ce pavillon de bains orientaux et ses luxueuses cabines, construit au siècle précédent dans le style chinois. L'entrée était flanquée de deux mandarins en cuivre abrités sous des parasols, les toits ornés de lanternes, de frises et de sculptures. Ces dernières années, les particuliers avaient équipé leur domicile de salles de bains et les clients s'étaient raréfiés. La Société des Bains chinois se trouvait au bord de la faillite.

Richard ne s'intéressait qu'à l'emplacement du 29 boulevard des Italiens qui formait un angle avec la rue de la Michodière. Il ferait démolir le bâtiment et reconstruire les immeubles de rapport dont il rêvait. Il avait entendu Lord Hertford affirmer qu'en raison de la hausse de l'immobilier dans ce quartier il aurait amorti son nouvel immeuble, 6 rue Laffitte, en moins de six ans.

En décembre 1852, Richard repartit pour Paris. Lady Hertford l'encouragea à entreprendre ce voyage. Chermside était à Boulogne pour quelques jours. Le médecin veillerait sur elle. Richard méritait ce séjour dans la capitale.

Chaque fois qu'il retrouvait Paris, Richard se sentait galvanisé par l'envie de réussir. L'acquisition de cet immeuble changerait sa vie. Il louerait ses boutiques et ses appartements, vivrait de ses rentes. Il pourrait se libérer de la tutelle des Seymour, entreprendre de grandes choses, s'imposer dans cette société en ébullition où de nouvelles fortunes se bâtissaient en quelques mois. Les affaires avaient repris sur la place de Paris où d'excellentes opportunités boursières s'étaient présentées. Le portefeuille de Richard avait fructifié. La somme demandée pour l'achat des Bains chinois, huit cent soixante mille francs, était astronomique mais le versement du premier tiers n'était exigible que trois mois plus tard. Richard ne doutait pas qu'il parviendrait à réunir cet argent.

Il se rendit au palais Brongniart. Il observa la fébrilité passionnée qui animait l'immense salle des transactions de la Bourse. Les actions étaient vendues à la criée. « Comme du poisson sur le port de Boulogne », pensa-t-il. On achetait puis on revendait des exportations de coton dans une même journée. On spéculait sur des titres de sociétés anonymes. Les valeurs du Crédit Immobilier de Paris s'envolaient. C'était le bon moment pour acheter et revendre à court terme. Richard prit des risques et encaissa de substantiels bénéfices.

Lors de l'échéance du 15 avril 1853, grâce à un emprunt complémentaire auprès d'un usurier de Boulogne, il devança ses engagements. Son avoué versa en son nom la somme de six cent soixante mille francs « en bonnes espèces de monnaie ». Les travaux de démolition des Bains chinois commencèrent dès le lendemain et les fondations d'un ensemble comprenant quatre corps de logis, en pierres de taille, furent posées.

L'année suivante lui fut moins favorable. Les travaux prirent du retard et les factures s'accumulèrent. Richard ne parvenait pas à régler les corps de métier, ni à rembourser ses emprunts. Il fit de mauvais placements et se trouva pris dans une spirale de dettes. Il devait près de quatre cent mille francs à son prêteur de Boulogne. Le délai de remboursement arrivait à échéance. Il tenta d'obtenir un sursis.

— Quinze jours, monsieur Wallace, je vous accorde quinze jours. Pas un de plus !

— Je n'y parviendrai jamais, protesta Richard, affolé.

— En ce cas, je me verrai obligé de vous contraindre à respecter vos engagements.

— Non, je vous en prie. Laissez-moi encore un peu de temps ! Dès que les travaux seront terminés, je louerai les appartements et les magasins.

— Ce prêt est gagé sur votre immeuble. Vous pouvez le revendre, répondit le prêteur d'un ton implacable.

— Vendre *mon* immeuble ? Vous n'y songez pas !
— Si, monsieur. Je peux même vous y contraindre. Pourquoi croyez-vous que je me suis risqué à vous prêter de l'argent ?
— C'est hors de question !
— Faites comme vous l'entendez, monsieur. Mais vous devez savoir que, dans notre pays, il existe des lois contre les mauvais payeurs.

Richard sortit anéanti du bureau du prêteur sur gages. Il traversa les ruelles de la ville haute, longea les remparts, descendit vers le port, la tête basse, les mains enfoncées dans les poches de sa pelisse, sans se soucier du vent qui soufflait par rafales. Arrivé à l'Hôtel des Bains, il apporta son thé à Lady Hertford mais ne put se résoudre à lui parler de ses problèmes. La somme était trop importante pour qu'elle puisse l'aider. Son compte à Boulogne était modeste. Si elle puisait dans ses réserves parisiennes, le banquier alerterait ses fils. Il n'y avait rien à attendre d'Henry qui abhorrait la spéculation. « Il n'a jamais connu de problèmes d'argent, lui », pensait Richard avec amertume.

La pluie battait les carreaux des fenêtres et le vent s'engouffrait en ronflant dans la cheminée. Une boule d'anxiété lui serra la gorge. Il fit mine de tisonner le feu pour dissimuler son malaise.

— Vous êtes d'humeur triste, mon petit Richard. Est-ce le temps ? demanda Lady Hertford.
— Non, ce n'est rien. Un léger mal de tête.
— Eh bien, allez vous reposer. Je vous ferai appeler si j'ai besoin de vous.

Lorsqu'il regagna sa chambre, Richard s'effondra sur son lit et demeura prostré.

Le soir tombait, lorsqu'il se leva. Il s'approcha de la fenêtre, regarda la plage encore claire, bordée par une mer grise et agitée. Malgré le temps, de jeunes enfants se poursuivaient en riant au bord de l'eau. Il n'avait connu ces plaisirs qu'une seule fois, lors de son bref séjour à Boulogne après les Trois Glorieuses. La vie était injuste. Ses journées s'étiraient, rythmées par des corvées dans ce port désert et terne. Avec ses ennuis de santé, Lady Hertford devenait difficile. La nuit, il demeurait vigilant, tendant l'oreille pour s'assurer qu'elle ne l'appelait pas. Ses pensées tournaient dans sa tête, l'état de veille se prolongeait. Il lui arrivait de ne pas fermer l'œil de la nuit.

Comment allait-il rembourser ses dettes ?

Les jours suivants, Richard imagina que des gendarmes venaient l'arrêter dans le vestibule de l'Hôtel des Bains. Un joli scandale en perspective ! Il devait trouver cette somme coûte que coûte. L'idée d'avouer ses mésaventures à Lord Hertford l'anéantissait. Lui seul pouvait éponger ses dettes. Mais il pourrait aussi le chasser, comme il l'avait fait quelques années auparavant.

Il n'avait pas d'autre solution. Il en parlerait à Lady Hertford. Elle plaiderait en sa faveur. La veille de l'arrivée de Beauchamp à Boulogne, Richard se confia à Mie-Mie.

— Près de quatre cent mille francs de dettes, mon pauvre garçon ? Comment en êtes-vous arrivé là ?

Richard avait préparé sa réponse. Il ne pouvait avouer qu'il possédait un immeuble. S'il l'apprenait, le marquis se demanderait comment il s'était procuré l'argent pour l'acheter et l'obligerait à le vendre. Mieux valait raconter qu'il avait emprunté pour jouer à la Bourse. Et perdu.

MieMie connaissait ce genre de mésaventures et se montra bon avocat.

— Il a fait des emprunts chez un usurier de Boulogne, dit-elle à Beauchamp.

— Je lui avais interdit de jouer !

— Soyez compréhensif, Beauchamp ! Richard s'ennuie ici, avec ma compagnie pour tout potage. J'apprécie sa présence chaque jour que Dieu fait. Si on ne paie pas ses dettes, Richard ira en prison. Et je ne veux ni ne peux me passer de lui ! Je vous le demande comme une faveur. Il faut l'aider.

Beauchamp respectait toujours les désirs de sa mère. Malgré sa fureur, il remboursa les trois cent quatre-vingt-trois mille six cent quarante-trois francs dus par Richard. Il n'était pas question qu'il laisse au fautif un centime de plus, il le jouerait encore. Il avait tancé le jeune homme d'importance. L'expression d'amabilité que reflétaient ses yeux avait disparu. Son regard froid, implacable, transperçait Richard :

— Je ne veux plus vous voir à Paris !

— Bien, monsieur.

— Et je note cette somme sur mes tablettes. Vous me la rembourserez.

Immensément soulagé, Richard promit ce qu'on voulait. Il mourait d'envie de retourner à Paris pour surveiller l'avancée des travaux de son immeuble. Il allait devoir patienter un an, avant de visiter son chantier. Et trois ans avant de signer son premier bail.

19

Le retour à Paris

Boulogne, novembre 1855

À l'automne de l'année suivante, l'état de santé de Lady Hertford se détériora. Le Dr Chermside jugea prudent qu'elle regagne la capitale. Henry mit dans le train pour Paris Mme Minchin et sa fille Ménie et abandonna ses autres maîtresses, nanties de pensions et de recommandations. Au moment du départ, le maire de Boulogne lui adressa une lettre, louant, « *au nom de ses administrés, l'inépuisable bonté de Lord Seymour. Tant de malheureux ont éprouvé les effets de votre bienfaisance et de votre générosité. Puissent les bénédictions de tous les pauvres que vous avez soulagés vous suivre dans votre nouvelle résidence* ».

Lorsqu'ils regagnèrent Paris, fin novembre, la cité qu'ils avaient quittée en 1848 était méconnaissable. À l'instigation de l'Empereur, le préfet Haussmann l'avait transformée en un gigantesque chantier. Des axes éventraient la ville. La capitale noire de suie, aux rues étroites, s'ouvrait à la lumière. Le quartier de la Chaussée d'Antin s'était transformé en centre des affaires pour banques et compagnies d'assurances. Des façades neuves s'élevaient à la place des jardins, de nouveaux commerces et des boutiques s'ouvraient au rez-de-chaussée des immeubles, attirant un public populaire et cosmopolite. Chaque matin, des milliers d'ouvriers de banlieue prenaient le train pour le centre-ville. Les trottoirs fourmillaient de monde. Les voitures s'étaient multipliées. Les équipages élégants se fondaient au milieu de processions de voitures de louage ou de remise, d'omnibus et de voitures publicitaires qui exhibaient des panneaux de réclame. Il en résultait des encombrements inextricables. Quelques mois plus tard, en avril 1856, Haussmann imposerait la conduite à droite.

MieMie ne reconnaissait plus son boulevard. Elle se gardait d'ouvrir la fenêtre. Le préfet de Paris avait acheté les immeubles du voisinage pour les rénover et le fracas permanent des travaux était insupportable. À travers les vitres, la vieille lady regardait ces passants inconnus se frayer un chemin parmi les crinolines mauves ou fuchsias, garnies de flots de rubans que les femmes commençaient à porter. Aux terrasses du Café de Paris, les anciens habitués avaient déserté les lieux. Les serveurs avaient troqué leur uniforme pour un long tablier blanc ordinaire. Ils servaient de l'absinthe, cette « déesse aux yeux verts », connue pour détruire le système nerveux.

Ce retour, assombri par sa santé chancelante, apporta à MieMie la joie de découvrir sa petite-fille, Seymourina. MieMie adorait les enfants. Elle savait qu'Henry avait laissé à Boulogne une poignée de bâtards. Il gardait une cloison hermétique entre sa vie personnelle et sa vie familiale et ne se serait jamais aventuré à présenter ses maîtresses et leurs enfants à sa mère. Seymourina disposait d'un autre statut. Élevée sous le toit de Beauchamp, elle recevait une éducation sévère, digne d'une fille de lord. Beauchamp l'amena chez sa mère, dès son retour.

MieMie écoutait Richard lire à haute voix un article du *Figaro*, lorsque Beauchamp entra dans son boudoir avec la fillette de neuf ans. Dans sa robe de velours noire au décolleté arrondi, bordé d'un large col de dentelle, Seymourina était irrésistible. Ses boucles de jais contrastaient avec sa peau blanche. Ses yeux bleus, qu'elle gardait baissés, laissaient échapper des éclairs de vivacité. Dûment chapitrée, elle accentua sa révérence et manqua

perdre l'équilibre. Elle se rétablit en rougissant, provoquant le rire de sa grand-mère :
— Appelez-moi Granny, mon enfant.

L'enfant s'appliquait à répondre à ses questions en italien, d'une voix claire et tempérée.

— Elle a des manières charmantes et une grâce innée, se félicita la vieille dame, lorsque Beauchamp et Seymourina furent repartis.

Richard acquiesça : il trouvait la petite fille attendrissante. Elle apportait une touche de fraîcheur dans l'univers austère des Seymour. Un après-midi, à Bagatelle, il la surprit en grande conversation avec le portrait du comte d'Artois enfant qui ornait l'alcôve du boudoir-est. Sur le tableau de Boucher et Oudry, le prince, en habit bleu chamarré d'or, semblait écouter d'un air grave les menus incidents que la fillette lui racontait. Richard se retira sur la pointe des pieds. « Dans ce monde d'adultes compassés, elle est bien solitaire », réalisa-t-il. Il trouvait des similitudes dans leurs destins.

Quelques jours plus tard, depuis la terrasse du jardin des Boulingrins, Richard vit Seymourina détacher une barque amarrée à un piquet et ramer vers le milieu de la pièce d'eau. Elle s'approcha des dauphins chevauchés par des amours qui ornaient le centre du lac. Les poissons de pierre expulsaient des jets d'eau qui retombaient en pluie sur la surface liquide. Un instant plus tard, la barque balancée par les remous de l'eau était vide : Seymourina avait disparu. Affolé, Richard courut jusqu'au lac des Cygnes Noirs en criant son nom. Lorsqu'il fut arrivé sur la berge, il vit la fillette émerger du fond du bateau, son chapeau à la main.

— Vous m'avez fait peur, mademoiselle Seymourina. Pourquoi êtes-vous restée si longtemps dissimulée dans votre barque ? lui demanda-t-il lorsqu'elle eut accosté.

La petite fille le regarda timidement :
— Je m'étais allongée sur les planches, au fond du bateau. Je regardais les nuages.
— J'ai craint que vous ne soyez tombée à l'eau.

Elle lui raconta qu'elle se sentait en sécurité dans ce berceau de bois blond verni, à l'abri des regards.

— Je rame souvent sur le lac. J'aime le clapotis de l'eau sur les flancs du canot, les odeurs de l'eau stagnante et du bois goudronné, précisa-t-elle.

Richard et Seymourina prirent l'habitude de se promener tandis que Lady Hertford et son fils conversaient dans le salon rond de Bagatelle. La petite fille lui montrait les nouvelles acquisitions de son parrain pour orner le parc. Une sculpture de Pigalle, *Madame de Pompadour*, régnait au centre d'une pelouse. Une Diane chasseresse, un Bacchus et des faunes rieurs, un discobole aux muscles saillants, côtoyaient un Hermès ailé, des nymphes voluptueuses, d'austères pharaons, des obélisques et des colonnes de marbre. Des lions et des sphinx à tête de femme, des vases en bronze et en marbre paraient les balustrades de la terrasse. Dans la grotte des philosophes, au bord du lac, un éphèbe s'appliquait à retirer une épine de son pied. Seymourina racontait à Richard l'histoire des personnages de la mythologie. Il admirait ses connaissances.

Richard éprouvait des sentiments contradictoires envers la fillette. Il était partagé entre son affection pour l'enfant et une sourde jalousie. Il se remémorait son enfance, les heures passées sur son tabouret aux pieds de MieMie. Il n'avait jamais eu de gouvernante, d'institutrice, de leçons d'équitation, de cours de dessin et de musique. Il observait que Lord Hertford et MieMie éprouvaient pour elle des sentiments que, malgré ses efforts, il n'avait su éveiller. Bien qu'elle soit la nièce de Lord Hertford, elle n'était que la fille d'une dame au service de Lady Hertford.

Seymourina aimait beaucoup Richard. Il s'intéressait plus à elle que celui qu'elle appelait oncle Henry, ce gros monsieur qui lui tapotait les cheveux lorsqu'ils se croisaient, en lui disant invariablement :

— Bonjour, petite Seymourina, comment allez-vous ?

Avant de continuer son chemin, l'air affairé.

Henry ne se plaisait plus sur le boulevard. Le Café de Paris venait de fermer ses portes, Tortoni n'attirait que des étrangers et des provinciaux. Ses anciens compagnons de plaisir, les visages familiers de la monarchie de Juillet avaient fui salons et terrasses du quartier pour d'autres lieux plus à la mode. Il sortait peu. Son poids le gênait. Se hisser en selle relevait de l'exploit. Il peinait à s'extraire de son siège et s'observait sans indulgence, commentant ses maux avec une ironie amère. « *Il faudrait un treuil pour me relever* », écrivait-il à Ellen. Cet embonpoint handicapait sa santé : « *Je me sens tellement perclus de douleurs que malgré le plaisir que j'aurais eu à vous voir, je ne le puis vraiment pas, car je n'en puis plus et je vais me fourrer au lit. J'ai commandé un bain pour demain, il me semble que vous feriez bien d'en faire autant. Bonsoir, petite vieille, et tâchez de vous persuader que j'ai pour vous une bonne affection, cela ne vous sera pas difficile* », écrivait-il à sa maîtresse qu'il avait installée, avec sa fille Ménie, dans un appartement rue Godot-de-Mauroy.

Ses douleurs allaient être reléguées à l'arrière-plan : sa mère se mourait.

Paris, février 1856

Depuis deux semaines, MieMie passait ses journées dans sa chambre, portée de son lit à son fauteuil. Bien qu'elle endurât mille petits maux, son esprit restait alerte. Dans son visage émacié, une lueur douce tempérait son regard. Richard lui prodiguait les soins que son état requérait. Il ressentait une grande affection pour cette dame de quatre-vingt-cinq ans qui approchait du terme de sa vie. Il savait qu'il allait recevoir la récompense de tant de temps passé à ses côtés, attentif à répondre à ses désirs, à se plier à ses exigences.

Il connaissait l'emplacement de son testament, une enveloppe fermée par trois cachets armoriés, en cire noire. Elle le gardait dans le tiroir central de son bonheur-du-jour. Elle l'avait montrée à Henry, en sa présence :

— Rappelez-vous, Henry, que je range ici mes dispositions testamentaires. Vous les remettrez à maître Daguin, après ma mort.

Plus d'une fois, lorsque Lady Hertford s'était absentée de la pièce, Richard avait ouvert le tiroir fermé à clef et sorti le document. Il avait tenté de discerner quelques mots en transparence, son nom, un chiffre, une indication. Mais l'enveloppe était opaque. « Mon destin est dans ces papiers », avait-il pensé.

Pour s'occuper l'esprit, tandis qu'il la veillait, Richard anticipait les changements que ses « espérances » apporteraient dans sa vie. Il avait la tête pleine de projets. Il commencerait par rembourser ses dettes. La construction de son immeuble s'était avérée plus onéreuse qu'il ne l'avait imaginé. Les appartements et les boutiques du rez-de-chaussée ne seraient pas terminés avant l'année suivante. Il avait dû à nouveau emprunter. Depuis leur retour à Paris, Lady Hertford lui avait demandé de retourner jouer pour elle, à la Petite Bourse. Il avait bénéficié de ses largesses mais c'était insuffisant. Richard faisait patienter ses créanciers : il attendait un héritage imminent.

En préparant une décoction de feuilles de camomille, Richard imaginait l'aménagement de son futur appartement. Il ferait recouvrir ses meubles de capitons en velours rouge carmin. Il suspendrait aux murs ses tableaux. Le Lancret au-dessus de la cheminée du salon. Les Meissonnier dans sa chambre. Il achèterait des meubles-vitrines pour exposer ses jades, ses porcelaines orientales et ses ivoires. « Ma collection, pensa-t-il avec fierté. Dieu fasse que Lady Hertford ait été généreuse ! » se répéta-t-il pour la vingtième fois de la journée.

L'état de le vieille dame empira. Le Dr Chermside et ses deux fils passaient la voir plusieurs fois par jour. Le 26 février, MieMie fut prise d'une violente douleur au côté droit. Après l'avoir auscultée, Chermside replaça avec une affectueuse précaution la courtepointe, tapota la main de sa vieille amie et prononça quelques paroles rassurantes. Une lueur ironique traversa le regard de MieMie :

— Ta, ta, ta, cher ami, pas de balivernes ! Ce n'est pas maintenant que vous allez commencer à me raconter des histoires ! Je sais parfaitement à quoi m'en tenir sur mon état. Débrouillez-vous pour atténuer ces douleurs et faites plutôt entrer mes fils.

Le docteur referma doucement la porte de la chambre. Beauchamp et Henry, qui attendaient dans l'antichambre, se dressèrent d'un bond. Une même anxiété crispait leur visage. Chermside leur apprit que la médecine était désormais impuissante.

— C'est une question de jours. Je lui administre des graines d'opium, que je doublerai de ciguë si elle souffre encore.

Les deux frères pénétrèrent sur la pointe des pieds dans la chambre plongée dans une semi-obscurité. On avait tiré volets et rideaux pour tamiser la lueur du jour et étouffer les rumeurs du boulevard. Seule une lampe à huile d'œillette, posée sur le marbre de la commode au fond de la pièce, donnait une tache de lumière jaune. MieMie reposait sur le dos. Henry constata que ses pommettes saillantes, ses traits tirés sous la peau distendue, semblaient déjà empreints de l'engourdissement qui précède la mort.

— Vous semblez mieux, Mère ! lança-t-il d'un ton guilleret.

— Sornettes, mon garçon. Allons, nous n'avons plus beaucoup de temps. Avancez une chaise de chaque côté de mon lit, ajouta-t-elle. Je veux profiter de votre présence jusqu'à l'ultime instant.

MieMie contempla ses deux fils, à tour de rôle. « La lumière de ma vie », songeait-elle. Son sourire les caressa avec la même douceur que lorsqu'ils étaient enfants.

— Mes garçons, pour moi, l'heure approche. Je sais que nous nous retrouverons avec Fanny, tous les quatre là-haut, dans un monde meilleur, quand vous viendrez me rejoindre. Le plus tard possible pour chacun d'entre vous, c'est mon seul souhait. Pour l'heure, j'aimerais simplement que vous soyez à mes côtés lorsque je partirai. J'ai besoin de votre présence. Si je ne parviens plus à m'exprimer, sachez que vous continuerez à occuper mon esprit jusqu'à mon dernier souffle.

Les deux frères s'organisèrent pour ne plus quitter son chevet. Toute leur vie, ils l'avaient vénérée. La force de leurs sentiments pour leur mère n'était pas étrangère au célibat pour lequel ils avaient l'un et l'autre opté. À leurs yeux, aucune femme n'arrivait à sa cheville. À l'évocation de sa mort, Beauchamp se sentait terrassé de chagrin. « *Je viens juste de rentrer de chez ma pauvre chère Mère, qui est malheureusement très malade... Je suis très mal à l'aise et misérable* », écrivit-il à sa cousine Dawson-Damer, ce jour-là, à trois heures trente du matin. Henry n'était guère plus brillant. Il avait toujours vécu sous le même toit qu'elle. Il dînait le soir avec elle. Il n'y avait de jour où il ne soit passé l'embrasser, avant de sortir.

Le 2 mars, au petit matin, assis de part et d'autre de son lit, Beauchamp et Henry, les avant-bras posés sur le revers brodé du drap, tenaient chacun une de ses mains décharnées. De temps à autre, Richard s'approchait doucement et glissait un morceau de glace sur ses lèvres. On n'entendait plus que le murmure du feu qui ronflait dans l'âtre et la rumeur étouffée du boulevard. La tête de MieMie, auréolée de ses cheveux défaits, reposait sur ses oreillers de dentelle. Son teint avait la couleur de la cire mais ses yeux, lorsqu'elle parvenait à les entrouvrir, gardaient trace de cette lumière que George Selwyn aimait tant.

MieMie s'éteignit à dix heures du matin. « *Je tenais sa main au moment où elle ferma ses yeux si chers et précieux* », écrivit Beauchamp. Il coupa une mèche de ses cheveux et la rangea dans une enveloppe sur laquelle il écrivit : « *Boucle de cheveux de ma pauvre mère, coupée sur son lit de mort à onze heures trente du matin, le 4 mars. Que Dieu la bénisse.* »

La mort de MieMie fut pour ses fils une blessure sans remède. Ils la veillèrent jusqu'à la mise en bière. L'office de l'enterrement fut célébré dans l'église anglicane par le chapelain de l'ambassade, le Dr Hale. Sa dépouille rejoignit, comme elle l'avait souhaité, celle de sa fille, au cimetière de l'Est. Les deux frères, estimant la sépulture indigne d'elle, achetèrent une concession de trente mètres carrés et firent construire un tombeau aux allures de temple grec, coiffé d'une pyramide à degrés.

Tandis que le 16 mars 1856 naissait le prince impérial dans la liesse générale, les deux frères s'efforçaient de surmonter leur « *terrible infortune* ». Beauchamp ne put se résoudre à accueillir son cher Mawson, de passage à Paris.

Deux semaines plus tard, les fils de Lady Hertford recevaient rue Taitbout maître Daguin, son notaire. Ils n'ignoraient rien des dispositions testamentaires de leur mère, inchangées depuis 1838. Elle partageait ses biens en parts strictement égales entre eux. Le montant du portefeuille les surprit.

— Il ne reste que des rentes à 4,5 % et des actions des fonderies de l'Aveyron ?

— En France, oui, d'après le relevé communiqué par son banquier, le baron Mallet, répondit maître Daguin.

— Où sont passées les valeurs des chemins de fer et les obligations à 3 % ? s'étonna Beauchamp.

— Tu sais bien que Maman jouait en Bourse, dit Henry.

— Je croyais qu'elle s'était arrêtée ?

— C'était le seul plaisir qui lui restait.

— C'est encore un coup de Richard, dit Beauchamp. Il a joué l'argent de Mère, malgré mes ordres formels et ses promesses. Ce garçon est incorrigible !

— Bah ! Il reste tout de même quelques miettes, répliqua Henry. Et nous ne sommes pas sur la paille. De toute façon, Maman ne pouvait se passer de Richard. Nous lui avons promis de nous en occuper. Inutile de se monter contre lui.

— Il serait avisé de faire attention. Mère ne sera plus là pour couvrir ses frasques.

Pendant ce temps, Richard faisait les cent pas dans le couloir. Il y avait plus d'une heure que les frères étaient enfermés avec le notaire.

— Mon Dieu, faites qu'elle ait été généreuse !

Le bourdonnement monotone de la voix de maître Daguin lui parvenait, parfois interrompu par Lord Hertford ou Lord Seymour. Il ne percevait rien de leur conversation.

Lorsque les trois hommes sortirent du bureau, Richard fit un pas vers eux. Le notaire se contenta de le saluer d'un bref signe de tête. Mais il reçut en plein cœur le regard glacé que Beauchamp lui adressa. Il semblait furieux contre lui. Lady Hertford avait dû lui laisser un legs que son fils estimait trop important. Les deux frères accompagnèrent le notaire jusqu'à la porte et sortirent avec lui. Le valet referma la porte derrière eux. Richard se retrouva seul, dans l'antichambre.

— Eh bien, et moi ? dit-il d'une voix étranglée.

Il lui fallut un moment pour saisir ce que cela signifiait : il n'était pas couché sur le testament. Dans le cas contraire, le notaire lui en aurait parlé.

Lady Hertford ne lui avait rien laissé.

Richard traversa le couloir comme un somnambule, en s'appuyant aux murs, et se réfugia dans sa petite chambre. Devant son lit, ses jambes furent prises de tremblements et son cœur se mit à battre violemment. Il se laissa glisser sur les genoux et enfouit la tête entre ses bras, le nez dans l'édredon. Il émit un râle étouffé. Il était perdu ! Qu'allait-il dire à ses créanciers ? Il s'était engagé à les rembourser dès qu'il aurait touché son legs. Qu'allait-il faire ? De quoi allait-il vivre ? Pourquoi Lady Hertford ne lui avait-elle rien laissé ?

— Ce n'est pas possible. Elle ne peut pas m'avoir oublié !

Il n'avait jamais imaginé qu'il ne serait pas même mentionné. Un instant, Richard se redressa, saisi d'un espoir :

— Elle a rédigé un codicille à mon intention. Je vais chercher, fouiller les tiroirs.

Il n'y crut qu'un instant et s'effondra de tout son long sur son lit, dont les ressorts gémirent.

Richard enfouit sa tête sous l'oreiller, espérant repousser les pensées qui l'assaillaient. Il devait s'astreindre à ne penser à rien, à éviter... La poussée d'angoisse qu'il tentait de juguler explosa au creux de sa poitrine, irradia son ventre et s'empara de son cerveau comme une marée, une vague qui allait l'engloutir, le noyer. Haletant, Richard se redressa d'un bond. Il se sentait étouffer. Il retrouva son souffle et resta prostré, longtemps, avant de sombrer dans un sommeil pesant.

Lorsqu'il émergea, la nuit était tombée. Il n'y avait pas un son dans l'appartement. Personne ne se souciait de lui maintenant que Lady Hertford était morte. Où allait-il habiter ? Richard se redressa et s'efforça de réfléchir.

— Pourquoi ne m'a-t-elle rien laissé ? se demanda-t-il. Après les attentions dont je l'ai entourée, les journées à ses côtés, des nuits entières passées à son chevet. Je me suis dévoué corps et âme ! Je la lavais, je l'habillais. J'étais son infirmier, sa chambrière ! Et tout cela pour rien ?

Des souvenirs traversaient sa mémoire, les soins ingrats qui le tenaient éveillé, le lit qu'il dressait en travers de sa porte lorsqu'ils voyageaient et passaient la nuit dans une auberge. Une immense amertume s'empara de lui.

— Je lui ai consacré mon temps, mon énergie, ma jeunesse ! Je lui ai tout sacrifié. Peu lui importait. Seuls ses fils comptaient pour elle. Elle n'aimait qu'eux. Alors qu'ils sont déjà si riches ! Le centième de son héritage aurait fait de moi un homme heureux. C'est caractéristique des gens riches, cet égoïsme, cette indifférence au sort des autres. J'ai tout fait pour gagner son affection. Pour arriver à quel résultat ? Julie avait raison : j'ai gâché ma vie à ses côtés. Et maintenant, à trente-huit ans, je me retrouve sans rien et couvert de dettes.

Une révolte grondait du fond de son être, jugulée pendant des années et qui ne demandait qu'à exploser. Il arpenta sa chambre. Il avait envie de crier son indignation.

— Ah, la mauvaise, la méchante femme ! dit-il tout haut.

L'éclat de sa propre voix le surprit. Il se figea. Si quelqu'un l'avait entendu ? Si les frères étaient revenus ? Mais non, l'appartement restait silencieux. Le personnel avait déserté les lieux. Seule la rumeur familière du boulevard lui parvenait. Une nouvelle bouffée de rage le secoua.

— Je saurai me venger de cette famille arrogante. Je leur montrerai qui je suis !

Cette pensée lui apporta un bref moment d'apaisement. De nouvelles inquiétudes le saisirent. Qu'allait dire Julie ? À la colère succéda l'accablement. La tentation de se supprimer traversa son esprit. Maintenant que Lady Hertford était morte, personne ne s'en soucierait. Elle seule lui avait manifesté de l'attention, de l'affection. Elle n'était plus là pour le protéger.

— Qu'allons-nous faire de Richard ? demandait Henry à son frère. Nous avons promis à Mère de lui trouver une source de revenus.

— Tu pourrais l'occuper, toi. Tu t'entends bien avec lui, répondit Beauchamp.

— C'est vrai, répliqua Henry, mais mon secrétaire Laboureau me suffit. Tandis que toi, ta collection t'occupe tant que tu pourrais l'employer. Il travaillait pour toi avant notre départ pour Boulogne. Il a une belle écriture, il s'intéresse à l'art. Il peut te rendre des services. Écoute, si tu le prends comme secrétaire, moi, je le logerai. Comme je garde l'hôtel de la rue Taitbout, je vais m'installer dans l'appartement de Mère, sur le boulevard. Je mettrai Richard sur la cour, dans un petit appartement qui vient de se libérer.

— Bon. Je vais le prendre comme secrétaire et je lui verserai un salaire qui lui permettra de vivre décemment. Mais c'est bien parce que je l'ai promis à Mère !

Richard reprit son travail auprès de Lord Hertford. Il avait tant rêvé d'une autre vie qu'il éprouva de grandes difficultés à se retrouver dans cette position subalterne qu'il imaginait révolue. Il se sentait las, engourdi, résigné. Il ne serait jamais intégré à ce monde auquel il ambitionnait d'accéder. Il ne serait jamais qu'un subalterne, un secrétaire au service de son patron. Cette constatation le consternait. Mais l'habitude de plier, de s'incliner eut raison de sa révolte. Richard se consacra à son travail avec une ardeur aiguisée par le désespoir. S'immerger dans des tâches fastidieuses l'aidait à oublier ses rêves de fortune. Mais l'angoisse le taraudait. Son salaire lui permettrait de faire attendre ses premiers créanciers mais d'autres échéances se rapprochaient. Comment allait-il se tirer de cette situation ?

Beauchamp partit pour Londres s'occuper de la succession des propriétés anglaises, proroger les baux des immeubles de Piccadilly, des propriétés de Newmarket et de Richmond et s'occuper de la gestion du capital que MieMie avait laissé chez Coutts, sa banque anglaise. Il rendit visite à la reine Victoria, comme il s'y était engagé lorsqu'elle était venue prendre le thé à Bagatelle l'année précédente, lors de son séjour en France. Il fut heureux de découvrir les peintures achetées par Mawson, accrochées comme il le souhaitait à Manchester Square. Son agent avait scrupuleusement respecté ses goûts. « Je n'aime pas le spectacle de la vie quotidienne, lui avait-il écrit. Je préfère cacher les souffrances. » Les nouvelles acquisitions répondaient à ces consignes. Il fut ravi de contempler *The Strawberry Girl* de Reynolds, qu'il espérait acheter depuis longtemps. *La Vierge et Jean-Baptiste enfant*, d'Andrea del Sarto. Et le *Don Balthasar Carlos*, de Vélasquez. La main potelée, appuyée sur l'épée qu'il portait au côté droit, semblait la seule concession au jeune âge du garçon. Vêtu d'une robe grise, le torse ceint d'une écharpe violette, le prince de trois ans, le visage auréolé de boucles blondes, exprimait une gravité, une dignité renforcée par son regard impérieux. L'œuvre était magnifique, bien que Beauchamp ait estimé que le prix en était extravagant. Mais, avait-il précisé dans une lettre à Mawson, « j'ai une confiance illimitée en votre goût et votre jugement ».

La découverte de ses tableaux fut le premier moment de plaisir de Beauchamp, depuis la disparition de sa mère. Et son dernier contact avec l'Angleterre. Lord Hertford allait vivre encore quatorze ans, sans jamais retraverser la Manche.

*
* *

— Elle ne t'a rien laissé ? J'en étais sûre !
Julie, les mains sur les hanches, se campa devant Richard. Il détourna les yeux. Il devinait son visage furieux, son regard hostile. Il avait retardé le plus longtemps possible l'annonce de la nouvelle.
— Eh bien non, répondit-il en baissant la tête.
— Rien de rien ?
— Non, te dis-je !
— Ah, la vieille chouette !
— Julie ! s'indigna Richard. Lady Hertford est dans la tombe. Tu ne peux pas parler d'elle comme ça !
— Je m'en priverais ! Elle t'a même pas laissé un bijou, un souvenir ?
Richard hocha la tête.
— Ses fils m'ont donné son écritoire, en souvenir de leur mère.
— Quelle générosité ! Et tu vas vivre de quoi ? De coquilles de noix ?
Furieuse, Julie se mit à arpenter à grands pas la chambre sous les combles. Richard se taisait. Il savait qu'elle ferait une scène. Edmond, le nez plongé dans un livre de classe, les deux coudes sur la table, couvrait ses oreilles de ses mains. Il détestait les entendre se quereller. Chaque fois que son père passait les voir, sa mère criait et se plaignait. Là, elle recommençait !
— Te voilà à nouveau rincé comme un verre à vin ! Tes belles promesses n'ont été que du vent, comme d'habitude !
— Je t'ai dit que Lord Hertford me prenait comme secrétaire. Il me donnera cinq cents livres par an.
— C'est pas ça qui va éponger tes dettes.
— Je vais avoir un appartement à moi, rue Taitbout.
— On va s'installer ensemble ? demanda Julie en levant un sourcil.
— Non, non, répondit Richard précipitamment. Il est trop petit. J'ai prévu pour Edmond et toi un logement

au troisième étage de mon immeuble, avec trois fenêtres sur le boulevard. Les travaux avancent.
— Il y a deux ans que tu me dis ça, répliqua-t-elle, agacée.
— Le chantier sera bientôt terminé, Julie.
— Et tes dettes, comment vas-tu les rembourser ?
— Je... je vais me débrouiller, bredouilla Richard en se détournant.
Le problème devenait aigu. Si les appointements de Hertford lui avaient paru substantiels, ils ne lui permettaient pas de combler ses dettes. Richard découvrait le coût de la vie depuis qu'il ne vivait plus sous le toit de Lady Hertford. Il devait couvrir les frais de son appartement, du meublé de Julie et les charges du quotidien. Vers qui pourrait-il se tourner ? Henry, qui l'avait souvent tiré des mains des usuriers, l'avait prévenu qu'il ne le ferait plus. Il ne restait d'autre alternative que de s'adresser à Lord Hertford. Sans la protection bienveillante de la marquise.

En novembre 1856, Richard reçut une mise en demeure. Il devait payer une tranche de travaux et régler, avant le 15 janvier suivant, cent quarant et un mille sept cent cinquante francs, au titre du reliquat de l'achat des Bains chinois. Sans compter ses emprunts. Il n'avait plus le choix. Lord Hertford était à Compiègne. Dès son retour, Richard lui parlerait.
Lorsque Beauchamp revint à Paris, il était d'humeur plaisante. Les séries avaient été brillantes. Seuls lui-même et l'ambassadeur d'Angleterre avaient eu l'honneur d'être invités pendant toute la durée du séjour. Après trois semaines de mondanités, Beauchamp était content de rentrer chez lui, de retrouver ses tableaux, *ses enfants* comme il les appelait dans ses lettres à Mawson. Il passa par sa chambre à coucher, sourit aux deux jeunes filles en robe blanche de Reynolds et de Greuze, suspendues de part et d'autre de son lit. Il admira en passant une des miniatures accrochées sur le mur. Chaque fois qu'il les regardait, il découvrait de nouveaux détails. Beauchamp traversa le vestibule et entra dans le

salon rotonde où il aimait lire, écrire et travailler. Il avait choisi pour cette vaste pièce ses œuvres favorites : quatre Boucher encastrés sous les lambris, l'infante de Vélasquez, une Madone de Murillo, un Hobbema, un Paulus Potter, un portrait de la femme de Rubens, trois Greuze, une grande marine de Guyp, une de Watteau, des toiles de Prud'hon, Bonington, Decamps et Paul Delaroche. Chacun de ses tableaux avait une histoire. Beauchamp notait sur ses carnets les informations dont il disposait. Il devait penser à la pérennité de sa collection.

Il s'enfonça dans son fauteuil avec un soupir d'aise, étendit ses jambes devant le feu et ouvrit son journal. On frappa à la porte. Richard entra dans la pièce.

— Bonjour, Richard. Comment allez-vous ? Que s'est-il passé lors de mon absence ? Avez-vous trié les factures ?

— Oui, Sir. J'ai tout préparé. Il ne manque que votre signature.

— Bien. Posez-les sur la table. Je les regarderai plus tard.

Profitant de ses aimables dispositions, Richard se jeta à l'eau. Les yeux rivés sur la pointe de ses chaussures, la voix nouée par l'anxiété, il avoua à Lord Hertford de nouvelles pertes en Bourse.

— Quel est le montant de vos dettes, cette fois-ci ? demanda Beauchamp. Le montant exact, précisa-t-il d'une voix glaciale.

— Deux cent soixante et onze mille sept cent soixante-quatorze francs, Monsieur.

— Combien ?

— Deux cent soixante et onze mille sept cent soixante-quatorze francs, monsieur, répéta Richard qui savait qu'il avait parfaitement entendu le chiffre.

Le silence s'éternisa. Richard connaissait les réactions de son patron. Il garda les yeux baissés pour ne pas voir la fureur durcir les traits de son visage.

— C'est exorbitant ! explosa enfin le collectionneur. Comment osez-vous jouer ainsi ? Pour qui vous prenez-vous ? Rien ne vous autorise à vous endetter de la sorte. Laissez ces incartades aux fils de famille. Ce n'est pas votre cas. Pourquoi voudriez-vous que je paie vos fredaines ?

Richard attendit que l'orage passe. Il savait que le moindre mot serait mal pris et il n'ouvrit pas la bouche. Après avoir tempêté tout son saoul, Beauchamp annonça sa décision :

— Je vais vous avancer cette somme, Richard. J'ai promis à ma mère que je veillerais sur vous, j'honorerai mes engagements. Mais cette fois-ci, vous allez mettre en vente votre collection pour me rembourser jusqu'au dernier centime.

— Vendre... ma collection, monsieur ? dit Richard d'une voix blanche.

Son visage se figea, ses muscles se raidirent. Il sentit ses ongles s'incruster dans les paumes de ses mains. Il voulut se rebiffer. Lord Hertford n'avait pas le droit de lui réclamer cela ! Chaque objet avait été acquis au prix de sacrifices. Il était si fier de ses miniatures, ses jades, ses ivoires et ses bronzes florentins, ses tableaux de Bonington et de Lancret.

— Cela vous servira de leçon, continua Beauchamp. J'espère que vous perdrez ainsi cette déplorable habitude.

— Mais...

— Il n'y a pas de mais ! Je ne réglerai vos dettes qu'à cette condition.

— Bien, monsieur, ne put que répondre Richard.

— Et je vous préviens, Richard. Ne vous avisez plus de jouer. C'est la dernière fois, vous entendez bien ? La dernière fois que je couvre vos dettes. Si cela se reproduisait, il serait inutile de m'en parler. Vous pourrez disparaître où bon vous semblera.

Beauchamp, le visage lisse, sûr de son bon droit, se replongea dans son journal. Pour lui, l'incident était clos. Richard, les poings serrés de rage, le fixa quelques instants en espérant qu'il reviendrait sur sa décision. Lord Hertford connaissait le prix affectif d'une collection. Il était si riche : que signifiait pour lui cette somme ?

Le marquis continuait à lire, indifférent à sa présence. « Je serais une potiche, il n'agirait pas autrement », se dit Richard, outré. Une bouffée de rage le traversa. « Je le hais ! Dieu sait que je ne ménage pas ma peine ! Je travaille pour lui sans répit, je réponds au moindre de ses désirs. Il a tout bonnement oublié les soins dont j'ai entouré sa mère. Et lui-même, lorsqu'il était si malade. Je le hais ! Je me vengerai. Je lui ferai payer son cynisme, son mépris, son arrogance. »

Richard finit par sortir de la pièce, sans saluer le collectionneur. Il ne devait jamais lui pardonner cette humiliation.

Encouragé par les commentaires venimeux de Julie, il perdit la révérence admirative qu'il ressentait pour son patron. Les gens riches et titrés n'étaient pas des êtres supérieurs comme il l'avait cru. « Il a toujours l'air renfrogné, constata Richard. Son visage n'est qu'un masque, impersonnel et froid. Il ne sait qu'accumuler des tableaux, que la fortune transmise par ses familles lui permet d'acheter. Je saurais en faire autant si j'avais eu cette chance. »

Lors de la vente de la collection de Richard Wallace, en mars 1857, Hertford acheta le Lancret, le Géricault, le Meissonnier et deux Diaz qui rejoignirent d'autres tableaux dans les entrepôts de la rue Taitbout. Richard en fut ulcéré.

Il n'avait pas le choix. Il devait continuer à travailler pour Lord Hertford. Il se rappelait les jours passés dans de tristes pièces sous les combles, lorsque Beauchamp l'avait mis à la porte. Il n'avait nulle envie de renouveler l'expérience. Aussi s'appliqua-t-il à répondre de son mieux aux exigences de son travail. Habitué à côtoyer des meubles de Boulle et Riesener, des bronzes de Caffieri, des marbres de Houdon et de Pigalle et des chefs-d'œuvre des plus grands peintres européens, il avait acquis une compétence dans le domaine des arts plastiques qui ne demandait qu'à s'exercer. Il comprenait vite et maîtrisait les tâches qui lui étaient demandées.

Depuis la mort de Lady Hertford, il découvrait les satisfactions que lui offrait sa nouvelle indépendance. Il ne passait plus ses soirées rue Taitbout. Il était libre de son temps, son travail de la journée terminé. Au fil des jours, son efficacité s'améliora et son humeur aussi. Lord Hertford lui confia d'autres responsabilités. Richard l'accompagnait à Drouot, dans les ateliers des peintres. Parfois, il se rendait seul chez un artiste ou dans la salle de vente pour acheter une œuvre repérée par Hertford. Il renchérissait en suivant scrupuleusement la fourchette de prix que son patron avait fixée. Lorsque, en décembre 1858, Beauchamp rendit à son propriétaire la résidence de Berkeley Square dont le bail arrivait à son terme, il envoya son secrétaire à Londres superviser le déménagement des meubles et des tableaux vers Manchester House. Richard surveilla le décrochage des toiles et leur emballage, le chargement dans des voitures et leur réinstallation à Manchester Square, suivant les indications de Mawson. Pendant ces deux semaines, il prit plaisir à organiser, donner des ordres et se faire obéir. Les déménageurs le tenaient pour le propriétaire. Ils l'appelaient le riche étranger. Richard se garda de les détromper.

*
* *

« *Je suis furieusement patraque, voilà ce que je suis* », écrivait Henry à Ellen Minchin, dans le billet quotidien qu'il lui adressait. L'élégant dandy, transformé en bourgeois corpulent, souffrait d'accès de goutte permanents. Désœuvré, déprimé par la mort de sa mère, il se laissait aller à des excès de boisson et de nourriture. Malgré ses efforts, les prescriptions de ses médecins qu'il observait minutieusement, la multitude de fioles contenant des médicaments qu'il ingurgitait chaque jour, ses forces s'amenuisaient. Au cours de l'été 1859, tandis que Mme Minchin et Ménie prenaient les eaux à Sainte-Adresse, son corps se couvrit d'anthrax. Le 7 août, Henry écrivit à Ellen : « *Je vais de mal en pis. Décidément, je me résigne et aujourd'hui à deux heures, M. Malespine me fera de profondes incisions derrière la tête. On ne peut rien imaginer d'aussi bon et affectueux que ce M. Malespine. Il vient cinq ou six fois par jour pour panser ces anthrax* et je vous jure que le mal qu'il est forcé de me faire lui en fait aussi à lui. En résumé, si mon heure n'est pas sonnée, je serai encore dans mon lit d'ici à deux mois. »

Malgré l'intervention, son état s'aggrava. Gagné par la paralysie au point de ne plus parvenir à écrire, Henry souffrait beaucoup. Il dicta à son secrétaire Laboureau ses dernières lettres pour Ellen Minchin : « ... J'ai une violente fièvre et pour m'achever de peindre, je souffre cruellement d'une sciatique. Vous voyez, ma chère amie, que je ne suis point à envier et j'avoue que je suis découragé à l'extrême. Adieu ou dois-je dire au revoir ? J'en doute ! »

Brûlant de fièvre, affaibli, abattu, Henry ne parvenait plus à lutter. Le lundi 15 août, Beauchamp passa la nuit à son chevet. Lorsque son frère reprenait conscience, il évoquait leur mère, leur sœur, les moments heureux de leur enfance. Henry souriait. Le lendemain matin, le mourant se fit habiller et asseoir dans son fauteuil. C'est dans cette position que s'éteignit, âgé de cinquante-quatre ans, le dandy le plus admiré de la monarchie de Juillet, le père du turf en France, l'ami dont Horace de Viel-Castel devait évoquer dès le lendemain « *le cœur tendre, noble, affectueux, l'esprit éclairé et porté à la discussion... toujours prêt à trouver un moyen d'être agréable à ses amis, toujours généreux à l'infortune et grandement, délicatement généreux* ».

Le corps d'Henry rejoignit ceux de sa mère et de sa sœur, au cimetière de l'Est. Appuyé sur sa canne, Beauchamp suivit à pied le corbillard, tiré par quatre chevaux, le long du chemin sinueux qui menait au caveau Hertford. Il avait enterré chacun des membres de sa famille. Il n'en resterait aucun pour l'accompagner lorsque son heure viendrait.

Richard fut affecté par la mort d'Henry. Bien que son idole se soit transformée en vieux monsieur podagre et lointain, il eut l'impression que son protecteur, son modèle, l'abandonnait. Il éprouva une nouvelle déconvenue lorsqu'il prit connaissance de ses dernières volontés. Henry laissait sa fortune aux Hospices de Paris et de Londres, des rentes viagères à ses descendants illégitimes, à leurs mères, à certains amis et serviteurs. Il léguait à Richard, comme au Dr Chermside, l'usufruit d'une somme dont les revenus devaient lui apporter douze mille francs par an. Et trois tableaux, dont une miniature de Lady Hertford. Richard avait espéré recevoir du capital. Ce n'était pas avec cette annuité qu'il équilibrerait ses comptes. Sa déception accrut son aigreur envers les Seymour. Décidément, il n'y avait rien à attendre de cette famille. « Je suis moins bien servi que ses chevaux », pensa Richard avec amertume en découvrant que Lord Seymour avait précisé dans son testament : « *Je veux que les chevaux, qui seront connus par mes amis pour être mes chevaux de prédilection, soient mis en pension dans un endroit où ils seront exempts de tout travail et bien soignés.* »

Henry ne laissa rien à son frère, mais une clause de la succession de leur mère stipulait que Beauchamp pourrait se porter acquéreur de l'hôtel du 1, 3 et 5 rue Taitbout, pour la somme de deux millions de francs. Beauchamp souhaitait transformer cet ensemble en musée. Il racheta la propriété aux héritiers de son frère.

Depuis l'avènement de Napoléon III, Beauchamp envisageait de léguer une partie de sa collection à la nation française. Il possédait de quoi meubler deux musées. Sa collection londonienne, qu'il appelait dans ses lettres à Mawson *Our Manchester family*, aurait une dimension internationale. Elle couvrait déjà les murs de la salle ovale, la salle carrée arrière, la salle octogonale, la salle des Canaletto et la grande galerie. Mawson la faisait visiter aux personnalités et amis envoyées par Lord Hertford.

Dans son musée parisien, le collectionneur privilégierait les œuvres françaises. Fêtes galantes ou pastorales, allégories mythologiques ou historiques de Largillière et Lancret, paysages et scènes de chasse de Desportes et Oudry, portraits de femmes ou d'enfants de Nattier, Fragonard, Boucher, Vigée-Lebrun, Greuze et Watteau. Lord Hertford s'intéressait aussi à la peinture de son siècle. Il achetait des toiles de l'épopée napoléonienne, peintes par Gros et David et des tableaux d'artistes contemporains comme Chaplin et Pradier, Delaroche et Meissonnier, Scheffer, Decamps, Horace Vernet, Prud'hon, Diaz, Troyon, Jules Dupré ou Théodore Rousseau.

L'hôtel de Brancas-Lauragais, construit par Bélanger, l'architecte de Bagatelle, se prêterait à son musée français. Dans cette perspective, Beauchamp avait acheté, en 1854, le 26 boulevard des Italiens, qui le côtoyait. En 1860, il demanda à son architecte, Silveyra, de lui préparer un plan réunissant, en un seul ensemble, ces bâtiments entourés de cours et de jardins.

20

Le gentleman de Bagatelle

Bagatelle, 1862

Trois années s'étaient écoulées. Beauchamp, marquis de Hertford, dernier vivant de la branche aînée des Seymour-Conway, soignait une maladie de reins qui handicapait sa vie sociale et limitait ses déplacements. Il s'était installé à Bagatelle, dans sa « *retraite du bois de Boulogne* », dont il venait d'agrandir le parc en achetant la plaine de Longchamp. Ses proches l'avaient suivi. Soucieuse des convenances, Louise passait ses journées à Bagatelle mais dormait dans sa maison de Saint-James, rue Delabordère, où résidait sa mère âgée. Richard habitait une maison appartenant à Lord Hertford, boulevard de Madrid, en bordure du parc. Seymourina était revenue d'une pension londonienne où elle avait poursuivi ses études pendant quatre ans.

Avant de s'y installer, Beauchamp transforma Bagatelle. Il fit aménager, dans le pavillon des pages, des chambres pour son personnel et des appartements pour ses invités. Il fit rehausser les combles du château pour agrandir l'espace et donner plus de lumière aux pièces du premier étage. Il occupait l'appartement du comte d'Artois, donnant sur la cour et sur la Seine, au-dessus de la salle à manger. La chambre de sa filleule, à l'aplomb du salon de musique, ouvrait sur le jardin. Il meubla somptueusement les pièces, alliant, selon le goût

« grand genre » du Second Empire, des armoires Boulle, des sièges à capiton et des fauteuils xviiie. Les peintures, les sculptures en marbre et en bronze témoignaient de ses goûts « Ancien Régime ». Des statues de grande taille ornaient le parc. *Madame de Pompadour*, sculptée par Pigalle, trônait au centre de la principale pelouse. *Madame de Pompadour en costume de nymphe*, de J.B. Lemoine, surplombait la cour d'honneur. Les bustes de personnages historiques, comme Candé, Turenne, Charles Brun ou Louis XIV, siégeaient sur des piédestaux dans le salon rotonde. Des statuettes, des candélabres, des horloges s'amoncelaient sur les cheminées et les meubles des boudoirs.

Malgré sa maladie invalidante, la politique d'acquisitions de Hertford ne faiblissait pas. Il n'assistait plus aux ventes. Dès qu'il paraissait s'intéresser à une œuvre, les prix des enchères montaient de façon extravagante. Il devait corriger des informations fantaisistes, comme il le fit dans une lettre adressée à l'éditeur du *Moniteur des Arts*. Lord Hertford précisa qu'il n'avait pas acheté quatre-vingt mille francs – comme le journal l'affirmait – un tableau du Titien : « *Je n'ai jamais entendu parler de cette peinture et on ne me l'a jamais proposée. Je ne l'ai donc pas achetée. Je serais heureux que vous rétablissiez la vérité sur cette petite affaire, parce que depuis que vous avez publié votre article, je reçois chaque jour des propositions de Titien à vendre, presque toutes au prix de quatre-vingt mille francs.* »

Doué d'une mémoire sans faille, Beauchamp avait acquis une connaissance encyclopédique de la peinture. Il n'avait nul besoin, comme ses contemporains les Schneider, les Rothschild ou les Pereire, de s'entourer des conseils d'un critique d'art. Sa collection ne relevait pas d'une activité sociale, mais d'un penchant personnel irrésistible. Acquérir les œuvres qu'il convoitait devenait une obsession, un jeu passionnel aiguisé par la rivalité avec des conservateurs de musées ou d'autres grands collectionneurs. Ses choix étaient rigoureux. Il renonçait à acheter une œuvre qu'il estimait trop chère, refusait un Rembrandt parce qu'il en possédait déjà deux. Pour l'amour du beau, il voulait se surpasser. Composer une collection s'apparentait à un acte de créativité qui lui permettait de compenser sa stérilité. Beauchamp tenait à jour le catalogue de ses acquisitions. Il notait dans ses carnets des informations sur ses achats et l'emplacement qu'il leur réservait dans ses galeries futures. Leur classement lui permettrait de parfaire son œuvre. La passion du collectionneur transcendait le plaisir d'admirer l'objet acquis. Il n'avait jamais vu certaines toiles de sa galerie de Londres, achetées à sa demande par Mawson. Il lui suffisait de savoir qu'il détenait une œuvre qui viendrait s'intégrer harmonieusement dans ses collections. Il avait l'ambition de laisser après sa mort, à Londres comme à Paris, deux collections qui porteraient le nom de sa famille. Elles égaleraient en qualité les musées nationaux. Elles représenteraient un hommage au génie humain.

Lorsque Mawson, pour lequel il éprouvait tant d'estime, de confiance et d'affectueuse amitié, s'éteignit, Beauchamp recruta une équipe d'agents mandataires qu'il envoyait dans les ventes publiques ou privées des capitales européennes, nantis de commandes précises. Il possédait déjà « *la plus prodigieuse réunion de tableaux, dessins, bronzes, meubles précieux et objets de curiosité qu'ait jamais possédé un particulier depuis Mazarin* ». Sa passion le poussait à acheter des objets de tous genres, armes orientales, médailles allemandes, françaises ou italiennes à l'effigie des monarques, boîtes en or ou argent, ornées de miniatures ou de pierres précieuses. En 1861, alors qu'il se rendait dans l'île Saint-Louis, il passa devant le palais Mazarin que des travaux transformaient en Bibliothèque nationale. Il aperçut sur le trottoir, au milieu de gravats, une longue pièce de ferronnerie. Il fit arrêter sa voiture et, du bout de sa canne, poussa des débris. Il reconnut, coupée en trois morceaux, la balustrade en fer forgé et bronze qui servait de rampe à l'escalier Louis XV, menant au cabinet des médailles. Ciselée et ornée d'un entrelacs de L, le monogramme de Louis XV, de fleurs de lys et de tournesols, c'était un magnifique exemple du travail des fondeurs-ciseleurs qui devait dater, estima-t-il, de la première moitié du XVIIIe siècle. L'ouvrage ornerait magnifiquement l'escalier de son musée.

— Qu'allez-vous faire de cette balustrade ? demanda-t-il au chef de chantier.

— Un ferrailleur va l'emporter.

— Je l'achète, dit Beauchamp.

— Si ça vous tente, répondit l'homme surpris. On la vend au poids.

*
* *

En raison de sa maladie, Beauchamp avait renoncé à transformer l'hôtel de Brancas en musée. Un chantier d'une telle ampleur nécessitait énergie et disponibilité. Pourtant, un espace plus vaste que sa galerie s'avérait indispensable. Leur entassement nuisait à la beauté de ses œuvres d'art. Il était contraint d'entreposer ses nouvelles acquisitions dans ses écuries parisiennes et dans les sous-sols de Bagatelle.

Il choisit de faire démolir l'immeuble du 6 rue Laffitte et de prolonger la galerie de son hôtel des 2 et 4 de la même rue, par une adjonction de salles d'exposition. Il pourrait y installer ses trésors, à sa convenance. Pour disposer des revenus nécessaires à ses projets, il avait diversifié son capital en achetant le passage Delorme, dont les trente luxueuses boutiques s'étageaient entre la rue Saint-Honoré et la rue de Rivoli, face à l'entrée du château des Tuileries. Les loyers de ces magasins s'ajoutaient à ceux des nombreux appartements qu'il possédait à Paris. Selon ses habitudes, Beauchamp signait lui-même chaque bail, en présence de son notaire. Il disposait d'immenses ressources financières.

Malgré sa maladie, Lord Hertford restait un convive recherché, apprécié des cercles du pouvoir. On admirait son sens politique, son humour, sa vivacité d'esprit. « *Le marquis de Hertford est très spirituel* », relevait Horace de Viel-Castel. Beauchamp était convié à Fontainebleau dès que le couple impérial recevait des souverains étrangers. Il continuait à participer aux Séries de Compiègne, bien qu'il commençât à s'en lasser.

*
* *

Lorsqu'un matin d'octobre 1862 le maître d'hôtel lui apporta, sur un plateau d'argent, l'enveloppe cachetée de cire rouge et timbrée de bleu, Beauchamp laissa échapper un soupir de contrariété. Il ouvrit l'enveloppe de son coupe-papier d'ivoire, sortit la carte glacée de couleur rose et lut les mots rituels : « Par ordre de Leurs Altesses Impériales, l'Empereur Napoléon III et l'Impératrice, le chambellan de service invite Monsieur le Marquis de Hertford à passer sept jours au palais de Compiègne. Le départ est prévu le 10 novembre à 2 h 33 de l'après-midi, à l'embarcadère du Nord. Un train spécial attendra les invités. »

« C'est la dernière fois que j'accepte », se promit-il.

Lorsque Beauchamp, accompagné de John, son valet de chambre, arriva à la gare, une vive agitation animait les quais. Les officiels, ministres, ambassadeurs, maréchaux, sénateurs, hauts fonctionnaires qui constituaient le cercle rapproché d'intimes du couple impérial se saluaient en un concert d'amabilités. Le train impérial comportait huit wagons, aménagés en salons, et trois autres pour les domestiques. À l'arrière étaient accrochés des fourgons, dans lesquels cochers et valets s'efforçaient d'entasser les innombrables malles et caisses qui contenaient les toilettes des invités. Les dames changeaient de crinolines trois fois par jour et ne pouvaient porter la même au cours des huit jours de la Série. Chaque robe repassée, avec son fouillis de falbalas, occupait une caisse en bois blanc.

Debout sur le marchepied du premier wagon, Nieuwerkerke, l'intendant des Beaux-Arts[1], scrutait la foule. Artiste dilettante, il était, depuis plus de dix ans, l'amant

---
1. Ministre de la Culture.

attitré de la princesse Mathilde, la cousine de l'empereur. En se frayant un chemin vers lui, Hertford fut rattrapé par Prosper Mérimée qui le salua en triturant son pince-nez, l'air boudeur, le front plissé de rides verticales :

— Je suis las de ces Séries, soupira Mérimée. Je déteste la chasse ! Les repas sont trop copieux. Il fait trop chaud dans les salons, glacial dans les couloirs.

— Allons, cher ami, vous êtes l'un des piliers des compiègnes. Vous devez y trouver quelque plaisir.

— Détrompez-vous ! L'impératrice nous reçoit très aimablement mais *le destin ne m'a pas fait pour être courtisan.*

Auguste de Morny, le chapeau à la main, le crâne luisant, s'approchait en louvoyant parmi les crinolines.

— Cher Duc, dit Mérimée à Morny, je me suis grandement diverti en relisant votre saynète.

— La verve de votre plume l'a métamorphosée, répondit Morny.

— Nous nous complétons à merveille. À propos, Marquis, poursuit Mérimée en se tournant vers Hertford. Vous êtes l'un des héros de notre pamphlet, *La Corde sensible ou les dadas favoris,* que nous allons avoir l'honneur de jouer devant vous.

— Comment ? dit Beauchamp en se tournant vivement vers Morny. Vous allez me ridiculiser devant l'Empereur et la Cour ?

— Oh, simples égratignures !

Le chef de gare s'époumonait entre deux coups de sifflet :

— En voiture, en voiture ! Le train va partir, messieurs et mesdames, en voiture...

À Compiègne, de grands breaks attendaient les voyageurs. Les postillons, coiffés de perruque à marteau poudrée, placèrent les invités et le cortège s'ébranla sur la route pavée qui menait au château.

— Ménard, vous accompagnerez M. le Marquis à son appartement habituel, dit le maréchal des logis du palais à un huissier, lorsqu'ils furent descendus de voiture dans la cour d'honneur du château.

Lord Hertford, comme Lord Cowley et les ministres Fould et Vaillant disposaient de deux pièces réservées en permanence à leur intention à Compiègne.

— Si monsieur le Marquis veut bien me suivre, dit l'huissier en habit marron, ouvert sur un gilet blanc.

Il précéda Beauchamp dans un dédale de couloirs jusqu'à son logement. Malgré le feu dans la cheminée, il faisait froid et humide dans la chambre aux murs tendus d'une perse grise à fleurs. Beauchamp soupira en s'asseyant sur le lit étroit, en bois ordinaire, qui allait abriter ses insomnies. Il souffrait de cet inconfort. Il passa dans le cabinet de toilette, se lava les mains dans la cuvette en porcelaine de Sèvres bleu et or, marquée d'un N surmonté d'une couronne impériale. De vives discussions parvinrent à ses oreilles. « Les bagages sont arrivés », constata-t-il en habitué.

Il ouvrit l'espagnolette et se pencha par la fenêtre. Un grouillement de valets, femmes de chambre et gens de service s'agitait autour des bagages amoncelés dans des chars à bras. Chaque serviteur tentait de récupérer malles et caisses avec force contestations et imprécations. John, son valet de chambre, observait la scène en retrait, les bras croisés, imperturbable et réprobateur. Il arriva quelques minutes plus tard, chargé de valises, alors que, dans la cour, le charivari continuait.

Vers sept heures du soir, les invités se retrouvèrent dans la galerie des Cartes. Le mot d'ordre était *épaules et épaulettes*. Les hommes, en uniforme ou en habit et bas de soie noirs, parlaient à mi-voix sous les cartes de la forêt de Compiègne qui ornaient les murs. Les femmes, dans des robes à crinoline fleuries, exhibaient le décolleté échancré que l'Impératrice, qui avait de belles épaules, avait mis à la mode. Leurs cheveux s'ornaient de diadèmes de fleurs, de pampres et de bijoux.

L'Empereur fit son apparition, donnant la main à l'Impératrice et le brouhaha s'éteignit. Habits noirs et crinolines s'alignèrent sur deux rangs, libérant un chemin pour le couple impérial. Le comte Bacciochi, premier chambellan, présenta les invités à l'Empereur. Seize

médailles ornaient son habit. Mérimée chuchota à l'oreille de Beauchamp :
— *Il ressemble à une vignette de missel du XVe siècle.*
Le préfet du palais annonça que l'Empereur était servi. Les quatre-vingts invités se dirigèrent vers la salle à manger, précédés par le couple impérial. Chacun prit place autour de la longue table ovale, ornée d'assiettes de Sèvres et de cristallerie au chiffre impérial.
Il n'y avait pas de plan de table. Les hôtes présidaient et chacun se plaçait au gré de sa fantaisie. Beauchamp se retrouva entre Mélanie de Pourtalès, une des dames d'honneur de l'Impératrice, et la princesse de Metternich, la pétillante épouse de l'ambassadeur d'Autriche. Les crinolines de ses deux voisines étaient si amples que son propre siège disparaissait sous une muraille de chiffons. Il tapota discrètement des coudes, pour ne pas être enseveli, et se pencha vers sa voisine de gauche. Il appréciait la jeune Mélanie dont le frais et doux visage ressemblait à une peinture de Greuze. Ils évoquèrent la collection de son beau-père, James de Pourtalès, mort huit ans plus tôt. Elle serait bientôt mise en vente, comme le défunt l'avait imposé dans son testament.
— J'ai toujours admiré son Franz Hals, *Le Cavalier rieur.* J'aimerais l'acheter.
— C'est l'un de mes favoris, opina Mélanie en souriant.
Ils admirèrent la trentaine de pièces sculptées en argent, représentant les différents épisodes de la chasse à courre, qui ornaient le centre de la table.
— Vous vous intéressez à mon surtout, My Lord, dit l'Empereur en penchant son buste sur la table.
— Oui, Sire. Quel magnifique travail ! Les pièces sont d'une exquise délicatesse. La scène de l'hallali est pure merveille.
— Voilà bien l'œil du connaisseur.
— Sa Majesté daigne-t-elle me permettre une question ?
— Je vous en prie, Marquis.
— N'est-ce pas le surtout qui ornait la table de Louis XV ?

— En effet !

— Je croyais qu'il avait été fondu, pendant les journées révolutionnaires.

— Vous ne vous trompez pas. Mais on avait conservé les moules. J'ai fait refaire par la maison Christofle ce chef-d'œuvre. Il est en ruolz et non en argent massif. Le coût en eût été trop onéreux pour les caisses de l'État.

Après le dîner, les hommes passèrent au fumoir et l'Impératrice entraîna les dames au salon, autour de jeux de patience. Lorsqu'ils se rejoignirent, un officier de service commença à tourner la manivelle du piano mécanique et les invités dansèrent une valse, une polka et une mazurka, seules ressources de l'instrument.

Le lendemain, ils chassèrent à courre. Le soir, les invités, depuis les fenêtres, assistèrent à la curée dans la cour d'honneur éclairée par des flambeaux. Les valets de chiens en livrée rouge disposèrent le corps dépecé et reconstitué du dix-cors, recouvert de la nappe, la peau de l'animal. Le garde en chef saisit les bois de sa main droite et balança la tête, provoquant les cris d'excitation des chiens, maintenus à coups de fouet par les piqueux qui les rappelaient à l'ordre par leur nom.

Les trompes sonnèrent *La Bonaparte,* puis *La Compiègne.* D'un coup de poignet, le garde retira la nappe, découvrant l'amas sanglant. Les chiens se ruèrent sur les entrailles, avec des grognements et des jappements. Une puanteur de venaison monta jusqu'aux fenêtres et les dames se détournèrent avec des grimaces dégoûtées. Beauchamp n'aimait pas la cruauté de ce sport de seigneurs. Réfugié dans la bibliothèque, il lisait les journaux.

La veille du départ, dans le théâtre du château, les invités jouèrent *La Corde sensible ou les dadas favoris.* Les rôles principaux étaient tenus par Auguste de Morny et Prosper Mérimée. Les invitées, sélectionnées pour les accompagner, avaient travaillé toute la semaine pour être à la hauteur de l'événement. Morny ne s'était pas épargné. Sa propre plume se moquait de sa passion des chevaux et de sa manie de vouloir écrire des pièces de théâtre. Lord Hertford fut aimablement égratigné. Les acteurs se gaussèrent de cet homme qui « *possède une vaste fortune, mais ne la dépense pas, de belles maisons en Angleterre, qu'il ne visite jamais, de superbes tableaux qu'il ne montre pas. Il se contente d'une Bagatelle* ».

Beauchamp, soulagé de voir que l'ensemble se terminait par un calembour, rit de bonne grâce. Chacun des habitués fut raillé, l'Impératrice pour son goût de l'ameublement et l'Empereur pour son intérêt marqué pour les fouilles archéologiques, plus que pour la politique.

Cette fois-là, Beauchamp se réjouit de voir arriver l'heure du départ. Ses douleurs de reins empiraient, accentuées par l'inconfort du logement et la succession de fêtes. Il n'avait qu'une hâte, rentrer chez lui et retrouver les femmes qui lui importaient : sa fidèle compagne, Louise et sa filleule Seymourina, de retour en France depuis deux mois.

*
* *

La pluie tambourinait sur les vitres et les doigts de Seymourina couraient sur le clavier. Elle interprétait une sonate de Chopin. Beauchamp posa son catalogue sur ses genoux et contempla la jeune fille de seize ans. « Quel magnifique port de tête », constata-t-il. Son visage s'animait lorsqu'elle jouait. Il trouvait émouvante sa façon de se concentrer sur son piano, de se donner à la musique.

Le regard de Beauchamp se porta sur Louise. Elle traversait le temps en gardant intacte sa beauté. Son ouvrage sur les genoux, les yeux mi-clos, elle se laissait emporter par l'harmonie, un léger sourire aux lèvres. Beauchamp aimait passer ses soirées d'hiver en compagnie de ces deux femmes qui lui tenaient lieu de famille. Sa pupille apportait l'éclat de sa jeunesse à leurs habitudes de vieux couple. Lorsqu'elle était revenue en France, après quatre années dans un pensionnat anglais, Beauchamp avait transformé la pièce du billard en salon de musique. Il lui avait offert un piano en palissandre et un orgue à rouleaux. Il s'était attaché à l'enfant, à la jeune fille sensible qu'elle était devenue. Il appréciait son élégance, sa distinction. Sa voix rappelait le timbre chaud de MieMie. Elle avait hérité de son abondante chevelure, de ses yeux bombés sous des sourcils arqués. Cultivée, elle parlait plusieurs langues. En dépit de ses manières réservées, elle se passionnait pour les idées, lisait les journaux et n'hésitait pas à exprimer son opinion.

Beauchamp était conscient de l'austérité de la vie de la jeune fille, de son isolement. Le matin, elle partait en cabriolet suivre, en ville, des cours de musique et d'allemand. L'après-midi, escortée par son groom, elle faisait des promenades au bois sur Charley, le cheval qu'il lui avait offert. Plus tard, elle retrouvait sa marraine dans le salon de musique. Elles cousaient en attendant qu'il les rejoigne pour le dîner. Beauchamp se préoccupait de l'avenir de sa filleule. Il devait lui trouver un mari, lui présenter des jeunes gens de sa génération. Certaines filles de son âge étaient déjà mères. Trop attendre pourrait nuire à sa réputation. Beauchamp songea à la faire inviter à un bal à la Cour. Cela ne lui serait pas difficile. En cette saison, il voyait l'Impératrice tous les jours.

Dès la première semaine de mai, la famille impériale s'installait au château de Saint-Cloud. Napoléon III pouvait y réunir ses ministres. Chaque jour, le prince impérial, sous la garde de M. Bachon, son maître de manège, d'une gouvernante et de son précepteur, sortait dans une calèche escortée par un peloton de cavalerie, pour prendre des leçons d'équitation à Bagatelle. Elles s'avéraient indispensables, car depuis l'âge de huit ans, sanglé dans son uniforme de grenadier de la garde, le prince Loulou, sur son poney Bouton d'or, passait des revues aux côtés de l'Empereur. Hertford avait aménagé un manège dans son parc. Il avait insisté auprès de l'Empereur pour que le prince en usât à son gré. Sur le tertre dominant la carrière, Beauchamp avait fait construire un kiosque pour abriter l'Impératrice et ses dames d'honneur, lorsqu'elle venait contempler les exercices hippiques de

son fils. L'Empereur les rejoignait souvent en fin de journée. Il aimait à s'entretenir avec Lord Hertford.
En cet après-midi de juin, l'Impératrice prenait le thé sous le kiosque. Assise dans un fauteuil d'osier au dossier orné d'un aigle couronné, Eugénie parlait avec ses dames d'honneur, en suivant du regard son fils qui virevoltait sur son shetland.
— Ah, voilà notre hôte ! dit Eugénie en apercevant Lord Hertford qui arrivait de l'orangerie, accompagné d'une jeune fille en robe blanche.
— Puis-je présenter à l'Impératrice Mlle Cuthbert, ma filleule ? dit Beauchamp après l'avoir saluée.
— Bonjour, mademoiselle. Cette jeune fille est votre filleule, My Lord ?
— Oui, madame. Je suis aussi son tuteur. Mlle Cuthbert est orpheline. Elle est récemment revenue de Londres où elle terminait ses études.
— Charmante ! Vous devriez emmener votre filleule à nos bals du lundi, lors de la rentrée prochaine. Nos jeunes gens seront ravis de la rencontrer.
Beauchamp prit à cœur l'introduction de sa filleule dans le monde. Il fit venir le couturier Worth pour sa toilette. Un maître de danse lui enseigna la contredanse, l'art des rédowas, des mazurkas et des valses. Elle apprit à participer à une boulangère et au quadrille des lanciers que l'on dansait à la Cour. Le soir du bal, Beauchamp fit l'effort de revêtir la culotte et l'habit bleu barbeau à col brodé avec des pans doublés de satin blanc qu'il pensait remisés pour toujours dans l'arrière-fond de sa garde-robe. Il accrocha la croix de grand officier de la Légion d'honneur sur sa poitrine et attacha l'ordre de la Jarretière sous son genou gauche.
Lorsque Beauchamp et Seymourina arrivèrent dans les pièces de réception, il présenta sa filleule à ses relations. Tous lui réservèrent un gracieux accueil, mais le plus jeune avait dépassé la cinquantaine. À dix heures, l'Empereur et l'Impératrice firent leur entrée. Ils traversèrent lentement le salon, parcoururent l'assistance en s'entretenant avec leurs invités. Napoléon III regarda avec bienveillance la jeune fille et dit à son tuteur :

— Je suis heureux de vous revoir aux Tuileries, My Lord. Grâce à votre charmante filleule, nous vous revoyons aux *petits lundis*.

La beauté de Seymourina lui valut des succès mais elle refusa de renouveler l'expérience. Elle avait trouvé ces danseurs prétentieux et ennuyeux.

— Ils s'effondrent dignement dans d'élégantes courbettes mais ils n'ont rien à raconter, confia-t-elle à son parrain.

Beauchamp n'était pas mécontent de la réaction de sa filleule. Il avait fait son devoir en la présentant à la Cour. Si elle refusait de se marier, il n'allait pas se battre pour lui trouver un inconnu qui l'emmènerait loin de lui. Il aimait la présence de la jeune fille. Il avait pris ses dispositions : elle n'aurait nul besoin d'un époux pour subvenir à ses besoins.

21

L'ascension de Richard Wallace

Saint-James, octobre 1864

La température avait baissé de plusieurs degrés, au cours des derniers jours. Une nappe de brouillard montait de la Seine. Richard passa sous le pavillon des pages et se dirigea vers la poterne flanquée de ses tourelles pointues, recouvertes de tuiles de bois. Deux aides jardiniers, perchés sur leurs échelles, cueillaient des passe-crassane sur les hautes branches des poiriers taillés en espalier le long des murs du potager. Ils ôtèrent leur casquette pour répondre à son salut. Richard sourit, sensible à ce spectacle familier. Dans la rue de Longchamp, une odeur d'herbe humide, de glaise et de mousse flottait dans l'air. Il en emplit ses poumons. Il aimait le renouvellement des saisons. Il longea d'un pas rapide le mur d'enceinte de Bagatelle, attentif au crissement de ses bottines à boutons sur le tapis de feuilles mortes. Des pensées se bousculaient dans sa tête, que la marche l'aidait à remettre en ordre.

Au cours des dernières années, le rôle de Richard s'était transformé. « Monsieur Richard », comme on l'appelait dans l'entourage de Lord Hertford, continuait à décharger le marquis des tâches routinières. Il tenait les comptes, répondait au courrier mais son domaine d'activités s'était élargi. Lord Hertford avait entrepris un savant classement de ses collections de Londres comme de Paris. Il associait Richard à ce travail. S'il continuait à lui manifester réserve et froideur, Beauchamp lui déléguait des tâches que sa maladie ne lui permettait plus d'accomplir. Richard faisait partie de l'équipe de quinze agents-mandataires que le collectionneur envoyait dans les capitales européennes acheter les peintures qu'il souhaitait acquérir. Il s'occupait en particulier de la collection londonienne, depuis la mort de Mawson.

Richard aimait ces missions. Grâce à sa parfaite connaissance de l'anglais, il négociait avec les marchands de tableaux et renchérissait dans les ventes aux enchères, suivant les instructions reçues. Il s'assurait que les tableaux récemment acquis étaient arrivés à Manchester Square et disposés à l'endroit désigné par Lord Hertford. Il vérifiait que le catalogue de la collection de peintures, rédigé de mémoire par Hertford, correspondait à la réalité. Beauchamp profitait de la présence de Richard en Angleterre pour envoyer des amis et des relations visiter Manchester Square. Richard leur servait de guide.

Alors qu'à Paris il était considéré comme le secrétaire de Lord Hertford, un exécutant discret et efficace, à Londres on lui témoignait respect et considération. À force de côtoyer la famille Seymour, Richard en avait épousé les manières, les attitudes et le comportement. Il se plaisait à imiter le marquis, s'habillait de la même manière, copiait ses postures, ses intonations. Il portait comme lui la moustache et la barbiche taillée à l'impériale. Il s'appliquait à calquer sur son visage ses expressions, cette impassibilité légèrement sardonique assortie d'une touche de lassitude. Il n'ignorait pas que le bruit courait, dans certains milieux artistiques de Londres, qu'il était le fils naturel de Lord Hertford. Un jour, un visiteur lui avait posé la question. Flatté, Richard s'était gardé de démentir. Il avait fait mine de ne pas comprendre et abordé un autre sujet.

Arrivé à son domicile, 9 porte de Madrid, Richard monta dans son bureau et s'installa à sa table de travail pour répondre au courrier.

« *Le 22 sept. 1864, Saint James*
Monsieur le Marquis me charge de vous demander si les tableaux exposés sont assurés par vous, comme du temps de Monsieur Petit... »

Après deux heures de correspondance, Richard essuya sa plume d'oie sur le rebord de l'encrier et la reposa. Il sortit une cigarette de son étui, l'alluma et inspira une longue bouffée :

— Quel ennui cette correspondance ! soupira-t-il,

Il repoussa sa chaise et se leva. Appuyé au chambranle de la fenêtre, Richard regarda les voitures traverser la place de Madrid. C'était l'heure où le Tout-Paris se retrouvait au bois. Il sentit cette pointe de jalousie, cette crispation d'envie qui le saisissait au spectacle des plaisirs de ces riches oisifs. Il n'avait pas cette chance. Il était condamné à mener à leur terme des tâches fastidieuses.

Richard s'observa dans la glace en pied qui faisait face à la fenêtre. Il se trouva beau et en fut réconforté. Il avait besoin de se voir pour se rassurer. Il avait fait poser de grands miroirs dans la plupart des pièces, sous le prétexte qu'ils reflétaient et multipliaient les sources de lumière. Son apparence physique était son point fort, un atout qui l'avait servi depuis l'enfance. Il choisissait soigneusement ses tenues. Si, pendant la journée, il optait pour un costume classique en accord avec son travail de secrétaire, durant ses loisirs, il privilégiait une allure bohème, n'hésitait pas à recouvrir son veston à carreaux d'une vareuse de peintre. Disposant de ressources insuffisantes pour accéder au monde du luxe et des plaisirs et s'offrir l'uniforme nocturne, le frac et le plastron blanc, il préférait se donner l'apparence d'un artiste. Au contact du collectionneur, des ateliers qu'il fréquentait, des galeries qu'il visitait, ses connaissances et son goût pour les arts plastiques s'étaient développés. Hertford lui demandait de montrer sa collection de la rue Laffitte à ses amis et relations qui en exprimaient le désir. Richard s'acquittait de cette tâche avec plaisir. Après la visite des galeries du premier étage, il emmenait les visiteurs dans les réserves de l'entresol de la rue Laffitte et posait sur un chevalet, pour que les invités puissent les admirer, les tableaux qui s'accumulaient aux pieds des murs. Le soir, il fréquentait les milieux artistiques, dînait dans des estaminets du Quartier latin. Membre de l'Union centrale des Beaux-Arts appliqués à l'Industrie, qui rassemblait des hauts fonctionnaires, des artistes, des aristocrates et des bourgeois, il considérait son admission dans ce cercle comme le début de son ascension sociale.

Richard fit pivoter son corps pour s'assurer que sa veste de coton écrue tombait correctement. Les redingotes à taille cintrée n'étaient plus à la mode : les basques descendaient, droites, des épaules aux genoux. Le pantalon se portait flottant. Richard rajusta les bords de sa veste et constata qu'une fois boutonnée, le tissu accusait des plis : sa taille s'était épaissie. Ses traits commençaient à s'empâter. Un relâchement autour de la bouche accentuait deux sillons verticaux qu'il s'efforçait de dissimuler sous sa moustache. Il approcha son visage du miroir et retroussa du pouce et de l'index les commissures de ses lèvres. Sans succès. Il gardait un air chagrin.

Le carillon du jardin sonna. Il se pencha à la fenêtre et aperçut Seymourina, montée sur Charley, suivie de Peter, le valet de pied qui accompagnait la cavalière sur son propre cheval, dans ses déplacements. Le torse moulé dans un corsage et la jupe d'amazone étalée sur la croupe de Charley mettaient en valeur son dos droit et sa taille fine. Sur ses cheveux serrés sur la nuque sous une résille, elle portait un petit haut-de-forme noir, ceint d'un foulard de soie rouge dont les pans flottaient sur ses épaules. Elle lui fit un gracieux signe de tête. Il l'informa du geste qu'il descendait.

Depuis que Seymourina était rentrée de Londres, ils se voyaient presque chaque jour. Lorsque Richard avait terminé son travail, il ne manquait pas d'aller saluer Mme Oger et la jeune fille de dix-sept ans, penchées sur leur ouvrage dans le salon de musique. Une complicité teintée d'affection unissait les trois proches de Lord Hertford. Les visites de Richard rompaient la monotonie des journées des dames. Il apportait des nouvelles de l'extérieur. Seymourina jouait le dernier morceau de piano qu'elle étudiait. Beauchamp les rejoignait à l'heure du thé, qu'ils prenaient dans le salon ou sur la terrasse quand le temps s'y prêtait.

Richard descendit deux à deux les escaliers et ouvrit la porte en souriant.

— Bonjour, Miss Cuthbert. Avez-vous fait une belle promenade ?

— Bonjour, monsieur Richard. Délicieuse ! Les bois sont magnifiques en cette saison. J'étrenne ma nouvelle selle qui arrive de Londres. Parrain l'a commandée à mes mesures.

— Je sais, mademoiselle, Lord Hertford m'avait demandé de passer la commande au sellier Harold.

Seymourina sourit en caressant l'encolure de Charley.

— Monsieur Richard, reprit-elle. Je dois vous transmettre un message : mon parrain souhaite vous voir cet après-midi, une heure plus tôt que prévu. Il attend une visite en fin de journée.

— Très bien, je serai à Bagatelle à deux heures.

— Vous verra-t-on à l'heure du thé ?

— J'essaierai de passer, mais cela dépendra de mon travail.

— À tout à l'heure, j'espère.

— À tout à l'heure, mademoiselle Cuthbert.

Richard referma lentement la porte du jardin et sortit sa montre de la poche de son gilet. Il lui faudrait déjeuner en vitesse. Il n'avait pas le temps, lui, de se promener au bois. Il avait promis à Julie qu'il passerait dîner ce soir-là. « J'ai quarante-six ans. Quand serai-je libre de vivre comme je l'entends ? » se demanda-t-il en soupirant.

Julie et son fils Edmond vivaient dans un appartement de son immeuble, 29 boulevard des Italiens. Il passait les voir régulièrement. Après des études au collège, Edmond faisait ses classes dans une école militaire. Ses relations avec ce père qui ne l'avait pas reconnu et ne vivait pas sous le même toit étaient réservées. Il le considérait comme un étranger et le fuyait. Il lui répondait poliment mais refusait la complicité que Richard tentait d'établir. Son père aurait aimé qu'il poursuive des études de droit. Edmond avait choisi l'armée, par souhait de s'opposer à lui, plus que par inclination.

Âgée de quarante-six ans, Julie ne se faisait guère d'illusions sur ses charmes. Elle avait forci. Les pores dilatés de sa peau enlaidissaient son teint. L'austère chignon, dans lequel elle tenait ses cheveux, était strié de blanc. Elle persistait à vouloir épouser Richard, non pour régulariser sa situation de mère célibataire mais par besoin de sécurité. La seule chose qui lui importait, c'était de ne pas *manquer*, de ne pas revivre des jours difficiles. Elle comptait ses sous et ne s'intéressait pas à grand-chose d'autre. Julie n'ignorait pas que la vie de Richard était ailleurs, mais il lui revenait. Elle savait qu'il ne pouvait prendre de décision sans la consulter. Elle devinait ses aventures et s'en moquait. Elle lui avait pardonné sa dernière liaison avec la Présidente.

Deux ans auparavant, Richard avait retrouvé Apollonie Sabatier, la femme qu'il avait tant aimée. « *Mme Sabatier vend tous ses bibelots ce mois-ci. C'est affiché, M. Mosselman l'a à peu près lâchée. Cette pauvre femme est dans une panne affreuse ; elle est obligée de se remettre à peindre des miniatures* », écrivait Jules de Goncourt à Flaubert.

Lorsque Alfred Mosselman, à demi ruiné, quitta Apollonie, elle refusa par fierté et par dépit la pension qu'il lui proposait. La Présidente avait mené grand train tant que son protecteur pourvoyait à ses besoins. Elle recevait la bohème à sa table. Les peintres en vogue, des intellectuels, des musiciens. Abandonnée par son amant, l'argent vint à manquer. Elle en fut réduite à « *faire elle-même sa cuisine* ». À l'automne 1861, elle quitta l'appartement de la rue Frochot et aménagea dans un rez-de-chaussée sur cour, rue de la Faisanderie. Il lui fallut mettre en vente les objets d'art qui décoraient son appartement. Une des pièces maîtresses de sa collection était un Polichinelle, une œuvre de Meissonnier peinte par l'artiste sur la porte du boudoir de la rue Frochot.

Beauchamp fut informé de la vente Sabatier par Richard.

— Ce garçon a du talent, dit-il en regardant le catalogue. Je possède plusieurs tableaux de Meissonnier. Le *Prophète Isaïe*, *Napoléon et son état-major*, *L'Arquebusier*... Tiens, vous devez vous souvenir de ce dernier, Richard. Il faisait partie de votre petite collection, précisa Lord Hertford en jetant, à son secrétaire, un regard en coin.

Richard rougit et serra les poings en fixant le tapis.

— Je vais acheter ce Polichinelle, poursuivit Beauchamp. Ne dépassez pas treize mille francs, Richard. C'est bien suffisant pour ces peintures modernes.

La veille de la vente, en décembre 1861, Richard se rendit dans la salle d'exposition. Malgré la foule, il repéra instantanément son ancienne amante. Apollonie contemplait son Polichinelle. Son air triste lui fendit le cœur. Il ne l'avait jamais revue, après leur séparation. Ses formes s'étaient alourdies mais elle restait belle. Le souvenir de leur rencontre dans le magasin de curiosités de Mme Lelong surgit avec une intensité aiguë. Elle l'aperçut. Ses yeux s'écarquillèrent, elle sourit, fendit la foule et vint à sa rencontre. Richard retrouva dans son regard des traces de l'éclat conquérant d'autrefois. Malgré cette pénible circonstance, elle crânait.

— Mon Dieu, Richard ! C'est bien vous, dit-elle d'une voix émue.

— Oui, répondit Richard, à nouveau paralysé par la timidité. Quelle joie de vous revoir ! ajouta-t-il après un temps de silence.

Apollonie eut un mouvement de dépit :

— Pour moi, les circonstances ne sont guère joyeuses.

— Oui, excusez-moi, je voulais dire... Je suis si heureux de vous retrouver.

— Moi aussi ! Il y a... ?

— Dix-sept ans. Vous n'avez pas changé, s'empressa-t-il d'ajouter.

— Cher Richard, toujours galant !

Elle lui prit le bras, comme s'ils s'étaient quittés la veille.

Lord Hertford acquit le Polichinelle pour treize mille francs, chiffre record de la vente. Apollonie remercia Richard de cet achat qu'elle lui attribua. Elle était libre, disponible, démunie. Ils renouèrent. Elle racontait les anecdotes de sa vie de bohème, ses dîners du dimanche, rue Frochot. Il fut moins disert, jugeant sa propre vie terne.

Richard voulait l'aider. Il n'oubliait pas qu'elle avait vendu sa parure d'émeraudes pour lui. Il proposa à Apollonie de l'accompagner en Belgique et en Hollande où Lord Hertford l'envoyait acheter des tableaux. Il retrouva des sensations de bonheur. Il se reprit à espérer que sa vie allait connaître ce tournant qu'il appelait de ses vœux. Il envisagea de l'épouser. Mais ses problèmes financiers entravèrent une nouvelle fois ses projets. Malgré son salaire, les revenus du capital laissé par Henry Seymour et les loyers de ses appartements du boulevard des Italiens, Richard ne parvenait pas à équilibrer son budget. Il continuait à jouer, perdait plus qu'il ne gagnait. Il s'était endetté auprès d'un certain M. Jarry.

Leur relation s'essouffla. Apollonie ne retrouvait pas, en cet homme mûr et rangé, le beau jeune homme éperdu qui l'avait séduite dans les années 1840. Habituée au luxe, elle aimait la variété. Un matin, Richard apprit que la Présidente avait suivi en Italie un jeune pianiste, Élie Delaborde, qu'elle venait de rencontrer. Il en fut douloureusement meurtri. Cet échec accrut sa rancœur envers les Seymour. « Si Lady Hertford m'avait couché sur son testament, Apollonie m'aurait épousé », se répétait-il avec amertume.

À soixante-cinq ans, le regard que Beauchamp posait sur le monde s'était adouci. Si son apparence restait celle de l'« *homme aux dix-huit millions de rente, avec son foulard de nuit en cravate, une dureté dans sa figure froide de porcelaine* », comme les frères Goncourt se plaisaient à le décrire, il avait perdu de son arrogance. La maladie, qui l'isolait du monde, lui fit découvrir la primauté des contacts humains. Il se préoccupait du sort de ses proches après sa mort. Son testament vieux de quinze ans, obsolète et inadapté, ne correspondait pas plus à ses souhaits qu'aux réalités de son patrimoine. Ses biens immobiliers s'étaient considérablement accrus. Depuis qu'il avait rédigé ses codicilles, en 1850, il avait hérité des propriétés de sa mère, acquis plusieurs immeubles parisiens, les luxueuses boutiques du passage Delorme, racheté des terres et des maisons autour de Bagatelle. Son portefeuille, à Paris comme à Londres, avait fructifié. Ses collections s'agrandissaient chaque jour.

À Bagatelle, loin des bruits de la ville et des vanités du monde, Beauchamp revint à l'essentiel. En marchant dans son parc, en observant la nature, il prit le temps de réfléchir à la pérennité des choses et des êtres. Il n'aurait jamais eu la chance de composer cette collection sans les revenus dont il avait hérité. Il réalisa qu'il n'était qu'un maillon de la chaîne, un parmi cette lignée qui, à travers les générations, avait su rechercher et développer un patrimoine artistique exceptionnel. La déshonorante fin de vie de son père, ses legs en faveur de maîtresses et de compagnons de débauche, l'amenèrent à reconsidérer ses propres dispositions testamentaires. Il jugea injuste le souhait de son père, trente ans auparavant, de déposséder la branche cadette de sa famille. Les querelles du passé étaient révolues. Il n'entrerait pas dans ce jeu, comme il le confia à Lord Orford venu lui rendre visite : « *La famille passe avant tout. Souvenez-vous-en toujours. Quels que soient ses sentiments, aucun membre d'une grande famille n'a le droit de dépouiller celle-ci, en léguant une part de son bien à des étrangers.* »

Si Beauchamp s'estimait libre de disposer à son gré de la fortune héritée de sa mère qu'il avait fait fructifier et des collections qu'il avait composées, il décida de rendre à la branche Seymour ses terres irlandaises. Henry était mort. Les revenus permettraient aux descendants d'entretenir les propriétés seigneuriales dont ils hériteraient et de vivre selon leur rang, comme les générations antérieures. Ses propres acquisitions immobilières à

Paris produiraient un revenu suffisant pour entretenir ses collections pendant des décennies. Le testament de 1838 et ses codicilles de 1850 étaient restés à Londres. Ils appartenaient au passé. Ils perdaient toute valeur légale, puisqu'il allait en rédiger un autre.

Dans son nouveau testament, Lord Hertford légua ses collections de Londres et de Paris à des musées. Il en confiait la gestion pour trois cents ans à des *trustees*, qui disposeraient des revenus des propriétés immobilières et des valeurs mobilières. Ses proches, Louise, Seymourina et Richard hériteraient chacun d'une rente confortable et d'une maison, boulevard de Madrid. Depuis la mort de Mme Bréart, la mère de Louise, il avait installé sa compagne dans une demeure de style gothique, qu'il avait fait construire sur les parcelles des 1 et 3 du boulevard de Madrid. Elle en deviendrait propriétaire après sa mort. Seymourina hériterait des 5 et 7 du même boulevard et Richard du 9, le chalet gothique qu'il lui louait. Beauchamp laissait des dons au personnel qui l'avait fidèlement servi et à ses amis chers. Pour ne pas léser son cousin Hamilton qu'il dépossédait des terres irlandaises en les remettant dans les terres du majorat, il lui léguait sa propriété de Richmond.

Il enferma à clef son testament signé et scellé dans la table en marqueterie de sa chambre et entreprit de se réconcilier avec ses familles anglaises. Le 18 septembre 1865, il écrivait à son cousin, Francis Hugh Seymour qui devait, après sa mort, hériter du titre et des propriétés du majorat :

« *Mon cher Seymour,*
Cela me ferait le plus grand plaisir, si vous n'avez rien de mieux à faire (ce qui est fort peu probable), que vous puissiez descendre à Sudbourne et rejoindre – je l'espère – deux de vos frères. Je ne peux m'empêcher d'espérer et de penser que vous viendrez, car vous devez vous intéresser aux fonctionnements de cette propriété. Sudbourne appartiendra à votre père dans peu d'années et il est nécessaire que vous vous prépariez à cet héritage. Je n'ai pas besoin d'ajouter que vous pouvez emmener qui vous voulez. Vous

trouverez des tas de distractions pour vous consoler de ce que vous ne trouverez pas. Vous voyez, j'essaie de vous tenter de toutes les manières possibles. Ma seule crainte est de ne pas y parvenir. Ayez, je vous prie, l'obligeance de présenter mes meilleurs respects à Lady Emily, bien qu'évidemment, elle ne se souvienne pas de moi, et croyez, mon cher Seymour, que je suis
Votre très affectionné

Hertford. »

En novembre de la même année, Francis Hugh Seymour rendit visite à son cousin à Bagatelle. Par la suite, ils allaient souvent se revoir. Les fils étaient renoués.

Beauchamp se consacra à sa collection et à ses musées, avec une ardeur accrue. L'immeuble du 6 rue Laffitte avait été démoli. La galerie le remplaçant serait bientôt terminée. Il pourrait y exposer les peintures et objets d'art qui s'entassaient dans ses réserves. Ils viendraient compléter les tableaux de son appartement parisien qui comprenaient en plus de ses œuvres françaises, des peintures des Écoles flamande – Van Dyck, Rubens – et hollandaise, Rembrandt, Willem Van de Velde, Wouwerman, Jan Steen, Nicolaes Maes, Pieter de Hooch, Hobbema ou Paulus Potter. Des peintures d'artistes espagnols, Murillo et Vélasquez, vénitiens comme Guardi et Canaletto. Une partie de ces tableaux rejoindrait sa collection de Londres. Il en garderait d'autres pour son musée parisien.

Il acheta en 1865 des pièces maîtresses. *Le Cavalier riant* de Franz Hals, à la vente Pourtalès. Il acquit également *L'Enfant à la grenade* de Pieter de Hooch et deux Guardi à la vente Morny, deux Bonington et *Les Hasards heureux de l'escarpolette* de Fragonard, à celle des princes Demidoff. Le prix de cette dernière toile atteignit trente mille francs, alors qu'il avait acheté son premier Fragonard trois cent quatre-vingt-cinq francs, quelque quinze ans plus tôt. Mais Beauchamp était particulièrement heureux de cette dernière acquisition, emplie de mouvement, de gaieté et de couleurs. Il s'amusait que le sujet, peint en 1767, avait été commandé par M. de Saint-Julien à un peintre en ces termes : « ... *je désirerais que vous peignassiez Madame – il montrait sa maîtresse – sur une escarpolette qu'un évêque mettrait en branle. Vous me placerez, moi, que je sois à portée de voir les jambes de cette belle enfant...* » Le peintre avait refusé la commande mais lui avait présenté Fragonard, qui avait accepté le sujet.

Beauchamp, pour sa part, ne passait pas de commande aux peintres contemporains. Il préférait voir un tableau, avant de l'acheter. Mais il arrivait qu'il demande à l'artiste des modifications. Ainsi pria-t-il Meissonnier d'insérer, parmi les cavaliers de *Napoléon et son état-major* qu'il envisageait d'acquérir, Roustan, le mamelouk de Napoléon. Le peintre rajouta une tête coiffée d'un turban rouge et blanc, aisément reconnaissable derrière l'épaule de Ney. Satisfait, Beauchamp acheta le tableau.

Cette même année, suivant l'exemple de Napoléon III, Beauchamp prêta près de quatre cents pièces de sa collection, pour une exposition du *Musée rétrospectif* organisée au palais de l'Industrie. En 1857, il avait vécu dans l'angoisse lorsqu'il avait consenti à présenter certains de ses tableaux, lors d'une exposition à Manchester. S'il s'était laissé convaincre par Mawson, il redoutait, pour ses « enfants », un vol, une inondation, un cataclysme. En 1865, il avait pris la décision de léguer ses collections aux publics anglais et français. Présenter une partie de ses œuvres donnerait aux visiteurs le goût d'admirer l'ensemble, lorsqu'il aurait disparu.

22

Le mariage de Seymourina

Bagatelle, décembre 1867

Richard regardait par la fenêtre les cristaux scintiller au soleil. Il avait neigé sans interruption pendant deux jours. Ce matin, le ciel était dégagé. Six hommes balayaient les terrasses et la cour d'honneur. Armés de balais de brindilles, ils formaient des monticules blancs qui encadraient le chemin circulaire reliant le château au pavillon des pages, le bâtiment réservé au personnel et aux hôtes de passage, dans lequel Lord Hertford avait fait aménager un bureau pour son secrétaire.

Un traîneau blanc, attelé à une paire de chevaux noirs aux harnais cloutés d'argent, passa sous l'arche du pavillon, fit le tour de la cour et s'arrêta devant l'entrée du château. François, le chef des écuries, sauta à terre, confia les rênes au groom qui le suivait à cheval et attendit en se frottant vigoureusement les mains pour se réchauffer.

« Qui peut sortir par ce froid, de si bon matin ? se demanda Richard. Probablement Mlle Seymourina. Je vais descendre la saluer. » Il ne perdait pas une occasion de rencontrer la jeune fille.

En sortant du pavillon, il fut décoiffé par une bourrasque glacée. Il aplatit sa mèche poivre et sel, releva le col de son manteau et hâta le pas. Il entendit des rires. La porte d'entrée du château s'ouvrit et Seymourina, en redingote de velours bleu nattier bordée de fourrure, une toque surmontée d'une aigrette sur ses cheveux relevés, sortit sur le perron avec la petite Émilie Bréart. La nièce de Louise vivait à Bagatelle depuis l'été précédent. Elle avait perdu sa mère. Bien qu'elle n'ait que douze ans, Louise et Beauchamp avaient pensé que sa présence distrairait Seymourina.

— Vous pouvez retirer le siège arrière du cocher, François, dit Seymourina. Je conduirai moi-même le traîneau.

— Mlle Seymourina saura-t-elle s'y prendre ? s'inquiéta le chef des écuries.

— Bien sûr, François. Je conduis le park-phaéton attelé à deux chevaux dans le bois. Ce n'est pas différent. Peter me suivra. Il m'aidera si besoin est. Monsieur Richard, bonjour. Comment vous portez-vous ce matin ?

Richard enfouit ses mains dans ses poches :

— Bien, très bien. Et vous-même, miss Cuthbert ? Puis-je me permettre de vous dire que vous êtes fort élégante.

Seymourina sourit et rajusta son chapeau.

— Nous allons patiner sur le lac du bois de Boulogne. L'Empereur a donné l'exemple. Il a lui-même essayé la glace. Nous allons nous joindre à la cohorte des amateurs qui tentent de l'imiter.

Émilie ajouta :

— Avec les risques de chutes que cela comporte.

Elles rirent à nouveau et s'installèrent sur la banquette capitonnée. Seymourina saisit les rênes de ses mains gantées et donna une brève impulsion. Les chevaux s'ébranlèrent et partirent au pas.

Richard regarda le traîneau passer sous l'arche du pavillon des pages, traverser la cour circulaire et s'engager dans l'allée des voitures qui menait à la grille d'honneur. Les chevaux prirent le trot et disparurent dans un tournant. Richard soupira : ces plaisirs n'étaient pas pour lui. À cinquante ans, son destin était de travailler pour un patron miné par la maladie. Il traversa le vestibule éclairé par la lumière zénithale qui descendait de la verrière et monta lentement les marches de l'escalier en colimaçon. Il frappa à la porte de la chambre de Lord Hertford et annonça selon son habitude : « C'est Richard, monsieur. » La voix sèche lui intima l'ordre d'entrer.

Pendant ce temps, les deux jeunes filles goûtaient le plaisir de cette promenade à travers bois. Le parc était recouvert d'une épaisse couche blanche. Seuls le crissement des patins et le tintement des grelots d'argent rompaient le silence. Emmitouflées sous la couverture de peaux de renards argentés, sensibles à la beauté du paysage, elles restaient silencieuses. Des pellicules de poudre soulignaient la forme des branches qui se détachaient sur le ciel bleu. Les rocailles du parc avaient des formes fantomatiques sous la neige. Les caisses en bois, qui abritaient pendant la saison froide les statues pour les préserver du gel, formaient des cubes uniformes qui imprégnaient de mystère le paysage familier.

Les yeux de Seymourina brillaient. Elle avait rendez-vous avec Paul Poirson, un jeune homme rencontré quelques semaines auparavant, chez Mme Massart, son professeur de piano. Celle-ci, une ronde personne au sourire bienveillant, épouse d'un professeur du conservatoire de musique, s'était prise d'amitié pour Seymourina : « *L'excellente éducation qu'elle a reçue, jointe à ses bonnes qualités, en font une personne charmante. Elle a une physionomie d'une douceur extrême, des manières extrêmement distinguées ; elle est grande et très mince, des cheveux superbes et beaucoup de charme dans sa personne ; quoique vivant au milieu d'un grand luxe, elle a été élevée très simplement et avec sévérité* », écrivait Mme Massart à son amie, Mme de Montmort.

Mme Massart aimait mettre en relation des jeunes gens. Elle convia la jeune fille à un thé avec quelques amis. Lord Hertford autorisa sa filleule à s'y rendre.

Pour Seymourina, l'après-midi fut un enchantement. Jamais, depuis ses années de collège à Londres, elle ne s'était autant amusée. Elle apprécia l'atmosphère de ce rassemblement de jeunes gens. Les invités jouèrent aux cartes, lurent des poèmes. Seymourina fut invitée à faire les honneurs de la tasse à thé et s'acquitta de sa mission avec grâce. Elle remarqua qu'un homme, qu'on lui avait présenté sous le nom de Paul Poirson, ne la quittait pas des yeux. Son visage aux traits réguliers respirait la bonté. Malgré son inexpérience, elle comprit qu'elle ne le laissait pas indifférent. Lorsqu'elle eut fini son service, il s'empressa de lui avancer une chaise à ses côtés, sous l'œil complice de Mme Massart. Seymourina fut priée de se mettre au piano. Il la félicita avec chaleur, demanda un autre morceau. Lorsque le soir tomba, Paul Poirson raccompagna la jeune fille jusqu'à la porte. Il devança Peter, le groom, pour l'aider à monter dans la victoria à capote doublée de soie rouge qui l'attendait. Tandis que le cocher lançait les chevaux, elle se retourna et lui fit un signe de la main. Il suivit la voiture des yeux et s'en retourna accabler de questions ses hôtes. Mme Massart était aux anges : « *Il a pris feu et flamme dès qu'il a vu la jeune fille de laquelle je lui disais tout le bien possible* », écrivait-elle, dès le lendemain matin, à son amie Montmort.

Les thés chez le professeur de piano se renouvelèrent. Après plusieurs rencontres sous l'œil vigilant de Mme Massart, Paul proposa à Seymourina une promenade plus intime. Seymourina suggéra une partie de patinage au bois de Boulogne. Émilie servirait de chaperon. Bien que piètre sportif, le jeune homme s'empressa d'accepter. Ils avaient rendez-vous ce jour-là.

Arrivée à proximité du lac, Seymourina repéra Paul au milieu de la foule. Engoncé dans sa pelisse, la tête enfouie sous un bonnet de renard, il scrutait les arrivants. Il tenait ses patins par les lanières, les faisant tourner au bout de ses doigts comme des pendules. Seymourina fut attendrie.

— Il est si beau, si prévenant, confia-t-elle à Émilie.

Le regard de Paul s'éclaira lorsqu'il aperçut le traîneau. Il retira son bonnet et se précipita pour ouvrir la porte.

— Mademoiselle, quel honneur, quelle joie de vous revoir !

Il tendit une main obligeante à la jeune fille qui avait repoussé la couverture de fourrure et posait son pied, botté de veau retourné, sur le sol givré.

— De grâce, monsieur, recouvrez-vous, dit Seymourina. Il fait si froid !

Paul remit sa fourrure sur sa tête et suivit les jeunes filles qui s'asseyaient sur un banc, pour chausser leurs patins. Elles s'élancèrent sur la glace. Paul tenta de les suivre. Il se sentait maladroit et s'en voulut d'avoir accepté de se montrer dans cette situation peu à son avantage. Seymourina, remarquant son embarras, lui tendit la main pour l'aider à trouver son équilibre.

Ce jour-là, tandis que, las de tourner, ils se reposaient sur un banc en regardant Émilie tracer des arabesques, Paul fit sa demande.

— Si vous acceptiez, s'empressa-t-il d'ajouter, comme pour conjurer le mauvais sort, si vous acceptiez de devenir ma femme, vous me rendriez le plus heureux des hommes !

Seymourina n'attendait que cela. Il émanait de cet homme une bonté, une loyauté qui la touchait. Paul avait dix ans de plus qu'elle. Elle appréciait sa gentillesse, sa culture, son goût pour la musique. Il exprimait ses idées avec une calme autorité. Subjugué par sa beauté, il aimait sa conversation. Il lui manifestait son admiration par des regards brûlants qui troublaient la jeune fille.

Si son cœur la poussait à accepter de l'épouser, Seymourina savait qu'elle devrait franchir une étape difficile, parler de lui à son tuteur avant que le jeune homme ne fasse officiellement sa demande. L'entrevue fut houleuse. Beauchamp se persuada que Seymourina s'était entichée d'un coureur de dot. Son devoir était de s'opposer à ce mariage.

Il rencontra une résistance inattendue. La jeune fille paraissait attachée à son prétendant et fit preuve d'opiniâtreté. Elle n'écouta aucun des arguments qu'il avança, lui opposant une ferme résolution.

Il consulta Louise qui soutint sans réserve le choix de la jeune fille :

— Que voulez-vous, mon ami, elle l'aime !

— Un courtier d'assurances ! Cette Mme Massart n'est qu'une entremetteuse, dit-il, furieux.

— Mais non, mais non, répondit Louise. Elle est un excellent professeur de piano. Seymourina a vingt-deux ans, mon ami. Il est temps qu'elle songe à s'établir ! Croyez-moi, le statut de célibataire pour une femme est ingrat.

Beauchamp perçut le reproche. Louise continua :

— M. Poirson semble très épris. Ce n'est peut-être pas un beau parti mais avec lui Seymourina ne risque pas de connaître les désillusions que peuvent entraîner des liens plus brillants.

Le ton, en apparence anodin, frisait l'amertume. Beauchamp se garda d'insister.

— Elle va gâcher sa vie, conclut-il.

Il choisit de quitter la pièce. Louise eut un sourire en pensant à la déception de Beauchamp. C'était pour des raisons de convenances qu'il ne l'avait pas épousée. Sa pupille, élevée comme sa propre fille, allait épouser un simple bourgeois. En cette circonstance, cela rabattrait son orgueil. Devant cette alliance féminine, Beauchamp se résigna à rencontrer le jeune homme qui fit sa demande en gants blancs. Beauchamp considéra ce mariage comme une mésalliance. « Elle est d'une autre étoffe que ce bourgeois bien élevé. Elle méritait mieux », se répétait-il avec obstination. Il imputa cette inclination au sang roturier des Barjonnet et persista dans sa conviction que Paul Poirson était intéressé par sa fortune.

— Je vais préparer un contrat de mariage ciselé. Il ne pourra pas mettre la main sur son héritage, dit Beauchamp à Louise.

— Vous faites erreur, répondit-elle. Cet homme n'est pas intéressé par l'argent. Il est passionnément épris de Seymourina.

Beauchamp fit rédiger par le notaire un contrat en douze articles. S'il dota sa pupille de deux cent mille francs, il prit soin de dissocier de la communauté des biens « *les sommes que la future pourra recueillir par suite de legs à elle faits ou à faire* ». Il précisa que ces legs devaient être investis dans des valeurs, qu'il fit énumérer dans le contrat. La signature eut lieu le 26 août 1868 dans le salon de musique de Bagatelle, en présence de son notaire, Me Mouchet, qui portait, selon l'usage, cravate blanche et tenue noire. Le mariage religieux fut célébré deux heures plus tard, au temple protestant de Neuilly-sur-Seine. Louise, Émilie Bréart et Richard Wallace furent les témoins de Seymourina.

Hertford devait toujours se méfier de Paul Poirson. Si Seymourina venait souvent à Bagatelle, Paul l'accompagnait rarement. Elle déjeunait avec son parrain et sa marraine, se promenait dans le parc avec eux et montait Charley, son cheval. Richard souffrit du départ de la jeune femme. Ils avaient noué des liens teintés de complicité et d'affection, depuis qu'elle était enfant. Il aimait sa gravité souriante, sa douceur, il admirait sa beauté. Elle emportait avec elle un souffle de fraîcheur qui éclairait ses journées.

23

Richard et le testament de Londres

Londres, octobre 1869

Richard arpentait d'un pas lent les pièces de Manchester Square. En début de soirée, le personnel s'était retiré. Il était seul dans la vaste demeure remplie de trésors, inhabitée depuis plus de treize ans. Par les fenêtres, il distinguait les formes des ormes et des peupliers du square, noyés sous la brume givrante qui engourdissait Londres depuis trois jours. Des courants d'air froid se glissaient entre les interstices des embrasures et peuplaient la maison de gémissements aux intonations humaines. Richard n'en avait cure. Il monta les marches du vaste escalier entouré de tapisseries d'Aubusson, traversa les pièces aux murs couverts de tableaux. Des meubles Boulle, alignés le long des murs, paraissaient entreposés plutôt qu'organisés en un espace de vie. Sur les consoles, sur les tables, des bronzes mythologiques alternaient avec des pièces de Sèvres, des candélabres et des pendules. Richard pénétra dans la galerie. Le parquet de chêne ciré grinçait sous ses pas. Il s'arrêta, au gré de sa fantaisie, devant *L'Infante* de Vélasquez, *Le Mariage de la Vierge* de Murillo, le *Titus* de Rembrandt, les paysages italiens de Claude Lorrain et Poussin, les portraits de Reynolds et Gainsborough, *L'Adoration des mages* de Rubens, le portrait du roi Philippe de Van Dyck, des marines de Cuyp et Van de Velde, les paysages animés de Wouwerman, d'autres toiles d'Andrea del Sarte, Ruisdael, Hobbema, Van Ostade... Toutes ces peintures, suspendues dans leurs cadres de bois sculpté, étaient des chefs-d'œuvre. À force de travailler pour Lord Hertford, Richard connaissait leur origine et leur histoire.

Le prix des œuvres d'art avait augmenté de façon spectaculaire, au cours des dernières années. Richard s'amusa à estimer la valeur de la galerie. La moindre de ces toiles lui permettrait de rembourser ses dettes. Ses inquiétudes latentes refirent surface avec une douloureuse acuité. En 1868, il avait été convoqué devant le tribunal de la Seine et condamné à payer la somme de 194 842 francs à M. Billet. Il avait fait appel pour retarder les échéances. D'autres dettes couraient. Son immeuble du 29 boulevard des Italiens était hypothéqué. Les huissiers se succédaient à son domicile. Richard hantait les salles de jeux et prenait des risques en Bourse. Il se sentait traqué. Seule la mort de Lord Hertford le sortirait de ces ornières. À condition qu'il ait été généreux.

Richard poursuivit sa visite. Malgré les lampes à gaz posées sur des consoles, les couloirs baignaient dans la pénombre. Le flambeau qu'il tenait à bout de bras éclairait les murs d'ombres mouvantes. Il passa une tête dans la salle de bains pour s'assurer que le *Persée et Andromède* du Titien était accroché à côté de la baignoire, comme Lord Hertford l'avait noté sur son carnet. Il devait également vérifier l'adéquation de la liste, écrite de mémoire, avec les tableaux et les meubles de la chambre à coucher. Richard était curieux de voir cette pièce dans laquelle il ne pénétrait jamais. Dans l'antichambre, son pas se ralentit.

Il tourna doucement la poignée de la porte. Lord Hertford n'y était pas venu depuis des années mais son ombre était omniprésente. Instinctivement, Richard reprit l'attitude de respect et d'obéissance qui lui était habituelle en sa présence. Il en fut agacé.

— Je suis seul, que diable ! dit-il à voix haute.

La chambre, bien que souvent aérée par la femme de charge, sentait le renfermé. Le lit était fait, au cas où Lord Hertford aurait débarqué inopinément. Sur ses instructions, à Londres, à Ragley, à Sudbourne, ses demeures se trouvaient en permanence prêtes à recevoir leur propriétaire ou ses invités.

Richard fit le tour de la pièce. Les tableaux correspondaient à la liste. Son regard s'attarda sur une *Jeune Fille* de Greuze et *L'Odalisque* de Bonington. Il admira la commode en acajou garnie de bronze doré, la bibliothèque à pilastres, la table en marqueterie, la courtepointe du lit assortie aux rideaux de soie vert d'eau. Il fallait une fortune pour meubler et décorer ainsi une pièce. Et du talent.

Richard posa le flambeau sur la table et s'assit sur le bord du lit. Il se releva aussitôt.

— Et s'il arrivait ? se dit-il contre toute vraisemblance.

Il imagina Lord Hertford le découvrant sur son lit. Il n'apprécierait pas qu'il s'accorde cette familiarité. Cette idée lui donna l'envie de quitter les lieux. En s'emparant du flambeau, Richard remarqua que la clef de la table en marqueterie n'était pas dans la serrure. Il savait combien Lord Hertford attachait d'importance aux clefs. Il insistait pour qu'elles ne soient jamais dissociées des meubles. Il tenta d'ouvrir le tiroir mais il était fermé à double tour. La clef devait être rangée quelque part. Richard la trouva dans une coupe d'albâtre posée sur la dernière étagère de la bibliothèque. Il l'essaya. Le tiroir s'ouvrit.

Il contenait quatre enveloppes ceinturées d'un ruban rouge. Sur celle du dessus, la plus épaisse, scellée de trois cachets de cire noire, Richard déchiffra : « Testament du très noble comte de Yarmouth, le 21 juin 1838. » Il sortit le paquet du tiroir, dénoua le lien. Les deux enveloppes suivantes, cachetées du sceau Hertford en cire rouge, portaient chacune la mention : « 1er juin 1850, codicille au testament du marquis de Hertford. » Sur la dernière, qui ne portait pas de sceau, Hertford avait simplement noté : « Codicilles à mon testament. »

— Un vieux testament ! s'exclama Richard. Certaines enveloppes sont épaisses. À qui pouvait-il léguer sa fortune à cette époque ?

Il les considéra sous tous les angles, les soupesa, les palpa. Il avait une envie folle de les décacheter, d'en lire le contenu. Il savait que Lord Hertford avait rédigé un testament qu'il gardait à Bagatelle. Il avait dû oublier l'existence de ces vieux documents.

« J'aimerais savoir ce que Lord Hertford avait prévu de me laisser en 1850. À cette époque, il m'était reconnaissant d'avoir suivi sa mère à Boulogne », se dit-il. Il hésitait. Lord Hertford serait furieux s'il découvrait que Richard avait fouillé dans ses papiers. Il se raisonna. Le Dr Phillips lui avait affirmé que les jours de son patient étaient comptés : il ne reviendrait jamais à Londres. Par ailleurs, ces documents n'avaient aucune valeur, puisqu'un testament plus récent annulait les dispositions antérieures.

La tentation était forte, le risque inexistant.

Richard ouvrit l'enveloppe non scellée. Elle contenait cinq feuillets qui commençaient tous par la même phrase : « Ceci est un autre codicille... » Ils étaient de la main de Lord Hertford. Trois concernaient Mlle Bréart, un quatrième nommait les exécuteurs testamentaires. Sur le dernier, Richard aperçut son nom. « ... *Et pour récompenser Richard Wallace autant que je le peux de ses bons soins...* »

Richard se laissa tomber dans un fauteuil, l'œil rivé sur le texte. Il lut les quinze lignes le concernant, les relut une dizaine de fois. Son premier sentiment fut un élan de gratitude envers Lord Hertford. Malgré son attitude froide et lointaine, il lui était reconnaissant. « Il était aimable avec moi quand il venait voir sa mère à Boulogne, se souvint Richard. Que recouvrait ce *résidu* qu'il me laissait alors ? Que léguait-il à d'autres ? »

La réponse figurait dans les autres enveloppes mais celles-ci étaient scellées.

Richard tergiversa. Une voix intérieure lui disait qu'il avait tort de fouiller dans ces papiers. La curiosité fut la plus forte.

— Je ne fais rien de mal ! Ce sont de vieux documents, dépassés, périmés. Si je les ouvre, personne n'en saura rien.

Soudain impatient, Richard brisa les enveloppes et en sortit les feuillets. Il lut avec attention l'intégralité des dispositions du testament de 1838 et des deux codicilles sous sceau de 1850. Une petite enveloppe concernait l'enfant Seymourina. Les rentes qu'il léguait à la fillette étaient confiées à des fidéicommissaires. « Il ne voulait prendre aucun risque ! » constata Richard avant d'ouvrir la dernière enveloppe, beaucoup plus épaisse. Lord Hertford faisait don de sa collection à l'Angleterre. Les revenus de ses propriétés et de ses valeurs mobilières, confiés à un trust, seraient consacrés à l'entretien de cette collection. En dehors des revenus de ses terres d'Irlande qu'il laissait à son frère Henry ou – si celui-ci était mort – à un cousin.

Selon le codicille le concernant, le reste des biens de Lord Hertford revenait à lui, Richard. En y pensant, ce *résidu* était loin d'être négligeable. Il recouvrait ses vaisselles, meubles ordinaires, linge et vêtements. Ses chevaux, ses voitures, selles et harnais, l'argent liquide qu'il gardait dans sa chambre. Tout cela était pour lui, en plus des revenus d'un capital de trente mille livres, prévus dans le testament de 1838.

Le retour à la réalité mit fin à son euphorie. Ce testament était périmé. Rien ne disait que Lord Hertford ait reconduit ces dispositions dans son dernier testament.

« Si Lord Hertford était mort dans les années 1850, ma vie aurait été différente ! pensa Richard. J'aurais été libre, rentier, propriétaire. J'aurais remboursé mes dettes, terminé les travaux de mon immeuble. J'aurais pu épouser Apollonie Sabatier, lui offrir un train de vie élégant. »

Une idée traversa son esprit, qu'il exprima à voix haute :

— Voyons. Dans le codicille qui fait don de la collection à l'Angleterre, Lord Hertford cite les propriétés qu'il possède à cette date et dont les revenus doivent couvrir les frais de fonctionnement du musée.

Il reprit le codicille en question et le relut avec attention.

— Il ne parle pas, évidemment, des propriétés achetées après 1850, soliloqua Richard : le luxueux passage Delorme et ses trente boutiques, l'immeuble du 26 boulevard des Italiens, la plaine de Longchamp, les terrains et maisons du boulevard de Madrid, à Neuilly. Ni des propriétés anglaises acquises lors de la succession de Lady Hertford. Ni des immeubles de la rue Taitbout, rachetés à la succession de son frère. Dans ce cas, le *résidu* pourrait inclure ces propriétés. Ce serait considérable ! S'il n'y avait pas de nouveau testament à Paris, je serais riche. Très riche !

Un vertige le saisit. Il continua à tourner dans la pièce, relut les documents et ne regagna sa chambre qu'à quatre heures du matin. Il resta longtemps les yeux ouverts, sans parvenir à dormir. Trop de questions se bousculaient dans sa tête. Une pensée l'obsédait : le codicille le concernant, non rédigé par des hommes de loi, était-il valable ? Il était olographe mais il ressemblait plus à un brouillon qu'à un document testamentaire. Alors que les deux premiers codicilles, celui léguant les collections et celui concernant Seymourina, avaient été rédigés par des notaires. Quelles étaient les lois anglaises ? Il décida de poser la question à Frederick Capron qu'il devait retrouver le lendemain et sombra enfin dans le sommeil.

Quelques heures plus tard, Richard fut introduit dans le bureau de l'homme de loi. Le visage penché sur ses papiers, Frederick Capron disparaissait derrière les piles de dossiers qui encadraient son bureau. Grand, maigre, vêtu d'une redingote gris fer, le visage sévère encadré de gros favoris, Capron avait pris la succession de son père et gérait les affaires anglaises de Lord Hertford. Lors de ses passages à Londres, Richard ne manquait pas de lui rendre visite.

Après avoir évoqué des problèmes d'intendance liés à Manchester Square, Richard en vint à la question qui le préoccupait :

— Je voulais vous demander une précision d'ordre juridique. Pour qu'un testament soit valide, en Angleterre, faut-il qu'il soit rédigé par des hommes de loi ?
— Non, rien ne l'impose. Mais c'est plus prudent.
— Y a-t-il des contraintes particulières pour qu'il soit reconnu valable ?
— Le seul impératif est que le document soit signé par le testateur, en présence de deux témoins.
— Un codicille olographe, dont la signature est certifiée exacte par deux témoins, est donc aussi valable qu'un testament rédigé par des hommes de loi ?
— Bien sûr ! dit Capron en retirant ses lunettes et en fixant Richard. Si le codicille, par essence postérieur au testament, est signé par le testateur en présence de deux témoins, il prend le pas sur l'acte antérieur. Le codicille sert à préciser un souhait. Il permet de rajouter un legs pour un héritier oublié. Il peut révoquer des dispositions antérieures.

Capron regarda Richard avec une curiosité amusée.
— Pourquoi vous intéressez-vous à cela, monsieur Richard ? Auriez-vous découvert un codicille à Manchester Square ?
— Non, non, répondit précipitamment Richard.
— À Paris, alors ?
— Non, ma question concerne un de mes amis... répondit Richard.
— Ah bon, dit Capron. À propos, savez-vous si Lord Hertford a fait un testament ?
— Vous n'ignorez pas que Lord Hertford est très discret, répondit Richard, les yeux baissés.
— Oui, mais vous passez une partie de vos journées avec lui. Vous devez savoir des choses que les autres ignorent.
— Il a, je crois, rédigé un testament qu'il garde à Bagatelle.
— Oui, c'est ce que j'ai cru comprendre, répondit Capron. Le bruit court qu'il laissera ses collections à un musée.
— On dit la même chose à Paris.

— Il peut changer d'avis. Dans ma carrière, j'ai vu d'étranges choses, poursuivit Frederick Capron en s'adossant à son fauteuil et en observant ses ongles admirablement poncés. Un testament se transforme, se révoque, pour des prétextes parfois futiles. Une soudaine inimitié, un agacement, un souvenir. Ou une rencontre. Le testament –, poursuivit-il, rêveur, vous prolonge après la mort. Il permet de consoler des proches, d'en sanctionner d'autres. C'est la dernière possibilité dont dispose le testateur pour avouer des sentiments qu'il n'a pu exprimer. Aux yeux de certains, extérioriser ses émotions implique une défaillance, une perte d'autorité. Il est plus facile d'écrire, surtout quand les sentiments exprimés sont dévoilés après votre mort. Les dernières volontés révèlent parfois d'étranges surprises.

— Je n'en doute pas, conclut Richard en songeant que, quels que soient ses efforts, Lord Hertford ne le remerciait jamais.

Alors que dans le codicille de 1850, Hertford exprimait se reconnaissance et témoignait de générosité à son endroit.

L'après-midi même, il regagnait la France. Debout sur le pont, accoudé au bastingage, il regardait les vagues caresser la coque du steamer. Le temps était vif et frais, le ciel dégagé. Tandis que s'éloignaient les falaises de Douvres, il emplit ses poumons de l'air du large.

— J'aurais pu être marin, pensait-il en regardant la côte française se rapprocher. J'aurais aimé découvrir le monde, voir défiler ces vagues infiniment répétées, dormir sur le pont sous les étoiles. Mais Lady Hertford ne voulait pas que je la quitte. Combien de fois m'a-t-elle répété : « Que ferais-je, si vous n'étiez pas là ? »

Richard revoyait le sourire de tante Mie-Mie quand il était enfant, l'intimité qui les avait unis pendant des années, les heures passées à son chevet. Il se souvint de sa frustration lorsqu'il avait découvert qu'il n'était pas couché sur son testament. Cette évocation rompit le fil de ses souvenirs. Il jeta d'un geste rageur le mégot de sa cigarette dans les vagues. Il avait beaucoup donné de lui-même à cette famille. Avec le dernier descendant, il ne se laisserait pas faire. C'était sa dernière chance. Cette fois-ci, il ne prendrait pas de risques. Il avait décidé d'emporter en France le testament et les codicilles. Il verrait ce qu'il en ferait. Ce serait un souvenir agréable, la preuve que Lord Hertford lui voulait du bien. Et si le nouveau testament venait à disparaître, si la foudre tombait sur Bagatelle...

Arrivé gare du Nord, il prit un fiacre. Le train avait du retard, il n'avait plus le temps de passer voir Julie comme il le lui avait promis. Il trouva Lord Hertford dans le boudoir transformé en bureau, à côté de sa chambre à coucher. Beauchamp avait du mal à marcher et évitait de descendre les escaliers.

— Vous voilà, Richard ! Comment s'est passé votre voyage ? Avez-vous accroché mes dernières acquisitions à Manchester Square, selon mes instructions ? Avez-vous vérifié l'exactitude des notes que je vous avais remises ?

Comme chaque fois qu'il se retrouvait en sa présence, Richard se tenait raide et gauche. Il redoutait la fulgurance du regard que Lord Hertford posait sur les gens et les objets. Il lui semblait qu'il remarquait le pli d'un pantalon froissé, la moindre tache. Ce jour-là, il se sentait coupable d'avoir ouvert et emporté le testament. Et si Lord Hertford s'en doutait ? Il se cogna à une commode en passant et perçut le regard irrité que Beauchamp dirigea vers le meuble puis vers lui. Il en fut contrarié. Il ne l'avait pas cassée, sa commode !

— Lorsque Lord Hertford entre dans la pièce, je deviens terriblement maladroit, avait-il confié à Mme Oger.

— Mais non, vous êtes habile, répondait-elle avec bienveillance. Vous avez admirablement recollé la coupe de Sèvres qui était en miettes la semaine dernière.

— Oui, je suis adroit de mes doigts. Mais malhabile de mes gestes, avait-il répliqué.

Le soir de son retour, Richard passa la soirée chez Julie, boulevard des Italiens. Au cours du dîner, il l'informa de sa découverte. Julie ne réagit pas. Elle avait l'habitude de le servir et de rester silencieuse pendant les

repas. Plus tard, alors qu'il lisait son journal en buvant un café avant de repartir pour Neuilly, elle s'enquit :
— Les as-tu rapportés, ces papiers ?
— Quels papiers ?
— Le vieux testament.
— Oui, bien sûr. Ils sont chez moi, à Neuilly.
— Bon.
— Dommage, qu'il y ait un testament plus récent ! dit-il d'un ton rêveur. Celui-ci aurait fait mon affaire !
— Tu n'as qu'à faire l'échange.
— L'échange ?
— Oui, rien de plus simple ! Tu n'as qu'à supprimer le nouveau testament et le remplacer par le vieux, avec ce codicille qui t'avantage.

Richard replaça la tasse de porcelaine blanche sur la soucoupe et regarda Julie. Elle tricotait un châle beige, les yeux baissés sur son ouvrage. Elle avait forci ces derniers mois. Sanglée dans son inusable robe noire, elle portait pour tout bijou le camée cerclé d'argent suspendu à une cordelette de satin qu'il lui avait offert pour la naissance d'Edmond. Des bouclettes teintes en noir, ramenées sur son front pour dissimuler ses rides précoces, présentaient la seule fantaisie qu'elle s'accordait. Il émanait de sa personne une force qui le galvanisait et le rassurait. Il suivait ses conseils, plus qu'il ne consentait à le reconnaître. Cette fois-ci, elle allait trop loin.

— Jamais, je ne pourrai faire une chose pareille, Julie !
— Pourquoi ?
— Lord Hertford s'en apercevra.
— Mais, gros bêta, pas maintenant. Lorsqu'il sera mort, ou à l'agonie ! Tu es toujours fourré dans sa chambre. Il t'a montré où il rangeait son testament.
— Ce serait malhonnête.

Julie posa son tricot sur ses genoux et soupira d'un air excédé.

— Ne recommence pas ! Tu ne prives personne. Il n'a pas d'enfant. Tu m'as dit qu'il voulait tout laisser à un musée. Ça ne manque pas, les musées, à Londres. Un de plus, un de moins, qu'est-ce que ça change ?

— Pour lui, ça change tout !
— Il ne sera plus là pour le voir.
Elle reprit ses aiguilles. Richard réfléchissait.
— De toute façon, ça ne peut pas marcher. Le testament de Londres est vieux de dix-neuf ans ! On sait qu'il en a rédigé un récemment.
— On pensera que ce dernier ne lui convenait plus, qu'il aura préféré reprendre celui de Londres.
— Il n'a pas mis les pieds en Angleterre depuis treize ans !
— Eh bien, tu diras qu'il t'avait demandé de le rapporter.
— Alors que les enveloppes sont déchirées ? On voit que tu ne le connais pas ! Lord Hertford, me laisser voir son testament ? C'est inconcevable.
— Ah, sapristi, je ne sais pas, moi, fais preuve d'imagination. Tu pourras toujours raconter que ton marquis t'avait chargé de rapporter une table de Londres sans te dire que le testament était dedans. Il te demande souvent de déménager des tableaux ou des meubles en Angleterre, d'en rapporter d'autres à Paris...
Richard lui jeta un regard dubitatif.
— Tu penses à tout, mais ce n'est pas si simple.
Plongé dans ses pensées, il se leva, marcha jusqu'à la fenêtre, regarda machinalement les files de voitures qui se croisaient sur le boulevard. L'idée faisait son chemin.
— Et Mme Oger, et sa pupille, reprit-il. Elles seraient lésées par rapport au nouveau testament.
— Ah, tu ne vas pas encore te soucier des autres ! Tu veux tirer le diable par la queue jusqu'à la fin de tes jours ? Tu as une occasion en or, profites-en !
Richard demeurait silencieux.
— Pense, continua-t-elle, pense à ce que tu pourrais faire avec cet argent ! Ton marquis n'a jamais rien donné à personne. Il n'en a que pour ses collections. Tu ne vas pas faire du sentiment à son sujet. Quant à ceux que tu crois léser, tu pourras te rattraper lorsque tu auras l'argent, donner ce que tu veux à qui tu veux, aider Mme Oger et Miss Cuthbert...
— Mme Poirson, reprit-il.

— Si tu veux. J'oubliais qu'elle est mariée.

De nouveaux horizons s'ouvraient devant Richard, qu'il n'avait pas osé explorer. Il jeta un coup d'œil admiratif à sa compagne. Elle avait de l'imagination quand il s'agissait d'argent. Et un solide sens pratique. Elle avait raison. Ils pourraient enfin profiter de la vie. En finir avec le harcèlement des recors ! Il n'aurait plus jamais de dettes. Il continuerait la collection. Il la connaissait si bien qu'il serait plus efficace qu'un *trustee*. Il l'améliorerait. À sa mort, il la léguerait à la nation anglaise, comme Lord Hertford le souhaitait. L'idée était séduisante.

— Tout de même, j'aurais l'impression de tromper les gens, dit-il à Julie.

— Mon pauvre ami, voilà bien un sentiment de riche ! Ce n'est pas ton cas. Les pauvres ne choisissent pas leur vie, conclut-elle.

Quelques semaines plus tard, Beauchamp prenait le train pour Boulogne-sur-Mer. Il se voyait décliner avec lucidité. Le Dr Phillips, qui avait succédé à l'ambassade au Dr Chermside, l'avait informé que son cancer était incurable. Le mal se répandait insidieusement dans son organisme. Son asthme s'ajoutait à ces maux. Comme tout malade chronique, Beauchamp multipliait les consultations de spécialistes. Il avait essayé le camphre, le soufre, le goudron, la codéine, le sirop d'éther et même les cigarettes de stramonium. Sans succès.

— Je suis une vieille machine détraquée, avait-il coutume de dire. Les pièces cassent les unes après les autres.

À Boulogne, Beauchamp avait rendez-vous avec un praticien dont on vantait les compétences dans le traitement des maladies respiratoires, le Dr Scott. Il était heureux de revoir cette ville où sa mère et son frère avaient vécu sept ans. Il y avait fait lui-même de nombreux séjours. Il descendit à l'Hôtel des Bains. La vue sur la mer, les odeurs de varech, le cri des mouettes amenèrent des larmes dans ses yeux. Sa mère lui manquait. Elle ne serait pas là pour l'aider au moment ultime. Il devrait, seul, affronter la mort.

Lorsque Beauchamp repartit pour Paris avec une nouvelle prescription, il était accompagné par un garçon de vingt et un ans, John Scott Murray, le fils du Dr Scott. Beauchamp cherchait un homme susceptible de décharger Richard de ses tâches de secrétariat pour lui permettre de se consacrer à son rôle d'infirmier, devenu prépondérant. De robuste carrure, le visage encadré par des favoris roux, l'œil malin, John affichait une bonne humeur permanente. Après des études à Malborough, il avait suivi des cours à la Sorbonne. Il parlait admirablement le français et rêvait de retourner vivre à Paris. Le jeune homme avait sauté sur l'occasion. Richard allait devenir un excellent tuteur pour John, qui deviendrait son propre secrétaire.

Et hériterait de la plus grande partie du patrimoine des Hertford.

24

Guerre et mort

Bagatelle, juillet 1870

Beauchamp emplissait ses narines de l'odeur d'herbe et de trèfle coupés qui montait par la fenêtre. Il entendait le froissement des faux sur les herbages, le crissement des râteaux sur le gravier, les voix des vieux jardiniers qui n'avaient pas été appelés sous les drapeaux. Il aimait ces signes qui rythmaient le renouvellement des saisons et la continuité de la vie. La sienne touchait à son terme.
Depuis quelques semaines, il restait confiné dans sa chambre. Sa maladie, dont les effets douloureux s'étaient accrus, ne lui permettait plus de mener une vie ordinaire. Ce septuagénaire qui s'était plaint de maux tout au long de son existence faisait preuve de stoïcisme depuis qu'il savait ses jours comptés. Il observait la progression de la maladie et la détérioration de son corps avec détachement.
Ces dernières années, Beauchamp avait renoncé à toute vie sociale. Il ne se reconnaissait plus dans cette société de la fin du Second Empire. Il trouvait les gens vulgaires, jugeait les modes outrées, les mœurs licencieuses. Il recevait de rares visiteurs : le baron d'Ivry, collectionneur, avec lequel il épluchait les catalogues, Lionel de Bonneval qui l'informait des dernières mondanités de la cour impériale et du faubourg Saint-Germain, et le duc d'Albufera, qui le tenait au courant de l'évolution des

marchés financiers. Ils échangeaient des propos fatalistes sur la marche du monde, évoquaient l'ascendant de l'Impératrice sur Napoléon III, les singulières relations de la reine Victoria avec John Brown, son valet écossais. Ils commentaient l'avancée de la Prusse et de la France vers un conflit inéluctable.

Depuis les succès militaires de la Prusse contre l'Autriche à Sadowa et l'unification des États allemands sous la férule de Bismarck, les Français s'inquiétaient de l'accroissement de la puissance prussienne. Ils redoutaient la renaissance d'un empire germanique. Un violent antagonisme franco-allemand se développait sur les deux rives du Rhin. Napoléon III, dont le pouvoir venait d'être renforcé par un plébiscite favorable, tentait d'éviter la guerre. L'opinion publique allait imposer un autre choix.

En dépit de ses souffrances, Beauchamp complétait ses collections. Trop faible pour descendre de sa chambre, il faisait disposer ses nouvelles acquisitions sur la terrasse, lorsqu'elles arrivaient à Bagatelle. Il les contemplait de sa fenêtre et notait sur ses carnets la place qu'il leur réservait dans ses galeries de Londres ou de Paris. Un secrétaire de Riesener qui meublait les appartements de Marie-Antoinette à Marly, une table de Boulle, des tableaux de Meissonnier, Watteau, Pater, Bonington et Greuze, des pièces en porcelaine de Sèvres rejoignirent au sous-sol les trésors qui s'entassaient dans la rôtisserie, le réchauffoir et la glacière désaffectés du comte d'Artois.

Devant les progrès de la maladie, ses proches s'installèrent à ses côtés. Louise, indifférente aux commentaires, occupa la chambre face à celle de Beauchamp. Seymourina venait tous les jours. Bien que mariée depuis deux ans, elle n'avait pas d'enfant. Elle avait acquis au contact de son mari une maturité et une grâce qui étonnaient son parrain. Elle semblait très attachée à lui. Ce garçon devait avoir des qualités. Peut-être l'avait-il mal jugé ?

Richard et le Dr Phillips occupèrent des chambres du pavillon des pages, d'où ils pouvaient être appelés à toute heure du jour et de la nuit. John Scott déchargeait Richard des tâches de secrétariat, pour qu'il puisse se consacrer au malade. Eugène Baux gérait son empire immobilier et négociait les loyers des appartements et magasins dont Beauchamp continuait à signer les baux, en présence de son notaire. S'il déléguait ses pouvoirs, il entendait rester informé de la marche de ses affaires.

Les membres de la famille Seymour, prévenus de l'état de santé de leur cousin, traversèrent la Manche pour lui rendre visite. Beauchamp, affaibli par une crise de goutte, reçut Hamilton Seymour dans son lit. Les cousins évoquèrent des souvenirs communs, les événements de Constantinople de 1829, lorsque Hamilton était secrétaire d'ambassade auprès de la Sublime Porte ottomane. Et les risques de guerre :

— Si j'en juge par la manière dont vos confrères, les diplomates français, gèrent nos dissensions avec la Prusse, nous allons droit au conflit, dit Beauchamp.

— Les Prussiens veulent la guerre autant que les Français.

— Certes, mais la situation serait moins alarmante si ces plénipotentiaires n'étaient pas gonflés de vanité et d'ignorance. Hélas, Hamilton, la guerre est inéluctable ! Je ne serai plus de ce monde pour voir ça, Dieu merci.

Lorsque Hamilton prit congé, Beauchamp se leva avec effort, sortit une clef de sa table de nuit et ouvrit le tiroir, fermé à double tour, de sa table en marqueterie. Il en tira une épaisse enveloppe scellée de plusieurs cachets aux armes Hertford et dit gravement en la lui montrant :

— Hamilton, mon garçon, je ne suis qu'un vieil oiseau sans progéniture. Il y a là quelque chose qui vous intéresse.

Hamilton Seymour devait se souvenir de ces paroles.

Début juillet, le général Francis Hugh Seymour, l'héritier du titre des Hertford depuis la mort récente de son père, vint passer quelques jours en France avec sa femme. Malgré ses cinquante-huit ans, ce passionné d'équitation et de chasse, ancien écuyer du prince-consort et *Groom of the Robes* de la reine Victoria, gardait une silhouette de jeune homme. Il dissimulait sa détermination sous une allure nonchalante et un humour souriant. Il dominait d'une tête son épouse, Emily Mary, une blonde au teint pâle enveloppée de couleurs pastel. « Le titre sera bien porté », se réjouit Beauchamp.

Les Seymour constatèrent que Beauchamp approchait du terme de sa vie. Francis s'abstint de regarder les merveilles qui pourraient lui appartenir quelques semaines plus tard. En quittant Bagatelle, il passa par l'hôtel Borghèse et demanda à l'ambassadeur, Lord Lyons, de le prévenir dès que l'état de son cousin deviendrait critique. Chacun savait que Lord Hertford ne passerait pas l'été.

En France et en Prusse, la tension montait. L'affaire de l'hériter prussien au trône d'Espagne fut résolue[1] par la voie diplomatique, mais la presse continuait à ironiser sur la « paix foireuse » et les étudiants maintenaient leurs défilés en chantant *La Marseillaise* et en brandissant des pancartes hostiles à Bismarck. La dépêche d'Ems, rédigée par le chancelier, insistant d'une façon outrancière et provocatrice sur la froideur de l'accueil réservé par le roi de Prusse à l'ambassadeur de France Benedetti, fut le détonateur du conflit. Bismarck voulait cette guerre. Il sut habilement présenter des faits, relativement anodins, de façon à ce que « le taureau français » fonçât sur le tissu rouge. Les journaux français s'emparèrent de la nouvelle, plongeant le pays dans la fureur. Les Parisiens défilèrent sur les boulevards en scandant : « À Berlin ! À Berlin ! » On allait montrer à ces Prussiens la puissance de l'armée française, invincible grâce au fusil chassepot et au canon à balles !

---

1. Les Espagnols avaient déchu leur reine et proposé la couronne à Léopold de Hohenzollern. Les Français y virent une machination de Bismarck, pour mieux les encercler. Après de nombreux pourparlers, les diplomates français obtinrent, le 12 juillet, la certitude que le prince renonçait au trône espagnol.

Malgré certaines tentatives pour calmer les esprits, le parti de la guerre était trop puissant pour inverser le mouvement.

Le 18 juillet, le prince impérial arriva aux grilles de Bagatelle dans sa calèche entourée par douze spahis. L'Impératrice et ses dames d'honneur le suivaient en voiture découverte. Avec les beaux jours, le couple impérial s'était installé au château de Saint-Cloud et le prince Louis avait repris ses cours d'équitation au manège de Bagatelle, sous la direction du général Bachon.

Dès qu'il fut informé de leur arrivée, Beauchamp, conscient de l'imminence du conflit, se fit porter dans les escaliers et rouler, dans sa voiture de malade, jusqu'à l'orangerie. Aidé par Richard, il se leva péniblement. Courbé sur sa canne à pommeau d'argent, il s'avança vers le manège. Il aimait beaucoup le fils de Napoléon III et craignait de ne plus le revoir.

Le prince impérial caracolait sur un splendide pur-sang blanc. Il rayonnait. En dépit de ses quatorze ans, son père lui avait confirmé qu'en cas de guerre il pourrait l'accompagner sur le front. Sous le kiosque, l'Impératrice prenait des rafraîchissements avec ses dames d'honneur. Eugénie agitait son éventail d'un mouvement régulier en surveillant les voltes de son fils. Elle jetait de fréquents coups d'œil en direction du chemin qui menait à la grille d'honneur.

Le prince avait mis pied à terre lorsque l'Empereur arriva, accompagné de ses deux proches, son écuyer en chef, le général-comte Fleury et le Dr Cornaud. Napoléon III paraissait épuisé. Cornaud le couvait d'un air inquiet. Dès qu'elle aperçut son mari, l'Impératrice se leva et courut à leur rencontre.

— Alors, dit-elle, quelles nouvelles ?

Nul n'ignorait qu'elle soutenait le parti des belliqueux. Elle n'hésitait pas à parler de *ma* guerre.

— Bonnes pour vous, madame. Dans vingt-quatre heures, la guerre sera déclarée à la Prusse.

Le visage crispé de l'Empereur démentait la courtoisie de son sourire.

Eugénie se précipita vers lui et lui étreignit les mains avec fougue. Elle saisit le prince Louis et l'entraîna dans un pas de danse sur la pelouse en chantant :
— À Berlin, à Berlin !
Napoléon III se détourna. Il aperçut Beauchamp et s'avança vers lui pour lui épargner l'effort de le rejoindre. Il avait vu chez son ami souffrant des reins la progression du mal, les douleurs et les altérations de l'humeur qui en résultaient. Il savait Lord Hertford proche du terme de sa vie. Il prit le temps d'informer le marquis des événements. Les deux hommes étaient atterrés par la perspective de la guerre. En se quittant, ils se serrèrent la main longuement. Tous deux savaient qu'ils ne se reverraient plus.

Lorsque les calèches impériales furent reparties, Louise et Richard, qui attendaient derrière l'orangerie, rejoignirent Beauchamp en poussant sa chaise de malade. Il s'assit et murmura tristement :
— Pauvre France, pauvre Paris, pauvre petit ! Ah, cette femme va nous plonger tous dans l'abîme !

Le lendemain, la guerre était déclarée. L'Empereur annonça dans les journaux : « *J'emmène mon fils avec moi, malgré son jeune âge. Il sait quels sont les devoirs que son nom lui impose et il est fier de prendre sa part dans les dangers de ceux qui combattent pour la patrie.* »

Le 28 juillet, au bout du parc du château de Saint-Cloud, un train spécialement aménagé attendait l'Empereur et le prince Louis. Eugénie traça, à l'espagnole, un signe de croix avec son pouce sur le front de son fils et, les yeux pleins de larmes, regarda le train emporter vers le front l'enfant, radieux dans son uniforme de sous-lieutenant d'infanterie, et le père, accablé. En retournant au château, elle se rasséréna. Elle était persuadée qu'une éclatante victoire sur la Prusse mettrait un terme rapide au conflit.

Après de modestes succès, les nouvelles des défaites tombèrent : Wissembourg, Woerth, Frœschwiller, Reichshoffen... Quinze jours plus tard, le désordre et le désarroi succédaient à l'enthousiasme et aux rodomontades.

L'Assemblée applaudissait l'héroïsme des soldats et critiquait l'incurie des officiers : « ...*Des lions conduits par des ânes* ». Le ministère fut renversé. Le 12 août, sur le front, l'Empereur remettait le commandement des armées au maréchal Bazaine. Les défaites continuèrent à s'additionner. Paris se prépara à subir un siège.

À Bagatelle, les journées exceptionnellement chaudes du mois d'août 1870 s'écoulaient lentement. Pas un souffle d'air ne traversait les prairies. La majeure partie du personnel avait été réquisitionnée et le domaine tournait au ralenti. L'atmosphère était feutrée, chacun vaquait en silence : le marquis se mourait.

Protégé par son enceinte, le parc de Bagatelle paraissait un havre de paix, en comparaison du bois de Boulogne qui l'entourait. Dans la forêt, toute trace de végétation avait disparu. Des cinq cent mille arbres, hêtres, charmes, ormes, frênes ou bouleaux plantés par Alphand et Varé, chargés par Napoléon III de recomposer l'espace, ne subsistaient que les troncs, alignés géométriquement comme des poteaux nus. Ce brûlant mois d'août prenait des allures hivernales. Des hordes de vaches, bœufs, moutons et ânesses, destinées à servir de réserve de nourriture à la capitale en perspective d'un siège, étaient parquées dans le bois, encerclées par la Seine et les fortifications qui entouraient Paris. Les animaux rendus à la vie sauvage meuglaient, bêlaient, hennissaient, unissant leurs voix affolées. Des vaches, aux pis gonflés, se bousculaient pour arracher les derniers brins d'herbe. Le lierre, qui couvrait les murs des fortifications, avait été dévoré. Seules subsistaient des nervures qui tapissaient les pierres de leurs faisceaux brunâtres. À Bagatelle, la cacophonie des cris des bestiaux affamés accentuait l'angoisse et rendait la chaleur insupportable.

Dans sa chambre, Beauchamp reposait sur son lit de bois peint, sous le ciel du baldaquin de velours bleu. Il souffrait moins, grâce aux doses de morphine et d'opium que le Dr Phillips lui administrait. Il effleura du regard les objets familiers qui l'entouraient, la paire de commodes Louis XV, la cheminée aux bacchantes en airain doré, le bureau en marqueterie garni de bronze. Il s'arrêta plus longuement sur le bonheur-du-jour, le meuble favori de sa mère dans lequel il gardait des souvenirs de la disparue : son étui à ouvrage, son éventail favori, quelques colliers qu'elle aimait porter. Il revoyait ses doigts jouer avec les perles et croyait entendre le cliquetis des grains glissant les uns contre les autres. Dans une boîte en argent, il conservait la boucle de ses cheveux coupée sur son lit de mort. Il sortait parfois la mèche poivre et sel et la caressait. Il glissa sa main sous l'oreiller, effleura de ses doigts son portrait en miniature. Ce jour-là, il aurait aimé sentir son odeur, entendre sa voix le rassurer comme au temps de son enfance.

Ses yeux balayèrent les quarante toiles et pastels qui ornaient ses murs. Ils s'attardèrent sur le *Mrs Robinson*. Beauchamp la devinait plus qu'il ne la voyait. Fermant les yeux, il se plut à l'évoquer. Ces tableaux orneraient les musées Hertford. Les visiteurs se presseraient pour les voir. Cette idée l'aidait à supporter son agonie.

Les bruits familiers de la maison retinrent son attention. Quelques mois auparavant, l'horloger, après des semaines de travail, était parvenu à régler avec une parfaite simultanéité les pendules du château. De sa chambre, Beauchamp entendait les sonneries concomitantes qui tintaient en écho démultiplié dans l'enfilade des pièces. Cette perfection lui procura un moment de plaisir. Un brouillard de souvenirs lui revenait à l'esprit, sans continuité ni chronologie. Chaque événement laissait place à un autre, selon une logique qui n'appartenait plus à la raison. Le prélude de la mort, pensa-t-il. Il se sentait prêt.

Louise entra, suivie de Seymourina. Elles s'enquirent de son état.

— Vous semblez mieux aujourd'hui, Parrain, dit Seymourina d'un ton guilleret.

Depuis deux jours, délaissant son foyer, elle avait retrouvé sa chambre de jeune fille.

Beauchamp sourit sans répondre. Il aurait préféré qu'on le laissât mourir en paix. Pourquoi les femmes se croyaient-elles obligées de prétendre que tout allait reprendre le cours normal ? Il savait ses heures comptées. Le Dr Phillips lui avait expliqué l'évolution du cancer dont il souffrait. Il ne tenait pas à faire durer l'épreuve.

Louise se glissa dans l'espace qui séparait le lit de la fenêtre et lui prit la main. Il se dégagea de son étreinte et tapota son bras pour adoucir son geste. « Pauvre Louise », pensa-t-il en regardant à travers ses yeux mi-clos sa vieille compagne, avec sa robe blanche et son bonnet de dentelles dont deux pans descendaient sur les épaules. « Elle a encore belle allure. »

Malgré sa tristesse, Louise trouvait de la tendresse à ces derniers moments avec Beauchamp. Elle avait l'impression de l'aider par des gestes discrets, des témoignages de son affection. Elle lui parla de la beauté du parc malgré la sécheresse, de la lumière de cette fin d'après-midi qu'il aimait tant. Rasséréné par sa voix, Beauchamp s'endormit.

Le lendemain, il s'enfonça dans le coma. Louise, postée au pied du lit, les yeux penchés sur son travail de broderie, l'oreille aux aguets, guettait son souffle. Au moindre tressaillement, elle s'approchait et lui murmurait des paroles apaisantes. Puis elle retournait sur son siège. Seymourina entrait et sortait, incapable de supporter plus de quelques minutes cette agonie.

Dans l'office et la lingerie, dans les communs et aux écuries, les valets, cuisiniers, femmes de chambre et palefreniers, jardiniers et cochers vaquaient silencieusement, en attendant la mort annoncée. Sensibles aux derniers moments de Lord Hertford qu'ils avaient servi pendant des années, ils souhaitaient cependant quitter Bagatelle au plus vite, pour se mettre à l'abri de l'avancée des troupes ennemies, derrière les fortifications de la capitale. L'attente et la chaleur engourdissaient les esprits en cette demeure isolée parmi des troupeaux errants.

Pour la dixième fois de la journée, Richard rajusta son col et sa cravate, ramassa son gilet et sa veste et dégringola l'escalier du pavillon des pages. Il traversa l'office, prit le couloir souterrain qui menait au château et parcourut les pièces du rez-de-chaussée. Il n'avait nulle envie de monter dans la chambre du mourant. Depuis quelques jours, une infirmière, recrutée par le Dr Phillips, veillait sur son confort. Lord Hertford n'avait plus besoin de ses soins. Les angoisses de Richard décuplaient en sa présence. Il changeait d'avis vingt fois par jour, ne parvenait pas à se concentrer, à imaginer la suite. Il se surprit à dire tout haut :

— Pourvu qu'il ne meure pas !

Les meuglements des vaches devenaient insupportables. Il courut aux écuries, secoua les palefreniers :

— Mais faites quelque chose, au lieu de rester là les bras ballants ! Apportez du foin à ces bêtes affamées. Il faut faire cesser ces clameurs qui indisposent M. le marquis.

— Mais, monsieur Richard, il y a trop de bestiaux ! Nos réserves sont insuffisantes. Et nous avons douze chevaux à nourrir.

— Faites ce que je vous dis !

Richard sortit en claquant la porte. Depuis que Lord Hertford était alité, il avait acquis de l'autorité sur le personnel. Il remonta dans sa chambre et se laissa tomber comme une masse sur son lit :

— Mon Dieu, que dois-je faire ?

Il se prit la tête dans les mains. Il entendait des voix l'encourager :

— L'or est tout puissant, Richard, ne l'oublie jamais, disait Henry Seymour. Avec de l'argent on peut tout faire !

— Si tu avais la fortune que tu mérites, comme nous serions heureux ! murmurait la Présidente.

— Tu ne vas pas rater cette occasion ! martelait Julie. Tu es endetté jusqu'au cou ! Ton cher Henry est mort : tu ne léseras personne. Il ne reste que les musées, ou de lointains cousins dont ton marquis se moque.

Richard se leva et reprit sa marche agitée. Comment rembourserait-il ses dettes, si Lord Hertford ne lui avait laissé qu'une rente annuelle, comme dans le testament de 1838 ? De quoi vivrait-il ? Il avait connu, quelques mois auparavant, l'humiliation d'une saisie-arrêt sur son salaire, notifiée à son domicile par un greffier. Son immeuble était hypothéqué. Cette fois-ci, il connaîtrait la prison de Clichy.

Il devait cesser de tergiverser. Il disposerait de peu de temps, avant que la famille anglaise de Lord Hertford ne débarque à Paris. Il dissimulerait, dès ce soir, le testament de Londres au milieu des partitions de musique.

Richard avait passé des heures à analyser les termes du testament qu'il avait rapporté et ses chances de parvenir, avec un codicille de quinze lignes et vieux de vingt ans, à capter un héritage de cette importance. Il était persuadé que le codicille léguant la collection à l'Angleterre ferait planer des doutes sur l'authenticité de l'ensemble. Hertford énumérait les propriétés qu'il détenait en 1850. Personne ne croirait que, méticuleux et procédurier comme on le connaissait, il ait négligé de mentionner les immeubles dont il s'était porté acquéreur, au cours des vingt dernières années.

Il existait une solution pour rendre crédible ce testament : supprimer le codicille qui faisait état de la collection et des biens immobiliers. C'était possible, car Lord Hertford avait omis de numéroter les codicilles. Si l'un d'entre eux disparaissait, personne ne le saurait. Julie, avec sa logique, avait conforté Richard dans cette idée.

— Si je détruis ce codicille, on va s'étonner qu'il ne fasse pas mention de ses collections dans son testament, avait-il remarqué. Je l'ai entendu dire à plusieurs reprises qu'il les léguerait à des musées.

— On pensera qu'il a dit ça pour se faire bien voir, avait-elle répliqué.

— Cela va surprendre. Le *résidu* va recouvrir l'intégralité de sa fortune. Personne ne comprendra que Lord Hertford me laisse cet héritage.

— Ne dit-on pas à Londres, que tu es son fils ? Qui peut s'étonner qu'un père laisse ses biens à son fils ?

— À Paris, on me connaît comme son secrétaire.

— Écoute, c'est la guerre. Personne ne va se passionner pour la succession d'un Anglais, alors que Paris va être assiégé. Les amis de ton marquis sont partis se mettre au vert. Ils resteront à l'abri des bombardements.

Richard s'était laissé convaincre. Ses dettes ne lui laissaient guère de choix. Lorsque Lord Hertford était entré dans le coma, il avait jeté dans le fourneau de la cuisine de son chalet, boulevard de Madrid, l'épaisse enveloppe contenant le codicille de 1850 qui léguait à la nation anglaise par l'intermédiaire d'un *trustee*, les collections et les biens meubles et immeubles du marquis. Le Rubicon était franchi. En entendant les feuilles de papier s'embraser, il s'était fait le serment de continuer la collection. Il l'améliorerait. Il la léguerait à la nation anglaise, comme Lord Hertford le souhaitait. Cette pensée apaisait sa conscience et le rassérénait.

Ce matin-là, le 23 août, Richard s'était levé avant le jour. À cette heure matinale, il ne rencontrerait personne. Il avait enfoui au fond d'un sac le testament de Londres amputé du premier codicille. Il était descendu dans les corridors souterrains qui reliaient le pavillon au château. Il avait pris dans l'office le trousseau des clefs de la maison, avait rejoint le salon de musique et enfoui *son* testament parmi les partitions avant de fermer l'armoire à double tour. Il restait une étape à franchir : procéder à l'échange des testaments. Ce soir, ce serait son tour de veiller le marquis. Il devait profiter de l'occasion.

— La fin ne saurait tarder, chuchota le Dr Phillips en cédant la place à Richard, après le dîner.

La pièce sentait le laudanum. Un léger souffle d'air chaud s'infiltrait par la fenêtre entrouverte. Les clameurs du bétail s'étaient apaisées. Une respiration rauque et inégale s'échappait de la poitrine du mourant qui reposait sur le dos, les bras le long du corps. Il paraissait avoir déjà quitté le monde des vivants.

Les yeux vissés sur les paupières de Lord Hertford, Richard avança sa main vers la poignée du tiroir de la table de nuit. Le marquis y gardait la clef du bureau en marqueterie dans lequel il avait rangé son testament. Soudain, une expiration saccadée ouvrit les lèvres de Beauchamp. Richard tressaillit et retira précipitamment sa main. Si Lord Hertford reprenait conscience ? S'il émergeait du coma et ne trouvait plus son testament ?

Richard n'osait imaginer la suite. Il serait absurde de prendre un risque, alors qu'il était si près du but. « Il sera temps d'agir lorsqu'il sera mort », se dit-il. Conscient de sa lâcheté, il retrouva son calme et finit par s'endormir dans son fauteuil, le menton sur la poitrine.

Le lendemain, Beauchamp respirait encore. Il savait que le jour était arrivé. Le 24 août était la veille de l'anniversaire de sa mère. Autrefois, son frère et lui s'efforçaient de passer cette journée avec elle. Ce matin, il sentait sa présence. Il la voyait. Vêtue de sa robe en mousseline jaune à passementeries bleues, sa plume d'oiseau de paradis plantée dans son chignon, elle lui souriait de ses yeux aimants, lui tendait la main. Après quatorze ans de séparation, ils allaient se retrouver pour l'éternité.

En fin de matinée, lorsque Richard entra dans la chambre, le Dr Phillips lui fit signe :

— Le moment est venu de prévenir l'ambassade, chuchota-t-il. Le pouls est faible, irrégulier. Lord Hertford ne passera pas la journée.

Richard se rua aux écuries.

— Bastien, M. le Marquis se meurt. Prenez un cheval et allez rue du Faubourg-Saint-Honoré prévenir l'ambassadeur que la fin est imminente.

Le palefrenier mit du temps à traverser le bois et pénétrer dans Paris. L'enceinte de trois mètres de haut qui protégeait la ville était doublée de barricades. La plupart des portes en fer étaient fermées. Il n'arriva à l'ambassade qu'en fin de journée. Lord Lyons chargea le colonel Claremont, l'attaché militaire, de se rendre à Bagatelle et de le tenir au courant de l'évolution de l'état du marquis, quelle que soit l'heure de la nuit. Il envoya un télégramme au général Francis Seymour, l'héritier du titre, qui avait demandé à être prévenu dès que l'état du malade serait jugé critique.

Edward Blount se trouvait à l'ambassade. Ce banquier entretenait des relations cordiales avec Lord Hertford depuis des années. Il proposa à Claremont de l'accompagner à Bagatelle. Ils prirent son phaéton pour traverser la ville, embouteillée par les préparatifs du siège. Des réservistes et des corps-francs organisaient le déchargement des charrettes de vivres et de fourrages qui affluaient dans la capitale en prévision du blocus. Des bourgeois quittaient la ville dans des voitures bourrées de valises et de caisses. Des troupeaux continuaient à affluer des gares en direction du Jardin des Plantes. Les encombrements étaient inextricables.

Le jour tombait lorsque Claremont et Blount arrivèrent en bordure du bois de Boulogne. Les lanternes de la voiture projetaient deux faisceaux de lumière sur les troncs des arbres dénudés qui bordaient la route. Le phaéton soulevait dans son sillage des nuages de poussière qui semblaient les séparer du monde des vivants.

— Quel paysage d'outre-tombe ! marmonna Claremont.

— Une atmosphère d'apocalypse ! releva Bount.

Il faisait nuit noire lorsqu'ils franchirent les grilles du parc. Prévenu de leur arrivée par la sonnette du concierge, Richard les attendait sur le perron du château. Edward Blount se fit indiquer la chambre du marquis, monta les escaliers et frappa doucement. Il n'y eut pas de réponse. Il poussa la porte, pénétra sur la pointe des pieds.

La pièce était plongée dans la pénombre. Blount aperçut deux silhouettes auprès du lit. Le Dr Phillips et une dame entre deux âges, vêtue de blanc. Elle leva les yeux de son ouvrage et répondit à son salut d'un signe de tête. « Probablement la dame qui vit avec Lord Hertford depuis des années », pensa Blount. Beauchamp respirait encore.

Il s'approcha, s'assit et prit la main du mourant. Par la fenêtre entrouverte montaient le crissement des criquets dominé, par intermittence, par des meuglements. Les pendules se mirent à carillonner. Blount eut l'impression que les pièces du château respiraient en cadence. « C'est étrange, pensa-t-il. On aurait pu arrêter l'horloge de sa chambre. Ces carillons n'en finissent pas ! »

Tandis que le onzième coup sonnait, un bref soupir souleva la poitrine du mourant. Beauchamp, quatrième marquis de Hertford, venait de s'éteindre.

Louise inclina la tête. Il ne lui était pas nécessaire de le regarder pour savoir qu'il était mort. Elle avait trop le sens des convenances pour lui prendre la main, comme elle aurait aimé le faire si cet Anglais n'était pas arrivé. Il lui avait volé sa place auprès de Beauchamp. Elle en ressentit de la tristesse. Jusqu'à l'ultime instant de sa vie, elle aurait joué auprès de lui un rôle effacé. Le reste de la nuit devait rester brumeux dans les souvenirs de Richard. Après un moment de recueillement au chevet du défunt, Blount et Claremont repartirent pour Paris, rendre compte à Lord Lyons.

— Veillez à ce qu'on retouche à rien, monsieur Richard. Il faut préserver les intérêts des héritiers, recommanda Claremont en s'installant aux côtés de Blount, dans le phaéton.

— J'y veillerai, mon Colonel. Je vais envoyer un valet à l'hôtel de la mairie de Neuilly, prévenir le juge de paix qu'il vienne apposer les scellés.

Cette procédure arrangeait Richard. Il devait éviter à tout prix que Lord Hertford, le nouveau tenant du titre, ne fouille dans les papiers de son cousin. Certaines lettres, certains documents, le « journal » tenu par le collectionneur pourraient l'amener à s'interroger sur la crédibilité des dispositions testamentaires que l'on trouverait. Richard demanderait au juge de paix de prendre le testament qu'il lui désignerait et de poser des scellés sur chacun des meubles renfermant d'autres documents.

Louise réveilla Seymourina. Bien qu'elle soit préparée à cette nouvelle, la jeune femme ne put retenir ses larmes. Son parrain était son seul parent. Sa peine était profonde. Louise, Seymourina et Richard se retrouvèrent autour du lit mortuaire et le personnel de la maison, le majordome, les valets, cuisiniers, femmes de chambre, jardiniers, cochers et palefreniers, le secrétaire Scott Murray, ceux qui logeaient dans le pavillon des pages et attendaient que le marquis rende son dernier soupir, défilèrent respectueusement devant le corps du défunt, avant de se retirer.

Il était deux heures du matin. Louise et Seymourina ne semblaient pas disposées à quitter les lieux. Richard, sur des charbons ardents, pianotait de la main gauche, en lissant sa moustache de la droite, gestes qui lui étaient familiers lorsqu'il était tendu. Il devenait urgent de procéder à l'échange des testaments.

— Vous devriez prendre quelque repos à présent, Mesdames, dit-il. J'ai demandé à François d'atteler le tilbury pour vous emmener chez vous. Il vous attend.

— J'aimerais veiller Parrain, répondit Seymourina.

— Moi aussi, je souhaite rester, dit Louise.

— Ces émotions vous ont épuisées. Vous devriez...

— Vous êtes bien aimable, Richard, l'interrompit Louise. Mais c'est vous qui devriez vous reposer. Vous l'avez veillé la nuit dernière.

Richard n'avait pas prévu cette résistance. Tout risquait de capoter à cause de l'obstination de ces femmes. Il inspira pour reprendre son calme :

— La journée de demain sera longue et pénible, reprit-il.

— Nous dormirons plus tard, persista Louise.

— Vous ne pouvez garder ces toilettes, dit Richard en désespoir de cause. Le colonel Claremont m'a informé que le nouveau Lord Hertford était prévenu. Il pourrait arriver dès demain matin. Des tenues de deuil s'imposent, pour le recevoir.

— C'est vrai, dit Louise. Que penserait-il de nous ? Lord Hertford aimait que je porte du blanc. Je n'ai rien d'autre à Bagatelle. Rentrons à la Maison gothique, Seymourina. Nous ne pouvons plus rien pour lui à présent.

— N'ayez crainte, dit Richard. Je ne quitterai pas Lord Hertford de la nuit.

Après un dernier moment de recueillement, elles sortirent. Le soulagement de Richard fut extrême. Il était seul avec le mort. Le château était désert. Le personnel s'était retiré dans le pavillon des pages. Seul un valet de service somnolait sur le divan de l'office, prêt à répondre aux coups de sonnette. On n'entendait d'autre son dans la maison que le mouvement des pendules. Ces émotions successives, la tension des derniers jours l'avaient éreinté. Il se laissa tomber dans un fauteuil, posa ses bras sur les accoudoirs et caressa les revers cannelés comme il avait si souvent vu Lord Hertford le faire. Il devait agir. Le juge viendrait apposer les scellés dès les aurores. Le nouveau marquis de Hertford était en route.

Tournant le dos au cadavre, Richard ouvrit le tiroir de la table de nuit. Il coulissait mal et il dut procéder par pressions. Il glissa sa main dans l'ouverture étroite et tâtonna du bout des doigts. Pas de clef ! Ses doigts ne rencontraient que du bois lisse. La présence de la dépouille rendait Richard malhabile. Il croyait sentir son regard lui transpercer le dos.

Il prit une inspiration et plongea la main plus avant dans le tiroir. Il était vide. Pourtant, la clef du bureau était toujours rangée à cet endroit. Lord Hertford serait-il sorti du coma au cours des derniers jours ? Aurait-il changé son testament de place ?

Il risqua un coup d'œil vers le corps étendu sur le lit, perçut un mouvement, sursauta violemment et arracha sa main du tiroir. Lord Hertford allait, telle la statue du commandeur, se redresser sur son séant et, d'une voix tonitruante, hurler en ameutant la maison : « Ce sont encore des frasques de ce jeune homme ! » Il poserait une main de fer sur son bras...

— Je délire, dit Richard à voix haute.

Il regarda en direction du mort et poussa un soupir : le mouvement qu'il avait entrevu n'était que son propre reflet sur la vitre noire de la fenêtre.

Le contact frais de la clef au bout de ses doigts l'aida à retrouver ses esprits. Il la saisit et marcha jusqu'au bureau en marqueterie en serrant si fort le bronze ouvragé que son empreinte s'imprima dans sa paume. Il dut s'y reprendre à deux fois, tant sa main était moite et tremblante. Le tiroir s'ouvrit.

La grosse enveloppe, fermée et cachetée aux armes Hertford, reposait sur d'autres documents. La main du défunt avait écrit : « 26 juin 1865 : Mon testament est sous cette enveloppe. Je désire qu'il soit procédé à l'ouverture dudit testament immédiatement après ma mort, en présence de mon notaire, Me Mouchet. »

Richard glissa le paquet sous sa chemise, à même la peau, et passa dans le boudoir contigu. Il avait décidé de ne pas le détruire. Il ne pouvait allumer un feu en plein mois d'août dans la cheminée et laisser des cendres. Par ailleurs, si Hertford avait donné des indications à Me Mouchet sur le contenu de son testament, il ne pouvait prendre le risque de le faire disparaître. Enfin, si le testament de Londres était contesté et que *le vrai* avait disparu, tout reviendrait au nouveau Lord Hertford. Il se retrouverait sans rien. Richard avait décidé de dissimuler l'enveloppe au milieu de papiers qui seraient mis sous scellés. Personne ne pourrait la découvrir avant l'entrée en possession du légataire universel. Si tout se passait comme il l'espérait, ce serait lui. Il serait alors temps de faire disparaître l'enveloppe et son contenu.

Richard avait repéré, dans le boudoir mitoyen, le sac de voyage que Lady Hertford emportait dans ses déplacements. Son fils gardait, dans cette sacoche de cuir, les lettres que sa mère lui avait écrites, depuis l'âge de quinze ans, lorsqu'il était parti pour Londres. Richard enfouit l'enveloppe au milieu des lettres, referma le sac à clef et le rangea dans la commode. Il ferait poser des scellés sur la porte de cette pièce.

D'un pas plus, assuré, Richard descendit l'escalier dérobé, en colimaçon, qui reliait le vestibule de la chambre à coucher au boudoir du rez-de-chaussée. Les marches de bois craquaient sous ses pas mais il avait pris soin d'enfiler des chaussures d'intérieur souples. Il récupéra le testament de Londres dans l'armoire du salon de musique et remonta par le grand escalier sans prendre la peine de le dissimuler.

Sans accorder un regard au corps du défunt, il rangea le testament de Londres à la place de l'autre. Le testament de 1838 se trouvait sans enveloppe et celles contenant les codicilles étaient déchirées. Il avait pensé à les supprimer mais les annotations de *codicils* écrites par la main du testateur, servaient ses desseins. Ces mots confirmeraient qu'il s'agissait bien du testament. Et avec l'arrivée imminente des forces prussiennes et le siège de Paris qui s'annonçait, personne ne se poserait trop de questions. Tout paraissait simple, maintenant que l'échange était accompli.

— Allons, se dit-il, les dieux sont avec moi !

Il se disposait à remettre la clef de la table à sa place lorsqu'il entendit des pas monter les marches du grand escalier. Figé, le cœur battant à tout rompre, il n'eut que la force de se tourner vers le visiteur qui entrait. John Scott Murray.

— Je vous ai effrayé ? demanda John en balayant la chambre du regard.

— Pas le moins du monde, répondit Richard.

— Je n'arrivais pas à trouver le sommeil. J'ai pensé que je pourrais vous relayer. Vous n'avez pas dormi la nuit précédente.

— Non, je vous remercie, parvint à articuler Richard. Non, répéta-t-il d'une voix plus posée, tout va bien. Je tiens à passer la nuit auprès de Lord Hertford.

Il lui sembla que John Scott Murray avait tout enregistré : la clef dans la serrure du bureau, le tiroir de la table de nuit à demi ouvert. Scott avait aidé Lord Hertford à ranger des papiers, ces derniers mois. Il devait savoir que le testament se trouvait dans le bureau en marqueterie. Et la clef dans la table de nuit.

John ne fit aucun commentaire et regagna le pavillon.

Après son départ, Richard resta immobile. « Il a compris, se répéta-t-il. Il va tout raconter au cinquième marquis. » Il reposa sa tête sur le dossier du fauteuil et réfléchit. John ne l'avait pas vu pratiquer l'échange des testaments. Il ignorait l'existence de celui de Londres. Son inquiétude s'estompa. Il remit la clef dans la table de nuit. Il avait soif. Il descendit au salon, se laissa tomber comme une masse sur le sofa et tira le cordon pour appeler l'office. Lorsque le valet de chambre apparut, Wallace fut pris d'un tremblement incoercible. Le valet mit cette réaction sur le compte de l'émotion et s'empressa de lui apporter la tasse de thé demandée.

Déjà le ciel pâlissait. Richard se sentait prêt à affronter les difficultés de cette première journée sans Lord Hertford.

À sept heures précises, le concierge de la grille d'honneur annonça l'arrivée du juge. Richard descendit pour l'accueillir. Deux hommes, vêtus de noir, se présentèrent : Édouard Paul Froger de Mauny, juge de paix du canton de Neuilly, et le greffier, M. Simmonet.

— Nous avons été informés du décès du marquis de Hertford et nous venons apposer nos scellés sur tous les objets, titres, papiers et valeurs dépendant de la succession, de façon à conserver les droits et intérêts des héritiers, l'informa le juge.

Richard déclina à son tour son identité.

— J'ai été prévenu que le défunt laissait des dispositions testamentaires et des héritiers absents. Savez-vous où il a rangé son testament ? demanda le juge de paix ?

— Oui. Veuillez me suivre, je vous prie.

Les trois hommes montèrent au premier étage et pénétrèrent dans la chambre de Lord Hertford. Le juge et le greffier se signèrent et se recueillirent un instant devant le corps du défunt. Richard désigna le bureau en marqueterie.

— Le testament se trouve dans ce meuble, leur dit-il. La clef est dans la table de nuit.

Le juge sortit les documents désignés par Richard. Le terme anglais de *codicil* écrit sur deux enveloppes le convainquit qu'il avait entre les mains les dispositions testamentaires du défunt. M. de Mauny rangea le contenu du tiroir : le testament, les codicilles et des carnets concernant la collection, dans sa serviette. Il ne fit aucun commentaire sur les enveloppes déchirées. Il le noterait dans son procès-verbal. Puis il referma à clef le bureau, sur lequel il apposa des scellés.

— Ces actes testamentaires sont rédigés en anglais. Je les déposerai au tribunal civil de la Seine, pour qu'ils soient traduits.

— Le nouveau marquis de Hertford devrait arriver de Londres incessamment. Quand pensez-vous qu'il pourra en prendre connaissance ? demanda Richard.

— Dans un jour ou deux. Il y a plusieurs dizaines de pages à traduire, sans compter les carnets qui peuvent contenir des informations intéressant la succession.

Ce délai laissait à Richard le temps d'agir comme il l'entendait. Il indiqua au juge les meubles du premier étage et ceux du rez-de-chaussée dans lesquels Lord Hertford gardait des titres, valeurs et autres papiers. M. de Mauny, convaincu d'avoir entre les mains le testament de Lord Hertford, apposa ses scellés sur chacun des meubles désignés et sur les portes des deux boudoirs du premier étage, selon les indications de Richard.

Lorsque neuf heures sonnèrent, Richard poussa un soupir de soulagement. Francis, Lord Hertford pouvait arriver à Bagatelle. Les documents étaient inaccessibles. Si l'héritier du titre avait des doutes, il lui faudrait des semaines pour obtenir la levée des scellés. Richard était persuadé qu'avec la progression des troupes allemandes vers Paris, le cinquième marquis ne s'attarderait pas.

Il était temps de procéder de la même manière avec les immeubles parisiens.

Si Lord Hertford entrait dans les appartements de la rue Laffitte, il réaliserait l'évidente vocation de ces lieux à devenir un musée. Il pourrait s'interroger, demander à voir cela de plus près, contester et tout remettre en question.

Le juge, dans l'office, recensait des pièces de l'argenterie que Richard avait fait sortir pour le service des jours à venir, avant de poser des scellés sur les armoires.

— Monsieur le Juge, dit Richard. Je pense qu'il serait prudent de procéder de la même manière pour protéger les biens du domicile parisien de feu Lord Hertford.

— Ce serait sage, répondit le juge, mais Paris ne relève pas de ma circonscription. Il vous faut aller à la mairie du neuvième, rue Drouot.

— Je préférerais me rendre à Paris dès à présent, proposa Richard. Ce serait plus prudent, pour préserver les intérêts des héritiers.

— Très bien. Nous continuerons demain. Mais avant que vous ne partiez, il vous faut signer le compte-rendu.

— Ah ! dit Richard, troublé. Est-ce vraiment nécessaire ?

— Absolument, monsieur Wallace, c'est la loi ! Je dois faire le descriptif des dispositions testamentaires que vous m'avez indiquées et que vous devez signer. J'en ai pour quelques minutes.

Avant de prendre congé, le juge donna rendez-vous à Richard le lendemain pour continuer l'inventaire. Dès que leur cabriolet disparut dans l'allée des voitures, Richard courut aux écuries, fit seller un cheval et partit pour Paris. La course fut une griserie. Il se sentait gonflé d'espoir. Tout s'était passé à merveille, plus simplement qu'il n'aurait osé l'imaginer. Le juge l'avait cru ! Il ne s'était pas préoccupé de rechercher d'autres papiers. Lorsque Richard serait reconnu légataire universel, il ferait lever les scellés et pourrait trier, classer, détruire les papiers compromettants, sans que personne ne puisse s'y opposer. Un vertige le prit, en imaginant qu'il pourrait se retrouver propriétaire de cette immense fortune. Il lança sa monture au galop dans l'allée déserte du bois de Boulogne et, debout sur ses étriers, il laissa échapper de ses poumons un long cri de triomphe qui se perdit parmi les meuglements des bestiaux.

Richard arriva à la mairie du 9e arrondissement à onze heures. Il obtint que le juge de paix et son greffier l'accompagnent et fit sceller l'intégralité des appartements de Lord Hertford, l'entresol ainsi que les magasins dans lesquels étaient entreposées quantités d'œuvres. Plus de soixante-quinze mètres de ruban et d'innombrables scellés de cire rouge furent nécessaires pour clôturer les portes.

Le 25 août, en fin de journée, moins de vingt-quatre heures après la mort de Hertford, Richard pouvait se féliciter. Son plan s'était réalisé sans anicroche. Le nouveau marquis n'était pas encore arrivé. Me Mouchet avait confirmé au juge que le marquis avait laissé un testament à Bagatelle, dont il ignorait le contenu.

Richard passa voir Julie, comme il le lui avait promis.

— Jusqu'à présent, tout est sous contrôle, dit-il avec un sourire triomphant.

— Le ciel soit loué ! répondit-elle.

Le 26 au matin, le général Francis-George Hugh Seymour, cinquième marquis de Hertford, arriva à Paris avec Frederick Capron, l'homme de loi londonien de Beauchamp. Ils s'arrêtèrent d'abord à la chancellerie. Lord Lyons les informa qu'à sa connaissance on n'avait pas trouvé de testament. Des papiers avaient été déposés au Palais de Justice, d'autres mis sous scellés. Si l'on ne trouvait pas de testament chez son notaire, Francis-George hériterait de l'intégralité des biens que possédait feu Lord Hertford sur le territoire français.

Hertford et Capron arrivèrent à Bagatelle en fin de matinée et furent accueillis sur le perron par Richard Wallace et Mme Oger. Francis leur serra la main. Richard Wallace lui dit avec empressement :

— Le juge de paix de Neuilly a commencé l'apposition des scellés dès sept heures, hier matin. Je me suis rendu à l'hôtel de ville du 9ᵉ arrondissement, rue Drouot, pour que l'on en fasse autant dans l'hôtel de la rue Laffitte.

— Nous parlerons de cela plus tard, monsieur Richard. Veuillez m'indiquer la chambre où repose mon cousin.

Francis monta se recueillir devant la dépouille. La chaleur était suffocante. Les volets, entrouverts, laissaient pénétrer des rais de lumière tamisée. Les flammes de bougies vacillaient sur des candélabres d'argent. De l'essence d'eucalyptus brûlait dans une coupelle, sans parvenir à masquer l'odeur propre aux chambres mortuaires.

Le défunt reposait sur son lit à baldaquin, les mains jointes sous la croix de commandeur de la Légion d'honneur. Sur le bas blanc, sous son genou gauche, était noué l'ordre de la Jarretière, brillant des feux de ses pierres précieuses. Francis observa l'élégance et la noblesse des traits de son cousin, figés dans l'immobilité de la mort. Il avait grande allure.

Après un moment de recueillement, il regarda la chambre raffinée dans laquelle Beauchamp avait choisi de passer tant d'années de sa vie. Parmi les tableaux représentant des jeunes femmes, il remarqua la *Mrs Robinson* de Reynolds et une toile de Greuze, lui faisant face, qu'il examina d'un œil critique. En dépit de sa robe blanche, le personnage s'abandonnait en une pose qu'il jugea lascive, à demi couchée sur un banc. Elle tenait à la main un chapeau de paille et souriait, l'œil aguicheur. Les autres tableaux foisonnaient de muses, nymphes et bacchantes dénudées. « Comment pouvait-il aimer ces tableaux mièvres et décadents ? se demanda Francis. Je vendrai ces toiles ! Et je mettrai le Reynolds à Ragley Hall, dans le boudoir de la marquise de Hertford. »

Il éprouvait de la satisfaction à appeler sa femme par son nouveau titre.

La chambre était exiguë et Francis s'étonna, une nouvelle fois, que son cousin ait préféré cette modeste folie, aux vastes et confortables demeures de Sudbourne et de Ragley Hall qu'il possédait sur le territoire britannique. Le côté désuet, champêtre, à la Marie-Antoinette, de ce petit château était charmant. Mais l'étroitesse des pièces et la préciosité de l'ensemble ne répondaient en rien à ses propres critères de confort.

Lorsqu'il redescendit les escaliers, Francis avait le pas du propriétaire. Il vendrait Bagatelle. Ses demeures anglaises suffiraient à son bonheur.

Richard et Louise l'attendaient dans l'entrée. Ils se levèrent.

— A-t-on trouvé un testament ? leur demanda Francis après les avoir questionnés sur les derniers instants de son cousin.

Richard et Louise corroborèrent les dires de l'ambassadeur :

— Le seul papier que l'on ait trouvé, qui semble de cette nature, est un brouillon de testament non signé et quelques notes écrites au crayon, précisa Richard.

— Mon cousin a-t-il laissé des documents chez son notaire ?

— Pas que je sache. Non, tout cela est à vous, ajouta Richard en faisant du bras un geste circulaire.

Il sut mettre dans son assertion une pointe d'amertume qui ne pouvait échapper à la sagacité de son interlocuteur.

— Je présume que Lord Hertford avait pris des dispositions pour vous remercier de vos services ? Et des arrangements pour vous, madame ? ajouta-t-il en se tournant vers Louise, restée en retrait.

Francis connaissait Mme Oger. Elle l'avait reçu à Bagatelle l'été précédent, lorsqu'il était passé, alors que son cousin était absent. Il savait que Beauchamp vivait avec elle depuis de nombreuses années.

— Je ne saurais vous dire, répondit Louise. Lord Hertford m'avait dit qu'il me léguerait la Maison gothique. Mais s'il n'a pas laissé de testament...

— Je dois dire que j'espérais qu'il aurait apprécié mon dévouement, dit Richard d'un ton amer. Je l'ai soigné au long de sa maladie comme un véritable infirmier mais il semblerait que Lord Hertford m'ait oublié. Voyez-vous, poursuivit Richard, j'ai vécu avec la famille depuis mon plus jeune âge. D'abord avec Lady Hertford, puis avec son fils. Je n'ai pas de métier. On ne m'a pas donné l'occasion d'en apprendre un.

— Mais enfin, c'est insensé ! s'exclama Francis. Lord Hertford ne vous a rien donné, pendant ces années ?

— Si. Un chalet à côté d'ici, porte de Madrid. J'ai un toit, mais je ne sais pas de quoi je vais vivre désormais.

— Attendons de voir les conclusions du tribunal. Il faudra examiner soigneusement ces documents, avant de conclure qu'il n'y a pas de testament, répondit Francis. Quoi qu'il en soit, je suis l'héritier du titre et le chef de famille. C'est mon rôle d'organiser les funérailles qui auront lieu demain, au Père-Lachaise. Je veillerai à ce que vous-même et Mme Oger de Bréart ne manquiez de rien. Ainsi que tous ceux qui ont servi mon cousin.

Le nouveau Lord Hertford se fit présenter les membres du personnel et partit pour l'église anglicane Saint Michael, sur les Champs-Élysées, préparer le service religieux avec le ministre du culte, le Révérend Gardiner. Il traversa une nouvelle fois la ville encombrée pour se rendre avec Frederick Capron au tribunal civil de la Seine. Ils furent introduits dans le cabinet du président du tribunal, le juge Lancelin, une vaste pièce aux murs revêtus de boiseries, d'étagères couvertes de livres et de dossiers ficelés et étiquetés. Sur une table carrée, dans un coin, un greffier écrivait. Il ne leva pas la tête.

— Nous ignorons encore le contenu des dispositions testamentaires trouvées à Bagatelle, leur annonça le juge Lancelin, après les avoir priés de s'asseoir.

— Sont-elles signées ?

— Indubitablement.

— Puis-je en avoir connaissance ? Je dois repartir pour Londres sans tarder.

— Les documents sont entre les mains de M. Gengoult, notre expert-traducteur. Il devrait avoir fini son travail demain matin et remettra aussitôt l'original et la traduction à Me Mouchet, le notaire de feu Lord Hertford. Vous pourrez alors en prendre connaissance.

Le 27 août, par une chaleur suffocante, le convoi funéraire de Beauchamp mit plus de quatre heures pour arriver à l'église Saint Michael. L'assistance était clairsemée, bien que Blount ait envoyé son cocher prévenir la communauté anglaise du décès du marquis. La plupart des amis de Beauchamp, tant anglais que français, avaient quitté la capitale. Le front se rapprochait de Paris.

Beauchamp fut enseveli au Père-Lachaise, aux côtés de sa mère, dans le caveau où reposaient Fanny et Henry. MieMie et ses trois enfants se trouvaient réunis dans un même tombeau sur le territoire français. Leur père, Francis-Charles, était enterré à Ragley Hall. Ainsi se pérennisait, pour l'éternité, la séparation de part et d'autre de la Manche qui avait caractérisé cette famille au long de sa vie.

Le visage dissimulé sous de longs voiles noirs, appuyée au bras de Paul Poirson, Louise, l'œil sec et la paupière gonflée, regarda le cercueil de Beauchamp, porté par quatre hommes, pénétrer dans le caveau Hertford. Malgré la coutume selon laquelle les dames ne franchissaient pas la grille des cimetières, elle avait décidé d'accompagner son amant jusqu'à sa sépulture. Son regard s'arrêta sur une petite tombe, collée contre le caveau. Entourée de buis, elle portait une inscription gravée dans la pierre : Famille Bréart. Louise l'avait achetée en 1857, lorsque Beauchamp avait fait agrandir la concession de sa propre famille. Elle reposerait, lorsque son tour viendrait, à côté de cet homme, le seul qu'elle ait aimé, qui l'avait odieusement bafouée mais lui était toujours revenu. Le tombeau Bréart abritait les dépouilles de sa mère et de son frère Thomas. Louise les rejoindrait en 1904, trente-quatre ans après la mort de Beauchamp.

25

L'entrée en possession

Bagatelle, 28 août 1870

Richard devait reconnaître que, sans l'imminence du siège de Paris, il ne serait jamais parvenu à ses fins. La guerre fut son alliée.
Au lendemain de l'enterrement, la traduction et l'original des dispositions testamentaires furent remis par le tribunal à Me Mouchet. Celui-ci réunit, dans le salon rond de Bagatelle, Lord Hertford, M. Capron, Louise, Seymourina et Richard. Revêtu de son costume sombre des grandes circonstances, le notaire avait du mal à dissimuler une fébrilité inhabituelle. Les participants prirent place dans des fauteuils. Le notaire ouvrit son dossier, chaussa ses lunettes cerclées de fer, toussota derrière son poing et commença à parler :
— Nous sommes réunis aujourd'hui pour prendre connaissance du testament du très noble Richard Seymour-Conway, marquis de Hertford, chevalier de l'ordre de la Jarretière...
Me Mouchet lut d'une voix neutre les quinze pages du testament de 1838 et les codicilles de 1850.
En arrivant au cinquième codicille, celui concernant Richard Wallace, le notaire marqua un temps d'arrêt et prit un ton plus solennel :
« *... Ici je révoque le legs contenu dans mon testament du résidu de tous mes biens réels et personnels à mon frère*

Lord Henry Seymour, et pour récompenser autant que je le puis Richard Wallace de ses soins et attentions pour ma mère et aussi de tout son dévouement pour moi durant une longue et cruelle maladie que je fis à Paris en 1840 et en toute autre occasion, je donne sans réserve ce résidu audit Richard Wallace... »

Les participants se regardèrent, incertains. Frederick Capron comprit la portée de ces lignes. Il continua à prendre des notes, fuyant le regard de Lord Hertford. Me Mouchet lut imperturbablement le dernier codicille qui nommait les exécuteurs testamentaires et referma son dossier.

— Telles sont, monsieur le Marquis, mesdames, monsieur, les dispositions de feu Lord Hertford, selon les termes de son testament trouvé à son domicile au lendemain de sa mort, dimanche 25 août, et dont l'original et la traduction m'ont été remis ce matin par M. Lancelin, juge au tribunal civil de la Seine. Je tiens ces documents à votre disposition pour consultation.

Un silence pesant s'installa, que Lord Hertford rompit :

— Vous avez bien dit, maître « ...le résidu de tous mes biens réels et personnels » ? Pouvez-vous préciser la signification de ce mot *résidu* ? Mon français est insuffisant, je crains, pour comprendre la subtilité de ces termes juridiques.

— Eh bien, monsieur le Marquis, c'est très simple. Si on ne trouve pas de testament postérieur, cela signifie que tout ce qui n'est pas légué dans les quatre premiers codicilles dont je vous ai donné lecture devient la propriété de M. Richard Wallace, ici présent.

Me Mouchet se tourna lentement vers Richard, enleva ses lunettes et le regarda fixement.

— Comment, dit Richard, que voulez-vous dire ?

— Je veux dire, monsieur Richard, précisa le notaire, que vous êtes le légataire universel de Lord Hertford.

— Le légataire... de ses biens ?

— De tous ses biens, oui, monsieur !

Tandis que Francis pâlissait, Richard posa les deux

mains sur les accoudoirs de son fauteuil et se leva en affichant une profonde stupéfaction :
— Vous voulez dire que... Lord Hertford m'a laissé sa fortune ?
— Absolument, monsieur Wallace, si l'on se réfère à ces documents, répondit Mouchet en soulevant à deux mains la traduction du testament. Absolument ! À moins que l'on ne trouve ultérieurement un testament plus récent ou d'autres dispositions concernant ses biens en Angleterre et en Irlande, vous hériterez de l'intégralité de sa fortune en dehors des dispositions prises en faveur de Mme Oger de Bréart et de Mme Poirson, ici présentes.
Un vertige non simulé saisit Richard.
— Mon Dieu, balbutia-t-il, comme c'est généreux de sa part ! Vraiment, je ne m'y attendais pas une seconde. Alors, vraiment, tout serait... pour moi ?
Chacun, dans la pièce, semblait abasourdi. Louise et Seymourina le regardaient, éberluées. Francis se leva, demanda à voir l'original du codicille en langue anglaise, échangea quelques mots avec Frederick Capron pour s'assurer qu'il avait bien compris et vint serrer la main de Richard :
— Félicitations, monsieur Richard ! Vous voilà riche ! Extrêmement riche !
— Je m'y attendais si peu... bredouilla Richard en détournant les yeux.
— Eh bien, réjouissez-vous ! Vous allez pouvoir entreprendre de grandes choses, répondit Francis en dissimulant son amertume.
Après avoir salué le notaire, Francis prit congé de Louise, de Seymourina et du nouveau propriétaire. Sans un regard pour les merveilles que contenait ce château qu'il avait pensé posséder, il traversa d'un pas rapide le vestibule, remercia avec une courtoisie appuyée le valet de pied qui lui tendait son chapeau et monta dans le cabriolet qui l'attendait. Il allait rentrer au plus vite en Angleterre. Il n'avait plus rien à faire à Paris, n'étant pas même mentionné dans le testament. Les troupes allemandes s'approchaient. Francis n'avait nulle envie de subir un siège dans cette ville étrangère. Il repartait,

riche de son seul titre et des deux coûteuses propriétés, qui lui revenaient de droit, sans un penny pour les entretenir.

Dans la voiture qui traversait le bois de Boulogne, ballotté par les cahots, Francis regardait sans les voir les hordes de troupeaux en quête de nourriture. Il se posait des questions. Certes, il avait peu connu son cousin et n'espérait pas hériter de l'intégralité de sa fortune. Mais au cours des dernières années, ils avaient renoué des liens. Beauchamp lui avait dit l'importance qu'il attachait à sa famille. Il espérait au moins hériter des terres irlandaises qui, avant 1837, faisaient partie des biens inaliénables. Depuis son arrivée à Paris, conforté par les commentaires de Lord Lyons et de Richard Wallace, Francis avait commencé à espérer plus encore. Sa désillusion était cruelle.

Comment allait-il trouver l'argent pour entretenir les demeures dont il était propriétaire ? Il fallait refaire les toits du château et des communs de Ragley, changer une trentaine de fenêtres de la façade ouest, repeindre les cent quinze chambres inhabitées depuis des années. L'état de Sudbourne n'était pas meilleur. Il ne pourrait jamais garder les deux propriétés. Francis soupira. « Bizarre, ce bref codicille vieux de vingt ans, se dit-il. Quelques lignes à peine, si différentes du reste du testament procédurier, précis, juridique. Les codicilles concernant les deux dames comportent des clauses restrictives, soigneusement énoncées, alors que les sommes léguées sont dérisoires. Et ce M. Wallace, ce secrétaire insignifiant, qui récupère tant de richesses. Il n'y a qu'une explication : Richard Wallace doit être le fils de mon cousin. »

Seule cette filiation permettait d'expliquer ce testament. Pourtant, l'été précédent, lorsqu'il était passé par Bagatelle, il avait plaisanté avec son cousin sur la similarité d'habillement, de posture et d'attitude du secrétaire avec son patron. Beauchamp avait souri.

— Certains ont cru discerner un lien de parenté entre nous.

— Je l'ai entendu dire, avait avancé Francis.

— Les gens aiment parler, commenter, imaginer.
— Ont-ils des raisons de le croire ?
— Mais non, Seymour. Richard Wallace n'est pas mon fils, je vous l'assure. Je n'ai pas d'enfant. Je n'étais pas doué pour ce genre de chose, avait-il ajouté avec tristesse.

Son cousin aurait-il menti ? Une autre question préoccupait Francis. Pourquoi Beauchamp n'avait-il pas évoqué, dans ses dernières volontés, le sort qu'il entendait réserver à ses collections ? Elles n'étaient pas même mentionnées. On disait, pourtant, qu'il avait fait aménager un musée sur le boulevard des Italiens. Et il avait exprimé, plus d'une fois, son souhait de laisser une collection à la nation britannique.

La voiture contournait les fortifications. Francis jeta un regard distrait aux barricades que des civils continuaient à ériger.

— Que pensez-vous de cela ? demanda-t-il à Capron.
— Mon Dieu, monsieur le Marquis, je suis désolé pour vous !
— Là n'est pas la question ! répondit Francis sèchement. Je vous demande ce que vous pensez de ce codicille qui laisse le patrimoine des Hertford à Richard Wallace.
— Étonnant, je dirais. Un bref codicille, pour léguer une si vaste fortune.
— Surtout à son secrétaire.
— Peut-être avaient-ils d'autres liens ? risqua Capron après un temps de silence.

Il observait le nouveau marquis, curieux des réactions de cet homme qui venait d'apprendre qu'il était dépossédé de la fortune de sa famille. Lord Hertford gardait un visage de marbre. Aucun signe de contrariété ne marquait ses traits. « Bel exemple du flegme aristocratique », admira le juriste.

— C'est ce que je pensais, dit Francis. Ce ne serait pas la première fois qu'il y a un bâtard dans la famille. Pourtant mon cousin m'avait affirmé le contraire.
— C'est la seule explication. Feu le marquis de Hert-

ford a préféré ne pas révéler cette filiation. Il devait avoir une grande affection pour M. Wallace.

— Non, justement, corrigea Francis. Les aviez-vous vus ensemble ?

— Je n'ai pas eu cet honneur.

Francis se souvenait de sa visite à Bagatelle, au printemps dernier. Richard avait frappé à la porte du boudoir où les cousins prenaient un thé. Lord Hertford avait paru agacé par cette intrusion. « Vous ne voyez pas que je suis occupé ? » lui avait-il dit d'un ton sec. Wallace s'était retiré en bredouillant des excuses.

— Mon cousin traitait Richard Wallace sans aménité, avec sévérité. L'ambassadeur me l'avait confirmé. Cette histoire est invraisemblable !

— D'après le codicille, feu Lord Hertford voulait remercier M. Wallace de les avoir soignés, lui et sa mère, avec dévouement. Rappelez-vous, il y a deux jours, avant la découverte du testament, M. Wallace vous a dit qu'il s'était occupé de Lord Hertford comme un véritable infirmier.

— Ce n'est pas une raison pour laisser à son secrétaire une fortune, bâtie pendant des générations par les membres de notre famille. Cela ne ressemble pas à mon cousin !

— Il est vrai que His Lordship était un homme prudent, procédurier.

Francis s'appuya au dossier en velours d'Utrecht et demanda :

— À votre avis, Capron, ce codicille est-il juridiquement valable ?

— Il est écrit de la main du testateur et signé en présence de deux témoins. Il semble incontournable.

— Mais il date de vingt ans !

— C'est vrai, c'est étrange. On va peut-être trouver un autre testament, plus récent ?

— Oui, vous avez raison. À Londres, probablement.

— C'est possible.

— Ce qui m'étonne également, reprit Francis, c'est que tout, dans ce testament, est périmé. Son frère Henry Seymour est mort il y a plus de dix ans. Il parle de sa filleule comme d'un bébé en nourrice alors qu'elle est mariée depuis deux ans. Les adresses données en référence sont toutes périmées. Même celles des exécuteurs testamentaires. Il avait le temps d'actualiser son testament, que diable ! La mort ne l'a pas pris par surprise.

L'idée effleura Francis qu'il pourrait y avoir un autre testament à Bagatelle ou dans les appartements de Paris. C'était le travail des juges de s'assurer qu'il n'y avait pas d'autres documents concernant la succession. Ils avaient dû y veiller. « Je trouverai probablement des dispositions à Londres, pensa-t-il. Je fouillerai Manchester House, j'irai chez Coutts, les banquiers londoniens de mon cousin. Il doit exister des dispositions plus récentes. »

De son côté, Frederick Capron pensait aux paroles que lui avait glissées Richard Wallace, avant qu'il ne monte en voiture :

— Je compte sur vous pour continuer à gérer mes affaires en Angleterre. J'aurai besoin de votre aide.

Wallace semblait déjà accoutumé à cet héritage. Capron se rappelait ses questions, quelques mois plus tôt, à Londres. Il l'avait interrogé sur la valeur juridique d'un codicille olographe. Était-ce celui qui faisait de lui l'héritier ? En avait-il eu connaissance ? Pourtant, lors de leur arrivée à Bagatelle, l'avant-veille, il leur avait affirmé qu'il n'y avait pas de testament signé.

« Allons, se dit-il, je ne vais pas me mêler de ça. Mon intérêt est de travailler pour Wallace. Il est sûrement le fils illégitime du marquis. C'est la seule explication. »

Le cours de ses réflexions fut interrompu par Lord Hertford :

— Nous n'avons plus rien à faire ici. Passons prendre nos effets à l'hôtel. Je n'ai nulle envie de m'attarder dans ce pays en guerre. Nous repartons pour Londres.

— Je m'en réjouis, Your Lordship, répondit Capron.

À Paris comme à Londres, la nouvelle se répandit comme une traînée de poudre. Toute la fortune de Lord Hertford revenait à M. Richard, cet homme discret, effacé, secrétaire du marquis pendant des années. Félix Whitehurst, membre de la colonie anglaise résidant à

Paris, résuma le sentiment général : « *Tout est revenu à un certain M. Wallace, un très fidèle compagnon auquel, pas une fois dans sa vie, il n'a dit merci pour aucun de ses services. Comme on l'a remarqué à l'ambassade, il a su dire merci à voix haute dans son testament ! Mieux vaut tard que jamais.* »

De part et d'autre de la Manche, nul ne soupçonnait l'ampleur de l'héritage. La répartition du patrimoine entre la France, l'Angleterre et l'Irlande, la discrétion de Beauchamp sur ses affaires, avaient jeté un voile sur l'étendue de sa fortune. Ce legs provoqua des interrogations. Certains proches de Hertford l'avaient entendu exprimer d'autres projets. On s'étonna qu'il n'ait pas laissé sa collection à la nation française, alors qu'il avait fait ériger, ces dernières années, un musée boulevard des Italiens. Certains prétendirent qu'il avait affirmé qu'il léguerait ses tableaux à la couronne britannique. D'autres alléguèrent qu'il voulait laisser Bagatelle au prince impérial. Personne ne pouvait affirmer les intentions de Lord Hertford. Homme secret, il s'était gardé, de son vivant, de confirmer ou d'infirmer toute supposition sur ses volontés.

Chacun se persuada que Richard Wallace ne pouvait être que le fils naturel de Lord Hertford. Frederick Capron l'assura aux exécuteurs testamentaires. Comment, autrement, expliquer ce testament ?

Richard se garda de crier victoire. Il devait procéder avec une extrême prudence. Il n'en savoura pas moins les changements d'attitude de ses interlocuteurs. On commençait à voir en lui l'héritier. Chacun s'ingéniait à lui plaire. Le personnel, d'ordinaire moins prévenant, s'empressait à le servir. Me Mouchet, qui ne lui avait jamais prêté grande attention, accourait dès qu'il en exprimait le désir. L'ambassadeur, qui ne le remarquait guère, lui témoignait de la déférence. Richard remarqua que ses voisins et les commerçants de Paris ou de Neuilly le saluaient avec amabilité.

— Je n'ai jamais vu autant de chapeaux se soulever, dit-il en jubilant à Julie.

Richard avait été soulagé de voir Lord Hertford repartir pour Londres. L'héritier du titre aurait pu contester le testament, demander que l'on lève les scellés pour effectuer des recherches dans les papiers de Bagatelle et rue Laffitte. Grâce à Dieu, l'approche des troupes prussiennes l'en avait dissuadé.

S'il était resté quelques jours de plus, Francis aurait été en mesure de s'opposer aux décisions qui furent prises à l'instigation de Richard Wallace et qui entraînèrent la destruction irrémédiable de documents. Richard sut admirablement jouer des circonstances exceptionnelles que connaissait le pays et obtenir des dérogations qui, en période de paix, ne lui auraient jamais été accordées.

*
* *

Le 30 août, à dix heures du matin, Richard quitta la porte de Madrid et se dirigea vers Bagatelle. Toute la nuit, il avait tourné dans sa tête les risques que présentaient pour lui les papiers mis sous scellés. Particulièrement le testament qu'il avait jugé prudent de ne pas détruire. À présent, il s'en mordait les doigts. Avec le siège qui s'annonçait, il allait se trouver enfermé dans Paris pour un temps indéterminé. Bagatelle était situé hors de l'enceinte protégée et, durant le siège, n'importe qui pourrait rompre les scellés et trouver le testament et les papiers compromettants qu'il avait dissimulés. Richard savait que le marquis de Hertford allait fouiller Manchester Square de fond en comble, à la recherche d'un autre testament. Il pourrait revenir à Paris, obtenir la levée des scellés et découvrir le pot aux roses.

Les procédures entre Londres et Paris risquaient de s'éterniser avant qu'il ne soit reconnu officiellement légataire universel. Il devait mettre ces documents à l'abri, les faire transporter de Bagatelle à Paris, derrière les fortifications.

Lorsqu'il arriva à Bagatelle, le juge de Mauny terminait l'inventaire de la sellerie :

— Avez-vous noté, monsieur le Greffier : dix-sept selles, brides et mors, six harnais doubles, deux harnais simples ? Dans la remise, une calèche, une américaine, un char à banc, une victoria, un landau, un tilbury, une voiture de malade... Ah, monsieur Wallace, vous voilà ! Nous avons presque terminé.

— Je vous en félicite, monsieur le Juge, c'est un gros travail ! J'ai une requête à vous soumettre. Les Prussiens se rapprochent et Bagatelle risque d'être coupé de Paris dans les prochains jours. Le château a de fortes chances d'être visité par des pillards. Ce ne sont pas les scellés qui les arrêteront.

— Le risque est non négligeable.

— J'aimerais au moins sauvegarder les valeurs mobilières et certains dossiers concernant la collection. Ce sont des témoignages historiques. Ne pourrait-on sortir ces documents des scellés pour les mettre à l'abri ?

— Ce serait une sage précaution, monsieur, mais je crains que cela ne soit pas si simple. Vous n'avez pas encore la qualité de légataire universel.

— Et si vous les transportiez et les mettiez sous les scellés de la rue Laffitte ?

— L'idée est intéressante, mais je ne peux donner suite à votre requête sans un référé émanant du président du tribunal civil de première instance du département de la Seine.

Richard pesta intérieurement. Il allait perdre un temps précieux. Habitué à maîtriser ses émotions, il répondit d'un ton serein :

— Monsieur le Juge, vous savez combien le temps presse ! Les circonstances sont exceptionnelles...

Mauny accepta de se *transporter* à Paris, pour en faire la demande. Il donna rendez-vous à Richard le lendemain à sept heures.

Le juge parisien, considérant avec bienveillance la demande de celui qui était « *appelé à la succession de Hertford ainsi qu'il paraît résulter des dispositions testamentaires* », accepta, « *vu l'urgence* », le transport en lieu sûr des papiers, valeurs et titres que Wallace désignerait. Il nomma un administrateur judiciaire, dont le rôle était de noter au fur et à mesure tous les documents qui seraient sortis des meubles sous scellés de Bagatelle. Ils seraient apportés à Paris et placés sous les scellés de la rue Laffitte.

Le lendemain, lorsque Richard Wallace retrouva M. de Mauny, le juge était accompagné d'un autre homme.

— Bonne nouvelle, monsieur Wallace, le juge a accepté votre requête. J'ai obtenu l'ordonnance qui nous y autorise. Je vous présente M. Harouel, l'administrateur qui va noter les valeurs que vous voulez faire emporter à Paris.

Richard pâlit :
— Noter les valeurs ?
— Oui, monsieur. Comme vous n'avez pas encore la qualité pour requérir les opérations et vous emparer des valeurs, nous devons enregistrer les documents que nous allons sortir des scellés.

— Mais ça ne pourra avoir lieu qu'avec de longs délais !

— C'est la loi, cher monsieur ! Mais rassurez-vous, M. Harouel connaît son métier.

Richard se laissa choir sur la banquette de l'entrée et se prit la tête dans les mains. C'était une catastrophe ! Cette décision impliquait la fin de ses espoirs. Il devait renoncer à récupérer le testament authentique et les papiers compromettants qu'il voulait faire disparaître. Pendant le siège, n'importe qui pourrait rompre les scellés et les trouver. Richard prenait conscience de la gravité de la situation. Il avait désigné au juge et à son greffier, qui pourraient en témoigner, un testament périmé qui faisait de lui le légataire universel. Alors qu'il en existait un récent, dont le contenu était bien différent. Richard détecta la montée de ces crises de panique qui l'affectaient périodiquement.

Un soupir lui échappa.

— Vous êtes souffrant ? lui demanda le juge avec sollicitude.

— Non, non, juste fatigué !

— Il est vrai que vous avez connu des émotions ces derniers temps.
— Oui, en effet, dit Richard d'une voix absente.
— Voulez-vous que j'appelle quelqu'un ?
— Non, merci, ça va aller.
— En êtes-vous sûr ?
— Oui, oui. Je me sens mieux, je vous remercie.
— Bon. Alors nous pouvons commencer. Nous vous suivons, monsieur.
— Non, attendez un instant.

Richard réfléchissait à vive allure. Sans trop y croire, presque humblement, il se lança dans des explications :
— Monsieur le Juge, si nous devons attendre que l'administrateur judiciaire dresse la liste de ces papiers, mieux vaut y renoncer !
— Pourquoi, monsieur ?
— Si vous devez noter tous les documents, il est inutile de commencer. Ils sont dans un désordre effroyable. Croyez-moi, j'ai été pendant des années le secrétaire du marquis. Je connais ses papiers. Ces derniers mois, son état s'était aggravé et nous n'avons pu trier et ranger comme d'habitude. Il y a des papiers importants dans plusieurs meubles, dans plusieurs pièces et ils sont dans un grand désordre !
— En effet, voilà qui est fâcheux !
— Ça risque de prendre du temps et les troupes ennemies se rapprochent de la capitale.

Mauny se grattait la tête, hésitant. Richard reprit espoir.
— Voyez-vous, il y a les valeurs mobilières, mais aussi des papiers irremplaçables. Des souvenirs de la famille Hertford, des lettres, des photos et des notes sur les origines des peintures et des meubles achetés par le marquis de Hertford. L'œuvre de toute une vie, ajouta Wallace qui sentait Mauny ébranlé. Ces documents précieux risquent de disparaître entre les mains de la coalition allemande ou de pilleurs. Bagatelle pourrait brûler !
— Les risques ne sont pas négligeables, reconnut le juge.

Richard se fit plus pressant.

— Si les exécuteurs testamentaires n'étaient pas de l'autre côté de la Manche, le problème serait résolu. J'aurais été reconnu officiellement légataire universel. Et de plus, continua Richard, retrouvant de nouveaux arguments, en voyant que le juge Mauny hésitait. Comment vais-je payer au personnel les appointements du mois d'août ? Ils ont beaucoup donné de leur personne avec la maladie de Lord Hertford et ces allées et venues au moment des funérailles. Moi, je n'ai pas un sou mais je sais où Lord Hertford gardait ses liquidités pour régler ces dépenses.

M. de Mauny était un juge scrupuleux et consciencieux. Cet argument emporta sa décision. Il lui fallait à nouveau l'accord du juge du tribunal de la Seine et il se résigna à repartir pour Paris, traversa une nouvelle fois le bois de Boulogne et les rues encombrées. Il sut convaincre le juge, qui estima que « *les circonstances présentes justifiaient les mesures sollicitées* ».

Le 2 septembre, tandis que les armées françaises se faisaient battre à Sedan, Mauny et l'administrateur judiciaire Harouet firent procéder, en présence de Richard Wallace, à une levée des scellés *sans description*. Ils mirent dans une grande malle les papiers et valeurs indiqués par Richard. Ils retirèrent une boîte en maroquin et plusieurs liasses de papiers rangés dans les boudoirs contigus à la chambre de Lord Hertford. On sortit le sac de voyage en cuir qui fut englouti dans la grande malle qui allait être scellée et emportée rue Laffitte. Richard indiqua à l'administrateur le tiroir dans lequel Hertford gardait de l'argent liquide. On lui remit la somme de cinquante-neuf mille neuf cent quarante francs. Il rangea les billets dans son portefeuille, qu'il replaça dans la poche de sa veste.

Rien ne devait égaler l'intensité du plaisir qu'il ressentit à cet instant. Cette somme était symbolique. Les biens de Lord Hertford étaient siens. Il avait gagné, il le savait. Rien ne pourrait s'opposer à ce qu'il entre en possession de *sa* fortune.

— Tout est à moi, se dit-il avec jubilation.
Lui seul avait une idée de l'importance de cette fortune.

Le 4 septembre, l'Empereur capitulait. « *Monsieur mon frère, écrivait Napoléon III à Guillaume Ier, roi de Prusse, n'ayant pas eu le bonheur d'être tué à la tête de mes troupes, il ne me reste qu'à remettre mon épée à Votre Majesté.* » La République fut proclamée.

À Londres, les exécuteurs testamentaires reconnurent que le codicille était bien signé de la main de Hertford, en présence de deux témoins. Le 9 septembre, Richard se présenta accompagné de Me Mouchet devant les juges de paix et annonça, actes à l'appui, qu'il *était envoyé en possession du legs universel* du marquis de Hertford. Il obtint la levée immédiate des scellés. En fin de journée, Richard pénétra dans son hôtel de la rue Laffitte, libre d'agir comme bon lui semblait. Avec l'assurance négligente d'un vieil habitué, il laissa sa pelisse entre les mains du valet de pied et informa le maître d'hôtel qu'il ne souhaitait pas dîner. Un thé suffirait. Il donna congé à tout le personnel, ferma à clef les portes d'accès à l'appartement et entreprit de trier *ses* papiers. Malgré la chaleur, il alluma un feu dans la cheminée du bureau. La lourde enveloppe fermée au sceau Hertford en cire rouge, contenant les dernières volontés de Lord Hertford, fut la première à partir en fumée. Richard ne l'ouvrit pas. Il préférait en ignorer le contenu, ne pas s'encombrer de remords.

Toute la nuit, Richard Wallace brûla des papiers. Une grande partie des souvenirs de la famille Hertford disparut. Les lettres qui pouvaient témoigner de la place de Richard Jackson dans cette famille furent éliminées. Lorsque le dernier document se fut consumé, le jour se levait. Richard se redressa et s'étira longuement. Il ne sentait pas la fatigue. Au contraire, il était stimulé par un élan de vitalité inconnue. Son regard balaya la pièce, les meubles raffinés, les tableaux accrochés au mur et s'arrêta sur son propre visage, que lui renvoyait le miroir du trumeau de la cheminée. Il ébaucha un sourire et dit tout haut :

— Me voilà libre, libre ! Je ne connaîtrai plus les occupations serviles, la dépendance, les contraintes, les humiliations, les dettes... Je suis mon propre maître.

Richard Wallace se sentait un autre homme. Il n'aurait aucun mal à se glisser dans son nouveau rôle. Il avait suffisamment côtoyé ce milieu pour que la transition s'effectue naturellement. Il savait que les portes s'ouvriraient devant lui. Désormais, tout devenait possible, accessible, envisageable. Il prit son chapeau, sa canne et sortit. Il ressentait le besoin de marcher.

Sur le pas de la porte cochère, Richard huma l'air de la ville. Il lui trouva une saveur nouvelle. Dans la pâle lueur du jour, il descendit la rue Napoléon, traversa la place Vendôme pour rejoindre les jardins des Tuileries. Les abords du palais étaient truffés de canons. Sous les arcades de la rue de Rivoli, des lignards en arme, pantalons garance et tuniques bleues, se mêlaient par petits pelotons aux gardes mobiles en tenues disparates. Sur la chaussée, des chevaux, attelés à des charrettes chargées de caissons de munitions, attendaient, attachés à des bornes de pierre. Richard posait un regard détaché sur les préparatifs du siège. Son esprit était ailleurs. L'imminence de l'arrivée des armées allemandes le laissait indifférent. Il ne craignait pas cette guerre. Il avait d'autres préoccupations. « Allons, j'ai mille choses à faire ! Ne perdons pas de temps. Il sera toujours temps de se promener, après. » Il rebroussa chemin.

À cinquante-neuf ans, il allait commencer à vivre.

Épilogue

La fortune de Richard

Paris, septembre 1870

Le siège de Paris permit à Richard Wallace de se façonner une réputation à la hauteur de ses ambitions. Il avait mûrement réfléchi : il devait se faire connaître, se montrer digne de cette immense fortune. Il gommerait de la mémoire des proches de Lord Hertford le souvenir du secrétaire effacé au service du collectionneur qu'il avait été. Il possédait l'allure et les manières d'un aristocrate. Il imposerait l'image d'un homme généreux, charitable, concerné par la misère d'autrui. Cela correspondait à son tempérament. Doté d'un naturel sensible et altruiste, il se trouvait à la tête de ressources inépuisables. En distribuant de l'argent en cette période critique, il s'attirerait la sympathie et la reconnaissance des gens. Il imposerait l'idée qu'il était le fils de Lord Hertford, sans qu'il lui soit nécessaire de l'affirmer.

Dès qu'il fut entré en possession de sa fortune, Richard s'installa rue Laffitte, dans l'appartement du marquis. Sa première tâche fut de rapatrier les œuvres d'art de Bagatelle, pour les mettre à l'abri des fortifications. Au cours des quelques jours qui précédèrent le siège, il fit entreposer dans ses immeubles du boulevard des Italiens les tableaux, meubles et objets de valeur de Bagatelle. Ses déménagements passèrent inaperçus au milieu de l'effervescence générale. Les dernières familles des classes aisées quittaient la capitale tandis que les habitants des bourgs de la périphérie refluaient en masse pour y trouver un refuge. Lorsqu'il eut vidé les pièces et les réserves de Bagatelle, Richard fit descendre le mobilier de moindre valeur dans les sous-sols du château et abandonna la propriété à la garde de serviteurs bien rémunérés.

Le 18 septembre, les Allemands cernaient Paris et le siège commença. Il allait durer quatre mois. Le blocus fut total. Seuls des pigeons voyageurs et des ballons dirigeables franchissaient le cordon des lignes ennemies. Dès novembre, les vivres vinrent à manquer. Il ne restait rien des troupeaux parqués dans le bois de Boulogne, décimés par la maladie et le manque de fourrage. On commença à sacrifier les animaux du Jardin des Plantes. Les assiégés achetèrent des oiseaux rares, des perruches, des perroquets, puis en vinrent à manger du singe, du chameau ou de l'éléphant. Les plus démunis traquèrent les chiens, les chats et les rats. L'hiver s'avérait particulièrement rigoureux. Sur le front, les cadavres gelaient en quelques heures. Le froid empêchait les soldats de creuser des tombes.

À l'approche de Noël, une grande misère accablait les Parisiens. D'interminables files d'attente se formaient devant les services sociaux des mairies, tandis que de nouvelles batteries arrosaient les forts qui ceinturaient la capitale. Les restrictions alimentaires se doublaient du manque de combustibles. On brûlait les arbres des parcs et des boulevards, les barrières, les bancs et les volets. Le débarquement de blessés en provenance du champ de bataille ébranlait le moral des Parisiens. Pourtant, malgré les pénuries de viande, de pain et de charbon, la capitale refusait de capituler.

Dès le début du siège, les maires d'arrondissements avaient lancé, par voie d'affiche, des appels à la générosité des citoyens pour constituer des ambulances pour les blessés. Richard fut parmi les premiers à répondre à leur appel. Il transforma l'un des appartements du 26 boulevard des Italiens et finança une ambulance militaire qu'il baptisa *ambulance du marquis de Hertford*.

Elle fut rattachée au 13ᵉ corps, dans lequel son fils Edmond servait, comme officier d'ordonnance du général Vinoy. Richard ne ménagea pas sa peine pour alléger les souffrances dont il était témoin. Le spectacle de femmes grelottant sous leur châle dans des files d'attente, d'enfants en guenilles accroupis sur les trottoirs, d'artisans sans emploi quémandant une pièce ou un morceau de pain, le bouleversait. Il se sentait solidaire des miséreux. Il n'eut de cesse d'aider les populations assiégées. Lord Hertford gardait quantité d'argent liquide chez ses banquiers que Richard distribua. Il versa d'importantes sommes à l'Assistance publique, aida les Anglais nécessiteux bloqués dans la ville assiégée, distribua des subsides aux réfugiés des communes limitrophes qui avaient afflué dans la capitale et finança des cantines pour les sans-abri dans les mairies. Il donna de sa personne. Lors des bombardements de Moltke sur Paris, du 5 au 28 janvier, Wallace prit la tête d'un comité spécial pour venir au secours des blessés. Il arpentait les quartiers de la ville, une canne à la main, une longue-vue en bandoulière, suivi par son retriever noir aux pattes tachetées de fauve. Dans la rue, les gens se retournaient sur son passage et saluaient celui que l'on surnommait « la providence des pauvres ». Il reçut maints témoignages de reconnaissance.

En janvier 1871, l'avant-dernier des ballons utilisés pour communiquer avec les autres départements fut baptisé le *Richard Wallace*[1]. Lorsque les serres du Jardin des Plantes furent bombardées, les savants du Museum d'histoire naturelle cueillirent les fleurs épargnées et les firent parvenir au philanthrope, pour lui exprimer leur gratitude.

Après les bombardements de janvier, Paris se rendit aux armées allemandes. Le 28 janvier, l'armistice était signé. Les pourparlers de paix commençaient. Alors que la population de la capitale était exsangue, la nouvelle

---

1. Il s'abîma en mer.

Assemblée, conservatrice, supprima les moratoires des loyers et abrogea la paie de la Garde nationale. La révolte gronda.

Dès la fin du siège, en février 1871, Richard Wallace avait épousé Julie Castelnau et reconnu Edmond pour son fils naturel. Un premier mariage fut célébré à l'ambassade d'Angleterre par Sir Blount qui faisait office de consul, car les diplomates anglais avaient suivi le gouvernement français à Tours, puis à Bordeaux. Lorsque le second de l'ambassade, Lionel Sackville West, revint à Paris, il arracha la page de l'état civil concernant Wallace : Blount ne disposait pas des pouvoirs consulaires lui permettant de marier des citoyens anglais. Richard et Julie furent unis par le maire du 9e arrondissement, quelques jours plus tard.

Pendant la Commune, Richard continua à répandre ses bienfaits, sans oublier ses proches. Dès septembre 1870, fidèle à sa parole, il fit verser à la Présidente, Apollonie Sabatier, un titre de cinquante mille francs. Il devait le renouveler chaque année. Lorsque Blount eut raconté à Richard que Lord Hertford lui avait confié qu'il laisserait des legs à plusieurs de ses amis, Richard s'empressa de leur offrir les sommes évoquées. En juillet 1871, Seymourina mit au monde une petite fille, Suzanne. Elle demanda à Richard de parrainer l'enfant. Wallace offrit en cadeau de baptême au pasteur Rives, la reconstruction du temple de Neuilly que la guerre avait détruit.

Pour le remercier de ses générosités envers les résidents anglais pendant le siège de Paris, la reine Victoria lui octroya le titre de baronnet. Adolphe Thiers lui conféra la croix de commandeur de la Légion d'honneur. Richard Wallace fut admis, sans l'avoir demandé, au Jockey-Club et au Cercle de l'Union.

C'était la consécration. Tous les yeux étaient fixés sur lui.. Le boulevard de Madrid à Neuilly, son lieu de résidence avant la guerre, fut rebaptisé boulevard Richard-Wallace. À Paris, on ne doutait plus de son statut de légataire et de fils naturel du marquis de Hertford.

En Angleterre, la situation s'avérait moins aisée. Wallace avait fait interdire l'entrée de Manchester Square à

Francis, Lord Hertford, qui souhaitait récupérer des actes juridiques. Leurs relations se tendirent encore lorsque Wallace refusa de rendre des peintures que le marquis considérait comme des tableaux de famille, les vaisselles et le linge aux armes Hertford. De son côté, Sir Hamilton Seymour, après avoir consulté ses hommes de loi, avait pris possession des terres irlandaises, estimant qu'il en était l'héritier. Richard intenta un procès à Hamilton Seymour devant la Cour des Common Plea du comté d'Antrim, pour récupérer ce qu'il estimait être son bien. Fin juillet, il partit pour l'Irlande, témoigner devant les juges. Hamilton gagna le procès. Richard fit appel et perdit une seconde fois. Le troisième jugement, en février 1872, fut en faveur de Wallace, à une voix de majorité. Les procès n'avaient porté que sur les terres irlandaises. Le testament lui-même ne fut pas remis en question. Le comté d'Antrim était loin de Paris. Les assertions sous serment de Richard, sur son rôle auprès des Hertford suggérant, sans jamais l'affirmer, qu'il avait été traité comme un membre de la famille, ne parvinrent que tardivement aux oreilles de celles qui pouvaient s'en étonner : Louise et Seymourina.

Les liens entre les trois proches de Beauchamp s'étaient détériorés. Depuis qu'elle avait pris connaissance du testament, Louise se posait des questions. Beauchamp lui avait affirmé qu'il lui laisserait la Maison gothique qu'il avait fait aménager pour elle et dans laquelle il l'avait installée. Dans cette perspective, elle avait acheté un terrain limitrophe pour agrandir le parc. Par ailleurs, elle ne comprenait pas que Beauchamp ait maintenu en sa faveur un codicille concernant un immeuble démoli cinq ans avant sa mort et reconstruit pour prolonger une galerie dont il était indissociable. Il n'était plus question de louer des appartements transformés en musées, comme il le prévoyait dans son codicille. Louise s'interrogeait sur l'authenticité du testament trouvé et s'en ouvrit à Richard, lorsque le calme fut revenu à Paris. N'existait-il pas un testament plus récent, dans les papiers de Lord Hertford ? Richard répondit qu'il n'avait rien trouvé. Lord Hertford avait peut-être évoqué d'autres intentions, mais il n'avait pas pris le temps de les rédiger. Elle en douta. Lorsque Louise demanda à Richard de lui abandonner la Maison gothique, en contrepartie de l'immeuble du 6 rue Laffitte qui aurait dû lui revenir, il se contenta de consentir un usufruit sur sa tête. Elle dut lui verser soixante-dix mille francs. Louise communiqua ses doutes à Seymourina. Lorsqu'elles apprirent que Richard se faisait passer pour le fils de Beauchamp, les deux femmes s'éloignèrent de lui. La petite Suzanne ne connaîtrait pas son parrain.

Les interrogations et le ressentiment des deux femmes proches de Beauchamp ne furent qu'une des raisons qui incitèrent Richard à s'installer en Angleterre. Désormais connu de tous les Parisiens, Richard Wallace était assailli de sollicitations. Sensible à la misère d'autrui, décidé à conforter son image de philanthrope, il se sentait incapable de refuser une supplique ou une prière. Il recevait des sacs entiers de lettres, que John Murray Scott, devenu son secrétaire, triait. Il se sentait harcelé. À la même époque, il constata que certaines relations de Lord Hertford, de retour à Paris, lui battaient froid. Elles avaient du mal à voir en lui l'héritier du collectionneur. On racontait que Julie, devenue Lady Wallace, était fille d'un cocher. Elle ne serait jamais reçue dans les salons parisiens.

Avant de quitter la France, Richard Wallace décida de faire construire un hôpital à l'intention de la colonie britannique résidant à Paris. Il offrit à la capitale un don important pour les nécessiteux et finança quarante fontaines en fonte, réparties sur les grands axes de la ville. Le sculpteur retenu fut Charles Lebourg. Richard multiplia ainsi l'acte d'Henry Seymour qui avait fait installer une fontaine sur le port de Boulogne-sur-Mer. La reconnaissance des Boulonnais envers Lord Seymour l'avait frappé. Douze ans après sa mort, Henry restait son idole, son modèle et sa référence.

À Londres, Richard s'installa dans la maison de Piccadilly, le temps de faire aménager à son idée celle de Manchester Square. Il racheta au marquis de Hertford, qui ne parvenait pas à entretenir deux propriétés, celle de Sudbourne Hall. Il était décidé à compléter la collection anglaise selon les directives laissées dans ses carnets par Lord Hertford. Un certain nombre d'œuvres entreposées à Paris, achetées au cours des dernières années de la vie du marquis, devaient trouver place dans les galeries de Manchester Square. Il apprit alors que la reine Victoria et des lords des plus grandes familles allaient prêter des tableaux de leurs collections pour une exposition organisée dans une annexe du musée de South Kensington. Richard Wallace proposa de faire venir, à ses frais, des pièces de sa collection de Paris, pour les exposer avec celles de Londres. C'était une excellente manière de se faire connaître des cercles britanniques les plus huppés. Comme le dernier recours de son procès avec Hamilton Seymour devait l'emmener devant la Chambre des lords, il ne serait pas inutile de s'attirer la sympathie des pairs d'Angleterre.

En avril et mai 1872, des wagons remplis de meubles, de peintures et de sculptures traversèrent la Manche. Richard parvint à éviter que Hamilton Seymour ne porte l'affaire devant la Chambre des lords, en lui offrant un dédommagement de quatre cent mille livres (deux fois le prix auquel il avait racheté le château de Sudbourne et ses terres).

En juin 1872, l'exposition du Bethnal Green Museum fut inaugurée par le prince de Galles et son épouse. Richard ne ménagea pas ses efforts. Il fit aménager une salle spéciale aux murs ornés de Fragonard, pour que le futur Édouard VII et sa femme puissent se reposer. Dès le premier soir, il offrit un somptueux dîner au Comité des lords, organisateurs de l'exposition.

Celle-ci connut un prodigieux succès. La notoriété de Richard en Angleterre en fut renforcée. Les journaux ne tarissaient pas d'éloges sur lui. On lui proposa de se présenter à la Chambre des communes pour occuper le siège vacant du représentant de Lisburn, une ville du comté d'Antrim. Il fut élu. Richard Wallace était lancé dans la haute société britannique. Le prince de Galles honora de sa présence des chasses à Sudbourne.

La fortune et les honneurs ne donnèrent pas à Richard le bonheur qu'il en escomptait. Julie, Lady Wallace, n'était pas plus à son aise dans les salons londoniens que parisiens. Elle refusait d'apprendre l'anglais. Lorsque ses voisins de table s'adressaient à elle dans sa langue maternelle, ils étaient consternés par la pauvreté de son vocabulaire et la persistance d'un accent des faubourgs dont elle ne parvenait pas à se départir. Julie décida de fuir les réceptions. Elle se faisait porter malade lorsque des invités s'annonçaient à Sudbourne.

Leur fils Edmond les rejoignait parfois en Angleterre. Le capitaine Wallace avait quitté l'armée. Il aimait la chasse et Sudbourne, que Richard avait fait luxueusement réaménager, regorgeait de gibier. Bien que naturalisé Anglais à la demande de son père, Edmond n'avait nulle envie de s'établir outre-Manche. À Paris, il s'était mis en ménage avec une « personne de théâtre », Amélie Gall, qui dansait aux Variétés. Ils eurent un premier fils en 1872, qui serait suivi de deux garçons et d'une fille. Richard avait d'autres projets pour son fils. Il tenta de le convaincre de rompre ces liens. Ils se brouillèrent. Edmond s'installa à Paris, avec sa famille et ne remit plus les pieds en Angleterre.

Ses difficultés familiales contribuèrent à amplifier les accès de mélancolie de Richard. Baronnet, membre du Parlement, propriétaire d'une admirable collection, le philanthrope était reconnu et respecté sur les deux rives de la Manche. Il était en permanence sollicité, observé, admiré. Pourtant il doutait de ses capacités à tenir son rôle. Il regrettait l'anonymat de sa vie antérieure.

Richard s'était toujours incliné devant l'autorité de son entourage. Il ne savait qu'obéir. Timide, scrupuleux, il avait appris à écouter, comprendre et exécuter. À cette époque, son mal de vivre tenait à l'impossibilité de réaliser ses rêves. Lorsqu'il entra en possession de son immense fortune, il n'en éprouva pas les satisfactions escomptées. Après la mort de Lord Hertford, il s'était persuadé qu'il continuerait à enrichir ses collections. Il comprit qu'il ne disposait pas des talents intellectuels et artistiques nécessaires. Il doutait de ses capacités de discernement. La tutelle, les directives du collectionneur lui manquaient. Contrairement à Beauchamp qui sélectionnait soigneusement chacune de ses acquisitions, il avait acheté, en juillet 1871, l'intégralité de la collection du comte de Nieuwerkerke. Il faisait plus confiance à la sagacité du surintendant des Beaux-Arts qu'à son propre goût. Il acquit de la même manière la totalité de la collection du vicomte de Tauzia, conservateur au cabinet des Dessins du Louvre. Au cours des années suivantes, il acheta de belles armures et une quarantaine d'œuvres, parfois médiocres. Conscient de ses limites, Richard cessa d'acheter. Son rôle de membre du Parlement ne lui apportait pas plus de satisfactions. Attentif, sérieux, il assistait régulièrement aux séances, mais n'intervenait jamais dans les débats. Il finit par renoncer à se représenter.

Les accès de découragement qui l'affectaient se transformèrent progressivement en crises de dépression. Le remords le tenaillait. Il n'avait pas le droit d'occuper cette position : il avait détourné un héritage, trompé les Hertford. Il ne méritait pas ces honneurs. Il redoutait la mort, la justice d'un Dieu vengeur. Il s'angoissait à l'idée de devoir rendre des comptes. Il se mit à observer les symptômes de dégradation de sa santé avec anxiété.

Les dernières années de sa vie, Richard se retira à Bagatelle, laissant Julie à Londres, en compagnie de son secrétaire John Scott Murray. Il végéta dans ce château, isolé, hanté par la fin qui l'attendait. Il souffrait de la goutte, se montrait irritable et morose avec le personnel. En 1887, son fils mourut de la fièvre typhoïde. Richard découvrit qu'il avait reconnu les quatre enfants qu'il avait eus avec Amélie Suzanne Gall. Furieux, il refusa de répondre aux souhaits d'Edmond qui demandait dans son testament que son père soit son exécuteur testamentaire.

Désormais, l'approche de la mort le plongeait dans des accès de panique. Considéré comme le fils de Lord Hertford, il serait enterré dans le caveau du Père-

Lachaise, obligé de partager pour l'éternité le tombeau du collectionneur. Il avait écrit dans ses dernières volontés qu'il fallait placer son cercueil « sous les restes de Lord Seymour ». Henry le protégerait. Richard s'enfonça dans la dépression avant de s'éteindre à Bagatelle, seul, le 20 juillet 1890.

Lady Wallace vint assister à l'enterrement avec John Scott Murray, puis retourna en Angleterre. Dans son bref testament, rédigé dix ans plus tôt, Richard Wallace léguait l'immeuble du 29 boulevard des Italiens, qu'il avait acquis personnellement, à son fils. En dehors de quelques dons secondaires, il laissait l'intégralité de la fortune de Lord Hertford à sa femme, Julie.

À soixante-douze ans, Julie, une des femmes les plus riches d'Angleterre, n'aspirait qu'à la tranquillité. John Scott Murray, le secrétaire de son mari, s'installa à Manchester Square et ne la quitta plus. Il sut se rendre indispensable. Julie appréciait ce célibataire à la stature imposante, au teint brique, aux favoris roux. Elle aimait sa bonne humeur permanente, ses plaisanteries, son rire tonitruant. Scott, qui ne brillait pas par son intelligence, ne connaissait rien à l'art et ne s'y intéressait pas. Mais il était parfaitement informé de l'importance du patrimoine qui avait échu entre les mains de cette femme isolée, qui n'avait d'autre soutien que lui. John savait que Julie se contentait de verser une modeste pension à ses petits-enfants qu'elle ne voulait pas rencontrer. Elle leur léguerait l'immeuble que son mari avait prévu de laisser à leur fils. Rien de plus. Une immense fortune était à prendre.

Pendant les sept dernières années de sa vie, en dehors de rares séjours à Brighton ou à Paris, Julie demeura enfermée à Manchester Square avec John, ses deux sœurs et ses trois frères qui se succédaient. Ils organisèrent une véritable garde. Chaque jour, l'un d'entre eux prenait ses repas avec elle. Sous prétexte de l'aider à gérer sa fortune, John contrôlait son courrier et ses visites. Ne parlant pas l'anglais, elle sortait rarement. Un membre de la famille Scott l'escortait dès qu'elle mettait le nez dehors.

Julie rédigea son testament en 1894, en suivant les recommandations de Scott Murray. Elle avait décidé d'en faire son légataire universel mais il lui conseilla de léguer à l'État anglais la collection de Manchester Square. Si elle lui laissait l'intégralité de la fortune, cela éveillerait des soupçons. On pourrait contester le testament. Le don de cette collection à l'Angleterre ferait taire les rumeurs. Richard Wallace aurait souhaité qu'il en soit ainsi, affirma-t-il. Julie légua le contenu de Manchester Square à la nation britannique, à condition qu'il prenne le nom de Wallace Collection. Elle fit quelques présents à des amis français et à des œuvres. Le reste revint à John Scott Murray.

Lady Wallace mourut de bronchite le 16 février 1897. Elle fut enterrée aux côtés de son mari, au Père-Lachaise, dans le caveau des Hertford.

John Scott Murray attachait plus d'importance à l'aspect financier des merveilles dont il venait d'hériter qu'à leur valeur artistique. Selon les dernières volontés de Lady Wallace, il devint curateur du *trustee* qui installa les œuvres de la collection Wallace dans la résidence de Manchester Square. Bien que nommé baronnet par la reine Victoria en 1899, la réputation de Scott Murray était exécrable. Son personnel l'accusait d'être avare. Lorsque Manchester Square devint propriété de l'État, il retira de la collection un certain nombre de tableaux et d'œuvres qui auraient dû en faire partie. Ce fut le début du démantèlement de la collection Hertford.

Les frères et sœurs de Scott Murray s'installèrent d'abord avec lui, 5 Connaught Place et entreprirent de profiter de son heureuse fortune. Ils durent déchanter. Une certaine Victoria Sackville West avait évalué l'importance de la fortune du célibataire et entendait bien en bénéficier.

À la mort de sa mère, une danseuse espagnole, la fille naturelle de Lionel Sackville West[1], avait suivi son

---

1. Le diplomate qui avait déchiré, à Paris, l'acte de mariage de Richard et Julie Wallace, célébré indûment par Blount.

père, nommé ambassadeur à Washington. Elle faisait des ravages. Elle avait la réputation de collectionner les millionnaires et les hommes célèbres et finit par épouser son cousin, le futur Lord Sackville. Elle vivait dans un immense château, Knole, propriété des Sackville West depuis le XVIe siècle, connu pour ses trois cent cinquante-cinq chambres et ses cinquante-deux escaliers. L'une des plus belles propriétés d'Angleterre, fort onéreuse à entretenir. En 1899, elle rencontra John Scott Murray à l'occasion d'une visite à la collection Wallace. John fut subjugué par cette femme éblouissante. Il avait cinquante-deux ans, elle, trente-six. Ils nouèrent d'étranges relations. Victoria lui manifestait une aimable condescendance, frisant le dédain, sans aller trop loin pour ménager ses intérêts. Elle savait admirablement jouer de son pouvoir pour obtenir ce qu'elle désirait. John, incapable de résister à ses volontés, lui offrait de somptueux cadeaux.

Les frères et sœurs Scott commencèrent à s'inquiéter de la présence envahissante du couple Sackville, qu'ils surnommaient « les sauterelles ». L'influence de Victoria ne cessait de croître. Elle décidait qui, parmi les frères et sœurs, serait admis à rester pour la nuit à Connaught Place, auprès de John. Elle renvoya le cuisinier, utilisa les voitures au gré de ses fantaisies. Lorsqu'elle quittait Londres, John Scott lui écrivait des lettres en la suppliant de revenir et de ne pas se comporter comme une N. G. (*Naughty Girl*). Il l'emmenait avec sa fille, Vita, à Paris, boulevard des Italiens et à Bagatelle.

En dehors de rares visites, John Scott avait laissé la folie d'Artois à l'abandon. En 1904, il décida de lotir le parc. La Ville de Paris eut vent de ses projets et racheta le terrain et le château. John vendit toutes les statues qui ornaient le parc et les terrasses.

John Scott Murray mourut d'une attaque cardiaque, à Londres, en janvier 1912. Il léguait à Lady Sackville cent cinquante mille livres et ce qui restait de la collection de la rue Laffitte. Les portes du 2 rue Laffitte furent mises sous scellés car la famille Scott avait intenté une action en justice, pour récupérer l'héritage destiné à Lady Sackville. Un marchand d'art, Jacques Seligman qui connaissait Lord Hertford de réputation, acheta l'ensemble des œuvres d'art de la galerie à Victoria Sackville West, sans l'avoir vu. Victoria gagna le procès. Lorsque les scellés furent levés et qu'ils purent découvrir leurs possessions, Jacques Seligman et son fils évoquèrent la caverne d'Ali Baba. Le marchand d'art allait mettre des années à revendre les trésors qu'il avait acquis. De son côté, la famille Scott vendit chez Christie's plus de cent cinquante tableaux et dessins, des meubles, des tapisseries et des porcelaines qui avaient appartenu à Lord Hertford et que Scott avait récupérés à Connaught Place. Une large part de la collection fut ainsi dispersée et rachetée par des musées et des amateurs aux quatre coins du monde.

L'admirable collectionneur que fut Richard Seymour Conway, quatrième marquis de Hertford, n'a pas atteint la postérité. La part de sa collection qui subsiste et témoigne de son génie porte le nom de *Collection Wallace,* selon les instructions d'une boutiquière française de Belleville. Julie Castelnau, épouse Wallace, est enterrée au Père-Lachaise aux côtés de son mari. Ils partagent pour l'éternité le tombeau de Lady Hertford et de ses trois enfants.

Annexes

Si *La Fortune de Richard Wallace* est un roman, je me suis efforcée d'appuyer la personnalité des personnages sur les témoignages de leurs contemporains. Les Hertford – branche aînée des Seymour Conway – ont suscité de nombreux commentaires tout au long du XIXe siècle. Deux écrivains anglais, Bernard Falk, dans *Old Q's daughter* (Londres, 1931) et Donald Mallett, *The Greatest Collector* (Londres, 1959), ont tenté, avec le recul du temps, de percer à jour les mystères de cette famille. Ils ont mené des recherches approfondies, tant à Londres qu'à Paris. Les études des conservateurs de la Collection Wallace prennent souvent leurs analyses comme références.

Dans son introduction, Bernard Falk relève qu'une grande part des documents concernant cette famille a disparu. À telle enseigne que l'on pourrait croire qu'« *une politique systématique de destruction ou peut-être de dissimulation a été appliquée* ». Ces disparitions justifient la subjectivité de certaines interprétations. Mes recherches m'ont amenée à découvrir de nouvelles archives qui autorisent une autre appréciation du rôle de Richard Wallace dans la famille Hertford.

Les deux premières annexes ont pour objectif de justifier mes hypothèses en analysant les textes connus et en les confrontant à ces documents inédits. La troisième annexe précise les sources d'information sur lesquelles j'ai bâti la trame du roman.

Bien des mystères demeurent dans l'histoire de Richard Wallace. Ma propre version, bien qu'appuyée sur des éléments nouveaux incontestables, comporte des incertitudes et des zones d'ombre. Des lettres, des témoignages concernant ces personnages doivent pouvoir être retrouvés chez des collectionneurs, des particuliers. J'ai l'espoir que ce roman les fera sortir de leurs cartons.

Mon souhait est d'avoir contribué à réhabiliter la mémoire de Lord Hertford. Ce grand collectionneur qui a écrit en français, sur la dernière page de son carnet d'adresses :

« *J'étais en ce bas monde, où les plus belles choses ont le pire destin.*

Paillasson, j'ai vécu ce que vivent les roses, l'espace d'un matin. »

Annexe I

L'analyse du testament

L'original du testament de Lord Hertford est conservé dans le registre des probates, à Londres. On trouve sa traduction dans les archives de la Collection Wallace (WCA) et dans les minutes de Me Mouchet (MC/ET/XX1110), le notaire parisien de Lord Hertford.

1. LE CONTENU DU TESTAMENT TROUVÉ EN 1870.

À la mort de Lord Hertford en 1870, on dispose d'un testament datant de 1838 et de six codicilles rédigés douze ans plus tard. Vingt ans s'écouleront entre ces dernières dispositions testamentaires et le décès du testateur.

Le *testament de 1838*, rédigé par des hommes de loi sur quatorze pages, lègue, en fidéicommis pour trois cents ans à des administrateurs, ses terres d'Irlande. Les revenus (60 000 £ par an) en reviendront à Henry Seymour, le frère cadet de Hertford. Si celui-ci n'a pas d'enfant légitime, l'héritier sera un cousin, Hamilton Seymour, puis ses descendants légitimes. Le (futur) marquis de Hertford laisse tous ses biens meubles à son frère Henry. Et les revenus d'un capital de 30 000 £ à Richard Jackson (qui prendra le nom de Richard Wallace).

Le château de Bagatelle, seule propriété immobilière du testateur en France, à cette date, n'est pas mentionné dans ce testament, qui ne fait état que des terres irlandaises.

Les codicilles de 1850.

- Douze ans plus tard, le patrimoine de Lord Hertford est nettement plus important. À la mort de son père, en 1842,

il a hérité en Angleterre de propriétés, valeurs mobilières, meubles et peintures. En France, il a acheté l'hôtel des 2 et 4 de la rue Laffitte (juillet 1844, MC/ET/XX 985), celui qui le jouxte, 6 rue Laffitte (mars 1848 : MC/ET/XX1000). En mars 1847, il a agrandi le parc de Bagatelle de plusieurs hectares (MC/ET/XX/995). Il a commencé sa collection.
- Lorsqu'il rédige ses codicilles, Hertford ne souhaite pas supprimer les dispositions de son testament de 1838. Il prend soin de préciser en tête de chaque codicille : *Ceci est un autre codicille à mon testament de 1838.* Pourquoi Hertford aurait-il pris soin de se référer à ce testament, s'il souhaitait tout laisser à Richard Wallace ?
- Ces codicilles ne sont pas numérotés. Ils reflètent les changements de sa vie personnelle. Quatre portent la date du 1er juin 1850 : les trois concernant sa maîtresse, Louise Bréart et celui de sa pupille, Seymourina. Les deux derniers datent du 7 juin. L'un récompense le dévouement de Richard Wallace. Le dernier nomme deux exécuteurs testamentaires.
- Seul le codicille concernant Seymourina est rédigé par un homme de loi. Les cinq autres sont olographes. Hertford n'avait probablement pas avec lui, à Londres, le testament de 1838 car il prend soin de préciser : « *Ceci est un autre codicille au testament... qui porte la date du 21 juin 1838, environ.* »
- Le codicille, concernant Richard Wallace, est ainsi libellé : « *Voici un autre codicille au testament de moi, Richard Seymour Conway, marquis de Hertford, chevalier de l'ordre de la Jarretière, qui porte la date, d'environ, le 21 juin 1838. Ici je révoque le legs contenu dans mon testament du résidu de tous mes biens réels et personnels* à mon frère Lord Henry Seymour, et pour récompenser autant que je le puis Richard Wallace de ses soins et attentions pour ma mère et aussi de tout son dévouement pour moi durant une longue et cruelle maladie que je fis à Paris en mille huit cent quarante et en toute autre occasion, je donne sans réserve ce résidu audit Richard Wallace, demeurant à présent à Boulogne-sur-mer, Hôtel des Bains, en France, dont le domicile avant la révolution de février mille huit cent quarante-huit était chez ma mère, rue Taitbout numéro trois à Paris.*

En foi de quoi j'ai apposé ma signature ce sept juin mille huit cent cinquante. »
(*ou *mes biens meubles et immeubles.* Les deux interprétations sont possibles. Elles ont été au cœur des débats juridiques lors des procès de 1871 et 1872, de Richard Wallace contre Hamilton Seymour.)
En vertu de ces quelques lignes, Richard Wallace va hériter de l'intégralité de l'immense fortune de Lord Hertford et de toute sa collection,

2. DES CONTRADICTIONS DANS LE CONTENU DU TESTAMENT.

Il n'est pas fait mention, dans ces dispositions testamentaires, de la collection. Pas un mot pour évoquer ce qui a été l'œuvre de toute une vie, la seule passion de Lord Hertford. Selon des témoignages, cette collection était deux fois plus importante que la Collection Wallace que l'on peut admirer de nos jours à Londres. Comment croire que Lord Hertford se serait contenté d'inclure le legs de cette collection, digne des plus grands musées nationaux, sous le terme générique de « *résidu de mes biens réels et personnels* » ?

Cette collection représentait pour Hertford le sel de la vie. Il parlait dans ses lettres à Mawson de ses peintures comme de *ses enfants.* Jusqu'à la fin de ses jours, il achètera des œuvres d'art pour l'enrichir et la compléter. Cinq ans avant sa mort, il fait abattre un de ses immeubles parisiens et entreprendre des travaux pour prolonger sa galerie devenue trop petite. À Londres, Manchester Square est déjà un musée. Comment cet homme méticuleux et procédurier aurait-il pu laisser Richard Wallace (qu'il a toujours – selon les témoignages de contemporains – traité comme un subordonné) seul maître de sa collection, sans directives ni instructions, sans réserve ni consigne ?

Une analyse de ces documents démontre des faits troublants.

a) Les codicilles ne sont pas actualisés.

Lord Hertford n'est pas mort accidentellement. Il a mis dix ans à mourir d'une maladie des reins. Il avait tout le temps de rédiger ou d'actualiser un testament dont les dernières dispositions avaient été écrites vingt ans plus tôt. En l'occurrence :

- Henry Seymour, principal bénéficiaire du testament de 1838, est mort depuis onze ans.
- Toutes les adresses, données comme références pour préciser l'identité des légataires sont périmées. Celles des trois bénéficiaires, Louise Bréart, Seymourina Poirson, Richard Wallace et celles des deux exécuteurs testamentaires. Curieuses négligences pour un homme connu pour son goût et son souci de la procédure.
- Dans le codicille la concernant, il donne à Seymourina le nom patronymique de Vincent et précise qu'elle demeure à Marly-le-Roi. En 1854, Seymourina, reconnue par Frédéric Cuthbert, porte son nom. En 1870, elle est mariée depuis deux ans à Paul Poirson.
- La fortune de Hertford s'est considérablement modifiée au cours des vingt dernières années de sa vie. Il a acquis des propriétés immobilières : en 1853 le luxueux passage Delorme et l'immeuble du 26 boulevard des Italiens (MC/ET/XX/1029), il a hérité de sa mère en 1856 un immeuble à Piccadilly, des écuries et terrains à Londres, la propriété de Richmond, des valeurs mobilières (Bibliothèque Nationale à Paris : manuscrits NAF.18 817 et MC/ET/XX/1043). Il a racheté en 1862, aux héritiers de son frère, l'hôtel de Brancas et des dépendances, les 1-3-5 rue Taitbout, (MC/ET/XX/1072). Il a acquis de nouveaux terrains à Neuilly en 1860, dont plusieurs maisons boulevard de Madrid (MC/ET/XX/1065). Son portefeuille de valeurs mobilières est considérable. (MC/ET/XX/1115). Il a surtout acquis, au cours de ces vingt dernières années, de magnifiques tableaux, meubles et œuvres d'art.

b) L'imprécision du codicille de Richard Wallace.

Hertford, homme méticuleux et procédurier, note chaque détail. Le moindre bail est signé par lui en présence de son notaire. (Voir les minutes de Me Mouchet.) Ses comptes sont rigoureusement tenus, au centime près. Le codicille léguant sa fortune à Richard Wallace est très différent dans son libellé du testament de 1838 et des autres codicilles de 1850 :
- Le testament de 1838, rédigé par des notaires, préserve le patrimoine. Hertford confie le capital à des fidéicommissaires, pour trois cents ans. Il ne lègue à son frère que les revenus du capital. Il entoure ce legs de précautions, précisées sur quatorze pages. Il lègue alors à Richard

Jackson (Wallace), âgé « *d'environ vingt ans* », les revenus d'un capital de 30 000 £. (Rappelons que ce testament est rédigé à Londres, en même temps que celui de sa mère, qui ne laissera rien à Richard Wallace.)
- Dans ses codicilles – autres que celui de Richard Wallace – Hertford n'a pas ménagé les précautions et les détails. Les sommes léguées à Seymourina sont confiées à des fidéicommissaires. L'immeuble laissé à Mme Bréart ne lui appartiendra pas. Elle pourra « *le louer sa vie durant, en toucher tout le profit qu'elle voudra, mais à sa mort, l'immeuble reviendra à la succession.* »
- La légitimité des descendants est une préoccupation constante de Hertford. Il précise, en 1838, que seuls les enfants *légitimes* de son frère ou ceux de son cousin Hamilton Seymour pourront hériter des revenus des terres irlandaises. La rente annuelle léguée à Richard Jackson sera transmissible à ses enfants *légitimes*. Le codicille de Wallace ne comporte aucune restriction dans ce sens. C'est d'autant plus surprenant qu'Hertford n'avait aucune estime pour Julie Castelnau, la femme avec laquelle Wallace avait un enfant, non reconnu, âgé de trente ans en 1870. (Wallace n'épousera sa femme et ne reconnaîtra son fils qu'après la mort de Lord Hertford.)
- Un seul des six codicilles est rédigé par un homme de loi, celui concernant l'enfant Seymourina. Il paraît curieux que l'on déplace un notaire et deux témoins (différents de ceux des autres codicilles), pour donner un contenu juridique à un si petit legs et à celui-là seul.

c) Les termes juridiques.

- Au cours des trois procès qui vont opposer Richard Wallace à Hamilton Seymour en 1871 et 1872 pour les terres irlandaises, les magistrats se sont affrontés sur les interprétations juridiques des termes de « *résidu* » et de « *My real and personnal estates* » qui peut être entendu comme : « *Mes biens réels et personnels* », ou « *Mes biens mobiliers et immobiliers* ». Nous n'entrerons pas dans ces querelles de juristes, mais la différence d'interprétation est importante et laisse des incertitudes que les jugements n'ont pas éliminées. Les magistrats n'avaient à se prononcer que sur les terres irlandaises que Hamilton Seymour, sur les conseils de ses avocats, s'était appropriées. Wallace lui intente un procès en Irlande pour récupérer ces terres. Il perd, fait appel, perd une nouvelle fois. Wallace gagne le troisième procès, à une voix de majorité. Il n'a évité le dernier recours devant l'instance suprême, la Chambre des Lords, qu'en offrant la considérable indemnité de 400 000 £ à Hamilton Seymour.

d) Des incohérences entre les codicilles rédigés en 1850 et la réalité de 1870.

- Le codicille de 1850 précise que les sommes que Hertford laisse à Seymourina... *« seront placées lors de son mariage, à la discrétion de mes fidéicommissaires »*. Ce codicille est en contradiction avec les douze articles du contrat de mariage de Seymourina, signé à Bagatelle le 24 août 1868 par Lord Hertford, (MC/ET/XX1100) selon lesquels : « *... toutes les sommes qui lui reviendront par suite de legs à elle faits ou à faire seront soumises à emploi en immeubles situés en France, rentes sur l'État, grandes compagnies de chemin de fer...* ».
- Le troisième codicille en faveur de Louise Bréart est ainsi libellé : « *... Je lui laisse ma maison à Paris rue Laffitte numéro six, dans laquelle elle a à présent son appartement.... Sa vie durant, elle doit tirer tout le profit que la maison en question rapporte et en un mot, en faire ce que bon lui semblera, sauf la vendre... Je lui laisse... tous meubles, tableaux, argenterie et caetera qui peuvent se trouver dans ses chambres, et m'appartenant dans ladite maison numéro six rue Laffitte à Paris, lors de ma mort* ». Louise Bréart, en 1870, n'habite plus 6 rue Laffitte, mais 3 boulevard de Madrid à Neuilly. L'immeuble du 6 rue Laffitte a été démoli en 1865. L'architecte M. de Sanges l'a remplacé par une galerie qui prolonge celle du 2 et 4 rue Laffitte. Le Calepin des Propriétés Bâties (Archives de Paris, D.1P4/601) précise qu'il y a désormais « *un premier étage de la hauteur d'un premier et d'un deuxième, auquel on communique par l'escalier principal de la maison 4/2* ». Selon le cadastre de 1862, Mme Oger demeurait au deuxième étage. Ce codicille ne correspond plus à la réalité.

On peut ainsi relever, dans les dispositions testamentaires trouvées en 1870, des incohérences très surprenantes pour un homme procédurier. Elles ne cadrent résolument pas avec la personnalité de Lord Hertford, telle qu'elle apparaît dans les témoignages de ses contemporains.

À ce stade de l'analyse, on peut se demander si une partie du testament aurait pu disparaître. N'y avait-il pas d'autres codicilles, concernant la collection ? Comment et par qui ce testament a-t-il été trouvé ? Les enveloppes étaient-elles scellées ?

J'ai alors recherché un document, mentionné à la dernière page du testament, déposé aux minutes de Me Mouchet : le procès-verbal *d'ouverture et de description desdits testaments et codicilles.*

Il se trouve aux Archives nationales, dans un dépôt de pièces en date du 30 octobre 1871 (MC/ET/XX/1114)

3. LE DESCRIPTIF DU TESTAMENT.

- Le testament de 1838, « *un écrit sur quinze feuilles de papier non timbré* », porte sur la première et la dernière page un cachet rouge aux armes Hertford. *Il n'y a pas d'enveloppe.*
- Le descriptif fait ensuite état de... « *deux paquets sous enveloppes brisées* » :
  – Le codicille concernant Seymourina, rédigé sur du papier non timbré, se trouve dans une enveloppe (brisée) sur laquelle il est écrit : « *Daté du 1er juin 1850, Codicille au testament du marquis de Hertford.* » Il y a un sceau sur l'enveloppe.
  – Les cinq autres codicilles se trouvent dans une enveloppe (brisée), portant une inscription commençant par : « *Codicils to my...* ». Ils sont écrits sur le recto de feuilles de papier blanc non timbrées. Il n'y a pas de sceau sur l'enveloppe.

Qui a *brisé* ces enveloppes ? On peut exclure l'idée que le procédurier et secret Lord Hertford ait déchiré lui-même les enveloppes de son testament, sans prendre la peine de les recacheter.

Qui avait intérêt à connaître le contenu, en prenant le risque de *briser* les enveloppes ?

Le descriptif du testament livre une information déterminante. Ces *écrits* ont été « *trouvés lors de l'apposition des scellés au domicile du défunt* ». Le procès-verbal de la pose des scellés, que j'ai fini par retrouver, apporte une réponse irréfutable à la question suivante :

4. QUI A TROUVÉ LE TESTAMENT DE LORD HERTFORD ?

La guerre franco-prussienne et les préparatifs du siège de Paris ont limité les témoignages sur cette question. On en connaît trois, repris dans les biographies de Falk et de Mallett. La pose des scellés témoigne que Wallace a menti.

1. La version de Wallace :

Les trois témoignages de la découverte du testament reposent sur des informations données par Wallace.

a) Le témoignage du cinquième marquis de Hertford :

(*Selon le journal de Emily Mary, Lady Hertford, femme de l'héritier du titre, Francis Hugh, le cinquième marquis* – Archives de la Collection Wallace.)

Le journal d'Emily Mary raconte l'arrivée en France de son mari, Francis-Hugh, au lendemain de la mort de son cousin. Cette scène peut être datée du 26 août 1870, puisque Francis-Hugh se trouvait à Hampton Court, lorsqu'il fut averti du décès et qu'il a conduit le deuil lors des funérailles, le 27 août.

Dès qu'il fut informé de la mort de son cousin, Francis-Hugh passa prendre à Londres Frederick Capron, le conseiller juridique anglais de feu Lord Hertford et, ils partirent pour Paris. Ils passèrent d'abord à l'ambassade d'Angleterre, où l'ambassadeur, Lord Lyons, les informa qu'« *il pensait que l'on n'avait pas trouvé de testament et que de ce fait, il* – Francis-Hugh – *était l'héritier de tout. Tous les papiers avaient été scellés et déposés au Palais de Justice... Ils se rendirent alors à Bagatelle et furent reçus par Wallace et Mme Oger, qui corroborèrent les dires de Lord Lyon* ».

« *Tous deux,* raconte le journal de Mary Emily, *exprimèrent leur vive indignation d'avoir été oubliés. M. Wallace déclara qu'il l'avait soigné à travers sa longue maladie comme un véritable* infirmier (en français dans le texte*), mais qu'il ne lui avait rien laissé ; que la seule chose qu'il possédait, c'était une petite maison que Lord Hertford lui avait donnée* (ce qui est d'ailleurs faux selon les archives de Neuilly : le 9 boulevard de Madrid appartenait à Lord Hertford, Wallace payait un loyer*). Le seul papier que l'on ait trouvé qui semble de nature testamentaire,* poursuivit Richard Wallace, *est un brouillon de tes-*

LA FORTUNE DE RICHARD WALLACE

tament non signé et avec seulement quelques notes écrites en marge au crayon. »

b) Le témoignage d'Edward Blount :

Ce banquier anglais, installé à Paris depuis 1832, connaissait bien Lord Hertford. Il raconte dans son journal que le 24 août, informé que Lord Hertford était mourant, il traversa avec Claremont (l'attaché militaire de l'ambassade) le bois de Boulogne en phaéton. Ils arrivèrent à Bagatelle et furent accueillis par Wallace. Blount monta dans la chambre de Lord Hertford. Quelques instants plus tard, alors qu'il lui tenait la main, Lord Hertford expirait.

Selon le journal de Blount, Richard Wallace, après l'enterrement, lui aurait affirmé qu'« *il ne connaissait rien des dispositions du testament de Lord Hertford, ne savait pas même s'il y avait un testament, ni le nom du notaire de Lord Hertford. Je lui donnai l'adresse du représentant juridique de Lord Hertford à Londres* », précise Blount dans son journal.

c) Le témoignage de Wallace lors du procès d'Antrim :

Lors du premier procès, qui eut lieu en août 1871, un an après la mort de Hertford, personne ne met plus en doute la qualité de légataire universel de Wallace, ce grand philanthrope resté courageusement dans Paris pendant le siège et la Commune et qui a distribué maints subsides aux assiégés.

Le procès porte uniquement sur les terres irlandaises, dont Hamilton Seymour a pris possession. Les mots prononcés sous serment par Wallace, au cours du procès, pour raconter comment le testament a été découvert, sont les suivants :

(Selon le verbatim du procès Hamilton Seymour contre Wallace, dans le journal *The Belfast Morning News*, le 2/8/1871. A.W.C) :

Mr Law, un des conseils de Wallace, l'interroge en tant que témoin :

- Le testament et les codicilles étaient avec Lord Hertford quand il est mort en France. Où se trouvaient-ils ?
- Wallace : *Ils étaient sous clef et furent ouverts par ses notaires (his sollicitors).*
- Étaient-ils précédemment en Angleterre ?
- Oui, jusqu'en 1869.
- Avez-vous été envoyé en Angleterre par Lord Hertford pour rapporter la table qui les contenait ?

– *Oui, ils furent d'abord apportés rue Laffitte, puis à Bagatelle.*

Ces mots sont les seules informations fournies par Wallace, sur la découverte du testament. Il dira aussi, lorsqu'on lui demandera si l'écriture est bien de la main de Lord Hertford, que « *c'est la première fois qu'il voit le testament* ».

Les trois témoignages de Wallace constituent la version officielle de la découverte du testament. Les biographes s'appuient sur ces assertions de Richard Wallace pour raconter :

« *M. Capron savait que Lord Hertford avait fait un testament et avait une idée de l'endroit où il pouvait se trouver. Il montra la petite table, le tiroir fut ouvert et comme il le pensait, le testament était dedans. Wallace fut complètement surpris par cette découverte...* » (Mallett P.113).

Or, dans ces trois témoignages, Wallace ment. Le compte-rendu de la pose des scellés à Bagatelle raconte ce qui s'est réellement passé, au lendemain de la mort de Lord Hertford.

2. Des preuves irréfutables :

a) Huit heures après le décès de Lord Hertford, le juge de paix du canton de Neuilly, M. de Mauny, arrive à Bagatelle, prévenu du décès de Lord Hertford. Il vient, accompagné d'un greffier, « *poser des scellés, sur les objets, titres papiers et valeurs dépendant de la succession* ». Selon son compte-rendu :

« *Le 25 août, sept heures du matin. Informé du décès arrivé aujourd'hui même au château de Bagatelle, de Richard Seymour-Conway, marquis de Hertford, laissant des héritiers absents et des dispositions testamentaires dont on ignore le contenu...* »

b) Contrairement à ce que Wallace raconte à Blount et au cinquième Lord Hertford, il savait qu'il y avait des « *dispositions testamentaires* ». Ce document le précise sans ambiguïté : c'est Richard Wallace qui a indiqué l'endroit où se trouvait le testament. Wallace accueille le juge sur le perron de Bagatelle.

« *Où étant, nous avons trouvé et devant nous a comparu, M. Richard Wallace, propriétaire, demeurant à Neuilly, Saint James, Porte de Madrid, 9.* »

Le juge poursuit : « *Introduits dans une chambre du premier étage, nous avons vu sur un lit le cadavre de M. le Marquis de Hertford. Dans cette pièce, nous avons apposé nos scellés sur un bureau en marqueterie garni de bronze doré, après l'avoir fermé avec la clef remise au greffier et après avoir retiré de ce meuble, sur la réquisition de M. Wallace, les pièces dont il sera, ci-après, parlé.* »

- Les pièces indiquées par Wallace, qui sont décrites par le juge dans le compte-rendu signé par Wallace le jour même, sont celles du testament et des codicilles dont Wallace prétendra tout ignorer.
- Lors du procès d'août 1871, Wallace affirme – sous serment – que le testament et les codicilles *étaient sous clef et furent ouverts par ses notaires (They were under lock and key. They were opened by his sollicitors.)* Le compte-rendu du juge des scellés permet d'affirmer que les notaires de Lord Hertford ne sont pas intervenus. Wallace a donné la clef du bureau au juge, puisque celui-ci, après avoir retiré les *pièces testamentaires*, « *pose ses scellés après l'avoir fermé avec une clef, remise au greffier* ». Le juge précise dans son rapport final que seules deux clefs ne lui ont pas été *représentées* : celle d'un bonheur-du-jour, dans la chambre de Lord Hertford, et celle d'une grande armoire, dans le salon de musique. Toutes les autres clefs lui ont été « *représentées* » par Richard Wallace, seul présent avec lui et le greffier, pendant la pose des scellés.

c) En se fiant aux affirmations de Wallace, le juge pensait avoir entre les mains les dispositions testamentaires du défunt : « *Les trois pièces suivantes sont autant de codicilles en même langue. Les autres papiers sont renfermés dans deux enveloppes dont l'une portant un cachet rouge aux armes des Hertford (le cachet intact, l'enveloppe lacérée...).* » Le juge n'a pas jugé utile de pousser plus avant ses investigations en recherchant d'autres documents. Il a simplement posé des scellés sur les meubles contenant des papiers et sur les portes des deux boudoirs de l'étage, selon les directives données par Wallace. Wallace signera la description des dispositions testamentaires trouvées. Il était parfaitement informé qu'il y avait un testament et des codicilles. Contrairement à ce qu'il va affirmer au cinquième marquis et à Sir Blount.

d) Le reste du compte-rendu des scellés (vingt-neuf pages) démontre la manière dont Wallace a pu récupérer tous les documents de la famille Hertford, sans qu'il soit fait de relevé descriptif des papiers emportés de Bagatelle à Paris, comme la loi l'exigeait. La France était en guerre, justifiant ces mesures exceptionnelles.

5. LA PART DE L'IMAGINAIRE DANS LE TESTAMENT DU ROMAN.

Le testament de 1838 et les six codicilles sont ceux qui furent retrouvés à la mort de Lord Hertford. En revanche, relèvent de la fiction :
- Le premier codicille de 1850 qui léguerait la collection à l'Angleterre et que Wallace aurait détruit.
- Le testament de 1865 que Wallace aurait fait disparaître. J'ai choisi la date de 1865 car, à cette époque, Hertford renoue avec sa famille anglaise (Lettre du 18 septembre 1865 à son cousin Seymour.) Au cours des cinq dernières années de la vie de Hertford, l'héritier du titre va souvent lui rendre visite à Bagatelle. (Journal d'Emily Mary, Lady Hertford-WCA).
- L'hypothèse selon laquelle Hertford aurait laissé les terres irlandaises à sa famille (en les remettant dans les propriétés inaliénables) relève de mon imagination. Elle me semble justifiée par la personnalité de Hertford et confortée par les conversations qu'il eut avec Lord Orford (WCA) : « *La famille passe avant tout. Souvenez-vous-en toujours. Quels que soient ses sentiments, aucun membre d'une grande famille n'a le droit de dépouiller celle-ci, en léguant une part de son bien à des étrangers* ». Falk, qui considérait que Hertford était un personnage égoïste et retors, ne voyait que persiflage dans ce commentaire.
- Et, bien sûr, l'échange des testaments par Richard, la nuit de la mort de Lord Hertford.

Annexe II

L'identité de Richard Wallace

En dehors de l'acte par lequel, à vingt-quatre ans, Richard Jackson s'attribua le nom de Wallace (Registre de baptême du temple anglican de la rue d'Aguesseau, le 21 avril 1842), je n'ai pu trouver trace de son état civil dans les archives de Paris et de Clichy. À Londres, on n'a pu découvrir de registre de paroisse portant mention de sa naissance. Lui-même, lors de son mariage en 1871, affirmera être né à Londres le 26 juillet 1818. Quelques mois plus tard, lors du procès irlandais, il donnera la date du 21 juin 1818. La vraie question est de savoir si Wallace était le fils de Lord Hertford.

En 1870, au lendemain de la mort de Hertford, le statut de légataire universel de Richard Wallace accrédite l'idée qu'il serait le fils naturel de Hertford. Seule cette filiation permet d'expliquer que Lord Hertford ait légué l'intégralité de sa collection et de sa fortune à celui que l'on connaissait comme son secrétaire. Cette hypothèse reste la thèse officielle.

Plusieurs arguments permettent de la contester :

- Wallace n'a jamais prétendu être le fils de Hertford. Il s'est contenté de le suggérer. Il affirme, lors du procès d'Antrim, qu'il a été élevé par Lord Hertford, traité comme un membre de la famille, qu'il a toujours vécu sous son toit, qu'il ne l'a jamais quitté. Ces assertions sont contredites par les témoignages de contemporains : Adèle Gurwood, Lord Redendale, A. Yriarte (Archives de la Collection Wallace). Il n'a jamais vécu sous le toit de Lord Hertford, mais sous celui de sa mère. Après la mort de Lady Hertford, il habite un appartement rue Taitbout,

dans un immeuble appartenant à Henry Seymour. Puis il sera locataire de Hertford, 9 boulevard de Madrid à Neuilly (voir annexe III).
- Dans une lettre écrite par Wallace à Hertford, en 1852 (la seule retrouvée), pour lui donner des nouvelles de sa mère installée à Boulogne-sur-Mer, Richard utilise des expressions qui ne s'apparentent guère à celles d'un fils – même illégitime – parlant de sa grand-mère : « *Après votre départ, Mme la Marquise a bien dîné... Votre bien dévoué Richard Wallace* », signe-t-il.
- Dans le testament datant de 1838, Hertford ne laisse à Richard Jackson (Wallace) que les revenus d'un capital de 30 000 £. Ce legs est bien léger pour un fils. Rappelons que MieMie, Lady Hertford, ne lui lègue rien et Henry Seymour lui laissera les revenus d'un petit capital légué à un hospice.

Plusieurs témoignages affirment que Wallace ne serait pas le fils d'Hertford :
- Jamais Lord Hertford n'a reconnu être le père de Wallace. Le cinquième marquis écrivit, dans une lettre datée du 2 septembre 1871, à Ponsonby, le secrétaire privé de la reine Victoria, qu'il avait reçu du quatrième marquis de Hertford *l'assurance solennelle* qu'il n'était pas le père de Wallace. Il est intéressant de noter que Mallett, le second biographe (*The Greatest Collector*), avait, contrairement à Falk, eut connaissance de cette lettre, et qu'il en fut très troublé. Il rechercha longuement, à Paris, un autre testament. Sans succès.
- Seymourina Poirson, la filleule et pupille de Hertford, affirmait que Richard Wallace n'était ni le fils, ni un parent de la main gauche de Lord Hertford, mais un *orphelin au joli visage*.
- Selon les propos d'A. Yriarte, repris par le *Memorandum d'Armstrong*, la famille Hertford présentait Richard comme un enfant que « *la Fagnani* (nom de jeune fille de MieMie, Lady Hertford) *aurait trouvé quelque part* ».

Hertford était probablement stérile :
- Hertford eut de nombreuses maîtresses, mais on ne lui connaît pas d'enfant. Seymourina n'était pas la fille de

Hertford et de Mme Oger, contrairement à la version officielle. Mais sa nièce, la fille d'Henry.
- Selon Lord Victor Seymour, le quatrième marquis de Hertford aurait écrit une lettre à Hamilton Seymour, démentant qu'il était le père de Wallace et ajoutant « *Je ne suis pas doué pour cela.* » (*I am not good at that*) (A.C.W)
- « *Vous savez, mon cher*, aurait dit Hertford à un ami, *je suis bien incapable de produire une famille.* » (Falk, p. 286).
- Hertford aurait déclaré qu'il était « a *barren bird* » c'est-à-dire qu'il était stérile. (Falk, p. 286.)
- Le testament de 1838 confirme cette hypothèse. En 1837, le troisième marquis de Hertford dissocie les terres irlandaises des « *entailed properties* », préférant que Henry (enfant illégitime de son épouse) hérite de ces terres, plutôt que ses cousins abhorrés. Cette opération n'aurait eu aucune raison d'être si son fils – qui n'avait que trente-sept ans – pouvait engendrer. Quelques mois plus tard, ce dernier put alors léguer par testament les revenus des terres irlandaises à son frère Henry, aux enfants de son frère ou, à défaut, à son cousin Hamilton Seymour ou aux enfants de ce dernier.

La mère de Richard Wallace :

Une seule certitude : la mère de Richard s'appelait Agnès Jackson. Dans son testament de 1838, Beauchamp fait un legs à « *Richard Jackson, fils d'Agnès Jackson* ». Plusieurs hypothèses sont envisageables.
- Une Agnès, née Wallace, épouse d'un M. Birkley, mère de deux enfants, aurait quitté sa famille, pour rejoindre le régiment des hussards. Selon les témoignages, elle était une *fille de régiment*. On suppose qu'elle aurait pris le nom de Jackson, par égard pour son mari. Quelques années plus tard, elle serait retournée vivre avec lui. Personne ne peut affirmer qu'elle eut un enfant entre-temps, ni qu'elle fut la mère du Richard Jackson qui nous intéresse. Le colonel Gurwood, qui trouva Richard dans une loge de concierge à Clichy, pensait qu'il était le fils de cette Agnès et de Beauchamp, qui avait eu une aventure avec elle (comme beaucoup d'autres). Cette hypothèse reste la thèse officielle.

- Dans les archives de la Collection Wallace, un document mentionne une autre Agnès Wallace, épouse d'un M. Jackson, marchand de vin à Brighton qui fournissait le 10e hussard. La dame aurait obtenu de grosses commandes des officiers pour son mari.
- Il faut noter que le nom de Jackson était répandu. Un cocher de Lady Hertford à Paris portait ce nom, ainsi qu'un couple au service de Francis, Lord Hertford à Londres. (Voir le recensement de 1841, cité par Falk.)

N.B. Nous ne développerons pas l'hypothèse, parfois émise, que MieMie, Lady Hertford, aurait été la mère de Wallace. Contentons-nous de relever qu'elle avait quarante-sept ans lorsqu'il naquit. Il fut prénommé Richard, prénom déjà choisi pour son fils aîné. Elle ne lui laissa rien dans son testament. Si MieMie avait été la mère de Richard Wallace, on peut penser qu'elle l'aurait élevé différemment et lui aurait réservé un sort meilleur que de s'occuper de veiller et soigner « Madame la Marquise » au cours des trente-huit dernières années de sa vie.

Annexe III

Les sources d'information

La plupart des sources de cette histoire se trouvent dans les archives de la Collection Wallace. Je ne peux toutes les reprendre. Dans cette dernière annexe, j'ai insisté sur celles dont l'interprétation par les biographes me paraît contestable, à la lumière des archives françaises que j'ai découvertes. Et sur les documents acquis par la Collection Wallace postérieurement aux publications de ces auteurs.

LA RENCONTRE ENTRE L'ENFANT RICHARD JACKSON ET LE COLONEL GURWOOD DANS LA LOGE DE CLICHY : (PROLOGUE).

- Je me suis appuyée sur le témoignage de Miss Adèle Gurwood (ACW). La fille du colonel Gurwood resta liée avec Lord Hertford jusqu'à sa mort. Elle raconta cette histoire à sa cousine, Miss Warrender, en 1897. Celle-ci en prit note le jour même. À cette époque, personne ne doutait que Wallace était le fils de Hertford puisqu'il avait hérité de sa fortune. Adèle ne paraît pas étonnée que Gurwood, alors qu'il rendait visite à sa tante demeurant à Clichy, soit tombé par hasard sur un enfant maltraité par la concierge de cet immeuble, et que l'enfant soit, justement, le fils de son ami Beauchamp.
- L'histoire évolua avec le temps. Un petit-fils de Gurwood (neveu d'Adèle), Lord Esher, écrira en 1916 qu'il avait « *souvent entendu sa mère et sa grand-mère* » dire que Richard était né à Paris d'une liaison entre Agnès Jackson, une *fille de régiment* et le jeune Lord Beauchamp. L'enfant aurait été placé par Beauchamp chez une concierge parisienne. Après quelques années, le colonel

Gurwood serait venu voir à quoi il ressemblait. Il l'aurait trouvé charmant. Il aurait prévenu Lady Hertford qui serait venue chercher l'enfant.
- La version de Wallace, lors du procès du 31 juillet 1871, fut celle retenue par le biographe Bernard Falk. Il ne peut croire qu'un homme (Richard Wallace), « *pénétré de principes si honorables* », ait pu « *volontairement falsifier les faits* ». Pendant l'audience, Wallace laisse son avocat, Me Potter, s'exprimer en son nom. Celui-ci résume son enfance en ces termes : R. Wallace... « *naquit en Angleterre aux environs de 1819. Il était le fils d'Agnès Jackson, qui était écossaise. Son nom de jeune fille est Wallace. Le premier souvenir du plaignant, en la circonstance, est qu'il fut amené, alors qu'il était enfant, d'Angleterre à Paris où sa mère à cette époque était – je crois – en visite chez Lord Hertford. Il fut laissé pour quelque deux ou trois mois à la charge d'une nurse appelée Marietta, qui resta après au service de la famille Hertford. Il fut laissé à sa charge quelque temps, alors qu'il avait six ans, et finalement, après quelques mois, il fut un jour emporté dans la voiture de la marquise de Hertford, mère à cette époque du comte de Yarmouth. Depuis ce jour jusqu'à la mort du marquis, en 1870, Wallace – enfant, garçon, adolescent et homme – ne quitta jamais Lord Hertford* ».

Lors de ce procès, Wallace doit convaincre qu'il est le fils de Hertford. Il ne peut mentionner la loge de la concierge qui décrédibiliserait sa version. Par ailleurs, même si ce procès a lieu en Irlande, il reste à Paris quelques témoins qui pourraient contredire ses assertions. D'où, probablement, ces quelques mois passés on ne sait où, avec Marietta.

L'ENFANCE DE MIEMIE FAGNANI (CHAPITRE I)

- Il existe plusieurs livres en langue anglaise sur Selwyn et Queensberry. Et de nombreux échanges épistolaires entre Selwyn, Carlisle, Queensberry, Mme du Deffand et Horace Walpole. Plusieurs de ces lettres sont reprises dans *Grands seigneurs et bourgeois d'Angleterre* de Boutet de Monvel (Paris, 1930). Dans ce chapitre, je me suis basée sur des extraits de cette correspondance et des anecdotes véridiques susceptibles de faire comprendre l'attachement de Selwyn pour MieMie.

La personnalité de MieMie :

Le principal biographe, Bernard Falk, n'aime pas les Seymour. Il a écrit un autre livre, *The Naughty Seymour* (Plymouth, 1940), dans lequel il raconte les turpitudes de cette famille, à travers les générations. Falk fait de MieMie un être égoïste, ingrat et frivole. « *Elle n'avait pas grand-chose dans son caractère comme dans sa conduite, pour inspirer de l'admiration* », dit-il. S'il apparaît bien qu'elle fut la maîtresse de Junot et de Montrond (après quelques mois à Paris, elle s'était séparée de son mari qui collectionnait les aventures), d'autres témoignages attestent de son charme et de sa générosité :
- Selwyn l'idolâtre. Dans ses lettres, il ne tarit pas d'éloges sur les qualités de sa protégée.
- Dans *Mes souvenirs* (1792-1797), Louise de Châtillon, princesse de Tarente, duchesse de La Trémoille, raconte qu'après avoir échappé à la guillotine (grâce au valet de chambre de sa mère), elle fut embarquée pour Londres et arriva à Richmond. Elle termine son récit par ces mots : « *... Parmi les témoignages d'intérêt dont je fus comblée, il y en a un que je n'oublierai jamais. La reconnaissance a marqué dans mon cœur, à Mlle Fagnani (aujourd'hui comtesse de Yarmouth), une place qu'elle occupera toujours. Au départ de Madame de Gand, elle m'offrit un asile chez elle. C'est là que j'ai trouvé toutes les consolations, toutes les douceurs d'une société aimable et la seule sorte de bonheur auquel je puisse prétendre dans un exil et loin de ma famille.* »
- Adèle Gurwood : MieMie exerçait une « *... extraordinaire fascination, surtout sur les hommes. Son intelligence et ses mots d'esprit* (étaient) *indescriptibles. On ne pouvait oublier sa voix ni lui résister* ».
- Souvenirs de M. Charles Mallet (1815-1902), associé de MM. Mallet frères et Cie : « *À Paris, elle était en butte aux admirations de beaucoup de gens, entre autres M. de Montmorency.* »
- Adèle Gurwood : « *... elle vécut une vie tumultueuse, mais aux yeux de ses deux fils, Lord Hertford et Lord Seymour, elle était parfaite. Ils l'adoraient* ».
- *Mémoires* de Viel-Castel (17/8/1859) : « *Seymour a aimé sa mère avec passion. Tous les jours il dînait avec elle et ne la quittait qu'à onze heures du soir* » ; Hertford, dans

une lettre à Mme Dawson Damer (AWC) : « *Je ne peux pas vivre sans elle, et elle ne peut pas vivre sans moi.* »

LE MARIAGE SECRET (CHAPITRE II)

Le mariage de MieMie et de Francis Charles Seymour, comte de Yarmouth : selon Bernard Falk, le mariage eut lieu le 18 mai 1798. Frances serait née en 1799. Le rapport des scellés posés en 1822 par le marquis de Chevigné, mari de Frances Seymour (D2U1 128 ; 12 novembre 1822, Archives de Paris), fait état d'un certificat de baptême datant du 3 février 1799 et d'un certificat de mariage datant du 18 mai 1799. Chevigné entendait prouver que Frances était née hors des liens du mariage, ce qui lui permettait, selon les règles de succession anglaises, d'hériter de ses biens mobiliers et – espérait-il – du domaine de Richmond.

MIEMIE À PARIS (CHAPITRE III), LES YARMOUTH EN FRANCE

1. Francis-Charles, comte de Yarmouth, à Paris :

- Adolphe Thiers, dans *Histoire du Consulat et de l'Empire* : « ... *un des seigneurs de l'Angleterre les plus riches et les plus spirituels était Lord Yarmouth... Ce jeune seigneur, en relation avec la jeunesse la plus brillante de Paris, dont il partageait la dissipation, était fort connu de M. de Talleyrand, qui aimait la noblesse anglaise, surtout celle qui avait de l'esprit, de l'élégance et du désordre* ».
- Christophe Leribaut dans *Les Anglais à Paris au XIXe siècle* (Paris Musées, 1994) : « *Lord Yarmouth... fréquentait assidûment les marchands de tableaux et les salles de vente à la recherche des restes des grandes collections françaises. Afin d'établir la provenance des œuvres proposées, il s'était procuré les catalogues des principales ventes du siècle précédent et ne manquait pas de savourer la chute des prix.* »
- Archives nationales, rapports de la police secrète (AN F76339 : dossier 7170 : « Yarmouth prisonnier de guerre ») : lettre du préfet de police du 3 juin 1803 : Lorsque Yarmouth, prisonnier sur parole, repasse par Paris, il se fait remarquer en gagnant 100 000 francs en jouant aux cartes dans le Salon de la Paix, tout en critiquant le Premier Consul :... « *ce Lord se permet des propos très insolents* ».
- *Mémoires d'un vieil homme de lettres*. Manuscrit de Maxime Du Camp. (L'écrivain exigea que ce manuscrit,

conservé à la bibliothèque de l'Institut, ne soit jamais publié) : Yarmouth se trouvait sur le bateau qui fut arraisonné à Calais par les forces françaises le jour où la paix d'Amiens fut rompue.

2. Verdun :
- Roger Boutet de Monvel : *Les Anglais à Paris 1800-1850* (Paris, 1911). Le général Wirion, commandant supérieur à Verdun, était :... « *un des plus grands fripons que la révolution ait produit... Sous son administration, tout était vénal et les prisonniers se voyaient impitoyablement rançonnés par lui.* »
- *Relations d'un voyage forcé en France et en Angleterre dans les années 1810-1814*, Lord Blaney. (Londres, 1814) : description des conditions de détention des prisonniers sur parole à Verdun ; amélioration du sort des prisonniers fortunés ; transformations de Verdun.
- AN F76339 : Dossier 7170 : « Yarmouth, prisonnier de guerre ». Rapport du brigadier chargé d'espionner Yarmouth à Clermont (proche de Verdun) où il retrouve Victorine Masson, veuve Saint-Amand, à l'auberge Saint-Nicolas : « *... ils ont pris ensemble tous leurs repas, ils ont couché dans la même chambre la nuit...* »
- AN F76339 : Dossier 7170 : lettre de Wirion à la direction de la police générale lors de son escapade avec la veuve Saint-Amand ; rapport du préfet de police de Paris sur la présence de Yarmouth, « *évadé de Verdun* » que l'on présume être à Paris, auprès de son épouse, logée à l'hôtel de Courtande, place de la Concorde... *que vous m'invitez à faire également observer de près... Elle a pour amant le nommé Montholon* (Montrond) *qui demeure rue et Hôtel de Cerutti*, 1 (7 germinal An 12).

3. Rôle de Yarmouth dans les négociations pour la paix en 1806 :

- *Papiers Talleyrand* (CHAN, 215 AP/1) : lettres écrites de Verdun par Yarmouth au ministre de la Guerre, le prince de Neuchâtel et à Talleyrand, prince de Bénévent en 1805 et 1806, pour obtenir un passeport et le droit de se rendre à Paris pour lui ou des amis prisonniers à Verdun.
- Archives du ministère des Affaires étrangères. Correspondance politique avec l'Angleterre N° 603, 1806 : Lettres

de Fox à Talleyrand ; de Yarmouth à Talleyrand pour demander un passeport ; du directeur du port de Boulogne qui certifie que Yarmouth a bien embarqué sur le *Sparkler*...

4. Montrond :
- *Le Beau Montrond*, Henry Malo, Paris, 1906.
- *Mémoires d'un vieil homme de lettres*, Maxime Du Camp (voir plus haut). L'auteur relate la rencontre à Paris de Francis Charles – alors prisonnier à Verdun – avec sa femme, organisée par Talleyrand et Montrond, pour lui faire endosser la paternité de l'enfant que MieMie attend. Maxime Du Camp précise que cette histoire lui fut racontée par Montrond lui-même, quelque vingt ans plus tard, dans les salons de Mme Gabriel Delessert, à Passy.

LES MÉSAVENTURES DE BEAUCHAMP (CHAPITRE IV)
- L'histoire de Beauchamp avec l'officier Stanhope et les échanges épistolaires entre le vicomte de Beauchamp et sa mère sont conservés à la British Library of London, dans les *Egerton Papers* (MSS 3257 et 3265).
- Les avis diffèrent sur les relations entre Lady Hertford et le Prince-Régent. Pour certains, elle n'était que sa confidente. Pour d'autres, sa maîtresse. Une certitude : il ne pouvait se passer d'elle. Elle demeura son égérie de 1807 à 1820.

LA MORT DE FANNY (CHAPITRE V)
- Le rôle du Dr Chermside : récit de sa fille (AWC).
- Rapport des scellés apposés sur la porte du domicile de la marquise de Chevigné, à son domicile 2 rue d'Artois au lendemain de sa mort (D2U1 128).

LE PRINCE DU BOULEVARD (CHAPITRE VI)
- Nombreux témoignages de contemporains et articles de journaux sur la personnalité de Lord Seymour, alias Milord l'Arsouille. : *Mémoires d'un journaliste*, Henry de Villemessant, fondateur du journal *Le Figaro*, Dentu, 1867 ; *Journal* de Rodolphe Apponyi ; *Paris anecdote*, A. Privat d'Anglemont, Éditions de Paris, 1875 ; Jacques

Boulanger : *Sous Louis-Philippe, les Dandys*, Paris, 1932 et *Le Boulevard*, Paris, 1933. Histoire du « four in hand » racontée par Paul d'Ivoi dans *Le Figaro* du 16 décembre 1859 ; *Mémoires* du comte Horace de Viel-Castel (1851-1864), Paris, etc.
- La rencontre de Henry Seymour et de son père putatif, à Douvres : *Souvenirs de M. Charles Mallet (1815-1902) associé de MM. Mallet frères et Cie* (AWC). Le banquier a noté deux phrases qu'ils auraient échangées, lors d'une rencontre à Douvres : « *Vous n'êtes décidément pas mon fils*, aurait dit le marquis de Hertford. *My Lord*, aurait répliqué Henry, *lorsque vous m'avez fait venir ici, je ne croyais pas que ce fût pour entendre insulter ma mère.* »
- Achat de l'hôtel de Brancas-Lauragais (AN/MC/ET/ XXI 858) le 16 mars 1825 par Lady Hertford : 1 et 3 rue Taitbout (16 boulevard des Italiens) pour un million de francs : « *Plusieurs bâtiments comprenant cinq grands appartements, sept moyens et des petits, sans compter les écuries et les remises.* »

INSOUCIANCES ET BOULEVERSEMENTS (CHAPITRE VII)

- *Souvenirs* de la fille du Dr Chermside (WCA) : Le récit des Trois Glorieuses vécues par la famille Seymour dans la cour arrière de l'hôtel de Brancas ; MieMie quitte Paris en diligence avec les enfants Chermside et leur mère ; arrivée à Boulogne-sur-Mer, Lord Hertford, depuis Londres, les dissuade de traverser la Manche.
- *Souvenirs* de Charles Mallet : « *La marquise se mit à la baisse et perdit 17 millions.* »

DE LORD SEYMOUR À MILORD L'ARSOUILLE (CHAPITRE IX)

- Descente de la Courtille, anecdotes, facéties et actes de générosité de Henry Seymour largement commentés.
- Ouvrages les plus complets : Jean Stern : *Lord Seymour dit Milord l'Arsouille*, Paris-Genève, 1954 et Daniel Lacotte ; *la vie extraordinaire de Lord Seymour dit Milord l'Arsouille*, Paris, 1989.
- Les rats de la barrière aux combats : Jules Bertaut, revue : *Les Œuvres libres*, Paris, 1928 ;
- Le premier président du Jockey-Club : *Le Turf ou les courses de chevaux*. Joseph-Antoine Roy, E. Chapus, Paris, 1853 ; *Histoire du Jockey-club de Paris*, Marcel

Rivière et Cie, Paris, 1958 ; Courses de Chantilly : Charles Yriarte, *La Revue de Paris*, Mémoires de Bagatelle ; 1er prix du Jockey-Club : article de Jules Janin dans *Le Journal des débats*, avril 1834.
- *Les Cercles de Paris*, 1828-1864 : C. Yriarte, Paris 1864.

LOUISE BRÉART (CHAPITRE X)

- Selon Adèle Gurwood, le « faux mariage » eut lieu en 1834. D'après son certificat de décès, Louise est morte en 1904, âgée de quatre-vingt-quatre ans. Elle aurait donc eu quinze ans lorsqu'elle se laissa séduire par Beauchamp.
- Louise Bréart se fit appeler Mme Oger, puis Mme Oger de Bréart et, à la fin de sa vie, Mme de Bréart. Dans les archives de Neuilly, elle est propriétaire de deux maisons limitrophes, l'une sous le nom de Louise Bréart, l'autre sous celui de Louise Oger.
- Sur le certificat de baptême de Seymourina (le 29 décembre 1846, église luthérienne de la Rédemption) : Louise Bréart est la marraine, Richard Seymour Hertford, le parrain. Ils habitent tous deux 2 rue Laffitte. Louise ne quitte plus Hertford. Elle le suit à Londres (adresse dans le codicille de 1850). À son retour à Paris, elle vit dans un appartement dont Hertford est propriétaire, 6 rue Laffitte. Lorsqu'il s'installe à Bagatelle, elle demeure à Neuilly avec sa mère, rue La Bordère, puis dans la Maison gothique, 1 et 3 boulevard de Madrid, qui appartient à Lord Hertford. (Matrice générale des contributions foncières (1G57), archives de Neuilly).
- « *Louise se comportait à Bagatelle comme la maîtresse de maison.* » Adèle Gurwood.
- « *La vieille Lady Hertford la traitait en belle-fille et lui témoignait une affectueuse estime.* » *Miss Howard, la femme qui fit un empereur*, Simone André-Maurois, Gallimard, 1956.

BAGATELLE EN 1835. Dossier aux Archives de Paris : DQ 10-1617.

MIEMIE ET RICHARD (CHAPITRES X ET SUIVANTS)

1. L'éducation de Richard Jackson :
- Selon Adèle Gurwood : MieMie envoya Richard Jackson à l'école.

- Selon le Mémorandum de Thomas Amstrong d'après le témoignage d'Yriarte en 1897 (ACW) : « *Il fut fort peu éduqué et chargé de se rendre utile dans la maison.* »

2. Leurs relations :
- Richard raconte qu'il l'appelait « tante MieMie ». Cela ne dut pas durer longtemps, si l'on en juge par sa lettre à Hertford où il donne des nouvelles de la santé de « *Mme la Marquise* » (ACW).
- Selon Lord Redendale, *Further Memories* (ACW) : Richard Wallace... « *était son esclave dévoué, son gardien le plus fidèle...* ; *... Richard dressait son propre lit en travers de la porte de la marquise, dans les auberges dans lesquelles ils s'arrêtaient pour la nuit, lors de ses voyages.* »
- Miss Gurwood... « *Plus tard, sa dévotion* (il s'agit de Mie-Mie) *pour lui fut si grande qu'elle ne l'autorisa plus à la laisser. Lorsqu'elle fut plus âgée, elle ne supportait pas d'avoir quelqu'un d'autre auprès d'elle... Il l'habillait et la déshabillait, la lavait et la couchait... bref, il fut le plus dévoué des enfants pour elle.* »

JULIE CASTELNAU (CHAPITRE XI)

- Certains biographes en font la fille d'un général Castelnau. D'après son extrait de naissance (Archives de la Seine, le 15 mars 1819), sa mère était lingère, son père homme de confiance, non mariés.
- On n'a aucune information sur sa jeunesse. Elle semble avoir été peu liée avec sa famille, car lors de son mariage, elle ne put préciser si ses parents étaient morts ou vivants (Acte de mariage : MC/ET/XX/1111). J'ai imaginé sa vie dans les campagnes chez ses grands-parents, avant qu'elle ne devienne vendeuse. À cette époque, les domestiques placés ne pouvaient s'encombrer d'un enfant.
- Selon Adèle Gurwood, « *elle avait été une très jolie fille, employée dans une boutique de parfums, passage des Saumons, où les élégants jeunes gens de l'époque achetaient leurs gants et leurs parfums, et où les jeunes vendeuses avaient la réputation d'être de petite vertu...* ; *... Lady Hertford... méprisa toujours Lady Wallace* (Julie Castelnau) *qu'elle jugeait sans éducation ni naissance.* »
- Simone André-Maurois, *Miss Howard, la femme qui fit un empereur* (Gallimard, 1956) « *...La marquise de Hertford ne supporta jamais la vulgarité de Julie Castelnau. Ni*

son manque d'éducation. Julie n'était qu'une personne acariâtre, ignorante et bornée, dont la seule qualité semble avoir été une sordide économie ».
- Selon Yriarte, dans le Mémorandum d'Amstrong (ACW) : « *Il semble que Lady Wallace, fille de cocher, était socialement insortable bien qu'elle ne soit pas d'apparence imprésentable... Elle ne fut jamais reçue ni en France ni en Angleterre.* »
- Les problèmes de santé de Beauchamp sont souvent évoqués dans ses lettres à Gurwood et à sa cousine, Mrs Dawson Damer.
- Lors du procès d'Antrim, Wallace affirme qu'il aurait aimé être marin. Beauchamp lui aurait dit qu'« ... *il n'avait pas besoin d'exercer un métier* ».

DE RICHARD JACKSON À RICHARD WALLACE (CHAPITRE XII)

- Trois semaines séparent la mort de Francis Charles, troisième marquis de Hertford, en mars 1842, et le changement de patronyme de Richard Jackson en avril. Cette coïncidence ne me paraît pas fortuite. Les Hertford étaient liés avec certains membres de la famille Wallace, qui serait celle de l'Agnès Jackson que Richard Jackson revendique comme mère. Le second marquis, alors qu'il était Lord Chamberlain, usa de son pouvoir auprès du Prince-Régent pour faire entrer le capitaine Wallace au 10e hussard. Sir Thomas Wallace fut prisonnier à Verdun en même temps que Francis-Charles.
- Le certificat de baptême de Richard Wallace se trouve dans le registre de l'église anglicane de la rue d'Aguesseau à Paris.
- Achat du 2 et 4 rue Laffitte : lettre de Hertford à Gurwood le 30 mai 1844 : « *je risque d'être obligé de me séparer de mon entresol dans lequel j'ai croupi tant d'années. La maison est à vendre et ils vont la démolir pour en construire une nouvelle. C'est un véritable malheur pour moi* ».
- L'épisode de l'achat de l'entresol raconté par Auguste Willemot dans *La Vie à Paris*.
- Hertford acheta l'immeuble du 2 et 4 rue Laffitte, le 1er juillet 1844 (AN/MC/ET/XX/985).

LA PRÉSIDENTE (CHAPITRE XIII)
- Nombreux ouvrages sur Apollonie Sabatier (Aglaé Savatier).
- Voir surtout le dernier en date, écrit par son descendant, Thierry Savatier : *Une femme trop gaie*, CNRS Éditions, 2003. Il résume les travaux antérieurs.
- Apollonie posait pour les artistes de l'hôtel Pimodan, en particulier Boissard.
- Selon Savatier, elle aurait fait la conquête de Richard Wallace en 1844.
- Cette même année, Richard se serait trouvé incapable de couvrir des dettes de jeux. Appolonie aurait vendu ses bijoux « *pour lui éviter le suicide* ».
- En 1845, elle prenait un nouvel amant, Alfred Mosselman. Il l'installa en 1846 rue Frochot. La « Présidente » – comme l'appelaient Théophile Gauthier et bientôt les autres bohèmes – recevait à sa table artistes et intellectuels.
- Richard Wallace et Apollonie auraient repris leur relation en 1861, après que Mosselman l'eut quittée. Et avant qu'Apollonie ne suive un jeune musicien en Italie.
- Selon une lettre de Flaubert, citée par E. de Goncourt dans son journal le 9 novembre 1871, la Présidente aurait reçu de Wallace, deux jours avant le début du siège de Paris, le premier versement d'une rente qui devait s'élever à 50 000 francs par an.
- Richard jouait par plaisir ou par nécessité financière. Armand Moss, dans *Baudelaire et Madame Sabatier* (Paris Nizet 1978), parle de sa grande habitude des tables de jeux.
- Selon Adèle Gurwood, MieMie « *... avait toujours joué. Elle prit l'habitude de donner de l'argent à Richard pour qu'il joue pour elle. Et de cette manière, de fortes sommes d'argent furent perdues* ».
- Ce commentaire semble confirmé par le document suivant : (AN/MC/ET/CXVII 1199) : en mai 1846, Lady Hertford constitue pour son « *mandataire spécial Richard Wallace pour vendre au cours de la Bourse une inscription de 25 635 Frs de rente à 5 %, porté au grand livre de la dette publique* ». Cet argent dut servir aux spéculations boursières de MieMie. Elle avait un notaire, un banquier,

un agent de change, nul besoin d'envoyer Richard vendre ses titres, sinon pour s'adonner à l'agiotage.

LA PERSONNALITÉ DE LORD HERTFORD (CHAPITRES XIV ET SUIVANTS)

Le biographe britannique B. Falk parle de Richard Wallace avec une évidente sympathie : sa femme a légué – pour répondre au souhait de Wallace, pense-t-il – la collection de Manchester Square à l'Angleterre. En revanche il présente Hertford comme un être avare et misanthrope, égoïste, froid et cynique.

- Avare : Falk lui reproche de ne pas avoir laissé ses collections à l'Angleterre, d'avoir oublié – dans son testament – ses serviteurs, ses amis, sa famille (la branche cadette des Hertford). Curieusement, Falk ne mentionne pas les codicilles concernant Louise Bréart. Il évoque – sans commentaire – celui de Seymourina.
- Misanthrope : selon Charles Yriarte : « Souvenirs anecdotiques du marquis de Hertford », *le Moniteur des arts*, 2 septembre 1870 : Hertford était « *un personnage mystérieux... il vivait retiré, invisible, toujours souffrant, ne recevait jamais, n'ouvrait sa porte qu'à quelques amis intimes...* ». Ce portrait ne lui correspond qu'à la fin de sa vie, lorsque, malade, il se réfugia à Bagatelle. Jeune, il en fut autrement : en 1828, il fut membre fondateur du premier club de Paris, Le Cercle de l'Union, puis du Jockey-Club. Il jouait « la grosse partie » chez l'ambassadeur d'Angleterre ou à son cercle, avec Rothschild et Greffulhe. (*Les Cercles de Paris*, C. Yriarte). Son ami, Thomas Raikes (Journal de 1831 à 1847), cite ses reparties, son humour, « *ses assauts de plaisanterie* », au cours de leurs dîners et de leurs voyages en Europe.
- Il invitait ses amis proches à Bagatelle : « *Je serais extrêmement content que vous me fassiez une petite visite à Bagatelle* », écrivait-il à sa cousine, Mrs Dawson Damer. Il invitait Gurwood. « *Je peux vous offrir une jolie chambre en face de la formidable partie des fortifications.* » Miss Gurwood précise qu'elle allait souvent à Bagatelle, enfant, puis adulte.
- « *Napoléon III, l'impératrice Eugénie et ses dames d'honneur furent souvent les hôtes du vieux Lord dont l'hospitalité accueillante était légendaire.* » Ville de Paris, *Histoire*

sommaire des pavillons et du domaine de Bagatelle de 1720 à nos jours (1936).
– Proche de Napoléon III, Hertford faisait partie des intimes qui se retrouvaient le soir avec le Prince-Président, chez Miss Howard (*Souvenirs* du général-comte Fleury).
– « *L'ambassadeur d'Angleterre et le marquis de Hertford sont les seuls personnages à être invités toute la durée du séjour* », écrivait Viel-Castel en parlant des Séries de Compiègne. L'écrivain relevait également dans ses *Mémoires*, après un dîner chez la princesse Mathilde : « *Le marquis de Hertford est très spirituel.* »
– Selon le banquier Blount : « *J'ai été pendant de nombreuses années un ami intime du quatrième marquis, le fameux collectionneur dont le nom est célèbre à Paris... Il était un homme de grande capacité, ce que les Français appellent un homme d'esprit...*
– *L'Illustration*, 28 décembre 1872 : Hertford, cet Anglais légendaire dans la société parisienne par son goût élevé, sa conversation pétillante et son originalité.
– Froid et cynique : *The Hertford Mawson Letters*, Wallace Collection (Londres, 1981), témoignent de l'estime, de la considération et même de l'affection que Hertford ressentait pour le marchand de tableaux : « *Notre collection doit une grande part de sa splendeur à l'intérêt que vous lui avez toujours porté* » (3/7/1854) ; « *Merci beaucoup d'avoir eu la gentillesse d'acheter les différentes choses dont nous étions convenus et que je n'ai jamais vues, ce qui montre la confiance sans limite que j'ai dans votre bon goût et votre jugement, car je me repose autant sur vous que sur moi-même et en plus vos connaissances en matière de peinture sont bien supérieures aux miennes.* » (21/5/1854).
– Son amour pour sa mère : les mots qu'il écrit en parlant de sa mère lorsqu'elle meurt, l'enveloppe dans laquelle il range une mèche de ses cheveux coupée sur son lit de mort (elle se trouve dans les archives de la Collection Wallace), son portrait miniature qu'il garda jusqu'à la fin de sa vie sous son oreiller. Lettre à Gurwood (non datée, antérieure à 1845) : « *Ces trois dernières semaines, je n'ai vu personne. Ma pauvre chère Mère a été et – je suis consterné de le dire – reste très malade. Je suis très inquiet. Comme vous pouvez l'imaginer, je ne la quitte pas et je suis*

malade moi-même ayant passé plusieurs nuits les plus pénibles de toute ma vie. »
- Il recueille Seymourina, la fille bâtarde de son frère, la loge sous son toit à Paris et à Bagatelle, l'envoie en Angleterre pour y faire ses études, la dote bien qu'il n'ait aucune sympathie pour son mari.
- Il joua certes un tour affreux à Louise avec son faux mariage, mais il dut se rattraper par la suite. Autrement se serait-elle installée au-dessus de son appartement 2 rue Laffitte, puis au 6 de la même rue ? L'aurait-elle suivi à Londres, à Neuilly, auraient-ils adopté un bébé ensemble ? Serait-elle restée à ses côtés jusqu'au dernier jour de sa vie ? Aurait-elle choisi d'acheter en 1857 un caveau pour elle au Père-Lachaise à l'angle du tombeau Hertford ? (28e/ 363),
- Les qualités de Lord Hertford sont résumées dans *The Reminiscences and Recollections of captain Gronow* (Londres, 1889). Gronov raconte que Wellington, en septembre 1852, eut une conversation avec Lord Stangford, un proche de Hertford à Paris : « *Lord Hertford est un homme de qualités exceptionnelles, avec des capacités transcendantes ! Quel dommage qu'il ne vive pas en Angleterre ! dit Stangford. Wellington lui répondit que Peel lui-même reconnaissait qu'Hertford était un homme de grands talents, s'intéressant aux sciences, ajoutant à ses vastes connaissances une imagination active et brillante. "S'il était resté à Londres, aurait dit Peel, il serait devenu Premier ministre."* »

LES RELATIONS ENTRE HERTFORD ET WALLACE

- Selon Adèle Gurwood : « *L'accueil de Hertford pour l'enfant Jackson ne fut pas chaleureux.* »
- Au cours du procès d'Antrim, Richard a un objectif : faire croire qu'il est un membre de la famille, sans le dire. Son avocat s'efforce de démontrer qu'ils ont toujours vécu sous le même toit et que : « *... depuis ce jour (lorsqu'il fut amené par la marquise de Hertford rue d'Artois) jusqu'à la mort du marquis, en 1870, Wallace – enfant, garçon, adolescent et homme – ne quitta jamais Lord Hertford. Il fut élevé par lui lorsqu'il était enfant, il fut éduqué par lui dans sa jeunesse et, lorsqu'il arriva à*

l'âge d'homme, il reçut la jolie somme de mille livres par an... ».
- Dans les faits, Richard n'a jamais vécu sous le même toit que le marquis, en dehors de sa petite enfance où la famille Seymour Conway demeurait dans l'entresol de la rue Laffitte (alors rue d'Artois). À cette époque, Beauchamp voyageait et demeurait à Londres, plus qu'à Paris. Dès 1827, Richard suit MieMie dans l'appartement de l'immeuble qu'elle a acheté, 1 rue Taitbout, alors que Beauchamp garde l'entresol de la rue d'Artois. En 1848, MieMie s'installe à l'Hôtel des Bains de Boulogne-sur-Mer avec Richard, tandis que Lord Hertford reste à Londres, puis retourne à Paris. Après la mort de MieMie, Richard occupera un petit appartement au deuxième étage sur cour du 3 rue Taitbout, appartenant à Henry Seymour (cadastres de 1852 et 1862), alors que Lord Hertford habitait 2 rue Laffitte. À Neuilly, Wallace n'habitera jamais Bagatelle, mais un chalet que lui louait Hertford, 9 boulevard de Madrid (5 000 francs par an selon la Matrice générale des contributions foncières de Neuilly).
- Le Mémorandum de Thomas Amstrong, le 19/2/1897, (W.C.A.) : « *Lord Hertford ne s'entendit jamais bien avec lui et il eut au moins une occasion de lui manifester une véritable antipathie..., ... sa mère lui avoua qu'elle avait spéculé en Bourse et perdu 6 millions de francs. Lord Hertford lui demanda comment elle s'y était prise pour faire ces transactions en Bourse, alors qu'elle ne quittait plus sa maison. Elle répondit qu'elle jouait par correspondance. Le jeune homme* (R.W.) *était présent et Lord Hertford dit : "C'est par ce petit jeune homme", en le montrant du doigt. Et s'adressant à lui, il lui dit : "Sortez d'ici et ne revenez jamais !" Il le plaça chez un agent de change...* »
- Selon Adèle Gurwood : à la mort de Lady Hertford, Beauchamp découvrit que le patrimoine mobilier de sa mère avait fondu. Hertford traita Wallace « *... avec une grande froideur. Et s'il le garda à la maison, il n'eut jamais beaucoup de considération pour lui, pas plus qu'il ne lui montra beaucoup d'affection* ».
- Bernard Falk fait allusion à une source française (que je n'ai pu retrouver) selon laquelle Hertford méprisait Wallace. L'argument de Falk : « *... si l'on regarde la fortune que Hertford légua à Wallace, il est inconcevable que qui que ce soit de sensé ait pu donner foi à cette absurdité* ».

Leurs relations dans le travail :
- « ... *son travail* (celui de Wallace) *n'était pas précisément un lit de roses. Le grand homme, comme patron, était strict et sévère* ». (*Further Memories*, Redendale.)
- Dans la liste des quatorze agents travaillant pour les collections de Lord Hertford (AWC), Wallace figure dans l'ordre alphabétique.
- Hertford ne remerciait jamais Wallace : Félix Whitehurst, membre de la colonie anglaise résidant à Paris (WCA) : « *Tout* – la fortune de Hertford – *est revenu à un certain M. Wallace, un très fidèle compagnon auquel, pas une fois dans sa vie, il n'a dit merci pour aucun de ses services. Comme on l'a remarqué à l'ambassade, il a su dire merci à voix haute dans son testament ! Mieux vaut tard que jamais.* »
- C. Yriarte, dans *Mémoires de Bagatelle*... « *Wallace a grandi à l'ombre du marquis, dont l'autorité, la froideur, la spirituelle ironie et l'impassibilité imperturbable sous une politesse parfaite imposent le respect à tous ceux qui l'approchent. Depuis sa première jeunesse, jusqu'à bien après sa maturité, il a toujours abdiqué ; sa brillante nature, et ses dons heureux qui séduisent au-dehors, sont comme voilés au-dedans et réprimés. L'homme d'ailleurs est timide et restera tel. Aide assidu, correct, actif et scrupuleux, il écoute, il comprend, il exécute... il ne se reconnaît pas de droits, il n'a que des devoirs : humble, résigné, il fait sa vie à côté, dans le silence.* »
- Selon des lettres de 1874 à 1879 du comte d'Armaillé à sa famille (documents prêtés par son descendant, le comte de Pange), Wallace était dépressif et hypocondriaque.

SEYMOURINA (CHAPITRE XIV)

- Extrait de naissance à la mairie du 3[e.] (Archives de Paris).
- Seymourina confia à son fils Charles Poirson qu'elle était la fille d'Henry Seymour et d'une femme de chambre. Cette version est moins gratifiante pour ses descendants que celle de la Collection Wallace, selon laquelle Seymourina serait la fille de Hertford et de Mme Oger. Mais il paraît inconcevable que Seymourina ait menti à son propre fils.
- On ne sait rien de sa mère, en dehors de son nom, Amélie Barjonnet. J'ai retrouvé la trace d'une famille portant ce

nom et vivant à Blénod-les-Toul, seule précision donnée sur l'extrait de naissance.
- Acte de baptême : Le 29 décembre 1846, à l'église de la Rédemption luthérienne.
- Dans le codicille de 1850, Hertford précise que Seymourina demeure à Marly-le-Roi.
- Un document d'un descendant de Seymourina, Gérard Poirson, raconte la manière dont Hertford dota Seymourina du patronyme de Cuthbert. Sur son extrait de naissance, la fille d'Amélie Barjonnet n'a pas de nom de famille, mais trois prénoms, dont le dernier est Vincente. Sur le certificat de baptême, Hertford fait supprimer le E de ce dernier prénom et la déclare fille d'un M. Vincent, natif de Lille. En 1854, on rajoute sur l'état civil de Seymourina, une reconnaissance en paternité – datant de 1846 – d'un certain Frederic Cuthbert, descendant d'une vieille famille anglaise sans postérité, mort quelques mois après la naissance de Seymourina. Ce « père » est le frère du dernier membre de cette famille, James Cuthbert, un proche de Hertford. L'« oncle » James signera en 1850 – en qualité de témoin – le codicille de Hertford en faveur de Seymourina. Malgré la reconnaissance de paternité de son frère, qui daterait de 1846, elle porte encore le patronyme de Vincent.

LA RÉVOLUTION DE 1848 ET BOULOGNE
(CHAPITRES XV ET XVI)

- Le 20 mars 1848, Lord Hertford et sa mère donnent procuration à leur architecte Silveyra pour gérer leurs biens immobiliers en France (AN/MC/ETXX/1000). Henry Seymour en fait autant le 1er avril.
- MieMie quitte Paris avant ses fils : Lettre du 22 mars écrite à Boulogne, de MieMie à Beauchamp : « ... *horrible chemin de fer pendant 10 heures sans le moindre confort...* ».
- En avril, Henry est victime des « ...*contributions forcées... entre autres chez Lord Seymour, où je me trouvais, les armes de luxe et mille francs d'argent !* » *Mémoires*, Horace de Viel-Castel.
- Henry eut trois enfants naturels avec Mlle Cheneau : Marie (12/4/1842), Henry (2/5/1845) et un dernier-né à Boulogne, William Frédéric (29/5/1849). Il aura une fille, Clara Jane Henry, née le 3 mars 1850 à Boulogne, avec

Élisabeth Tailleur. Ménie Minchin, fille de Ellen Stevens, naîtra à Boulogne en juillet 1852.
- Les lettres à Mme Minchin sont reproduites dans : *Lord Seymour, dit Milord l'Arsouille*. Jean Stern, La Palatine, Genève-Paris, 1954.
- Falk affirme que les deux frères étaient brouillés. Contrairement au biographe, je ne pense pas que Hertford ait rayé son frère de son testament (voir l'annexe I). Mais il était probablement irrité par son mode de vie et l'accumulation de ses maîtresses à Boulogne.
- Le Dr Robert Chermside, domicilié 1/3 rue Taitbout, se rendait fréquemment à Boulogne, appelé par Lady Hertford, ce dont témoignent divers reçus d'appointements portant sa signature, datés de Boulogne-sur-Mer (Jean Stern).
- Départ de MieMie, Lord Henry et Wallace en 1855 ; lettre de remerciements de M. Adam, maire de Boulogne : « *Au moment où vous allez quitter Boulogne, où, depuis tant d'années tant de malheureux ont éprouvé les effets de votre bienveillance et de votre générosité... puissent les bénédictions de tous les pauvres que vous avez soulagés vous suivre dans votre nouvelle résidence...* » (lettre reprise dans le livre de Jean Stern).
- Souvenirs du général-comte Fleury : « *Le prince (futur Napoléon III) et Miss Howard se retrouvaient avec leur petite cour lors de promenades dans... les parcs de Neuilly et de Bagatelle.* »

RICHARD ET L'ARGENT

Les relations de Wallace avec l'argent sont un élément clef de cette histoire.

Wallace a toujours connu des difficultés financières. Pourtant, en 1853, il achète l'immeuble des Bains chinois, 29/31 boulevard des Italiens pour la somme de 840 000 francs (MC/ET/XX/1025). Il va le faire abattre, puis reconstruire : « *... quatre corps de logis en pierres de taille autour d'une cour... Cette maison est construite avec autant de solides que de soins et d'élégance, sur quatre étages, la façade extérieure est richement sculptée. Le rez-de-chaussée donne de belles et vastes boutiques... Les magasins ont beaucoup de valeur...* » (Sommier des biens immobiliers fonciers de 1862, Archives de la ville de Paris : D.Q.18 238.)

Où Wallace a-t-il pu trouver l'argent nécessaire pour un tel investissement ?

On peut éliminer l'hypothèse selon laquelle Lord Hertford ou sa mère lui auraient offert cet immeuble. Si tel avait été le cas, Wallace aurait sans nul doute insisté sur ce « cadeau » lors du procès d'Antrim, pour démontrer ses liens avec la famille. Or, il n'en fut rien. Il se contenta de dire que Hertford lui versait une rémunération et qu'il lui donnait... « *tout ce dont j'avais besoin et des voitures et des chevaux* ». Il ne dit mot de cet immeuble.

Par ailleurs, Hertford notait ses dépenses sur son carnet de comptes et signait ses transferts financiers et le moindre bail devant notaire. Je n'ai trouvé aucune trace d'un cadeau ou d'un prêt de Hertford à Wallace, dans les archives de Me Mouchet.

En revanche, les deux « *dettes de Bourse* » payées par Hertford pour Wallace correspondent à deux échéances de l'achat de l'immeuble : la créance d'avril 1854, et le reliquat de 1856, probablement augmenté des coûts des travaux de construction. N'aurait-il pas été moins humiliant pour Wallace de reconnaître avoir sous-estimé le coût d'une opération immobilière de grande envergure, plutôt que d'avouer avoir des dettes de Bourse ? Il semble bien que Wallace voulait dissimuler cet achat.

La situation financière de R. Wallace

1. On dispose de certaines informations sur *les revenus de Wallace* :
- À partir de 1842 – il a alors vingt-quatre ans – Wallace s'occupe de Lady Hertford, tout en assumant des travaux de secrétariat pour son fils. Lord Hertford « *lui donnait simplement une modeste rétribution pour son travail de secrétaire* ». (D. Mallett, *The Greatest Collector*).
- De 1848 à 1855, il accompagne MieMie à Boulogne. Après sa mort, il travaille à nouveau pour Hertford, qui le rémunère £ 500 puis £ 1000.
- En 1857, Wallace commence à louer les boutiques et appartements de son immeuble. Selon le cadastre de 1862, la valeur locative s'élève à 159 860 francs. (DPY 557, Archives de Paris.)
- En 1859, il hérite de Lord Seymour « *l'usufruit incompressible et insaisissable de la somme nécessaire pour lui*

laisser une réserve annuelle de 12 000 francs ». (Testament d'Henry Seymour.)

2. Malgré ces nouvelles ressources, Richard Wallace reste endetté.
– Hertford a noté sur son livre de comptes en 1854 et 1856 le montant des « *pertes de Richard à la Bourse* » : 383 643 et 271 774 francs.

Après 1856, ses biographes pensent que Wallace ne connut plus de dettes. Or, on trouve à la B.N. et dans les archives de la collection Wallace, des « transports » de reconnaissances de dettes qui ne furent remboursées que lorsque Wallace eut hérité de Hertford. Selon ces documents :
– Une reconnaissance de dette de 59 800 francs, signée de Richard Wallace en 1861, atteindra 93 000 francs au moment du remboursement en 1871.
– Celle de M. Billet, 197 672 francs. Il y en eut peut-être d'autres.
– Dans les années 1865/70, les problèmes d'argent de Richard Wallace devinrent cruciaux. Son immeuble était hypothéqué. Deux jugements du tribunal de la Seine le 7 novembre 1868 et le 31 mai 1869 le condamnèrent à payer 193 845 francs. Il forma appel. Le 8 février 1870, il subit un arrêt-saisie sur son salaire. Le 9 juillet 1870, Wallace se désista de son appel et accepta la condamnation définitive : il rembourserait dix ans plus tard, « *sauf cas où il viendrait à recueillir une succession...* ». Nous sommes à un mois de la mort de Lord Hertford.

Wallace ne semblait donc disposer d'aucune ressource particulière pour acheter un terrain et faire construire cet immeuble de rapport.

3. Mon hypothèse :
Je pense que Wallace a procédé en deux temps. En décembre 1849, il vient à Paris, chargé de deux missions.
– Le 28 novembre 1849 : Hertford a signé, depuis Londres, une délégation de pouvoirs à l'intention de Richard Wallace (MC/ET/XX/1008) pour « *...retirer des titres de rente, vendre et transférer à qui il appartiendra...* » (J'ai supposé qu'il s'agissait (entre autres ?) de l'architecte Silveyra, auquel les trois membres de la famille avaient confié, en mars 1848, la gestion de leurs biens immobiliers en France.)

- Le 6 décembre 1849, depuis Boulogne, Lady Hertford et Henry Seymour donnent pouvoir à Richard de toucher en leur nom « *le legs de M. Miel Nicolas Cerfeuil Blaise* », qui vient de mourir. Ce peintre louait un appartement 3 rue Taitbout. Il a laissé ses biens à MieMie et à Henry (MC/ET/XX/1008). MieMie lui demande aussi de récupérer les loyers de ses appartements.

Wallace se retrouve seul à Paris. J'ai supposé qu'il avait profité des sommes qui lui étaient confiées pour les jouer, puis les placer :
- Le 13 décembre 1849, un dénommé Gublin prête 175 000 francs « *en monnaie et billets de banque* », au nom de Richard Wallace, à M. Beurdeley (MC/ET/XX/1008).
- Un an plus tard, Beurdeley va se trouver dans l'impossibilité de régler ses dettes. Wallace récupère l'argent et les intérêts (MC/ET/XX1017).
- Le 11 décembre 1852, il achète les Bains chinois, 840 000 francs (MC/ET/XX/1024). Les créances sont à régler en avril 1853, en octobre 1853 et en avril 1854, le reliquat en 1856.
- En avril 1853, Wallace paie – en avance sur les dates fixées – aux propriétaires des Bains chinois, la somme de 600 000 francs (MC/ET/XX1025). Il réglera les échéances et le reliquat à temps, grâce aux remboursements de ses dettes par Hertford.

LE RETOUR À PARIS (CHAPITRE XIX)

- Henry, dans une lettre à Mme Minchin : « *J'ai passé une grande partie de la nuit avec ma mère qui est malheureusement fort malade. À son âge, le choléra est chose fâcheuse.* »
- Hertford à sa cousine Mrs Dawson Damer : « *Je viens juste de rentrer de chez ma pauvre mère, qui est malheureusement très malade... Je suis très mal à l'aise et misérable.* »
- Succession de Lady Hertford : Testament MieMie, Archives nationales (MC/ET/XX 1043).
- La liquidation de la succession de la marquise de Hertford fait état du partage des biens mobiliers et immobiliers de la marquise entre ses deux fils. Wallace n'est pas mentionné. Une stipulation particulière précise que si l'immeuble du 1-3-5 rue Taitbout revient à Lord Sey-

mour, Hertford pourra se porter acquéreur de l'immeuble à la mort de son frère pour la somme de 2 millions. Ce qu'il obtiendra en 1862.
- Il me semble que la rancœur de Wallace à l'endroit de la famille date de l'ouverture du testament, lorsqu'il découvre que Lady Hertford ne lui a rien laissé.
- BN manuscrits (NAF 16 817) : le règlement de la succession de Lady Hertford précise ses biens meubles et immeubles en Angleterre : immeubles à Londres, propriétés de Richmond et de Newmarket..., valeurs mobilières anglaises.

MORT D'HENRY SEYMOUR

- Articles du *Figaro* de d'Ivoi le 23 août, 1er, 12 et 16 octobre 1859 et le 15 janvier 1860.
- Testament dans les archives de Me Daguin (MC/ AN/ETCXVII 1267).
- Succession : voir les dossiers *Lord Seymour* de l'Assistance publique de Paris (dons et legs, cartons 455W ; 413 et 414).

LA PROBABILITÉ D'UN MUSÉE À PARIS :

Le lieu

J'ai supposé que Hertford avait d'abord envisagé d'aménager son musée dans l'hôtel de Brancas, construit par Bélanger, l'architecte de Bagatelle. J'ai trouvé, dans un dossier des Archives de la Ville de Paris (VO11 1586), un calque de Silveyra, l'architecte de Lord Hertford, datant de 1860. Il présente le plan de l'hôtel de Brancas avec ses cours et bâtiments, prolongé par les bâtiments du 26 boulevard des Italiens, que Hertford avait acheté en 1853. Cela représente un espace de 3302 m^2 au sol : 5 grands bâtiments, 10 petits, 6 vastes cours, 1 jardin. Pourquoi réunir ces bâtiments sur un même calque, sinon pour les aménager ? Je pense que sa maladie dissuada le collectionneur d'entreprendre des travaux de cette importance, et qu'il préféra faire agrandir la galerie de l'hôtel de la rue Laffitte.

Un musée rue Laffitte ?

Une partie des œuvres contenues dans la galerie parisienne de Lord Hertford a été transportée par Wallace à Londres en 1872. Plusieurs témoignages indiquent la volonté de Hertford de développer sa collection parisienne et de la maintenir dans la capitale française. Aurait-il fait construire une galerie rue Laffitte en 1866, alors qu'il était malade et vivait reclus à Bagatelle, s'il n'avait eu l'idée de conserver à Paris la partie française de sa collection ?

Les témoignages :
- Dans le chapitre de *Paris-Guide* (1867) consacré aux « Collections d'Art », Albert Jacquemart donne un conseil aux visiteurs de l'Exposition universelle : « *Tâchez de pénétrer chez Lord Hertford, où tant de chefs-d'œuvre sont accumulés, où les tapisseries, les meubles, les vases de vieux Sèvres sont plus nombreux qu'autrefois au palais même de Versailles.* »
- *Mémoire de Bagatelle* de Yriarte : « *Par des acquisitions successives, il* (Hertford) *ajouta à l'immeuble des annexes nombreuses et constitua une vaste galerie, où il réunit une admirable collection de meubles, de bronzes et d'objets d'art français, et une multitude de tableaux de toutes les écoles.* »
- Ludovic Halévy (*Carnets*, tome II, 1869/1870), le 23 mars 1870 : Halévy visite l'appartement de Hertford rue Laffitte. « *... je devrais dire un musée, car c'est un musée que cet appartement... J'ai revu le Greuze de la vente Demidoff. Lord Hertford ces derniers jours l'a acheté 126 000 francs. Un de ses amis, Lord Ward, le persécute pour le racheter. Lord Hertford refuse* ».
- Selon *La Gazette des Beaux-Arts* en 1870 : « *Hertford avait entrepris un savant classement de sa collection* », dit Ernest Moncino. J'ai précisé que Hertford notait dans ses carnets des informations sur ses achats et l'emplacement qu'il leur réservait. Je me fonde sur les carnets trouvés, avec le testament, dans le tiroir de la table par le juge de Mauny, lors de la pose des scellés. Une fois traduits en français, ces carnets furent remis au notaire pour qu'ils soient gardés dans ses minutes et inclus dans l'inventaire. Ces carnets ont disparu des archives de Me Mouchet.

Trois ans avant la mort de Hertford, la galerie est en construction

- Sur le cadastre de 1862 (D1P4 601), concernant le 6 rue Laffitte, il apparaît que : l'immeuble du 6 a été démoli en 1865 puis en 1866, « ... *réuni aux numéros 4/2* par *addition de construction* ».
- Dans le *Guide de Paris* de 1867, publié à l'intention des visiteurs de l'Exposition universelle, au chapitre « Les collections particulières », le critique d'art W. Bürger met la collection Hertford en tête des trois cents collections parisiennes (avant celles des Rothschild, Pereire, Seillière, Schneider...) : « *Le plus grand collectionneur de l'Europe est, assurément, Lord Hertford, rue Laffitte, il possède à peu près 250 tableaux accrochés dans la galerie et les appartements du premier étage, sans compter les tableaux qui encombrent le reste de l'hôtel, et qui, plus tard, trouveront place dans une nouvelle et vaste galerie en construction... Autant de chefs-d'œuvre qui feraient l'honneur des premiers musées du monde.... Tous les meubles, tous les ornements sont des objets d'art d'une valeur incalculable.* »

Hertford accroît son capital en France, pour couvrir les frais d'entretien de son musée :

Dans son testament de 1838, Hertford confie le capital à des fidéicommissaires pour 300 ans. Seuls les revenus reviendront à son légataire. J'ai supposé qu'il avait prévu le même système pour ses collections qui lui tenaient tant à cœur. Si mon hypothèse est fondée, on comprend l'importance des placements immobiliers qu'il fit en France.

Il diversifia son capital pour obtenir des revenus qui, à mon sens, devaient servir à payer les frais de fonctionnement de son musée :

1. Hertford acquiert des immeubles de rapport, dans le quartier le plus en vogue de Paris, la Chaussée d'Antin.
   - Le 31 janvier 1848, il achète le 6 rue Laffitte qui jouxte le 2 et le 4 qui lui appartiennent (MC/ET/XX/1000) : quatre étages avec appartements de six pièces chacun.
   - Le 19 mars 1853 : le 26 boulevard des Italiens, deux immeubles et leurs dépendances, des cours et un jardin (MC/ET/XX/2029).

- Le 16 et 18 août 1853 : le passage Delorme (ET/XX/2029) : un des premiers passages créés par Delorme en 1808 dans les anciennes écuries du roi, face au palais des Tuileries (entre la rue de Rivoli et la rue Saint-Honoré). Environ trente boutiques de luxe. Ce passage sera démoli en 1896, donc vendu par Lady Wallace, ou plutôt son secrétaire, Scott Murray.
- En 1862, Hertford rachète aux héritiers de son frère, le 1, 3, et 5 rue Taitbout (cadastre de 1862 : DP4 1114).

2. L'achat de propriétés à Neuilly sert deux objectifs : agrandir le périmètre de Bagatelle pour mettre sa propriété à l'abri des nuisances. Faire des placements immobiliers.

- 11 mars 1847, Hertford achète 4 maisons, un pavillon, et un parc de 7 hectares (MC/ET/XX995).
- 18 décembre 1860 : achat par Hertford de terrains et maisons à Neuilly (MC/ET/XX1065). Voir aussi l'inventaire du cadastre des propriétés foncières de la ville de Neuilly de 1848 à 1859 (Hertford : 702, 703, 704). Selon la matrice générale des contributions foncières (1G57), Hertford est propriétaire d'habitations aux numéros 1,3,5,7,9 du boulevard de Madrid (actuellement boulevard Richard-Wallace).

3. Ses avoirs financiers en France sont estimés, dans la *Déclaration des mutations par décès*, à environ dix-huit millions de francs (Archives de Paris : DQ7 12334). Notons que les meubles, peintures et objets d'art contenus dans ses immeubles parisiens sont estimés dans le même document à moins de deux millions de francs.

Cette énumération ne tient pas compte de ses propriétés en Angleterre, ni de ses avoirs financiers chez Coutts. Rappelons qu'Hertford possédait en Irlande plus de 30 000 hectares dont les revenus lui rapportaient environ 60 000 £ par an.

En 1870, Hertford avait considérablement augmenté la fortune dont il avait hérité. Il était probablement l'homme le plus fortuné d'Angleterre et de France. Cette fortune va fondre puis disparaître avec « ses » héritiers, Richard Wallace, Julie Wallace, Scott Murray, Lady Sackville West.

LE GENTLEMAN DE BAGATELLE (CHAPITRE XX)

- Le regroupement des proches de Hertford à Neuilly :
Louise : En 1864, Louise habite rue La Bordère à Neuilly (Archives de Neuilly, Sommier des biens immobiliers et des mutations et surfaces imposables). À la mort de sa mère, cette

propriété sera vendue et elle habitera la Maison gothique, dans le quartier Saint-James de Neuilly, au 1/3 boulevard de Madrid.

Selon le cadastre du 3 rue Taitbout (DP 4 1114) : en 1863, Wallace est encore locataire d'un petit appartement au deuxième étage. D'après ceux de Neuilly de 1865 et 1870, Hertford, propriétaire du 9 boulevard de Madrid, loue cette maison à Richard Wallace, 5 000 francs par an.

Après des études en Angleterre, Seymourina demeure au château de Bagatelle. Elle y demeurera jusqu'à son mariage, à vingt-trois ans (archives Poirson).

- La maladie de Lord Hertford : Les Goncourt, dans leur *Journal* en juillet 1869, notent que le Dr Phillips leur a dit que Hertford se mourait d'un cancer particulièrement douloureux que *l'archimillionnaire anglais* supportait depuis neuf ans, avec une vitalité extraordinaire et un grand courage.
- Le collectionneur : La liste des tableaux de la rue Laffitte est donnée par Bürger, dans le *Paris-Guide*, 1867.
- Bagatelle : Selon Mme Carette, lectrice et dame du palais de l'impératrice, dans *Souvenirs intimes de la Cour des Tuileries* (Paris. Albin Michel, 1920) : « À une heure, sous la garde de M. Bachon, d'une gouvernante et d'un précepteur, le prince impérial sortait dans une grande voiture. Entouré par un peloton de cavalerie qui l'escortait au grand trot. Le prince allait presque invariablement chaque jour à Bagatelle qui appartenait au marquis de Hertford, lequel avait insisté auprès de l'empereur pour que le prince en usât à son gré. »

Les Séries de Compiègne :

- Archives de Compiègne : Hertford fut l'hôte du couple impérial lors des Séries de 1852, 1853, 1855, 1856, 1857, 1858, 1861 et 1863.
- « *Hertford, un des intimes de Napoléon III, avait une chambre réservée à sa disposition à Compiègne, de même que Lord Cowley et deux ministres, Fould et Vaillant* » (cf. *The Times*, cité dans l'introduction de la correspondance Hertford/Mawson, WCA).
- Prosper Mérimée, *Correspondance générale* établie et annotée par Maurice Parturier (Toulouse, 1946-1961) :

anecdote du pamphlet de Mérimée et Morny qui ironisait sur Lord Hertford.

L'ASCENSION DE WALLACE (CHAPITRE XXI)
– Les relations entre Richard et Seymourina paraissent avoir été affectueusement amicales, à cette époque, comme en témoignent quatre lettres qu'ils échangeront en 1874 (ACW). Wallace a conservé les deux lettres de Seymourina et ses propres brouillons de réponse. Seymourina demande à Wallace si elle peut récupérer la selle de son cheval, Charley, que son tuteur avait commandée à Londres, à ses mesures. À la fin de la lettre, Seymourina précise : « ... *Dans une lettre précédente, je vous ai donné les raisons qui, à mon très grand chagrin, ont interrompu nos anciennes et affectueuses amitiés. Ces raisons me paraissent irréfutables, et elles vous ont semblé telles, puisque vous avez laissé ma lettre sans réponse... Je vous prie de croire que, malgré tout, j'ai conservé pour vous des sentiments profondément enracinés d'affection et de reconnaissance* ».

LE MARIAGE DE SEYMOURINA (CHAPITRE XXII)
– Émilie Bréart : une lettre de la belle-fille de Seymourina raconte que la nièce de Louise s'installa à Bagatelle pour tenir compagnie à Seymourina (Archives Poirson).
– Lettre de Mme Massart, le professeur de piano (Archives Poirson).

Hertford n'aimait pas Paul Poirson, ce dont témoigne le contrat de mariage, le 24 août 1868 (MC/ET/XX/1100). Ainsi que l'épisode du buste de Mme de Genlis, repris dans un livre familial par sa petite-fille, Jacqueline Cruse : « *Peu après le mariage de ma grand-mère, celle-ci était allée déjeuner avec son mari à Bagatelle... Lord Hertford dit à ma grand-mère :*

"*Seymourina, demande donc à ton mari si ça lui ferait plaisir d'avoir le buste de Mme de Genlis qui est sur la cheminée du salon rond.*"

Mon grand-père et ma grand-mère, croyant qu'il s'agissait d'un cadeau, s'exclamèrent en disant que rien ne saurait leur faire plus plaisir, mais qu'ils trouvaient indiscret de dépouiller la collection de cette pièce. Celui-ci répondit qu'il n'y avait pas d'indiscrétion, car le buste représentait une femme déjà mûre et qu'il préférait regarder des visages jeunes. Il ajouta que, pour mettre mes grands-parents tout à fait à l'aise, il n'entendait pas leur faire un cadeau mais qu'il leur vendait ce buste bon marché, soit 1 000 francs. Cette somme était assez lourde pour le budget d'un jeune ménage, mais au point où en étaient les choses, il était difficile de reculer, et mes grands-parents acceptèrent de bonne grâce, l'offre faite. Alors le marquis éclata de rire, en disant qu'il aurait dû naître dans la peau d'un marchand car il venait de réaliser un bénéfice de 200 francs sur leur dos, le buste n'ayant été payé par lui que 800 francs. Mes grands-parents, voyant la tournure que prenait l'entretien, croyaient que tout finirait par un cadeau pur et simple. Il n'en fut rien et mon grand-père eut bel et bien à régler l'acquisition, mais pour 800 francs seulement. »

RICHARD ET LE TESTAMENT DE LONDRES (CHAPITRE XXIII)
- Les tableaux de Manchester Square, cités dans ce chapitre, ornent actuellement les murs de la collection londonienne. Certains faisaient partie de la collection parisienne.
- Lettre de Wallace à M. Gudin, du 22 septembre 1864 (Manuscrits de la Bibliothèque nationale).

La découverte du testament à Londres, par Wallace :
- Le descriptif des enveloppes correspond à celui trouvé dans les minutes de Me Mouchet.
- L'ouverture des enveloppes par Richard à ce moment-là repose sur son affirmation, lors du procès d'Antrim, selon laquelle le testament se trouvait à Londres jusqu'en 1869, dans une petite table que Lord Hertford lui aurait demandé de rapporter à Paris. J'ai pensé que Wallace avait trouvé et ouvert le testament à ce moment, et que le détail de la table rapportée de Londres en 1869 lui permettait de justifier l'inadéquation d'un testament datant de dix-neuf ans, aux réalités de 1870.
- Selon Babin, dans *L'Illustration* du 30 juin 1914 : lorsque Beauchamp rentra de Boulogne-sur-Mer en 1869, il ramenait avec lui un jeune homme de vingt et un ans, le fils du Dr Scott, un pneumologue qu'il allait parfois consulter.
- Le conseiller juridique de Hertford, Frederick Capron, suivait les affaires de la famille, comme son père avant lui. Après la mort de Hertford, il joua le même rôle auprès de Wallace.
- J'ai imaginé l'importance de l'influence de Julie Castelnau sur Wallace. Chacun s'accorde à dire que Wallace

était timide et réservé. Où a-t-il trouvé la force de changer ces testaments ? D'abord, par angoisse de ne pouvoir régler ses dettes, si Lord Hertford ne lui laissait pas de capital. En second lieu, par révolte contre l'ingratitude de cette famille. Mais il lui fallait aussi un complice, quelqu'un qui attise sa rancune. Julie Castelnau semble avoir été une maîtresse femme. (Voir la photo de la Collection Wallace.) Je pense qu'elle avait l'énergie et la volonté qui faisaient défaut à Wallace, et de l'ascendant sur lui. Car pourquoi l'aurait-il épousée après qu'il fut entré en possession de sa fortune, alors que chacun s'accordait à dire qu'elle était consternante ? Ce que l'on connaît de leurs relations est étrange. On ne peut oublier qu'avant son mariage il n'habita jamais sous le même toit qu'elle. Il la délaissa deux fois pour la Présidente. Il la laissa à Paris avec son fils pendant sept ans, lorsqu'il suivit Lady Hertford à Boulogne-sur-Mer. Julie était en droit de s'insurger contre cette famille. À mon sens, elle dut souffler sur les braises. Les contradictions dans leur vie commune ne manquent pas. Lorsqu'il l'épousa, Richard prit soin de faire un contrat de mariage sous séparation de biens (MC/ET/XX 1111). Puis, il lui laissa toute sa fortune. Lorsque, les trois dernières années de sa vie, Richard retourna vivre à Bagatelle, Julie, qui ne parlait pas un mot d'anglais, resta à Londres avec Scott Murray. Elle vint le retrouver le jour de son enterrement.

GUERRE ET MORT (CHAPITRE XXIV)

– Les noms des amis de Hertford qui venaient à Bagatelle pendant les dernières années de sa vie sont donnés par Yriarte dans *Mémoires de Bagatelle*.
– Lorsque Hamilton Seymour prit congé de lui, Beauchamp « *ouvrit le tiroir, fermé à double tour, d'une table-bureau, en tira une épaisse enveloppe scellée de plusieurs cachets aux armes et dit gravement* : "*Hamilton, mon garçon, ceci vous intéresse*" », Mme André Maurois, *Miss Howard*.
– Selon Falk, des paroles similaires auraient été rapportées par Scott Murray : « *Ceci devrait vous intéresser* », aurait dit Hertford à Hamilton, venu lui rendre visite à Bagatelle, en montrant l'enveloppe de son testament. Selon Falk, Hertford ne cherchait qu'à taquiner et susciter de faux espoirs chez son cousin.

- L'arrivée de Napoléon III à Bagatelle, lorsqu'il annonce à Eugénie qu'il va déclarer la guerre, la joie d'Eugénie qui danse avec son fils, la présence de Hertford et ses mots lorsque le couple impérial repart pour Saint-Cloud : « *Pauvre France, pauvre Paris, pauvre petit ! Ah, cette femme va nous plonger tous dans l'abîme* », sont relatés dans une lettre de M. P. de Keroy à M. Cambis, datée de septembre 1890, publiée par M. Circaud dans le *Bulletin de la commission municipale historique et artistique de Neuilly-sur-Seine*.
- Description de la chambre de Hertford : les meubles, la quarantaine de toiles et de pastels : rapport des scellés (Archives des Hauts-de-Seine : 4U/VEV-346).
- Le changement des testaments : j'ai pensé que Richard Wallace n'avait pu prendre le risque de supprimer, dès le 25 août, le nouveau testament. Si celui de Londres était invalidé, tout serait revenu à l'héritier du titre et Wallace se serait retrouvé sans rien. Mieux valait dissimuler le « vrai » testament et le retrouver, si celui de Londres était contesté.
- L'arrivée de Blount et Claremont en phaéton le soir de la mort de Hertford, sa présence au moment où le marquis s'éteint, les commentaires de Wallace après l'enterrement sur le testament : *Memoirs of Sir Edward Blount*, Longmans,1902 (WCA).
- Je me suis demandé si Scott Murray n'était pas impliqué dans l'affaire du testament. J'ai imaginé qu'il avait surpris Wallace pendant la nuit, en train de faire l'échange. L'aurait-il fait chanter ? Cela expliquerait le rôle ambigu tenu par le secrétaire, qui finira par hériter d'une grande part de la fortune Hertford.
- La pose des scellés : voir le Rapport des scellés de Bagatelle, (Archives départementales des Hauts-de-Seine, 4U/VEV-346) et celui de Paris pour la rue Laffitte et les magasins qui servaient de garde-meubles (Archives de Paris, DZU1 345).
- L'arrivée du cinquième marquis de Hertford avec Capron pour l'enterrement, son passage par l'ambassade, l'accueil par Wallace et Louise à Bagatelle : *Journal d'Emily Mary*, son épouse (ACW).

L'ENTRÉE EN POSSESSION (CHAPITRE XXIV)

- La manière dont Wallace parvint à faire transporter par le juge les papiers et valeurs de Bagatelle est racontée dans les 28 pages du rapport des scellés de Bagatelle et dans celui des scellés de la rue Laffitte.

Autres documents concernant le testament de Hertford :
- MC/ET/XX/1110 : 25 août : dépôt du testament ; 5 septembre 1870 : Acte de décès et acte de notoriété.
- Ordonnance d'envoi en possession du legs universel en faveur de Wallace le 17 septembre 1870 (traduction dans les archives de Mouchet, MC/ET/XX 1115, à la date du 1er décembre 1871, ainsi que la liste des actions et obligations immobilières, propriété de Hertford à Paris).
- MC/ET/XX/1112 : dépôts concernant la succession.
- MC/ET/XX/1118 : état du passif de la succession.
- Archives de Paris : succession de Lord Hertford : trois dossiers : 242 DQ7 12.330 ; 822 : DQ7 12 334 ; et 644 DQ7 12.343.
- MC/ET/XX/1111 : Contrat de mariage de Julie et Richard Wallace : le 12 février 1871 ; Acte de mariage le 15 février 1871, Paris 9e. Et reconnaissance de paternité : Edmond, âgé de 31 ans, obtient *la qualité d'enfant naturel reconnu.*

ÉPILOGUE

Lorsque Wallace, en héritant de Hertford, entra dans l'Histoire, les commentaires furent nombreux. Le goût du secret qui caractérisait Hertford (*The Master of Secrecy*, comme l'appelle Falk) disparut avec son secrétaire. Son destin fascinait. Son rôle, sa générosité pendant le siège de Paris, puis sa vie à Londres, furent largement développés et commentés dans les journaux.

Sur cette période, je me suis contentée de reprendre les informations trouvées dans les biographies, ou les archives de la Collection Wallace. En y rajoutant quelques données ou interprétations :
- Les quatre lettres de Seymourina et Wallace (ACW) prouvent qu'ils se brouillèrent, en raison d'affirmations de Seymourina, probablement dès 1872, comme en témoignent ces mots : « *... Je suis malheureuse de constater ce déplorable état de choses et cela surtout à la veille d'un triste anniversaire (*les lettres sont écrites entre le 20 et le 23 août, jours précédant l'anniversaire de la mort de Hert-

ford) *qui devrait nous réunir et qui nous voit séparés ainsi que les années précédentes et je le crains bien, comme les années futures* ».
- Réponse de Richard Wallace : « *Permettez-moi de ne pouvoir être de votre avis, au sujet de la lettre à laquelle vous faites allusion. Permettez-moi de vous dire que j'ai trouvé les assertions qu'elle contenait tellement déplorables que j'ai jugé plus sage de ne pas les discuter, sachant combien il est difficile de faire entendre raison à une dame* »...
- En 1871, au lendemain de la Commune, ils sont encore en fort bons termes, puisque Wallace est le parrain de Suzanne, la fille de Seymourina. À mon sens, leur différend ne peut que concerner l'héritage de Hertford.
- Malgré son immense fortune, Wallace ne fit pas de cadeaux à Louise Bréart. Ne pouvant mettre à sa disposition le 6 rue Laffitte qui n'existait plus, il ne lui accorda que l'usufruit de la maison de Saint-James dans laquelle elle demeurait, et dont il resta propriétaire. Elle la racheta à Scott Murray, à la fin du siècle.
- Wallace se brouilla avec son fils. Au lendemain de sa mort en 1887, il refusa le rôle d'exécuteur testamentaire (MC/ET/XX 1219) que, dans son testament, Edmond lui demandait d'assurer. Il découvrit, probablement ce jour-là, que son fils avait reconnu chacun des quatre enfants de sa maîtresse, Amélie Gall, trois ans plus tôt (MC/ET/XVIII 1509).
- Selon Adèle Gurwood, Edmond Wallace eut trois enfants avec Amélie Gall, une fille et deux garçons. Amélie avait déjà « *un sinon deux enfants d'admirateurs extérieurs* ». Seul l'aîné des quatre enfants reconnus par Edmond Wallace eut des descendants.
- L'histoire de l'étrange relation entre Lady Sack ville West (la mère de Vita Sack ville West, l'amie de Virginia Woolf) et Scott Murray est de notoriété publique.

Remerciements

J'aimerais remercier en premier lieu M. Patrick Chamouard, conservateur du patrimoine aux Archives départementales des Hauts-de-Seine, qui m'a guidée à travers les arcanes des archives nationales, départementales et communales. Grâce à lui, j'ai découvert le dossier de la pose des scellés, qui donne une crédibilité à ma théorie.

Mes remerciements s'adressent également à Mr Peter Hughes, conservateur de la Wallace Collection, Mr Trevor Neill de la Lisburn Historical Society, Ms Andrea Gilbert, archiviste à la Wallace Collection, Ms Diana Neill, responsable de la bibliothèque de l'ambassade de Grande-Bretagne, Gérard et Solange Poirson qui m'ont ouvert leurs archives et exposé leur théorie. Au comte de Pange, qui m'a confié les carnets de souvenirs de son ancêtre, M. d'Armaillé. À Amélie de Maupeou qui m'a éclairée de ses conseils désintéressés. Et, bien sûr, à Thérèse de Saint-Phalle qui m'a apporté son temps, son soutien et son talent, pour que ce roman soit édité.

Je voulais enfin remercier Dominique, Huguette, Arabella, Pascale, Laurent, Emmanuel, Yann et Aurélia, qui m'ont patiemment écoutée et affectueusement encouragée pendant ces années de recherche et d'écriture.

Table des matières

Prologue : La loge de Clichy 11

1. L'enfance de MieMie Fagnani 23
2. Le mariage secret 35
3. MieMie à Paris 47
4. Les mésaventures de Beauchamp 63
5. La mort de Fanny 81
6. Retour à Clichy 85
7. Le Prince du Boulevard 91
8. Insouciances et bouleversements 109
9. De Lord Seymour à Milord l'Arsouille 121
10. Le faux mariage 141
11. Richard et Julie 169
12. De Richard Jackson à Richard Wallace 189
13. La Présidente 199
14. Seymourina 209
15. La révolution de 1848 215
16. De Londres à Boulogne-sur-Mer 225
17. Les codicilles 233
18. De Marly à Paris 243
19. Le retour à Paris 257
20. Le gentleman de Bagatelle 279
21. L'ascension de Richard Wallace 293
22. Le mariage de Seymourina 305
23. Richard et le testament de Londres 313
24. Guerre et mort 327
25. L'entrée en possession 355

Épilogue : La fortune de Richard	371
Annexe I	387
Annexe II	399
Annexe III	403
Remerciements	435

Composition réalisée par PCA
Impression réalisée par
BRODARD ET TAUPIN
La Flèche
en mars 2009

Imprimé en France
FRHW011452160322
30252FR00001B/11